Elisabeth Herrmann
Die Mühle

DIE AUTORIN

Elisabeth Herrmann, geboren 1959 in Marburg/Lahn, ist eine der aufregendsten Thrillerautorinnen unserer Zeit. Zum Schreiben kam sie neben ihrer Tätigkeit als Journalistin erst über Umwege – und hatte dann sofort durchschlagenden Erfolg mit ihrem Thriller »Das Kindermädchen«, der von der Jury der KrimiWelt-Bestenliste als bester deutschsprachiger Krimi 2005 ausgezeichnet wurde und vom ZDF verfilmt wurde. Seitdem macht Elisabeth Herrmann Furore mit ihren Thrillern und Romanen. 2012 erhielt sie den Deutschen Krimipreis für »Die Zeugin der Toten«, die ebenfalls vom ZDF verfilmt wurde. »Die Mühle« ist ihr vierter Thriller für jugendliche Leser.

Von Elisabeth Herrmann sind bei cbj erschienen:

Lilienblut (30762)
Schattengrund (30917)
Seefeuer (31063)
Seifenblasen küsst man nicht (30867)

Mehr über cbj auf Instagram unter
@hey_reader

ELISABETH
HERRMANN

Die Mühle

THRILLER

Sollte diese Publikation Links auf Webseiten Dritter enthalten, so übernehmen wir für deren Inhalte keine Haftung, da wir uns diese nicht zu eigen machen, sondern lediglich auf deren Stand zum Zeitpunkt der Erstveröffentlichung verweisen.

Dieses Buch ist auch als E-Book erhältlich.

Verlagsgruppe Random House FSC® N001967

1. Auflage 2018
Erstmals als cbt Taschenbuch März 2018
© 2016 by cbj Kinder- und Jugendbuch Verlag
in der Verlagsgruppe Random House GmbH,
Neumarkter Str. 28, 81673 München
Alle Rechte vorbehalten
Umschlaggestaltung: semper smile, München
Umschlagmotive: Arcangel Images (Gerry Coe) und
Shutterstock (David M. Schrader, Bohbeh, ig0rzh)
kh · Herstellung: LW
Satz: KompetenzCenter, Mönchengladbach
Druck: GGP Media GmbH, Pößneck
ISBN 978-3-570-31192-9
Printed in Germany

www.cbj-verlag.de

*Für Shirin,
die mich über all die Jahre und
Bücher hinweg so liebevoll begleitet hat.*

1

Ich hatte Johnny bis zu dem Tag, an dem er mir vor die Füße fiel, nur ein paar Mal aus der Ferne gesehen.

Eigentlich hieß er Johannes Paul Maximilian von Curtius, ein Name, mit dem man vielleicht jenseits der Dreißig ein erstauntes Heben der Augenbrauen ernten kann, aber nicht, wenn man kurz vor dem Abi steht und zur coolsten Clique der ganzen Schule gehört. Wie er sich selbst nannte, habe ich nie erfahren. Die anderen riefen ihn Johnny. Viel mehr wusste ich nicht von ihm und seinen Freunden, die alle so etwas wie ein geheimnisvolles dunkles Leuchten umgab. Keiner kam an sie ran, und ich hatte in der kurzen Zeit, in der wir dasselbe ehrwürdige Schulportal durchschritten, tatsächlich andere Sorgen.

Vielleicht ist es an dieser Stelle ganz gut, wenn ihr wisst, mit wem ihr es zu tun habt. Ich heiße Lana und ich dachte bis zu diesem Moment, in dem Johnny vor mir auf dem Kopfsteinpflaster lag, dass es mein einziger Wunsch wäre, so normal wie die anderen zu sein. Später sollte sich das relativieren. Da wollte ich eigentlich nur noch am Leben bleiben, aber der Reihe nach.

Ich habe in meinen kaum zwanzig Jahren öfter die Schule gewechselt als andere ihre Zahnbürste. Mein Vater arbeitete für ein großes Energieunternehmen, und erst als es so richtig krachte mit Russland und den Pipelines, war auch für mich endlich Schluss mit dem ganzen Zirkus. Internationale Schulen, das möchte ich hier mal allen sagen, die damit angeben wie eine Tüte Mücken, sind sch... schwierig. Kaum lernst du neue Freunde kennen, verschwinden sie auch schon wieder. Kaum hast du dir die Namen deines Sitznachbarn gemerkt, heißt es beim Abendessen: In drei Wochen geht es nach Moskau, Houston oder Kapstadt. Klingt irre. Ist es auch. Was ich gelernt habe in dieser Zeit, ist, sein Herz nicht an große Kuscheltiere und Menschen zu verschenken. Beide passen nicht in Koffer.

Dann kam irgendetwas mit Finanzkrise, mein Dad verlor den Job, und wir zogen zurück nach Hause. Oder wie man diese Kleinstadt irgendwo zwischen Oberhessischer Tiefebene und Sauerland nennen soll. In L. sprachen die Menschen nicht deutsch, sondern einen Dialekt, den ich zunächst für eine Fremdsprache hielt. Wenn man fünfmal nachfragte und an jemanden mit Geduld geriet, erfuhr man, dass »Schtuhl de raa hiho«« übersetzt bedeutete: »Stell dein Fahrrad bitte woanders hin«, oder so ähnlich. Ich bekam mit siebzehn ein Auto. »Schtuhl de aa hiho« konnte ich dann schon selbstständig zu einem sinnergebenden Satz ergänzen.

Ich war die Einzige aus meinem Jahrgang mit einem eigenen Auto, also ließ ich es zu Hause stehen. Richtig viel half das auch nicht. Ich kam mit den Leuten nicht zurecht. Vielleicht lag es daran, dass mir das Abschiednehmen leichter fällt als das Ankommen. Dass ich nie echte Freunde hatte. Dass die meisten schüchternen Leute als arrogant wahrgenommen werden ... Ich weiß es nicht. Das Auto war nach sechs Monaten sowieso weg, weil mein Dad die Leasingraten nicht mehr bezahlen konnte. Er setzte sich immer öfter Richtung Frankfurt ab und eines Tages war er völlig von der Bildfläche verschwunden. Für meine Mutter tat es mir leid. Sie hat ziemlich darunter gelitten. Der Klatsch in der Kleinstadt, das falsche Mitleid der Leute, die sie noch von früher kannte ... Und vielleicht fehlte ihr Dad auch tatsächlich. Sie hat nicht darüber gesprochen und ich habe nicht gefragt. Er war früher nie dagewesen und jetzt war er auch nicht da. So groß war der Unterschied für mich nicht.

Um die Sache abzukürzen: Ich kämpfte mich durch bis zum Abi, um danach den ersten besten Studienplatz zu ergattern und abzuhauen. Einfach dahin, wohin das Schicksal mich trug.

Es war ausgerechnet Berlin.

Irgendwann nach diesen Erstsemesterwochen, in denen du nicht mehr weißt, wie du heißt (»Lana.« – »Aber hier steht Helena, Helena Thalmann.« – »Ich weiß, was da steht. Aber ich heiße Lana.«), wenn du deine Tasche im Studentenwohnheim ausgepackt hast und dir deine vier kahlen Wände schöner vorkommen als jeder Palast, wenn du dich auf dem Weg von der Cafeteria zum Hörsaal nicht mehr verläufst und sich aus der Masse langsam das eine oder andere bekannte Gesicht herausgeschält hat, irgendwann, wenn du begreifst, dass du Teil dieses riesigen Ameisenhaufens bist und du dich nicht verloren, sondern in der Anonymität der Masse aufgehoben fühlst, darin verschmilzt ... Mittendrin in diesem Hochgefühl des Anfangs kommt der Moment, in dem du wieder bist, was du bist: ein Nichts.

Johnny ging an mir vorbei.

Ich wollte noch so etwas Geistreiches wie »Hallo! Du bist auch hier?« sagen, da sah ich ihn nur noch von hinten. Eine hohe, düstere Gestalt, umgeben von der Aura des Unantastbaren, der die Leute im Gang auswichen. Er trug einen bodenlangen schwarzen Mantel und die Haare fast bis auf die Schulter, und er sah aus wie ein Vampir aus verarmten rumänischen Adelskreisen. Er hatte mich nicht erkannt. Blödsinn. Er hatte mich noch nicht einmal wahrgenommen.

Wir begegneten uns noch ein paar Mal. Eines Mittags setzte ich mich in der Mensa an seinen Tisch, weil um ihn herum die einzigen freien Stühle waren. Er sah gar nicht hoch, hing an seinem Smartphone, aß gedankenverloren ab und zu eine Gabel Kartoffelbrei, die er in der Linken hielt und die er selbst bei einer so banalen Tätigkeit – man stelle sich vor! Kartoffelbrei essen! – bewegte wie ein ermatteter Dirigent seinen Stab nach der dritten Zugabe. Also alles in allem eine ebenso elegante wie erschöpfte Erscheinung. Ich wollte gerade den nächsten großartigen Satz aus meinem internationalen Repertoire anbringen, »Long time no see«, als er wortlos aufstand und ging. Das Tablett ließ er stehen.

So viel zu Johnny.

Ich weiß noch, wie ich ihm nachsah, als er mit seinem wehenden schwarzen Mantel die Mensa verließ. Fast alle Frauen sahen ihm hinterher. Und auch eine Menge Männer, die wissen wollten, warum die Frauen sich auf einmal die Hälse verrenkten. Johnny schien das alles nicht zu bemerken. Er war wie von einem anderen Stern. Noch lange nachdem die Tür hinter ihm zugefallen war, sah ich ihn vor mir in L. mit den anderen. Keine grandiose Erinnerung, ehrlich gesagt. Es musste kurz nach meiner Aufnahme dort gewesen sein, denn ich wusste noch nicht, dass diese Clique so etwas wie Außerirdische waren. Johnny ging mit ihnen über den Hof zu den Tannen, unter denen ein paar Bänke standen. Jemand sagte etwas und er lachte. Dieses Lachen war wie das Aufreißen des Himmels nach wochenlangem schwerem Regen. Es ließ die Sonne durch. In seinem Gesicht stand noch nichts von der Düsternis, die ihn ein paar Jahre später in Berlin umwölken sollte. Dunkle schmale Augen, in denen Klugheit und Witz blitzten (dachte ich, allerdings nur bis zu dem Moment, in dem er den Mund aufmachte ...), hohe Wangenknochen, ein fein gezeichneter Mund. Schon damals wirkte er wie aus einem russischen Roman entstiegen: geheimnisvoll, mit einer freundlichen Aufmerksamkeit, die einen trotzdem auf Abstand hielt. Ich stand da und sah ihn an, ihm fiel es auf, ich wurde rot, die anderen drehten sich zu mir um, und er sagte: »Dein Schnürsenkel ist auf.«

Das waren die einzigen Worte, die er je an mich gerichtet hatte. Bis zu diesem Moment, in dem er vor mir am Fuß der Treppe lag, die er gerade hinuntergestürzt war.

»Verdammte Scheiße!«, fluchte er.

Wahrscheinlich war er über seinen Mantel gestolpert. Mir wäre das in seinen Klamotten ein Dutzend Mal am Tag passiert. Seine Aktentasche war aufgegangen. Bücher, Stifte,

Zettel und ein Schlüsselbund lagen malerisch drapiert auf den Pflastersteinen. Ich ließ meine Tasche fallen und wollte ihm die Hand reichen, um ihn hochzuziehen, aber er stöhnte auf und betrachtete mit schmerzverzerrtem Gesicht sein Bein.

»F***!«

»Kann ich irgendwie helfen?«

Er war blass. Seine dunklen Augen lagen tief in den Höhlen, und ich erschrak, als ich ihn aus der Nähe sah. Der Paradiesvogel hatte ziemlich Federn gelassen, seit er aus dem Nest gefallen war. Er schien mir dünner und irgendwie durchsichtig, trotzdem sah er atemberaubend gut aus.

Ein paar andere Studenten, fast alles junge Mädchen in meinem Alter, blieben erschrocken stehen. Die meisten mussten den Sturz mitbekommen haben, ich nicht. Ich hatte wie immer mit der Nase im Vorlesungsverzeichnis gesteckt, um noch einen der begehrten Forschungssemesterplätze für Pupillenreaktion oder Zeitbezüge im menschlichen Gedächtnis zu ergattern. Ach so: Ich studiere kognitive Psychologie. Niemand hatte mir bis zu diesem Moment erklären können, wie Menschen ticken. Aber naiv, wie ich war, redete ich mir ein, vielleicht an der Uni die Antwort finden zu können.

Johnny röchelte. Er verdrehte die Augen. Sein Kopf fiel nach hinten und dann zur Seite.

»Ist er ohnmächtig?«, fragte eines der Mädchen und fiel vor ihm auf die Knie. Das würde ihm gefallen, wenn er es mitbekommen würde, dachte ich.

Die anderen drängten sich wild spekulierend um sie herum, ich rief den Notarzt.

Er war erstaunlich schnell da. Mittlerweile hatten sich ein paar Dutzend Schaulustige versammelt und Johnny war noch nicht wieder bei Bewusstsein. Ich begann, mir gelinde Sorgen zu machen. Er wurde auf eine Trage verfrachtet, die Mädchen, die sich mittlerweile aufführten, als hätten sie einen jungen Hund aus dem Tierheim adoptiert, trugen ihm alles hinterher.

Alles, nur eines nicht. Als ich meine Umhängetasche hochnahm, klirrte es. Johnnys Schlüsselbund. Ich hatte meine Tasche in der Hektik direkt darauf abgestellt. Der Krankenwagen fuhr schon los. Ich sprintete hinterher, konnte ihn aber nicht mehr einholen.

»Wohin bringen sie ihn?«, fragte ich das Mädchen, das vor Johnny auf die Knie gegangen war.

»In die Charité, glaube ich.«

»Nein«, sagte die, die ihm die Sachen hinterhergetragen hatte. »ins St.-Hedwigs, wenn er katholisch ist.«

»Und wenn nicht?« Die Gruppe ging weiter und diskutierte, ob und wie man Ohnmächtigen die Konfession ansehen konnte. Ich blieb mit dem Schlüsselbund in der Hand vor den Stufen stehen. Immerhin. Nach »Dein Schnürsenkel ist offen« hatte sich unsere Konversation auf »F***!« und »Verdammte Scheiße!« erweitert. Das war doch ein Anfang, oder?

Ich dachte, dass es eine gute Idee wäre, am Nachmittag bei ihm vorbeizusehen und ihm den Schlüssel zu bringen. Ich war neugierig und wollte wissen, warum er offenbar ohne seine Freunde in die von L. am weitesten entfernte Großstadt gezogen war. Dann aber fiel mir der Schlüsselanhänger auf: eine kleine Plakette. Auf ihr stand die Ziffer III/24. Ich hatte einen ganz ähnlichen Anhänger an meinem Schlüssel. Ich wohnte in Haus II, Zimmer 15.

Den ganzen Vormittag über versuchte ich, nicht daran zu denken. Aber immer wieder holte ich meinen Zufallsfund heraus und betrachtete ihn. Es war ein seltsames Gefühl, etwas zu besitzen, das im wahrsten Sinne des Wortes die Schlüssel zu Johnny waren. Ich ließ das letzte Seminar sausen und wollte in die Charité, ich hatte es wirklich vor!, fand mich dann aber in der U-Bahn Richtung Wedding und fuhr nach Hause.

Mein Kopf war wie leer gefegt, als ich nicht in meinen, sondern in seinen Wohnblock ging. Jede einzelne Stufe hinauf in den zweiten Stock wusste ich, dass ich das nicht tun sollte. Vor seiner Tür blieb ich stehen und sah mich um. Niemand war zu sehen. Ich steckte den Schlüssel ins Schloss, drückte die Klinke runter und trat ein.

2

Die Tür ließ sich genauso leicht öffnen wie meine ein Haus weiter. Die Flure sahen sich zum Verwechseln ähnlich, nur dass sie in einer anderen Farbe gestrichen waren. Johnnys Block erstrahlte in einem dezenten Himmelblau. Weiß der Geier, was sich die Erbauer dieser Schuhkartons dabei gedacht hatten.

Ein klitzekleiner Vorraum mit eingebautem Schrank, Dusche und Klo rechts statt links, ansonsten hätte ich mich hier auf Anhieb zu Hause fühlen können, wenn … wenn es denn ein Zuhause gewesen wäre. Vorsichtig öffnete ich die Tür zu dem einen Zimmer, das zum Wohnen, Schlafen, Lernen, Essen, Lieben herhalten musste. In der Ecke standen zwei aufgerissene Umzugskartons, aus denen Klamotten quollen. Das Bettzeug war zerwühlt, also lebte Johnny hier, und auf dem Tisch lagen Zettel und Bücher wie bei jedem anderen Studenten wild durcheinander. Obwohl das Semester schon seit einigen Wochen lief, schien es so, als ob er noch gar nicht angekommen wäre.

Draußen auf dem Flur näherten sich Schritte. Ich hielt den Atem an. Zeit, sich umzusehen und zu begreifen, dass ich ab jetzt ein Geheimnis über mich kannte, das ich mit niemandem in meinem ganzen Leben teilen würde: Lana, die Stalkerin. Was, wenn Johnny frühzeitig entlassen wurde und er gerade jetzt zur Tür hereinkäme? Der zweite Stock war nicht hoch genug, um sich in letaler Absicht aus dem Fenster zu stürzen. Außerdem war das Fenster geschlossen und die Riegel hatten einen komplizierten Mechanismus. Ich würde es ertragen müssen, unter Johnnys Blick zu einem rauchenden Fleck auf dem Laminatboden zu mutieren.

Die Schritte verharrten vor der Tür. Ich kniff die Augen zusammen und schloss den Mund. Als ob das helfen würde!

»Johnny?«

Eine Männerstimme. Jemand klopfte. Wenn dieser jemand jetzt die Klinke hinunterdrückte und die Tür öffnete ...

»Bist du da?«

Ich war versucht, den Kopf zu schütteln, blieb aber nur wie schockgefroren stehen. Sekunden dehnten sich zu einer Ewigkeit. Endlich, endlich entfernte sich der Unbekannte.

Ich atmete auf und trat einen Schritt zurück – genau gegen einen Papierkorb aus Blech. Er fiel scheppernd um und zerstreute seinen Inhalt auf dem Boden. Es gab nichts, aber auch gar nichts in diesem Zimmer, hinter dem ich mich hätte verstecken können. Aber Johnnys Kumpel war wohl schon zu weit weg oder er hatte etwas an den Ohren, jedenfalls blieb es still, und das lange genug, dass ich mich leise verfluchen und den Papierkorb wieder aufrichten konnte.

Als ich den verstreuten Inhalt einsammelte, hielt ich auf einmal ein zerknülltes Gruppenfoto in der Hand, und ein kurzer Blick darauf genügte, um es auseinanderzufalten. Ich wusste, dass das falsch war. Mit jedem Gesicht, das aus den Knitterfalten auftauchte, wusste ich es mehr. Denn es war, als stünden sie hinter mir oder hätten die ganze Zeit unsichtbar in diesem Zimmer auf mich gewartet. Das war es, was mich hergetrieben hatte. Die Neugier auf die Vergangenheit, die so viel treibender sein kann als die auf die Zukunft.

Ein elfenzartes, wunderschönes Mädchen – *die Eisprinzessin* hatte ich sie heimlich getauft. Siri, war das ihr Name? Dann der King, Joshua. Er hatte immer alle um sich geschart. Sie angezogen wie ein Magnet die Eisenfeilspäne. Wie ein Licht die Motten. Wie ein König seinen Hofstaat... Der *Court*, jetzt fiel es mir ein. So hatte jemand einmal diese Gruppe genannt. Neben Joshua erschien das Bürokratengesicht eines Jungen, an dessen Namen ich mich nicht erinnern konnte. Weitere Bilder, noch mehr Gesichter. Sie waren sieben. Sieben, als hätten sie sich bewusst diese magische Zahl ausgesucht.

Es war nur ein zerknülltes Gruppenfoto, aus dem Müll gefischt. Und es schien so, als ob Johnny nichts mehr von ihrer Magie hielt. Oder er hatte einfach mit ihnen abgeschlossen. Während ich mit klopfendem Herzen in seinem Zimmer stand und das Gefühl nicht loswurde, dass für mich gerade etwas begann.

Sie mussten an einem See sein, im Hintergrund glitzerte Wasser. Sie hatten es irgendwie geschafft, sich alle gegenseitig zu umarmen und trotzdem in die Kamera zu lachen. Die Abendsonne vergoldete ihre Gesichter. Eine leichte, flatterhafte Fröhlichkeit lag über dieser Gruppe, ein so unangestrengtes Selbstbewusstsein, dass ich im ersten Moment mit nichts anderem als Neid und Eifersucht reagieren konnte. Sie hatten alles, was mir fehlte. Sie sahen blendend aus, jeder Einzelne von ihnen, und sie hatten im Drachenblut der Freundschaft gebadet, das unverwundbar machte, Lindenblatt hin oder her. Mit brennenden Augen starrte ich auf das Foto, und ich begriff zum ersten Mal, wie es Johnny gehen musste. Wo waren sie hin, die Freunde? Warum studierte keiner von ihnen in Berlin? Sie wären mir aufgefallen, irgendwann, irgendwo. Aber alles, was mir an Johnny bis jetzt bemerkenswert vorkam, war eine eisige Aura der Unantastbarkeit und Isolation. Er war gestrandet, allein. Vorsichtig knüllte ich das Foto zusammen und legte es zurück in den Papierkorb.

Auch die anderen Papiere sammelte ich wieder ein: vollgekritzelte Blätter, eine Wanderkarte in einer Sprache, die ich nicht kannte, Prospekte, zerfetzte leere Briefumschläge, und was man sonst noch so alles wegwirft. Ich fühlte mich wie einer dieser Paparazzi, die die Mülltonnen hinter den Häusern von Filmstars durchsuchen, und wünschte mir, so schnell wie möglich verschwinden zu können. Ich wollte gerade aufstehen, da sah ich den Briefumschlag. Er war unter den Schrank geschlittert. Zu meiner Ehrenrettung sei hier gesagt, dass er offen war und die Karte halb herauslugte. Auf den ersten Blick las ich nur seinen ewig langen Namen.

Hiermit erlauben wir uns,
Johannes Paul Maximilian von Curtius
zu einer Reunion des Freundeskreises von L. nach
Karlsbad, Grandhotel Pupp, am

Freitag, den 13. dieses Monats,
einzuladen.
U.A.w.g.
an die Rezeption des Hotels

Keine Unterschrift. Ich wendete die Karte – nichts. *Freitag, der 13. dieses Monats war* – heute. Da musste jemand ordentlich Asche haben! Zudem war der Text der Karte bis auf den Namen in Lettern auf schweres Bütten gedruckt, und der »Freundeskreis von L.« bestand, wenn man das Gruppenfoto als Vorlage nahm, aus sieben Personen. So ein Aufwand für sieben Leute? Und dann landete alles unter einem halben Kubikmeter Trash im Papierkorb?

Grandhotel Pupp in Karlsbad. Ich muss gestehen, dass europäische Geografie nicht gerade mein Steckenpferd ist. Tschechien, oder? Wenn man Jahre seines Lebens in den Arabischen Emiraten oder Südafrika verbracht hat, fühlt sich der Coolnessfaktor von Tschechien vielleicht etwas unterdurchschnittlich an. Trotzdem hatte der Absender es verdient, nicht so rüde behandelt zu werden. Allerdings – weder auf der Karte noch dem Umschlag war er vermerkt.

Nicht deine Baustelle, Süße.

Der Schlüssel musste zurück zu seinem Eigentümer. Und der konnte mit seinen Fotos und seinen Einladungen machen, was er wollte.

Dachte ich wenigstens.

3

Man muss es ihnen lassen: Sie sind auf Zack in den Krankenhäusern. Keine Auskunft, keine Zimmernummer. Aber wenigstens ließ sich der Mann am Empfang der Charité dazu herab, Johnny anzurufen. Das Zauberwort »Schlüssel« gab sein Übriges: Ich durfte zu ihm. Rauf in den achtzehnten Stock.

Er lag zusammen mit zwei anderen jungen Männern, die offenbar gerade gemeinsam einen mittelschweren Verkehrsunfall überstanden hatten. Für einen Schwerkranken sah Johnny ziemlich angezogen aus: Er trug dieselben Klamotten wie am Morgen, bis auf den Mantel und die Schuhe natürlich. Schwarze Jeans, ein T-Shirt in einem ausgewaschenen Braunton, dessen Aufdruck nicht mehr zu erahnen war. Als ich hereinkam, wandte er mühsam den Kopf und versuchte ein schwaches Lächeln.

»Hi«, sagte er.

»Hallo«, erwiderte ich. Vor seinem Bett stand ein Stuhl.

»Setz dich.«

»Ich hab nicht viel Zeit.« Vorsichtig legte ich den Schlüsselbund auf seinem Nachttisch ab. Ich hatte ihn die ganze

Fahrt mit dem Lift in der Hand gehabt. Er schien zu glühen. »Ich muss gleich wieder. Wollte nur wissen, wie es dir geht.«

»Wir kennen uns, oder?« Er musterte mich.

Jetzt glühten auch meine Ohren. Wenn Johnny einen ansah, hatte man das Gefühl, der einzig wichtige Mensch auf dieser Welt zu sein.

»Aus L. Ihr wart zwei Klassen über mir.« Ich setzte mich. »Nach dem Abi wart ihr weg. Und dann laufe ich dir ausgerechnet in Berlin über den Weg.«

Strategische Pause. Seine Chance, die Dinge geradezurücken und Sachen zu sagen wie: Ja, klar! An der Uni, nicht? Aber die Pause dehnte sich zu einem etwas peinlichen Schweigen, bis ich mich dezent räusperte und sagte: »Wir studieren beide an der Humboldt.«

»Ach ja?«

Ja, Trottel.

Er griff nach einer Fernbedienung, um das Kopfteil seines Bettes hochzufahren. Dabei ließ er mich nicht aus den Augen. Sein Blick vermittelte immer noch ein Höchstmaß an Interesse, aber das schien sich jetzt mehr auf sein eigenes Erinnerungsvermögen zu beziehen.

»Ist auch egal«, unterbrach ich seine Suche nach mir in den abgelegenen Regionen seines Langzeitgedächtnisses. »Was ist aus den anderen geworden?«

»Welchen anderen?«

»Deinen Leuten. Die, mit denen du in L. immer zusammen warst.«

Er presste die Lippen aufeinander und wandte den Kopf

ab Richtung Fenster. »Vom Winde verweht«, sagte er schließlich. Es sollte vielleicht cool wirken, aber in Wirklichkeit klang es traurig.

»Das tut mir leid.«

»Muss es nicht.« Er sah mich wieder an. Ich wusste, dass er braune Augen hatte, aber in diesem Moment schienen sie von innen heraus zu glühen. Vielleicht war es auch nur ein Lichtreflex der Sonne, die draußen schien. Wir hatten gerade einen Traumherbst, mit warmen Tagen, an die sich eine lange, dunstige Dämmerung schmiegte. Nicht mehr lange, wie die Meteorologen immer wieder mit unheilvollem Unterton prophezeiten. Irgendwo über dem Atlantik braute sich wohl gerade eine Gewitterfront zusammen, die sich gewaschen hatte. Hagel, Blitz und Donnerschlag. Orkanartige Böen, Sturmwarnungen, Temperaturstürze um zwanzig Grad und noch eine Menge mehr aus der meteorologischen Waschküche. Bis es so weit war, genossen wir die Verlängerung des Sommers wie einen geschenkten Eisbecher.

Er sagte: »Wir wollten uns eigentlich bald wieder mal treffen.«

Ich weiß, wäre es mir um ein Haar herausgerutscht. *Heute. In einem Grandhotel in Tschechien, ihr Glückskekse.* Aber ich hielt den Mund.

»Wie geht es dir?«, fragte ich stattdessen. »Irgendwelche bleibenden Schäden?«

Sein Lächeln war schwach wie ein verletzter Vogel. »Ein blauer Fleck am Knie und eine Gehirnerschütterung. Sie wollen mich ein paar Tage zur Beobachtung hier lassen. Es ist ...« Er suchte nach Worten. »... ärgerlich.«

»Wie ist das passiert?«

»Keine Ahnung. Ich bin gestolpert. Kopf in den Wolken. Wie auch immer. Seltsam, dass du nach meinen Freunden fragst.«

Mein Herz setzte für einen Schlag aus. »Warum?«

»Ich kann mich ... kaum ... an dich erinnern.«

Ich zuckte mit den Schultern und hoffte, dass es so belanglos aussah, wie es wirken sollte. »Ich war neu an der Schule und ihr wart so etwas wie ... Götter.«

»Götter ...« wiederholte er. »Und zwei Klassen unter uns. Dann warst du fünfzehn, sechzehn damals, nicht wahr? Das entschuldigt vieles.«

»Es ist lange her.«

»Du hast uns wirklich für Götter gehalten?«

Der Typ vom Bett nebenan ließ kurz sein Smartphone sinken und schielte zu uns herüber. Wahrscheinlich brachte er Johnnys blasse Gestalt mit meiner einstigen Verehrung nicht auf einen Nenner. Wenn er das Wort Götter noch einmal erwähnte ...

»Ich wiederhole nur, was mir zugetragen wurde«, antwortete ich spitz. Der Nerd kümmerte sich wieder um seine Nachrichten oder Youporn-Videos. »Ein paar Monate später habt ihr den Abgang gemacht und wart Geschichte. Für mich zumindest. Im Übrigen sind wir uns an der Uni ein paar Mal begegnet.«

»So?«

Für dieses »So« allein hätte er schon die nächste Gehirnerschütterung verdient.

»Gute Besserung.«

Ich wollte aufstehen. Seine Hand hielt meinen Arm fest.

»Geh noch nicht. Bitte. Wie heißt du?«

»Lana.«

»Lana. Es ist wirklich seltsam. Jahrelang habe ich diese Zeit verdrängt, und jetzt, auf ein Mal, taucht sie aus allen Ecken wieder auf. Bitte. Bleib noch.«

Ich wollte fragen, wie man so eine Zeit verdrängen kann, wo sie doch offenbar glücklicher gewesen war als seine momentane Existenz. Aber dann dachte ich, dass er sich bestimmt wieder über mich lustig machen würde, Göttergefasel und so, und fragte lieber: »Das heißt, ihr habt euch völlig aus den Augen verloren?«

»Ja.«

»Keine ... Adresse? Keine Handynummer? E-Mail? WhatsApp? Kein Kontakt?«

»Nichts.«

»Das verstehe ich nicht.« Vor meinen Augen tauchte das zerknitterte Foto wieder auf: diese in Gold getauchte Reinkarnation ewiger Freundschaft. Sie hatten gelacht, als ob sie sich einander für die Ewigkeit versprochen gewesen wären.

»Musst du auch nicht. Warst du schon mal in Karlsbad?«

»Nö. Warum?«

»Weil ich heute Abend eigentlich dort sein sollte. Mit dem Zug um vier wäre es noch zu schaffen gewesen.«

Er zog die Schublade seines Nachttisches auf und holte eine Fahrkarte hervor, die er nachdenklich betrachtete. Ich versuchte währenddessen, dieses Gefühl von ausdrucksloser Leere in mir hervorzurufen, wie ich es montagsmorgens um neun nach einem durchgemachten Wochenende in der Vorlesung empfand, dabei schlug mir das Herz bis zum Hals. Auf meiner Stirn mussten scharlachrote Buchstaben erscheinen, die aneinandergesetzt das Wort Stalkerin ergaben.

»Ich kann sie noch nicht mal anrufen«, fuhr er fort. Die Fahrkarte legte er auf der Bettdecke ab. »Im Hotel sind Zimmer gebucht, aber offenbar als Kontingent und nicht auf unsere Namen.«

»Welches Hotel?«, fragte ich. Ein wenig Neugier erschien mir nun doch angebracht.

»Das Grandhotel Pupp. Nie gehört. Du?«

»Auch nicht. Klingt aber klasse. Ist nur leider nicht meine Flughöhe. Macht ihr das öfter? Klassentreffen an der Côte d'Azur oder in St. Moritz?«

»Nein.«

Schweigen.

»Wir haben uns seitdem nicht mehr gesehen«, sagte er schließlich. »Seit dem Abi, meine ich.« Er spielte mit der Fahrkarte, als wäre sie der Einsatz an einem Pokertisch. Betrachtete sie, drehte sie um, hielt sie nachdenklich in den Händen. »Die große Reunion. Irgendjemand von der Gang hat sich das ausgedacht. Und nun sieht es so aus, als ob ich mit ihnen nichts zu tun haben wollte. Ich werde unentschuldigt fehlen und das nehmen sie mir sehr übel. Wo sie sich doch so eine Mühe gegeben haben.«

»Ruf sie morgen an. Dann werden sie ja wohl ihre Zimmer haben.«

»Warst du schon einmal in einem Grandhotel?«

Als wir noch eine Familie gewesen waren, hatten wir

Urlaub miteinander gemacht. In Ferienhotels irgendwo an überlaufenen Stränden. In den letzten Jahren war das nicht mehr drin gewesen. Für mein Studium würde ich in den Semesterferien jobben müssen.

»Nein. Klingt gut. Ich beneide dich, irgendwie. Vielleicht kannst du ja morgen schon zu ihnen nachkommen.«

Er nickte und wollte die Fahrkarte wieder zurücklegen, doch dann sagte er: »Fahr du.«

»Ich?«

»Ja. Oder hast du heute schon was vor?«

»Nei... nein«, stotterte ich überrumpelt. Freitagabends ging ich manchmal ins Kino und danach vielleicht noch in einen Club in Friedrichshain, wo jeder Versuch der Konversation vergeblich war. »Aber ich bin doch gar nicht eingeladen.«

»Du kannst mein Zimmer haben. Sag den anderen, was passiert ist und ... *enjoy*.«

Er wollte mir die Karte reichen, aber ich schüttelte den Kopf. »Sorry, aber ich kenne euch doch gar nicht.«

»Eben hast du noch von uns gesprochen wie die Schäferin von der Marienerscheinung. Natürlich kennst du uns.«

»Aber doch nicht so! Vom Sehen, höchstens. Mehr nicht. Was sollen die denn von mir denken? Wenn ich für dich einspringe, würde das ja bedeuten...« Ich brach ab.

Er sah mich abwartend mit seinen seltsamen leuchtenden braunen Augen an. Wieder spielte dieses Lächeln um seine Lippen, und dieses Mal sah es verboten und gefährlich aus. »Ja?«

»Ich muss gehen. Tut mir leid. Bring das selbst in Ordnung.«

Er nickte. Wie er die Karte zurück in die Schublade legte und sie schloss, hatte etwas Endgültiges.

»Gute Besserung.«

»Danke.«

Ich ging zur Tür und drehte mich noch einmal zu ihm um. Er blickte aus dem Fenster, und wie er da in seinen Klamotten auf dem Bett lag, sah er irgendwie total verloren aus. Genau wie auf dem Campus. Ein erschöpfter Wanderer aus einer fernen Galaxie, den es durch Zufall in dieses aseptische Zimmer mit zwei Freaks verschlagen hatte. Der eine von den beiden sah hoch und grinste mich an. Er hatte für seine Jugend erschreckend schlechte Zähne.

»Ich tu's«, sagte ich.

Johnny wollte etwas erwidern, dann nickte er nur.

Langsam kam ich wieder zurück. Er gab mir die Fahrkarte und fragte mich dann, ob ich etwas zum Schreiben dabei hätte.

»Hier.« Ich gab ihm einen Kugelschreiber.

Er überlegte einen Moment, ließ sich dann noch einmal die Karte geben und schrieb eine Handynummer darauf. Ich begriff nicht. Das kam alles viel zu schnell. Jahre war ich Luft für ihn gewesen oder ein Sicherheitsrisiko wegen meiner Schnürsenkel. Und jetzt gab er mir sogar seine Nummer.

Er reichte mir alles wieder zurück und beobachtete mit einem Lächeln, wie es mir aus der Hand fiel. Während ich auf dem Boden nach meinem Kuli suchte, der natürlich weit unters Bett gerollt war, sagte er: »Melde dich mal.«

»Klar.«

»Wenn irgendwas ist …«

Ich kam wieder hoch. »Danke.«

»Da nicht für.«

Sein Lächeln war immer noch da. Ein Abglanz des früheren Johnny tauchte dahinter auf, und ich weiß noch, dass es mir ins Herz schnitt. Es war wie der Anblick einer staubigen Postkarte aus glücklicheren Zeiten.

Keine Ahnung, ob das der Moment war, von dem ich jetzt behaupten würde, dass er mein Leben verändert hat. Es gab noch ein paar andere, bei denen ich mich im Nachhinein frage, warum ich nicht einfach gegangen bin. Ich weiß noch, dass plötzlich eine wilde Freude wie warmes Mineralwasser in mir hochsprudelte. Prickelnd, aber unberechenbar. Vielleicht war es das brennende Leuchten in Johnnys Augen, das mich unter diesem Blick zu etwas Besonderem machte. Vielleicht auch die Aussicht, nach all den Jahren die anderen wiederzusehen und herauszufinden, was von ihrer Aura übrig geblieben war. Neugier und Hochmut, so würde ich es heute beschreiben.

Mein Therapeut ist gnädiger. Er sagt: Nichts funkelt verräterischer, nichts bringt uns mehr in Gefahr, als unseren Erinnerungen zu vertrauen.

4

Ich musste mich beeilen, um den Zug noch zu erwischen. Keine Zeit, um einen Koffer zu packen. Karlsbad oder Zahnbürste – da gab es nicht viel zu entscheiden.

Der Zug war witzig. Die tschechische Staatsbahn hat offensichtlich einen Hang dazu, nichts wegzuwerfen. Noch nicht mal die Vorhänge an den Fenstern. Alles wirkt plüschig im Vergleich zu unseren durchgestylten, abwaschbaren Waggons.

Bis Usti nad Labem war alles in Ordnung. Das ist eine Stadt in Böhmen, kein Hustenbonbon. Man fährt durchs Erzgebirge und über einen breiten Fluss. Hohe Felsen schieben sich ganz nah ans Ufer, die Landschaft ist wild und schön und leer, genauso, wie ich es mag. Manchmal sitzt eine Burg auf den Gipfeln, und ich stellte mir vor, was hier wohl vor ein paar Jahrhunderten zwischen Raubrittern und unschuldigen Reisenden in Kaleschen so los war … Dass ich ziemlich romantisch veranlagt bin, hatte ich wahrscheinlich noch nicht erwähnt?

Zwischendurch ging ich in den Speisewagen und bekam ein Gulasch mit böhmischen Knödeln, die aussahen wie gekochte Brötchen. Glücklicherweise nahm der Kellner nicht nur Kronen. Europäisch sozialisiert wie ich war, hatte ich völlig vergessen, dass die Tschechische Republik noch ihre eigene Währung hatte. Als der Zug am Bahnhof ankam, musste ich nur das Gleis wechseln und kam eine knappe Stunde später in Karlsbad an.

Der Bahnhof war eine Enttäuschung. Ein riesiger Betonklotz, quer über die Unterführung einer mehrspurigen Schnellstraße gebaut. Auf dem Weg nach draußen kam ich an den heruntergelassenen Rollgittern der Geschäfte vorbei – Schnaps, Zigaretten, Kristall. Schon im Zug war bei mir immer mal wieder der Gedanke aufgeblitzt, ob Johnnys Einladung auch wirklich für mich gelten konnte. Was, wenn man mir rundheraus zu verstehen gab, dass die Teilnahme an diesem Treffen nicht so einfach übertragbar war? Meine Kreditkarte würde ins Koma fallen, wenn ich ihr die Rechnung eines Grandhotels vorlegen würde. Aber nicht nur deshalb war ich nervös. Ich fühlte mich wie eine Hochstaplerin. Alle würden denken, Johnny und ich wären die besten Freunde. Vielleicht sogar noch mehr ... Dabei war er nur zufällig direkt vor meine Füße gefallen. Ich hatte wirklich keine Ahnung, was mich erwarten würde. Und das war wahrscheinlich auch das Beste. Denn hätte ich es gewusst, wäre ich nicht nach Karlsbad, sondern nach Peking gereist, weil das die am weitesten entfernte Stadt auf der anderen Seite der Erdkugel ist, mit einem One-way-Ticket und dem unbedingten Willen, nie mehr wiederzukommen.

Der Taxistand war leer. Die wenigen Reisenden, die mit mir ausgestiegen waren, wurden entweder von Hotelbussen abgeholt oder schlugen sich in die Dunkelheit, die nur von einigen wenigen Straßenlaternen auf dem Vorplatz schummerig erhellt wurde. Ich hatte gerade die Adresse des Hotels in das Navi meines Handys eingegeben, als ich die Kutsche bemerkte. Sie stand etwas abseits, auf dem Bock saß ein Mann mit einem hohen Hut. Sein Gesicht lag fast vollständig im Schatten der Krempe. In der Hand hielt er eine lange Peitsche. Die beiden Pferde, Rappen, malmten in ihrem Futtersack herum. Bevor dem Kutscher auffiel, dass ich ihn unverhohlen anstarrte – das Gespann wirkte vor diesem grottenhässlichen Bahnhof wie eine Erscheinung aus einer anderen Welt – gab mir mein Handy die beruhigende Auskunft, dass ich zu Fuß keine halbe Stunde brauchen würde. In einer Stadt, in der ich noch nicht einmal die Straßennamen aussprechen konnte, war so ein Fußweg vielleicht nicht die schönste Aussicht. Aber ich würde hinfinden und es wartete ein Zimmer auf mich und vielleicht auch noch eine warme Mahlzeit. Weiter wollte ich nicht denken, denn dann hätte ich mir klarmachen müssen, was für eine Idiotin ich war.

Ich checkte die Route und wollte gerade die Straße überqueren, als sich die Tür der Kutsche öffnete und ein junger Mann ausstieg. Wir waren, außer dem Kutscher und seinen zwei Pferden, mittlerweile die einzigen Lebewesen am Bahnhof, wenn man mal von den Rasern in der Unterführung absah. Der seltsame Passagier war mindestens einen Kopf größer als ich, ein breitschultriger, athletischer Typ in ausgewaschenen Jeans und einem lässig fallenden T-Shirt. Wenn Johnny ein dunkler Engel war, dann kam gerade sein absolutes Gegenteil auf mich zu und musterte mich mit einem prüfenden Blick.

Er war der Zeus auf dem Olymp der Götter, wenn wir bei diesem etwas überstrapazierten Begriff bleiben wollen. Blaue Augen, römische Nase, ein energisches Kinn mit einem Grübchen in der Mitte. Die blonden Haare hatte er damals kurz getragen. Nun fielen sie ihm in leicht gewellten Strähnen in die Stirn und auf die Schulter. Er sah einschüchternd gut aus, noch besser als auf dem Foto, und mir fiel nichts ein, womit ich die Gräben, die uns trennten, überbrücken konnte. Ein schüchternes Lächeln vielleicht. Ich versuchte es, hatte aber sofort das Gefühl, dass eine schiefe Grimasse dabei herauskam.

»Joshua?«, fragte ich.

Er hob die Augenbrauen und musterte erst mich und dann den leeren Eingang zum Bahnhof, bevor er wieder mich mit der Ehre seiner Aufmerksamkeit bedachte.

»Wer will das wissen?«

Ich streckte ihm kindischerweise meine Hand entgegen, die er ignorierte. »Ich bin Lana. Johnny schickt mich. Er kann nicht kommen. Und da er euch nicht erreichen konnte, hat er mich gebeten, euch das auszurichten.«

Die Chassis quietschte, als die nächste Person ausstieg und auf mich zukam. Es war Siri. Sie hatte immer noch diesen wiegenden, hüftbetonten Gang, mit dem sie entweder schon laufen gelernt hatte oder den sie sich über zehn Staffeln Germany's Next Topmodel antrainiert hatte. Die glatten Haare flossen wie Gold über ihre Schultern, sie trug Jeans, eine Lederjacke und einen kleinen Hut, der bei jeder anderen affig ausgesehen hätte. Irgendeine miese kleine Fee musste beim Verteilen der optischen Vorzüge unserer Jahrgänge einen über den Durst getrunken haben. Warum sonst hatte Siri diese *attitude* mitbekommen, die in jedem Mann den Beschützer- und Besitzerinstinkt wecken musste? Während andere, Studentinnen ohne Zahnbürste am Bahnhof einer wildfremden tschechischen Stadt beispielsweise, sich eigentlich nur noch in ihren Komplexen suhlen konnten?

Okay, ich bin gehässig. Aber schöne Menschen haben die Pflicht, von diesem Lottogewinn etwas abzugeben. Indem sie nett sind, beispielsweise. Oder wenigstens freundlich. Siri war schon immer ein Biest gewesen, und der Blick, den sie Joshua zuwarf, erstickte jede Hoffnung im Keim, dass sich daran etwas geändert haben könnte.

»Was will die denn hier? Wo ist Johnny?«

Sie hatte mich sofort erkannt. Frauen haben ein anderes Gedächtnis, einen irgendwie geschulteren Blick. Über ihr schmales Gesicht mit den hohen Wangenknochen legte sich ein Hauch von Herablassung.

»Er kann nicht kommen.« Sogar meine Stimme klang im Vergleich zu Siris hohem, leicht nasalem Singsang kratzig. »Deshalb hat er mir seine Einladung überlassen.«

Sie sah Joshua mit gespieltem Erstaunen an. »Geht das denn?«

Der fuhr sich nun etwas ratlos über sein hübsches Kinn. »Keine Ahnung. Da bin ich überfragt. Eigentlich, glaube ich, nicht.«

Ich hängte meine Tasche von der einen über die andere Schulter. »Ich kann auch laufen, kein Problem.«

»Zurück nach Berlin?« Siri hob die Augenbrauen. »Das ist aber ein langer Weg.«

Ich beschloss, ab sofort nur noch mit Joshua zu reden, und wandte mich direkt an ihn. »Eigentlich wollte er nur, dass ihr Bescheid wisst.«

»Dann hätte er doch anrufen können«, mischte Siri sich ungefragt wieder ein.

Ich wollte den Mund öffnen und sagen: »Wenn er deine Nummer gehabt hätte«, schloss ihn dann wieder. Was wusste ich von den Beziehungen dieser Leute untereinander? Ehrlich gesagt, nach diesem Empfang hatte nicht nur meine Begeisterung, sondern auch meine Neugierde einen ziemlichen Dämpfer erhalten.

»Also dann ...«

»Warte«, sagte Joshua schnell. »Das ist doch Blödsinn. Jetzt sind wir schon mal hier, dann nehmen wir dich auch mit. Vielleicht wissen sie im Hotel mehr.«

»Und wenn nicht?«, fragte Siri. »Und was wird das überhaupt? Sie kommt einfach mit Johnnys Fahrkarte hierher, schläft in Johnnys Bett ...«

»... und wird auch von Johnnys Tellerchen essen, wenn es das ist, was dich umtreibt«, unterbrach ich sie. »Ich bin an seiner Stelle hier, und ich habe keine Lust, den Rest der Nacht im Bahnhof zu verbringen. Es hat ihm etwas daran gelegen, euch Bescheid zu sagen. Keine Ahnung, warum.«

Siri warf mir ein verächtliches Lachen zu. Der Kutscher ließ die Peitsche schnalzen. Die Pferde schnaubten und scharrten mit den Hufen.

»Da lang?«, fragte ich und ging, ohne eine Antwort zu erwarten, über die Straße.

Zwei Autos brausten an mir vorbei, und als sie um die Ecke waren, hörte ich hinter meinem Rücken das Schlagen von Hufen und die Räder auf dem Asphalt. Ich befand mich in einer breiten Fußgängerzone, die ihr Angebot von Schnaps, Zigaretten und Kristall um Klamotten erweitert hatte, wo aber weit und breit in keinem Laden mehr Licht brannte.

Die Kutsche kam näher. Als sie mich eingeholt hatte, kurbelte Joshua die Scheibe hinunter und gab dem Mann mit der Peitsche ein Zeichen, langsamer zu werden. Ich stapfte weiter, ohne meinen Blick zu wenden.

»Steig ein.«

Ich reagierte nicht.

»Jetzt stell dich nicht so an.«

Ich lief weiter.

»Um zehn ist das Restaurant zu. Dann gibt es nichts mehr zu essen. Wäre doch schade. Oder?«

Ich habe eine Schwäche für gute Argumente. In eisigem Schweigen, das nur von meinem Magenknurren unterbrochen wurde, stieg ich in die Kutsche.

Joshua rückte zur Seite und ich plumpste in ein weiches, bequemes Polster. Siri saß mir gegenüber und dachte nicht daran, ihre langen Fohlenbeine zurückzuziehen. Der Kutscher rief etwas, die Peitsche knallte, und mit einem Ruck setzte sich der Wagen in Bewegung.

Die Fahrt verlief schweigend. Ich sah aus dem Fenster, und mit jeder Ecke, um die wir bogen, verstärkte sich das Gefühl, in einer unwirklichen Geschichte gelandet zu sein.

Die Häuser schmiegten sich an Felswände und gewundene Gassen, sie wurden immer größer und schöner, und als wir in das Tal einbogen, stockte mir der Atem. Paläste standen am Wegesrand und thronten auf Felsengipfeln. Reich verzierte Bürgerhäuser, Schlösser, Prachtbauten einer vergangenen Ära, die sich gegenseitig an Eleganz und Ehrwürdigkeit zu überbieten schienen, tauchten auf wie Perlen an einer Schnur. Ein kleiner Fluss schlängelte sich zwischen den beiden Seiten des Boulevards, der eine Mischung aus Disneyland und Zuckerbäckerkulisse war. Vergoldete Zinnen, verspielte Türmchen, Kolonnaden, Brunnen, steile, enge Treppen, die zu verträumten, efeuüberwucherten Villen führten. Dann wieder enge Gassen, die sich unversehens zu Plätzen öffneten, um die herum sich der Wohlstand einer untergegangenen Epoche versammelt hatte. Eine Stadt für Zaren und Zocker. Für Millionäre und Melancholiker. All das ohne einen einzigen Neubau. Nichts störte diese steinerne Vision einer vergangenen Zeit, die hier den Höhepunkt ihrer betörenden Schönheit überschritten hatte.

Am Ende des Tals stand ein gewaltiger Jugendstilbau. Ganz in Weiß, hell erleuchtet, mit zwei riesigen Gebäudeflügeln links und rechts, die wie ausgebreitete Arme wirkten, wie: Hier seid ihr richtig, kommt rein und lasst es euch gut gehen. *Grandhotel Pupp* stand in goldenen Lettern über dem Empfang. Die Kutsche verließ den Boulevard und bog ab auf ein Rondell, wo sie vor dem Eingang zum Halten kam. Stumm stieg ich aus und ging hinter den anderen über einen dicken roten Teppich mehrere Stufen hinauf zu einer Drehtür, wo uns bereits ein Mitarbeiter erwartete.

Doch bevor ich hineinging, wandte ich mich noch einmal um und betrachtete die angestrahlte Fassade, die goldenen Buchstaben über dem Portal und das enge Flusstal vor mir, das mit seinen wunderschönen Häusern aussah wie im Märchen.

»Kommst du?«, fragte Joshua.

Ich nickte und folgte ihm.

Ich hatte völlig vergessen, dass Märchen im Grunde genommen die grausamsten Geschichten sind, die es gibt.

5

Während der Rezeptionist mit gerunzelter Stirn im Hinterzimmer verschwand und Siri und Joshua sich gar nicht erst damit aufhielten, auf mich zu warten, sah ich mich vorsichtig um. Dicke Teppiche, Stuckdecken, Kronleuchter. Vom Empfang aus ging es in eine große Lobby, die aber noch nicht das Prachtstück des Hauses war, obwohl sie mit den vielen Gemälden an der Wand und den eleganten Sitzgarnituren schon ziemlich genau meinen Vorstellungen von einem Grandhotel entsprach. Nein, das Herz war der große Ballsaal.

Vorsichtig, immer mit dem Gefühl, gar nicht hier sein zu dürfen, trat ich ein. Der Raum war riesig, mit hohen Gobelins an den Wänden, verspiegelten Fenstern und einer gläsernen Decke, die von Stuckornamenten verziert wurden, wie ich sie sonst nur aus den kitschigsten Theatern kannte. Niedrige Tische und wuchtige Sessel waren zu diskreten Gruppen arrangiert, zwischen denen Kellner herumwuselten und den Gästen Drinks servierten. Der Kronleuchter musste einen Durchmesser von mindestens fünf Metern haben (übrigens waren die Plätze direkt unter ihm als einzige nicht besetzt), und trotzdem wirkte er in diesen Proportionen klein. Weit oben, fast unter der Decke, befanden sich kleine Fenster, die vermutlich zu den Fluren in der ersten und zweiten Etage gehörten. Wahrscheinlich hatten dort die Dienstboten der reichen Leute gestanden, um einen Blick hinunter in den Saal zu erhaschen... Vergoldete Engel stützten die Decken, die ganze barocke Üppigkeit sah aus, als wäre sie in cremige Sahne gefallen und von einem Konditor anschließend in Form gebracht worden.

Wie eine Schlafwandlerin durchquerte ich den Saal und wäre fast auf die Nase gefallen, weil ich immerzu auf die riesigen Gobelins starrte. Sie waren so verblichen, dass man kaum etwas erkennen konnte. Eine Kampfszene? Der Ritt des Kaisers in seine Provinzen? Blütenbekränzte Jungfern, die Ringelreihen tanzten?

»Hoppla.«

Ich fuhr zurück. Fast wäre ich in eine Frau hineingerannt, die wie aus dem Nichts vor mir aufgetaucht war. Sie hatte gerade das Restaurant verlassen und suchte in ihrer Handtasche nach der Zimmerkarte. Deshalb hatte sie mich wohl auch nicht gesehen. Ein Hotelangestellter führte sie am Arm. Ihr Gang war unsicher. Vielleicht hatte sie zu viel getrunken. Das sollte in Tschechien, dem Land, in dem Becherovka und Pils flossen, durchaus vorkommen.

Ich trat einen Schritt zurück – und rempelte gleich den nächsten Gast an. Ein junger Mann fing mich auf und mir blieb die Entschuldigung vor Überraschung im Hals stecken.

»Stephan?«

Er trug eine schwarze Hipster-Brille und den dazugehörigen unvermeidlichen Vollbart. Allerdings sah seiner aus, als würde er ihn jeden Abend mit Schuhcreme bürsten. Die dunkelbraunen Haare waren akkurat getrimmt, sein Anzug sah aus wie in der Savile Row genäht, aber all das konnte nicht davon ablenken, dass er eigentlich schon immer ein durchschnittlicher Typ gewesen war.

»Ja? Wer ...« Sein Blick war überrascht und freundlich zugleich. Aber dann dämmerte es ihm, dass wir uns offenbar kannten, aber leider nicht von der Kantine des Auswärtigen Amtes oder der Business Lounge in Kapstadt. Er wechselte blitzschnell von interessiert zu misstrauisch. »Sind wir uns schon mal begegnet?«

Eine Frau, die bis jetzt an der Bar gestanden und auf einen Cocktail gewartet hatte, kam mit dem Glas zu uns herüber. »Das ist Lana. Johnnys reitender Bote.« Sie lachte und trank einen Schluck, wobei ihr Blick über meine unstandesgemäße Erscheinung glitt. Ich trug immer noch Jeans, Chucks und T-Shirt, dieselben Klamotten, mit denen ich morgens aufgebrochen war zu einem x-beliebigen Tag. Alle anderen waren schon seit Stunden hier und hatten Zeit gehabt, sich zu stylen.

»Joshua hat dich gerade als unseren Überraschungsgast angekündigt. Hallo. Ich bin Cattie. An der Schule nannten sie mich noch Katharina.« Sie reichte mir eine kühle, feste Hand. »Aber ich sehe, dass auch du einiges an dir verändert hast. Die kurzen Haare stehen dir.«

»Hallo«, sagte ich und ließ sie los.

Cattie war mindestens einen Kopf größer als ich. Aus einem blassen rothaarigen Mädchen war eine taffe Businessfrau geworden. In ihrem grauen Kostüm und mit dem kinnlangen, gerade geschnittenen Bob hätte sie als zukünftige Managerin eines Dax-Unternehmens auftreten können. Blass war sie immer noch. Ein gekonntes Make-up verlieh ihrem Gesicht Tiefe, ließ die hellen Augen riesig erscheinen und den Mund geradezu puppenhaft klein. Sie wirkte ein bisschen ... overdressed im Gesicht. Als ob sie sich eine Maske geschminkt hätte, um das Mädchen von einst komplett dahinter verschwinden zu lassen. Ihr Lächeln wirkte freundlich, ihre Stimme klang warm. Aber irgendetwas ließ mich vorsichtig sein.

»Man wird nicht jünger«, gab ich, geistreich wie selten, zurück. »Wo sind die anderen?«

»Im Restaurant. Ich bin schon seit heute Nachmittag hier. Der Spa-Bereich ist umwerfend. Hast du den Pool gesehen?«

Ich schüttelte den Kopf. Wir folgten Cattie aus dem Saal hinüber in einen weiteren, riesigen Raum, der allerdings nicht ganz so hoch war. Er musste noch zum Altbau gehören, denn der Stuck und die Fenster, verhängt von edlen Brokatvorhängen, sahen genauso aus wie im Ballsaal.

»Hier entlang. Unser Wohltäter hat uns einen diskreten Tisch zugewiesen.«

»Wer ist denn ...?«, wollte ich fragen, aber Cattie marschierte mit ihrem Vorstandsvorsitzenden-Gang quer durch den Raum und bog um die Ecke, und Stephan folgte ihr.

Die meisten Tische waren schon verlassen. An einigen saßen noch Gäste, meist Paare, manche schienen mir aber auch Geschäftsleute zu sein. Die Kellner räumten ab oder beugten sich über die Kassenbücher am Durchgang zur Küche, vor der ein seidenbespannter Paravent stand.

»Wer ist denn unser Wohltäter?«, fragte ich Stephan.

Aber der zuckte nur kurz mit den Schultern und beeilte sich, nicht den Anschluss an Cattie zu verpassen. Vielleicht wollte der große Unbekannte ja aus einer Torte springen. Auch wenn die Leute am Küchendurchgang eher müde aussahen und nicht so wirkten, als ob sie heute noch die große Show erwarten würden.

Der Tisch stand am Ende des Raumes, durch die Ecke vor den Blicken der anderen geschützt. Eine große, runde Tafel für sieben Personen, die freien Plätze eingedeckt mit silbernem Besteck und jeder Menge Damast. Siri und Joshua saßen nebeneinander, die beiden anderen hatten jeweils Stühle zwischen sich freigelassen, als ob sie Abstand bräuchten. Sie wandten uns den Rücken zu, aber ich erkannte sie auch von hinten. Der eine von ihnen war Tom. Er wurde durch Siri auf uns aufmerksam gemacht und stand auf. Er war schon immer sehr höflich gewesen. Höflich und kalt. Der Blick seiner dunklen, fast schwarzen Augen könnte durch einen hindurchsehen, als ob man gar nicht da wäre. Er war einen halben Kopf größer als ich, hatte kurze braune Haare und die stillen Züge eines Melancholikers, der außer sich selbst niemandem auf der Welt Sympathien entgegenbrachte. Das Auffälligste an ihm war eine klotzige, goldene Uhr mit Mondphasen. Sie passte nicht. Mondphasen waren etwas, das Tom so fremd sein musste wie Strickleggins.

Cattie wurde von ihm mit distanzierten Wangenküssen

begrüßt, bei denen er sie eher von sich weghielt als dass er sie in die Arme nahm. Stephan bekam einen Gangster Check. Bei mir war er schon fast so weit, sich grußlos wieder zu setzen. Aber das konnte sich Siri natürlich nicht entgehen lassen.

»Das ist Lana. Erinnerst du dich noch an sie?«

Ein Hauch von Ratlosigkeit huschte über seine leicht blasierten Züge.

»Sie war an der gleichen Schule. Ein paar Klassen unter uns.«

»Es tut mir leid. Aber ich kann beim besten Willen ... Wie war dein Name?«

»Schon gut.« Ich sah mich nach dem letzten freien Stuhl um. »Ist lange her.«

Die Eisprinzessin schlug ihre Beine übereinander und betrachtete uns, als ob wir zwei Laiendarsteller auf einer Provinzbühne wären, die den Text vergessen hätten.

»Du und Johnny, ihr versteht euch, nicht wahr? Seid ihr Freunde? Gute Freunde? Ist uns da vielleicht etwas verborgen geblieben? Johnny kann nicht kommen, also hat er sie geschickt. Wir haben sie am Bahnhof abgeholt. Sie bleibt heute Nacht hier.«

»Ah.«

Er musterte mich von oben bis unten. Immerhin hatte ich jetzt das Gefühl, er würde mich wahrnehmen. Sein Gesicht wirkte durch die dunklen Bartschatten auf den Wangen düster und irgendwie gefiel mir dieser Blick nun auch nicht so richtig. Er drehte sich zu Siri um. »Und da hätte es keine andere Möglichkeit gegeben?«

»Nein«, antwortete ich spitz, weil ich Unterhaltungen *mit mir* denen *über mich* vorzog.

»Und warum nicht?«

»Er ist krank.«

Jetzt blitzte doch so etwas wie Interesse in Toms Augen auf. »Etwas Ernstes?«

»Nein. Er ist die Treppe runtergefallen. Das wird wieder. Darf ich?«

Tom trat einen Schritt zur Seite, um Platz zu machen. Hinter ihm tauchte Franziskas Lockenkopf auf.

Franziska hatte ich von allen am meisten gemocht. Sie war so … normal. Sie trug niemals teure Markenklamotten oder monogrammbedruckte Handtaschen, sie war nett zu den Jüngeren und hatte uns immer für voll genommen. Damals war sie Schulsprecherin gewesen. Also ziemlich uncool für ein Mitglied der berüchtigtsten Angeberclique. Auch jetzt lächelte sie mich freundlich an. Die braunen Haare fielen ihr locker über die Schultern. Sie trug ein schlichtes Strickkleid und schwere Boots dazu. Am liebsten hätte ich mich neben sie gesetzt, aber Stephan war schneller. Er streichelte ihr zur Begrüßung über den Arm und plumpste wie selbstverständlich neben sie. Ich durfte mich zwischen Siri und Tom quetschen. Es war ungefähr so gemütlich wie zwischen zwei Kühlschränken mit geöffneten Türen.

Die Kellner eilten herbei und nahmen unsere Bestellungen auf. Die anderen hatten schon gegessen. Obwohl ich meinen Magen mittlerweile hinter mir her schleifen konnte, wollte ich mir nicht die Blöße geben, vor den Augen dieser Leute Gulasch zu vertilgen. Alle taten so, als ob ich nicht da wäre. Und genau das machte mich ungefähr so unsichtbar wie einen Hinkelstein.

»Nun«, sagte Joshua und erhob sein Glas. »Dann wären wir also alle wieder zusammen. Ich würde gerne wissen, auf wen ich meinen Toast aussprechen darf.«

Siri, Tom und Franziska hatten noch Wein. Cattie griff zu ihrem Cocktail. Alle sahen sich reihum an, aber niemand sagte ein Wort.

»Wer hat uns eingeladen? Kommt schon. Es ist doch keine Schande, plötzlich großzügig zu werden.«

Niemand reagierte.

»Also der große Unbekannte.« Die, die was zu trinken hatten, stießen an. Franziska goss Wasser in die Gläser. Sie klirrten leise wie ein Glockenspiel, als wir es den anderen nachtaten. »Ich habe mich an der Rezeption erkundigt. Unsere Zimmer sind bezahlt.«

»Und die Minibar«, ergänzte Cattie mit einem kehligen Lachen. »Eine nette Idee. Ich wüsste auch gerne, wer sie gehabt hat.«

»Ich nicht.« Tom setzte sein Glas ab und rieb die Handflächen bedächtig aneinander. »Aber meines Wissens nach gibt es keine Leistung ohne Gegenleistung. Korrigiert mich, wenn ich irre, aber das Arrangement gilt nur für eine Nacht. Und unsere Fahrkarten sind One-Way-Tickets.«

»Du warst noch nicht auf deinem Zimmer?«, fragte Siri.

»Nein. Ich bin Trainee bei einer Bank in Frankfurt. Wir arbeiten freitags normalerweise bis um neun Uhr abends durch. Und am Wochenende.«

Cattie lächelte ihn mit ihrem Katie-Perry-Mund an. »Da

haben wir ja so ein Glück, dass du dir extra wegen uns dein Wochenende ruinierst.«

Toms Blick wurde eisig. »Es freut mich, dass du die Tragweite meiner Zuneigung erkennst, Katharina.«

»Seit wann so förmlich?«, hauchte sie. »Nenn mich einfach Cattie. Ich glaube, das hat jeder von uns bekommen.«

Ihre Hand glitt über den Tisch und schob Tom einen Umschlag zu. Er sah genauso aus wie der, den ich aus Johnnys Papiermüll gefischt hatte, nur dass der Name in Schönschrift ein anderer war. Tom betrachtete ihn abwartend. Als er mitbekam, dass die Gespräche am Tisch verstummten und alle darauf warteten, zog er die Karte heraus. Weil ich neben ihm saß, konnte ich quasi mitlesen.

Willkommen, stand da. *Esst und trinkt und feiert und schlaft. Morgen früh ist für euch ein Aufstieg zum versteinerten Hochzeitszug arrangiert, Picknick inklusive. Verpasst ihn nicht.*

»*Ihr würdet es bereuen*«, las ich den letzten Satz leise mit und sah hoch.

Schweigen.

»Was würdet ihr bereuen?«, fragte ich.

Keiner reagierte.

»Ich bereue es jetzt schon«, ließ sich Siri schließlich vernehmen und strich sich mit einer unwilligen Geste ihr seidig gestriegeltes Haar aus dem Gesicht. »Aufstieg. Ihr wisst doch, was das ist? Wenn ich in die Alpen gewollt hätte, wäre ich nach Kitzbühel gefahren.«

»Das hier sind nicht die Alpen.« Stephan stieß einen kaum hörbaren Seufzer aus. »Wir sind im Böhmerwald.«

»Du weißt doch genau, was ich meine! Ihr alle wisst es. Wer von euch hat sich das ausgedacht? Raus mit der Sprache!« Sie sah sich um, aber in allen Gesichtern stand die gleiche Ratlosigkeit.

Halt. Stopp. In einem nicht.

Tom schien in sich hineinzulachen.

»Was ist?«, fragte Siri ihn scharf. »Ich habe Höhenangst, wie du dich vielleicht noch erinnerst. Macht dir das Spaß?«

Er zuckte mit den Schultern und versuchte, ernst zu werden. Es war seltsam, ihn dabei zu beobachten. Lachen passte nicht zu ihm. Seine Mundwinkel wirkten schief. Er hatte ein Gesicht für die schweren Zeiten des Lebens, aber keins für die heiteren. Eigentlich hätte er diese fröhliche Miene für den Ausbruch des Dritten Weltkriegs reservieren müssen und nicht für Siri, die das jetzt erst recht auf die Palme brachte.

»Ist das witzig? Dann verstehe ich auf einmal deinen Humor nicht. Er war übrigens nie besonders prickelnd, wenn ich dir das jetzt mal sagen darf.«

Sie wollte aufstehen, aber Stephan packte sie am Handgelenk. »Setz dich. Tom ist es nicht. Er hat die gleiche Einladung wie wir alle.«

»Als ob das irgendwas beweisen würde!«

Franziska, die wie ein ruhender Pol unter all den Exzentrikern wirkte, langte quer über den Tisch zu einer halb leeren Flasche Weißwein und kippte sich einen kräftigen Schluck nach. »Mach nicht so ein Theater. Du hast doch genau gewusst, worauf du dich einlässt.«

»Ach ja?« Siri schüttelte Stephans Hand ab. »Ich dachte, das wäre so eine Art …«

»Wandertag?« Tom grinste immer noch. Ihm schien es zu gefallen, wenn Siri sich ärgerte. Mir auch, muss ich zu meiner Schande gestehen. Damit hatte er leider schon mal einen Stein im Brett bei mir. »Dann bist du naiv. Es ist doch klar, was das hier werden soll.«

Es war, als hätte jemand im Winter das Fenster geöffnet. Ein eiskalter Hauch strich über uns. Natürlich gab es ihn nicht wirklich. Aber ich fröstelte, und Franziska, die mir schräg gegenüber saß, griff nach Stephans Hand, der das als Aufforderung betrachtete und seinen Arm um sie legte. Joshua zog ärgerlich die Augenbrauen hoch. Siri rutschte unruhig auf ihrem Stuhl. Nur Cattie blieb die Ruhe selbst. Sie trank ihren Martini aus, und als ob der Kellner auf seinen großen Auftritt gewartet hatte, wurde ihr genau in dieser Sekunde der nächste serviert.

»Mir ist das ganz und gar nicht klar.« Sie sah in die Runde, ihr Blick blieb an Tom hängen. »Jahrelang sehen wir uns nicht und dann so ein Aufwand?«

Toms Gesicht verzog sich zu einem spöttischen Grinsen. »Wirklich nicht? Franziska?«

Franziska, so plötzlich angesprochen, verschluckte sich an ihrem Wein.

»Sind wir beide die Einzigen?«

Niemand sagte ein Wort. Als wären alle eingefroren. Tom beugte sich zu mir. Sein Atem streifte meine Wange. Ich bekam Gänsehaut, aber keine von der romantischen Sorte.

»Wir sind leider nicht unter uns«, sagte er leise. »Nimm es nicht persönlich.« Und zu Franziska gewandt: »Unsere große Stunde kommt noch.«

Täuschte ich mich? Oder wurde Franziska einen Hauch blasser? Vielleicht wäre die gefühlte Temperatur nicht so eisig, wenn ich nicht am Tisch sitzen und jedes vertrauliche Gespräch verhindern würde. Ich hatte deshalb kein schlechtes Gewissen. Aber Stille unter Menschen war für mich schon immer schwer zu ertragen gewesen.

»Was ist der versteinerte Hochzeitszug?«, fragte ich, um das Thema zu wechseln. Meine Stimme klang anders. So hatte sie sich immer angehört, wenn ich mit der Hand in der Keksdose oder beim Abschreiben erwischt worden war.

»Eine Felsenformation im Kaiserwald«, erklärte Joshua. Es gefiel ihm sichtlich nicht, dass Tom die Leitung des Gesprächs übernommen hatte, also rückte er seinen Stuhl näher an den Tisch und brachte sich wieder ins Rennen. »Ich hoffe, ihr habt an eure Wanderstiefel gedacht.«

»Wanderstiefel?«, wiederholte Siri, als hätte er gerade etwas von chinesischer Wasserfolter erzählt.

Franziska lachte. »In meinen Boots komme ich überall hin. Das ist ja großartig. Eine Bergwanderung?«

»Keine Bergwanderung.« Cattie stellte ihr leeres Cocktailglas ab. »Nicht mit mir.«

Stephan beugte sich vor. »Du würdest es bereuen«, murmelte er verheißungsvoll, was ihm einen Knuff von Franziska einbrachte. »Der Wald, die Berge, der reißende Fluss, die Natur ... Weißt du noch, was das ist?«

Bevor Cattie antworten konnte, kamen die Kellner mit neuen Getränken. Einer von ihnen, der ihr Boss zu sein schien, hielt sich etwas abseits und wartete, bis sie fertig waren und wieder verschwanden. Dann trat er mit einer leichten Verbeugung an unseren Tisch. Da Tom einfach näher war, sprach er ihn an.

»Bitte entschuldigen Sie die Störung. Die Limousine steht morgen um zehn Uhr bereit. Wäre das den Herrschaften recht?«

»Welche Limousine?«

Der Mann wandte sich an die gesamte Runde. »Ein Wagen wurde für zehn Uhr bestellt.«

»Gut«, sagte Joshua. »Wo?«

»Direkt am Eingang, mein Herr.«

Er verbeugte sich knapp, wurde von Cattie mit dem Auftrag, einen weiteren Martini zu besorgen (hatte sie zu viel James Bond gesehen?) bedacht, und am Tisch machte sich spöttische Erleichterung breit.

»Keine Wanderschuhe«, sagte Franziska mit einem Seitenblick zu Siri und Cattie.

Zwischen den dreien stimmte die Chemie nicht. Vielleicht war das schon immer so gewesen, aber an diesem Abend fiel es mir zum ersten Mal auf. Ich trank mein Wasser und beobachtete die Runde. Tom hatte sich von mir abgewandt und diskutierte mit Stephan über Autos. Siri versuchte, Joshua davon zu überzeugen, im Anschluss mit ihr noch in die Bar zu gehen. Irgendwann redeten sie alle miteinander und plötzlich blitzte die alte Magie wieder auf. Rede und Gegenrede schossen wie Pfeile über den Tisch. Joshua und Tom, die beiden Alphatiere, verwickelten sich in einen atemberaubenden Disput über die tschechische Außenpolitik und übertrumpften sich gegenseitig mit geschliffenen Argumenten. Cattie warf ihre pointierten Spitzen ein, das

Lachen von Siri perlte hinüber zu den anderen Tischen, an denen noch Leute saßen. Sie sahen zu uns hinüber, einige tuschelten.

Ich wusste, was sie dachten. Als Stephan mir ein Glas Wein anbot, lehnte ich nicht ab. Ich hob das Glas, sein Inhalt funkelte blutrot, und darüber hinweg sah ich ihre Gesichter: glühend, leidenschaftlich, aufmerksam, hellwach, jeder mit jedem verbunden, verdammt gute Freunde... Und ich wusste, dass die Leute an den anderen Tischen etwas spürten, das man vielleicht Sehnsucht nannte, aber in Wirklichkeit Neid war.

»Du kommst morgen mit«, sagte Joshua. Er musste mich längere Zeit beobachtet haben, mir war es nicht aufgefallen.

»Nein«, sagte ich schnell. Alle unterbrachen ihre Gespräche und sahen mich an. »Das geht nicht.«

»Warum nicht? Hast du schon was Besseres vor?«

»Nein, ich... Es ist okay. Es war nett mit euch.«

»Nett.« Joshua lehnte sich zurück und legte den Arm auf die Rückenlehne seines Stuhles. »Willst du uns beleidigen?«

Siri kicherte. »Quatsch. Lana ist nett. Oder?« Um Zustimmung heischend sah sie sich um. »Natürlich kommst du mit. Wenn du schon in Johnnys Bettchen schläfst und von seinem Tellerchen isst...«

»Dann kannst du auch mit auf den Ausflug kommen.« Franziska nahm Siri mit ihrer ruhigen Art den Wind aus den Segeln und münzte die Beleidigung um in ein Angebot. »Es ist alles bezahlt. Den Zug zurück nach Hause kannst du auch morgen Abend nehmen. Wo wohnst du eigentlich?«

»Berlin«, sagte ich.

»Das ist kein Problem. Du kannst jederzeit gehen. Wir sind in derselben Lage wie du.«

Ich musste wohl ziemlich verblüfft ausgesehen haben, denn viele Gemeinsamkeiten hatte ich zwischen uns bis jetzt nicht bemerkt.

»Wir alle wissen nicht, wer dahintersteckt«, fuhr sie fort. Sie sah zu Siri, Joshua, Stephan, Tom und Cattie. Zuletzt nahm sie mich ins Visier. »Aber es ist wohl einer von uns. Hat jemand was dagegen, dass Lana mitkommt?«

»Als was?«, fragte Siri spitz. »Johnnys Stellvertreterin? Dann ist sie ein schwacher Ersatz. Es ist schade, dass er nicht kommen kann. Ich hätte ihn gerne wiedergesehen. Aber was sollen wir mit ihr?«

Ich parierte Siris Blick so lange, bis sie woanders hinschaute. Warum machte sie so einen Aufstand?

»Ich habe nichts dagegen«, sagte Stephan.

Die anderen nickten, bis auf Siri. Die zerknüllte ihre Serviette und warf sie dann entnervt neben ihren Teller.

»Sie gehört nicht zu uns.« Es klang leise genug, dass niemand von den anderen Tischen es hören konnte, nur wir.

Cattie vernichtete ihren Martini. »Gab es uns überhaupt in den letzten Jahren?« Sie spießte ihre Olive auf. »Also stell dich nicht so an. Um ehrlich zu sein, mir hat der Gedanke, drei Tage mit euch unter einem Dach zu verbringen ohne frisches Blut von außen, schon etwas Angst gemacht.«

Stephan stieß ein schnaubendes Lachen aus und nahm den Arm von Franziska. »Angst?«

»Ja.« Die Olive verschwand in ihrem Mund. »Nichts fürchte ich so sehr wie Langeweile.«

Sie grinste mich an. Offenbar hielt sie mich für prickelnd genug, die Truppe am nächsten Tag gehörig aufzumischen. Eine Erwartung, die mich jetzt schon überforderte.

Ich wollte den Mund aufmachen und endgültig ablehnen, als Tom noch einmal die Frage stellte: »Also, okay, wenn Lana mitkommt?«

Sie wurde mit vier Mal Nicken und Siris Schulterzucken bestätigt. Nur Joshua enthielt sich. Er wirkte abwesend, als ob er über etwas ganz anderes nachdenken würde.

»Joshua?«

»Was?«

»Ob du einverstanden bist, dass Lana mit uns in die Berge kommt?«

Er nahm den Arm von der Lehne und trank in einem Zug sein Glas aus. Dann wischte er sich mit dem Handrücken über den Mund. »Wenn sie unbedingt will…«

Vielleicht war es genau diese Art von ihm, dieses so breit zur Schau gestellte Desinteresse. Und natürlich das Glas Wein, ein schwerer Roter mit einem Duft nach Brombeeren und Kaminfeuer. Das Getuschel der letzten Gäste. Die Kellner, die uns so respektvoll behandelten. Siris spöttischer Blick. Tom, der amüsiert die Augenbrauen hochzog und auf meine Reaktion wartete, die hoffentlich witzig, schnell und wie aus der Pistole geschossen kommen würde.

Ich grinste. »Ja, ich will.«

6

Bevor ich ins Bett ging, schob ich die schweren Vorhänge zur Seite. Ich hatte gehofft, das glitzernde, hell beleuchtete Karlsbad zu sehen, aber ich war genau auf der anderen Seite des Gebäudes untergebracht. Der Ausblick beschränkte sich auf ein paar Wirtschaftsgebäude und eine hohe Felswand, an der sich Bäume und eine kleine Kapelle festklammerten.

Ich hatte vom Portier eine Zahnbürste bekommen. Franziska war extra noch einmal in ihr Zimmer gegangen, um mir ein T-Shirt zum Wechseln zu geben. Ich würde morgen nicht nach Berlin zurückfahren – zumindest nicht direkt nach dem Frühstück. Stattdessen würde ich einen Ausflug hinauf in die Berge machen, mit Limousinenservice, Picknickkorb und Champagner. Es gab schlimmere Arten, sein Wochenende zu verbringen. Ich weiß noch, dass ich mich in die Kissen kuschelte und die Decke wegstrampelte, weil es so warm war. Dass ich am liebsten Trampolin auf der Matratze gesprungen wäre, so aufgeregt war ich. Die dunkelgrüne Tapete, die Kupferstiche in ihren alten Bilderrahmen, der große Spiegel über dem Schreibtisch, der dicke Teppichboden, das Marmorbad ... Ich hätte mir dieses Zimmer niemals leisten können. Wer hatte so viel Geld, gleich sieben Leute dazu einzuladen?

Karlsbad, die Kurpromenade. Ich mag alte Bilder. Wenn sie gut gemalt sind, kann ich hineintauchen in eine andere Zeit. Die Damen trugen Reifröcke und Hüte so groß wie Wagenräder. Die Herren flanierten im Gehrock, den Hut oder Spazierstock in der einen, eine Tasse Mineralwasser in der anderen. Das Bild war sicher ein Original, genau wie die Tuschezeichnung daneben. *Die schwarze Mühle im Kaiserwald*, entzifferte ich die Bildunterschrift. Im Hintergrund konnte man die Gipfel der Berge erkennen, einen See, von dem aus ein Wasserfall in die Tiefe stürzte, und den steinigen, schmalen Pfad, der in den Wald führte. Ein junges Mädchen wusch Wäsche vor der Mühle, zwei Ziegen tummelten sich auf der kleinen Wiese. Die Anordnung wirkte idyllisch, das Bild nicht. Ich fragte mich, ob das Mädchen allein dort gelebt und gewusst hatte, dass irgendwo im Gebüsch jemand saß und sie beobachtete. Plötzlich fühlte ich mich wie ein Voyeur und wandte mich schnell ab. Das Bett war ein Traum: dicke Matratzen, fluffige Daunendecken und ein halbes Dutzend Kissen, von denen ich mir das weichste aussuchte.

Auf meinem Nachttisch lag der Brief, den alle bekommen hatten. Dieselbe Karte aus Bütten, die gleiche Schrift, mit der auf diesen Ausflug eingeladen wurde. Ich war hundemüde. Trotzdem las ich sie mir noch einmal durch und betrachtete den Namen, der auf den Umschlag geschrieben war.

Lana.

Nicht Johnny.

Irgendjemand wusste, dass wir die Plätze getauscht hatten.

Ich holte das Zugticket raus, auf dem Johnny mir seine Handynummer notiert hatte, und schrieb ihm eine SMS. *Bin gut angekommen. Es ist toll hier. Alle sind sehr nett.*

Ich bekam keine Antwort.

7

Der Morgen erwachte unter einer sanften Decke aus Tau und Nebel. Die Gipfel der Berge lagen im Dunst, aber bis zum Mittag würde die Sonne den Kampf gewonnen haben. Uns stand ein strahlender Tag bevor.

Ich traf die anderen im Restaurant, wo ein gewaltiges Buffet aufgebaut war. Rühreier, Pfannkuchen, Croissants, Lachs – es ließ keine Wünsche offen. Fast keine. Siris heißes Wasser mit Ingwer und Zitronengras musste erst zubereitet werden, und Cattie fragte lauthals nach Joghurt mit rechtsdrehender Milchsäure, was bei ihrem Versuch, das ins Englische zu übersetzen, auf einen Milchshake mit aufgespießter Cocktailkirsche hinauslief. Der Rest begnügte sich mit dem, was da war, und das war eine ganze Menge.

Um kurz nach zehn standen wir draußen vor dem Hotel. Dort wartete eine lang gestreckte Limousine – ein Modell, das ich nur aus Hollywoodfilmen kannte. In Karlsbad schien das ein alltäglicher Anblick zu sein, denn kaum einer der vorbeischlendernden Passanten schenkte dieser Granate einen zweiten Blick. Da sie auch noch schneeweiß war, hielt man uns wohl eher für die Vorhut einer türkischen Hochzeit. Einen Ausflug in die Berge hatte ich mir anders vorgestellt.

Der Chauffeur war groß und hager. Er trug eine graue Uniform und ein Käppi mit Schirm. Er öffnete uns die Wagentüren, wartete, bis jeder sein Gepäck im Kofferraum verfrachtet hatte, schlug die Türen zu und setzte sich nach vorne. Eine dunkle Glasscheibe trennte uns von ihm.

»Nobel nobel.« Wir vier Mädels saßen auf der Rückbank, uns gegenüber machten sich Joshua, Stephan und Tom breit. Toms Bankermiene nach zählte er wohl gerade zusammen, was der ganze Spaß mittlerweile kostete.

»Dann machen wir es uns mal gemütlich.« Stephan öffnete die Bordbar. »Whiskey? Cognac? Eine Zigarre, meine Herren?«

»Nicht im Auto«, giftete Siri. Sie musste schlecht geschlafen haben, denn ihre Seidenmähne wirkte etwas zerknittert und der Lidstrich betonte ihre roten Augen eher, als dass er davon ablenkte.

Stephan sammelte die Zigarren ein und steckte sie sich in die Brusttasche seiner Jacke. Es war frisch gewesen am frühen Morgen. Ein erster Vorbote des Wetterumschwungs. Tom genehmigte sich einen Cognac, Stephan, Joshua und wir Mädels lehnten ab.

Ich saß am Fenster. Der Wagen hatte über enge Serpentinen das Tal verlassen. Für ein paar Hundert Meter gönnte uns die Straße den Ausblick auf die Zuckerbäckerkulisse von oben. Das Grandhotel Pupp, das sich mit seinen breiten Flügeln an den Fuß der steilen Felsen schmiegte. Die prächtigen Bauten links und rechts des schmalen Flusses, die

Boulevards, die sich gerade belebten. Über der Stadt lag ein kaum sichtbarer Schleier, ein Hauch aus einer anderen, längst vergangenen Epoche. Ich liebe solche Orte, an denen man durch die Zeiten springen kann.

»Wunderschön.« Franziska beugte sich über mich, um besser aus dem Fenster sehen zu können. Ihre Locken kitzelten mich ein bisschen im Gesicht. »Wann sind wir eigentlich wieder zurück?«

»Keine Ahnung.«

Stephan klopfte an die Scheibe, aber der Chauffeur schien uns nicht zu hören. Er verließ die Hauptstraße, um auf eine Art asphaltierten Waldweg einzubiegen. Als wir über die ersten Schlaglöcher fuhren, schaukelte die Limousine wie ein Schiff. Eine Weile ging es steil bergauf. Die meiste Zeit versperrten Bäume die Sicht. Ab und zu aber konnte ich einen Blick bergab erhaschen. Ganz schön steil, ging es mir durch den Kopf. Wir entfernten uns mehr und mehr von der Zivilisation. Der Wagen fuhr langsamer, wir passierten eine Art Schranke, die sich hinter uns wieder senkte, und steuerten direkt hinein in den dichten dunklen Wald.

Ein Schild. Dreieckig, rot umrandet, mit einem Totenkopf. Der grinsende Mund war mit groben Strichen zugenäht.

»Hast du das gesehen?«, fragte ich Siri.

»Was?« Sie sah von ihrem Handy hoch.

»Da war ein Warnhinweis. Mit einem Totenkopf.«

Stephan, der mir gegenüber am Fenster saß, spähte hinaus. Wieder rumpelte das Auto über die buckelige Piste.

»Steinschlag«, sagte Joshua.

»Nein. Es war ein Totenkopf drauf ... Und sein Mund war zugenäht.«

»Zugenäht?«, wiederholte Siri. »Wie näht man etwas auf einem Schädel zu?«

»Wahrscheinlich wachsen hier Giftpilze«, sagte Tom und wollte noch einmal nach der Cognacflasche greifen. »Der Kaiserwald scheint mir ein recht ...«

Holla, die Waldfee! Das nächste Schlagloch hatte es wirklich in sich. Siris Handy schlitterte über den Wagenboden, Tom vergoss den Cognac auf Stephans Hose.

»Pass doch auf!«, schrie der wütend. »Soll man mich zehn Meilen gegen den Wind riechen?«

Tom grinste. »Das kann man schon den ganzen Morgen. Dein Rasierwasser ist etwas aufdringlich. Wer hat es dir ausgesucht? Deine Mutter oder der Landwirt deines Vertrauens?«

Stephan schnaubte und sah aus dem Fenster.

Tom hob sein Glas in meine Richtung. »Was ich eigentlich sagen wollte: Der Kaiserwald scheint ein recht wildes Gebirge zu sein. Dünn besiedelt. Heimstatt von Bären und Wölfen.«

Franziska schüttelte den Kopf. »Vor allem von den Bären, die du anderen aufbindest. Hör auf mit dem Quatsch. Sind wir nicht bald da?«

Joshua klopfte erneut an die Scheibe, aber der Chauffeur schien taub zu sein. Als er das Tempo verlangsamte, versuchte Franziska, die Türe zu öffnen. Es ging nicht.

»Wir sind eingesperrt. Hammer. Er hat die Kindersicherung eingeschaltet.«

Der Wagen schlingerte um eine Ecke. Ich wurde ans Fenster gepresst – und starrte in den Abgrund.

»Bist du verrückt geworden?«, zischte Stephan. »Schau mal raus, wo wir sind! Der Nächste, der aussteigen will, wartet, bis wir da sind!«

Franziska verschränkte die Arme und schmollte. Siri wischte ihr Handy sorgfältig ab und vertiefte sich erneut in die Nachrichten ihrer Fans. Cattie legte den Kopf an ihre Schulter und versuchte zu schlafen.

»Ich hab kein Netz.« Siri hob das Handy in alle vier Himmelsrichtungen. »WTF!«

Die anderen checkten ihren Empfang – *niente*. In der allgemeinen Motzerei fiel es keinem auf, dass der Weg wieder breiter wurde und wir zügiger vorankamen. Ich erkannte einen Fluss, vielleicht war es der gleiche, der unten im Tal so ruhig durch die Stadt floss. Hier oben war er wild und reißend. In gischtigen Strudeln wirbelte die Flut durcheinander. Das Wasser brach sich an großen Steinbrocken und prallte an eine steile Felswand, die sich direkt gegenüber erhob.

Der Wagen hielt auf einer Art Vorplatz. Ein Plateau, das sich hoch über den Fluss erhob und von dem aus eine Hängebrücke hinüber auf die andere Seite führte. Ein lauter Klick und die Türen waren entriegelt. Wir sahen uns fragend an. Schließlich zuckte Stephan mit den Schultern und stieg als Erster aus.

Der Anblick war überwältigend. Wir standen am Rande einer Schlucht. Auf unserer Seite dichter Wald, auf der anderen ein Höhenmassiv mit gewaltigen Brocken, die ein Riese aufeinander geworfen haben musste. Aus dem Dickicht, das sich in die Ritzen klammerte, traten Felsnadeln hervor, hoch und spitz wie überdimensionale Statuen von Giacometti (über den ich in Kunst einmal ein Referat gehalten hatte; nicht, dass ich allgemein mit so einem Fachwissen glänzen könnte). Von ferne sahen sie aus wie ein Dutzend versteinerter Menschen. Mit viel Fantasie natürlich. Aber ich konnte mir vorstellen, dass dieser Ort in früherer Zeit so etwas wie das Disneyland einsamer Wanderer gewesen sein musste. Ich bin ja auch überzeugt davon, dass Kirchen nur deshalb so bunt ausgemalt sind, damit die Leute damals ohne Internet, Fernsehen und Bücher wenigstens was Spannendes zum Anschauen hatten. Mittelalter-Kino, denn warum sonst wurde das gesamte biblische Thrillerarsenal von Enthauptungen bis Kreuzigungen so enthusiastisch bis ins Detail abgebildet? Dieser steinerne Hochzeitszug, verbunden mit einer bluttriefenden Legende, brachte die Fantasie für die nächsten mühsamen Kilometer ordentlich auf Trab.

Tief unter uns schäumte und brüllte der Fluss.

Ich überlegte noch, ob ich jemals einen Fuß auf diese Hängebrücke setzen würde, als Franziska mich am Arm berührte. Sie musste mich aber mit jemandem verwechselt haben, denn sie zog ihre Hand schnell zurück, als sie den Irrtum bemerkte. Wir alle trauten unseren Augen nicht.

Auf dem Plateau gegenüber stand ein Tisch. Um ihn herum sieben Stühle. Die Tafel sah aus, als hätte man sie aus dem Ballsaal des Grandhotels direkt dorthin gebeamt. Die weiße Damastdecke, die fast den Boden berührte und sich sanft im Wind bewegte, der gewaltige silberne Kerzenleuchter, die Gläser, die Teller. Es sah unwirklich aus, wie eine Geistererscheinung oder eine Fata Morgana. Aber wir hatten nicht viel Zeit, das Wunder zu bestaunen. Vorerst.

Hinter meinem Rücken hörte ich das leise Geräusch eines startenden Motors. Die Limousine wendete und fuhr ... davon.

»Was zum Teufel ... He, was wird das?« Joshua sprintete los. Wer nicht Siri und Cattie hieß, rannte ebenfalls schreiend in die Richtung, in die sich der Wagen entfernte. Er verschwand hinter der nächsten Biegung. Wir würden ihn nicht mehr einholen.

Vielleicht hätten wir ihn eingeholt.

Wenn es uns wichtig genug erschienen wäre. So wichtig wie eine Sache auf Leben und Tod beispielsweise. Aber wer denkt schon an so was, wenn man sich auf Überraschungen gefreut hat? Das war wohl eine davon – oder nicht? So blieben wir, etwas aus der Puste, irgendwann stehen und kehrten zu den beiden Ladies an der Brücke zurück, die uns schon mit leuchtenden Augen erwarteten.

»Champagner!«, rief Siri und wies hinüber zu dem Tisch, neben dem ein silberner Topf stand. Ich hätte das aus der Entfernung nicht erkannt. Cattie streifte ihre Schuhe ab und betrat vorsichtig die Brücke. Die Konstruktion schien, zumindest in der Nähe der Verankerung, stabil zu sein.

»Kommt schon. Worauf wartet ihr?«

Tom war als einer der Letzten zu uns zurückgekehrt. »In dem Wagen war mein Gepäck. Das Notebook, mein Ladekabel ...«

»Mein Make-up, meine Unterwäsche, mein Negligé ...«,

setzte Cattie die Verlustaufzählung fort. Allerdings nicht ganz so frustriert. »Ja und? Wir werden wieder abgeholt. Ist das nicht eine zauberhafte Idee?«

»Das ist nicht zauberhaft, das ist verrückt. Ich hätte gar nicht erst herkommen sollen.« Tom ließ sich nicht beirren. Er kickte wütend einige Kiesel in den Abgrund. »Wenn die Sachen weg sind, kann ich mir gleich einen neuen Job suchen. Ich wollte heute Nachmittag wieder zurück. Zu Fuß dauert das mindestens zwei Stunden.«

Die Sonne stand hoch am Himmel. Ein paar unschuldige weiße Wölkchen tummelten sich da oben. Nur wer genau hinsah, bemerkte im Westen die zarten Schleier, die sich im Laufe des Tages verdichten sollten. Aber daran dachten wir nicht. Wir glaubten ja, wir wären am Abend schon wieder auf dem Weg nach Hause.

»Dann geh doch.« Joshua drängte sich an ihm vorbei und betrat die Hängebrücke. »War ja nur eine Frage der Zeit, bis der erste Spielverderber auftaucht. Ein Kindergarten ist das hier.«

Einer nach dem anderen folgte den beiden. Die Brücke schaukelte sacht unter dem Gewicht, aber sie war stabil und mit schweren, fast armdicken Seilen gesichert. Damit auch niemand zur Seite wegrutschte, waren von Pfosten zu Pfosten Taue gespannt. Ich war die Vorletzte. Nur Tom stand noch abwartend da, aber niemand machte kehrt. Mit einem Seufzer ging er schließlich hinter mir her.

Hängebrücken sind eine vertrackte Sache. Anfangs kommen sie einem vertrauenerweckend vor, aber dann, nach ein paar Metern, beginnen sie zu schwingen. Siri, die schon fast in der Mitte angelangt war, knickte auf ihren hohen Schuhen um und klammerte sich panisch an Joshua. Ihr Schrei gellte durch das Rauschen des Flusses bis zu Tom und mir, die wir noch fast am Anfang waren. Die Brücke pendelte bestimmt einen halben Meter hin und her. Das hört sich nicht weltbewegend an. Aber dreißig Meter hoch über einer Schlucht ist das alles andere als beruhigend.

»Was ist?«, brüllte Tom hinter mir so laut, dass ich zusammenzuckte.

Ich konnte sehen, dass Joshua beruhigend auf Siri einredete und es ihm schließlich gelang, sie weiterzuziehen. Je näher ich der Mitte kam, desto mehr schwand auch mein Mut.

»Langsam! Macht langsam!«

Aber keiner hörte mich. Im Gegenteil: Sie rannten los, um so schnell wie möglich ans andere Ende zu kommen. Dadurch geriet das ganze höllische Ding noch mehr in Bewegung. War diese Brücke überhaupt für so viele Leute auf einmal gebaut worden? Trug sie uns? Die Holzbretter unter meinen Füßen ächzten bei jedem Schritt. Begleitet wurde diese unheilvolle Melodie noch vom Scharren der eisernen Seile in ihren Halterungen, die wohl lange nicht mehr so beansprucht worden waren. Ich wäre am liebsten auch losgerannt, aber ich hatte Angst, höllische Angst. Unter mir tobte der Fluss. Steile, spitze Felsen ragten aus der Schlucht. Es war so laut hier, als ob das Echo hundertfach verstärkt von den Wänden zurückgeworfen würde. Meine Hände verkrampften sich um die Taue.

»Geh weiter!« Tom gab mir einen Schubs zwischen die

Schultern. Ich stolperte los, den Blick starr auf die anderen gerichtet.

Siri hatte das andere Ende erreicht. Sie sank zusammen. Joshua und Cattie beugten sich über sie. Stephan und Franziska nahmen sich in die Arme.

»Los!«

Noch zehn Meter. Acht. Fünf. Drei. Geschafft –

In dem Moment, in dem ich zum letzten Mal den Fuß hob, um auf festen Grund zu kommen, gab es ein metallisches Schnalzen. Etwas schoss schnell wie ein Peitschenhieb an mir vorüber. Der Holzsteg kippte zur Seite. Ich verlor den Halt, die Balance, schlicht den Boden unter den Füßen und fiel in die Taue. Tom schrie auf. Es ging alles so schnell, so rasend schnell! Und trotzdem habe ich bis heute das Gefühl, alles in Zeitlupe zu sehen. Wie er mit den Armen in der Luft ruderte, wie sein entsetzter Blick begriff, was geschehen würde ... Er rutschte einfach weg.

»Tom!«, schrie ich.

Er prallte zwei Meter von mir entfernt in die Seile. Der Ruck schleuderte mich hoch. Die Brücke hatte sich komplett gewendet. Wir hingen in den Tauen, die an den mickrigen Pfosten eingehängt waren. Einer löste sich krachend. Unsere Schreie gellten in meinen Ohren, als wir einen halben Meter in Richtung Abgrund rutschten.

»Lana!«

In Panik sah ich mich um. Joshua stand am Brückenkopf. Noch hielt das verdammte Ding. Aber es knirschte, Holz splitterte, und irgendwo schabte mit einem grässlichen Ton Eisen auf Eisen.

»Nimm das! Halt dich fest!«

Er hielt einen Ast in meine Richtung, aber es war sinnlos.

»Hilfe!«, schrie Tom. »Hilfe!«

»Hör auf zu zappeln!«, schrie ich ihn an. »Keine unnötige Bewegung. Klar? Ist das klar?«

Die Seile waren wie ein Netz. Ein äußerst grobmaschiges Netz, um genau zu sein. Wer schon einmal in einem Klettergarten war, wird wissen, was ich meine.

»Du musst da raus«, keuchte ich und versuchte, vorsichtig nach oben zu klettern. Die Hängebrücke bedankte sich, indem sie noch mehr schwankte und ein ganzes Symphoniekonzert an bedrohlichen Tönen von sich gab.

»Wie denn?«

Tom starrte verzweifelt in die Tiefe. Einen Sturz würden wir nicht überleben. Die einzige Chance war, festen Boden zu erreichen, bevor die ganze Konstruktion im wahrsten Sinne des Wortes den Bach hinunterging.

»Benutz die Taue wie eine Strickleiter. Langsam, ganz langsam.« Ich zog mich hoch, und das war verdammt schwierig, weil ich keinen Widerstand hatte. Endlich bekam ich einen Fuß auf das untere Seil.

»Los jetzt.«

Er hörte mich nicht.

»Tom?«

Keine drei Meter entfernt zeterte sich die Meute die Seele aus dem Leib.

»Komm schon! Du schaffst es!«

»Los, zieh dich hoch, verdammt noch mal!«

»Beeil dich! Sonst fliegt dir das Ding um die Ohren!«

Sehr hilfreich. Tom zitterte. Ich wahrscheinlich auch, aber ich hatte keine Zeit, darauf zu achten. Ich hielt mich mit einer Hand an dem oberen Seil fest, das der umgedrehten Hängebrücke am nächsten war, und reichte ihm die andere.

»Tom, nimm meine Hand.«

»Das geht nicht. Dann falle ich.«

»Nimm meine Hand.«

»Nein!«

Ein Ruck, alle schreien auf. Die Brücke hatte sich ein weiteres Stück aus der Verankerung gelöst. Aber sie hielt. Sie hatte sich ungefähr einen halben Meter nach unten bewegt und mir dabei fast den Arm ausgekugelt.

»Tom!« Der Abstand zu Joshua hatte sich vergrößert. »Wir müssen hier weg!«

»Ja«, wimmerte er und sah wie paralysiert in das schäumende Wasser und auf die spitzen Felsen unter uns.

»Nimm meine Hand.« Ich versuchte, so ruhig wie möglich zu bleiben. Dabei spürte ich, wie die Panik in mir hochkroch. In kürzester Zeit würde sie jeden logischen Gedanken pulverisieren. »Ich zieh dich hoch und dann hangeln wir uns über die Seile in Sicherheit. Verstanden?«

Er nickte und löste die Finger von dem Seil. Im nächsten Moment hatte er es wieder fest umschlossen.

»Tom!«, schrie ich. »Wenn du jetzt nicht mitmachst, dann kann ich dir nicht helfen! Wir schaffen das. Ich verspreche es dir. Wir schaffen das!«

Langsam, unendlich langsam, nahm er die rechte Hand vom Seil und reichte sie mir. Ich packte sie und zog, so fest ich konnte. Die Brücke schien sich erneut einmal um sich selbst drehen zu wollen, und nun lagen wir in einer riesigen Hängeschaukel, aus der wir uns nicht befreien konnten. Wieder schrien alle anderen auf. Wir hingen jetzt fast waagrecht und unter uns lauerte der Tod. Lange würde das keiner von uns aushalten – weder Tom noch ich, und die Brücke erst recht nicht.

»Jetzt hangeln wir uns zu den anderen. Okay? Bist du okay?«

Er nickte hastig.

»Halt dich am Holz fest.« Ich griff nach der Unterseite der Brücke. Ein Brett löste sich und sauste direkt an meiner Schläfe vorbei in die Tiefe. Langsam arbeiteten wir uns vor. Drei Meter. Sie können länger sein als einmal zum Mond und wieder zurück.

»Super!«, schrie Joshua. »Ganz große Klasse.«

Zwei Meter.

Er warf den Ast weg, legte sich auf den Brückenkopf und robbte uns entgegen.

Einen Meter.

Endlich erreichte ich ihn. Er zog erst mich und dann Tom an Land. Keuchend ging ich ein paar Schritte und sank dann völlig erschöpft auf die Knie.

»Toll gemacht.« Stephan hieb mir so fest auf die Schulter, dass ich fast kopfüber im Waldboden gelandet wäre.

Hinter meinem Rücken spielten sich herzzerreißende Wiedersehensszenen ab. Ich kam gerade auf die Beine, da schoss der zweite Peitschenknall über die Schlucht. Die Brücke fiel mit einem fast eleganten Schwung von unserer Seite herunter, schlug am anderen Ende noch einmal auf und baumelte dann wie eine vergessene Strickleiter vom anderen Brückenkopf in den Abgrund.

»*Holy shit*«, murmelte ich.

»Alles okay?«

Ich wollte nicken, aber Tom hatte das zu Siri gesagt, die genauso geplättet wie wir alle auf das zerfaserte Etwas starrte, das uns eben noch getragen hatte.

Ihre Stimme klang in all ihrer abgrundtiefen Ratlosigkeit zum ersten Mal normal. »Wie kommen wir denn jetzt wieder zurück?«

Joshua holte sein Handy heraus, alle anderen machten es ihm nach. »Kein Netz. Jemand von euch?«

Niemand.

Wütend steckte er es wieder zurück in seine Jeanstasche. »Wir werden ja irgendwann abgeholt. Und bis die Rettungsmaßnahmen eingeleitet werden…«, er machte eine Handbewegung in Richtung der Tafel, »… sollten wir uns einfach am reich gedeckten Tisch von Mutter Natur bedienen. Meint ihr nicht?«

Er ging voran. Während die anderen ihm folgten, ging ich zum Brückenkopf. Es waren Drahtseile gewesen, so dick wie Kinderarme. Und doppelt gesichert. Je zwei oben, links und rechts, beide in einem schuhkartongroßen Eisenklotz verankert, zwei unten, ebenfalls um eine Stahlhalterung geschlungen. Die Seile waren weg, die Halterungen nicht. Sie sahen gut aus, gewartet und gepflegt. Ich beugte mich über den Rand des Auftritts, von dem aus es die Brücke weggerissen hatte. Der Blick nach unten ließ eine Welle der Übelkeit in mir hochschwappen. Nur ein paar Sekunden länger und unsere zerschmetterten Körper würden nun vom Fluss Richtung Karlsbad getragen. Könnte das wirklich technisches Versagen sein? Die Brücke hatte solide ausgesehen. Wie hatte das geschehen können?

Ich beugte mich noch weiter vor. Am Felsen direkt unter mir waren einige helle Stellen zu erkennen. Abschürfungen vielleicht, die durch das Reißen des Seils entstanden sein könnten. Vielleicht aber auch …

Jemand griff an meine Schulter. Vor Schreck schrie ich auf und verlor beinahe wieder das Gleichgewicht. Zwei Arme packten mich und hielten mich fest.

»Sorry. Tut mir leid.« Es war Tom. Aus seinen dunklen Haaren rannen Schweißtropfen. War er eben noch leichenblass gewesen, so zierten nun rote Flecken seine Wangen und seinen Hals. Vorsichtig ließ er mich los und trat einen Schritt zurück. »Ich wollte mich nur bedanken. Ohne dich …«

Er brach ab. Sein Anzug hatte gelitten, aber wer machte sich an so einem Tag auch mit Anzug zu einer Bergtour auf? Wir waren Narren gewesen. Ausgesetzt in einem Gebiet, von dem wir noch nicht einmal eine Karte hatten. Das Lachen und die aufgeputschten Gespräche der anderen gelangten mit einem seltsamen Nachhall an meine Ohren. Das ist nicht echt, dachte ich. Hier laufen zwei Filme parallel. Und dann: Du stehst unter Schock. Und Tom auch.

»Schon gut. Das nächste Mal sag was, wenn du hinter mir stehst. Um ein Haar wäre ich jetzt da, wo du ohne mich gewesen wärst.« Ich wollte nicht angeben. Er war in Panik geraten, das konnte jedem passieren. Aber gleich zwei Mal in fünf Minuten in Lebensgefahr zu geraten, macht ungerecht.

Er hob die Hände, um zu beteuern, dass er in friedlicher Absicht gekommen war. »Entschuldige bitte. Du bist ziemlich cool, muss ich sagen.«

Du nicht, lag mir auf der Zunge. Obwohl du so gerne einer von den ganz harten Jungs wärst. Aber normalerweise retten die die Mädchen, nicht umgekehrt. Glücklicherweise rettete ausgerechnet Cattie jetzt mein Karma.

»Champagner!« Sie war schon am Tisch und schwenkte eine Flasche in unsere Richtung. »Den haben wir uns aber so was von verdient.«

Ich wischte mir die Hände an meiner Jeans ab und folgte Tom zurück in den anderen Film.

8

»Wir haben es mit einem Kenner zu tun.« Cattie wartete, bis alle eingetroffen waren und sich mehr oder weniger in derselben Sitzordnung, die bereits am Abend zuvor funktioniert hatte, niederließen. »Siri kann sich schon mal um den Aperitif kümmern. Ich habe hier einen Meursault. Wahnsinn.«

Jeder Teller war mit einer silbernen Haube bedeckt. In der Mitte der Tafel türmten sich Obst und Käse. Stephan zündete die Kerzen an. Die Luft stand, und zum ersten Mal fiel mir auf, dass es schwül wurde. Der Champagnerkorken knallte und eine Schaumfontäne regnete über unseren Köpfen nieder. Lachend und fluchend zugleich riss Joshua Siri die Flasche aus der Hand und rettete den Rest, indem er ihn einfach in alle Gläser goss, die in seiner Nähe standen.

»Auf uns!«, schrie er und nahm sich gleich das erste. »Und auf diese verdammte Brücke!«

»Auf uns!«, fielen die anderen ein.

Ich nahm meine Serviette, um mich abzutrocknen. Zwei fettglänzende schwarze Käfer fielen auf meinen Schoß. In der allgemeinen Heiterkeit bemerkte niemand, mit welcher

Hektik ich aufsprang und sie abschüttelte. Dafür war der Champagner kalt. Ich fragte mich, wer das alles vorbereitet hatte. Das Brot lag frisch und knusprig in den Körben. Die Butter war noch nicht geschmolzen. Bevor ich mich wieder hinsetzte, scannte ich die Felsen hinter meinem Rücken ab. Irgendwo müsste es einen Zugang zu diesem Plateau geben. Die Hängebrücke konnte nicht der einzige Weg zurück nach Karlsbad sein. Vielleicht dort, rechterhand, wo das Plateau schmaler wurde und in Dickicht überging? Vermutlich war das ganze Gebirge mit Wanderwegen durchzogen, wir mussten sie nur finden.

Oder uns in zwei Stunden einfach abholen lassen. Die Vorstellung, dass Gebirgsjäger sich von ihren Hubschraubern abseilen würden, um uns zu retten, hatte etwas Abenteuerliches, Außergewöhnliches. Mein Stuhl wackelte auf dem unebenen Grund, aber das war egal. Diese gedeckte Tafel mitten in der grandiosen Bergkulisse war eine Theaterbühne und wir waren die Hauptdarsteller.

»Lachs«, verkündete Franziska, die die Silberhaube von ihrem Teller hochgehoben hatte. »Er ist noch warm! Wie kann das sein?«

»Ich frage mich eher, wer.« Joshua saß mir gegenüber. Er sah uns der Reihe nach an. »Wir sind unter uns. Bis jetzt ist das alles so was von exakt geplant und durchgeführt...«

»Was eindeutig gegen einen oder eine der hier Anwesenden spricht, nicht wahr?« Catties Lachen schraubte sich eine Oktave höher.

»Das auch?« Tom wies auf die zerstörte Brücke. »Oder war es reiner Zufall?«

Siri lehnte den Brotkorb ab, den Stephan ihr reichen wollte. »Ich wusste schon beim ersten Schritt, dass das irgendwann mal passieren würde.«

»Hoffentlich nehmen sie uns dafür nicht in die Pflicht.« Tom konnte offenbar nicht aufhören, sich zu beschweren. Sein Bankergesicht hatte mittlerweile wieder die normale Blässe angenommen. Er versuchte, durch Reiben einen Fleck auf seinem Anzug zu entfernen, was den Schaden aber nur noch schlimmer machte.

»Ich habe keine Warnung gesehen«, erwiderte Stephan, nahm die Serviette aus dem Brotkorb und putzte damit seine Brille. Anschließend hielt er sie prüfend gegen das Licht und setzte sie wieder auf. »Das hätte nicht passieren dürfen. Hast du nicht Jura studiert? Wir müssen Anzeige erstatten.«

»Bevor es andere tun.« Tom nahm sich das letzte Brot aus dem Korb und stellte ihn vor mir ab.

»Danke«, sagte ich.

»Oh, tut mir leid. Hier, kannst meins haben.«

»Nein, ist schon okay.« Ich probierte den Lachs. Er war sensationell. Genau auf den Punkt, überhaupt nicht trocken und faserig. Liebevoll angerichtet mit zart gedünstetem Gemüse. Wer das alles hier raufgeschleppt hatte, über die Hängebrücke... Ich betrachtete meine Tischnachbarn, die sich jetzt alle über das Essen hermachten. Es gab keinen unter ihnen, dem ich so viel Hingabe und Mühe zutrauen würde.

Joshua sah hoch, direkt in meinen Blick. »Das Teufelsmahl«, sagte er. »Noch nie davon gehört? Eine dieser Sagen und Legenden aus dem Böhmerwald. Meine Großmutter kam aus der Gegend.«

»Und ...?« Ich legte die silberne Gabel ab, die ich gerade zum Mund führen wollte. »Was hat es auf sich damit? Sind wir verflucht? Verwandelt sich das Essen auf unseren Tellern jetzt in Gold und wir verhungern alle?«

Joshua sah sich um und stellte zufrieden fest, dass die Aufmerksamkeit sich voll und ganz auf ihn konzentrierte. »Das Teufelsmahl ist so etwas wie ein Gleichnis. Es richtet sich an die Eitlen, die Hochfahrenden.« Kichern mäanderte um den Tisch. »An die, die glauben, dass sie etwas Besseres sind. Irgendwann übertreiben sie es, und der Teufel kommt und lässt alles, was sie anfassen, zu Asche zerfallen.«

»Lecker Asche.« Franziska widmete sich erneut ihrem Essen.

»Meist werden Wanderer damit genarrt«, fuhr Joshua fort. »Da steht der Tisch im Kerzenlicht mitten im Moor, mit Wildschweinbraten und Krügen voller Wein, und wer ihn sieht, achtet nicht mehr auf den Weg, versinkt und stirbt einen qualvollen Tod.«

»Dassis Hunger, nich Eitelkeit«, widersprach Franziska mit vollem Mund. »Eine ziemlich linke Nummer.«

»Vielleicht haben sie eine verbotene Abkürzung genommen? Der Teufel ist nicht gerade für seinen politisch korrekten Humor bekannt. Der Tisch kann überall auftauchen. Im Wald, damit man sich verirrt, in einer Höhle, damit man in einen Abgrund stürzt –«

»Hör auf!«, herrschte Tom ihn an und ließ endlich seinen lädierten Anzug in Ruhe. »Sag uns lieber, wie wir hier wieder wegkommen.«

»Keine Ahnung.« Joshua checkte erneut sein Handy. »Ich

kriege ein GPS-Signal, aber keinen Empfang. Die Karte ist sehr grob. Das hilft nur bedingt.«

Wir versuchten es alle, mit demselben Ergebnis. Ein kleiner, pulsierender Punkt in einem weiten grünen Gelände, durch das sich, sehr vereinfacht, das blaue Band eines Flusses zog. Wenigstens funktionierte die Anzeige der Himmelsrichtungen. Karlsbad lag irgendwo im Südwesten. Wir vertilgten den Rest der Mahlzeit und machten uns dann über Käse und Obst her. Die Vorschläge, wie wir wieder zurückkommen könnten, reichten von vernünftig bis absurd.

»Rauchzeichen. SOS.«

»Einfach bergab. Es muss einen anderen Weg geben.«

»Das Tischtuch zerreißen, verknoten und daran abseilen.«

»Vielleicht weiter flussauf.«

»Einfach abwarten. Irgendwann fällt doch auf, dass wir nicht zurückkommen.«

Der letzte Einwurf war von Franziska gekommen und löste unterschiedliche Reaktionen aus. Cattie, Franziska, Siri und Tom – ich würde sie jetzt einfach mal als die Fraktion bezeichnen, die gerne andere für sich machen ließ – stimmten zu. Joshua, Stephan und ich waren anderer Meinung.

»Es fällt niemandem auf.« Stephan strich sich über seinen sorgfältig gestutzten dunklen Bart. »Wir haben ausgecheckt. Gestern Abend war nur von einem Transfer in die Berge die Rede, aber von keinem zurück.«

»Irgendwelche konstruktiven Lösungsvorschläge?« Cattie sah auf ihre hohen Schuhe. »Weit komme ich damit nicht. Ist noch Wein da?«

Die Flasche war bei Joshua angelangt und – leer. Cattie

murmelte etwas vor sich hin, was mit bald einsetzenden Entzugserscheinungen zu tun hatte und niemand richtig ernst nahm. Während Stephan eine Zigarre an Tom weiterreichte und die beiden pafften wie zwei Tabakbauern bei Sonnenuntergang, machte sich eine leichte Trägheit breit. Der Fluss rauschte, die Wipfel der Bäume säuselten im leichten, warmen Wind. Kleine Echsen huschten über die Steine. Ab und zu klang ein hölzerner Schlag an unsere Ohren, wenn die Hängebrücke gegenüber an die Felsen prallte.

Ich stand auf, um das Gelände genauer zu inspizieren. Das Plateau war ungefähr zehn Meter breit und zwanzig Meter lang. In der Mitte am Abhang befand sich der Auftritt für die nicht mehr vorhandene Brücke. Etwas weiter links konnte ich Stufen erkennen. Uralte, abgetretene, bemooste Stufen. Leider führten sie nicht direkt hinunter bis zum Fluss, sondern nur etwa bis zur Mitte der Steilwand. Ich vermutete, dass in früheren Zeiten eine stabile Holzbrücke die Ufer miteinander verbunden hatte, die dann aber abgerissen worden war. Jedenfalls gab es von dieser Stelle aus keinen Weg zurück.

Der versteinerte Hochzeitszug begann, wenn ich noch auf der anderen Seite gestanden hätte, rechts von unserem Tisch. Eine eindrucksvolle Formation, gebildet aus großen, verwitterten Steinquadern, die vermutlich vor Äonen einmal vom Berg heruntergerutscht waren oder durch Erdfaltungsmaßnahmen entstanden waren – weiß der Himmel, bei solchen Dingen hatte ich in der Schule immer abgeschaltet. Erde und Bäume hatte die Erosion verschlungen, übrig geblieben waren diese seltsamen, fast zwanzig Meter hohen

Gebilde. In einem glaubte ich, ein Gesicht zu erkennen. Eine Laune der Natur, aber trotzdem jagten mir die groben, verbitterten Züge dieses steinernen Kolosses einen Schauer über den Rücken.

Der Hochzeitszug ging direkt ins Felsmassiv über. Es gab keinen Uferweg, man hätte ihn in die Steine schlagen müssen. Ich wendete mich ab und schritt am Felsen entlang auf das gegenüberliegende Ende des Plateaus. Die Stimmen der anderen, ihre Gespräche und ihr Lachen echote über die graue, verwitterte Steinwand. Dort, an der schmaleren Seite, wucherte dichtes Unterholz. Dahinter erhob sich, steil ansteigend, Wald.

Ein dünner Trampelpfad führte ins Dickicht und direkt in die falsche Richtung – nicht zurück zur Zivilisation nach Südwesten, sondern genau entgegengesetzt hinauf in die Wildnis. Ich folgte ihm, und Meter für Meter wurden die Stimmen hinter meinem Rücken leiser und das Rauschen des Flusses wurde lauter. Der Pfad verbreiterte sich in einen Weg, der schließlich über bemooste Steine weiter nach oben führte, bevor er einen scharfen Knick machte. An genau dieser Stelle hätte ich als Ranger ein Geländer und so ziemlich alle Warnschilder aufgestellt, die mir eingefallen wären: »Stopp! Vorsicht! Keinen Schritt weiter!«

Vielleicht hatte es die auch mal gegeben. Im Felsen waren noch zwei rostige Löcher zu erkennen, und dann ging es atemberaubend, schockierend, schroff und unerwartet nach unten in den Abgrund. Mit klopfendem Herzen blieb ich stehen und tastete nach den Ästen einer zarten Eiche, die sich tapfer in den Vorsprung krallte. Herr im Himmel. Wenn man nur einen Augenblick unachtsam war, lief man direkt in den Tod.

»Ich hab was gefunden!«, rief ich und drehte mich um.

»Hallo? Hört ihr mich?«

Der Wald hatte sich hinter mir geschlossen. Von den anderen war nichts zu sehen und zu hören. Vorsichtig, ganz vorsichtig ließ ich die Äste des Bäumchens los, kehrte um und erreichte das Plateau.

»Es gibt einen Weg. Hinauf in die Berge. Er ist ziemlich verwahrlost, aber vielleicht gibt es weiter oben, wo der Fluss nicht mehr so breit ist, einen Übergang.«

Joshua drehte sich zu mir um. »Wo?«

Ich deutete auf das Gebüsch. »Das kann ja keine Sackgasse sein. Irgendwie muss man hier wieder wegkommen. Vielleicht ist das ein alter Handelsweg rüber zum Erzgebirge?«

»Noch weiter rauf?« Siri, das wandelnde Stoppschild. »Ohne mich.«

Joshua erhob sich langsam und kam zu mir. Die anderen folgten, je nach Enthusiasmus, mehr oder weniger schnell.

»Stimmt«, stellte er fest und fuhr sich durch die blonden lockigen Haare. Er warf mir einen anerkennenden Blick zu, und mir fiel wieder mal auf, was für ein verdammt gut aussehender Kerl er doch war. Statt Anzug trug er enge Jeans, dazu ein lockeres Holzfällerhemd mit aufgekrempelten Ärmeln und darunter ein T-Shirt. Offenbar hatte er ein Picknick im Kaiserwald nicht mit einem Spaziergang über die Kurpromenade verwechselt. »Aber wir haben keine Ahnung, wohin es da geht.«

»Hab ich auch nicht.« Mir ging die ganze Situation langsam auf die Nerven. Ich wollte ganz gerne wieder zurück nach Karlsbad, zum Bahnhof, und nach Berlin zuckeln. Es war ein netter Ausflug gewesen und es hatte zwischenzeitlich sogar Spaß gemacht. Im Großen und Ganzen zumindest. Mit einigen von meinen Reisebegleitern ... zum Beispiel Joshua ... würde ich auch die Telefonnummern tauschen. Eventuell. Aber ich hatte keine Lust, den Nachmittag, den Abend, vielleicht sogar die Nacht mit einer Gruppe überwiegend verwöhnter Stadtkinder auf einem Felsen im Böhmischen zu verbringen. »Da oben bekommen wir einen Überblick. Vielleicht ist da auch eine Wanderhütte. Vielleicht ... Vielleicht ist da ...«

Ich brach ab. Joshua sah mich erwartungsvoll an. »Ja?«

»Die Mühle.« Ich versuchte, mich an das Bild zu erinnern, das an der Wand meines Hotelzimmers gehangen hatte. Die Felsen ... Könnten sie zu demselben Massiv gehören? Der düstere Wald, der Fluss ... »Es muss hier irgendwo eine Mühle geben.«

Wahrscheinlich verrotteten ihre Reste längst auf dem Grund des Flusses.

»Woher weißt du das?« Cattie hatte uns endlich erreicht. Sie hielt sich besser auf den Beinen als Siri, die mit den Absätzen ihrer Pumps ständig im Waldboden stecken blieb.

»Ich habe einen alten Kupferstich gesehen. Es könnte auch eine Tuschezeichnung gewesen sein. Sie hing in meinem Zimmer im Hotel.«

»Von wann?«

»Keine Ahnung. Mitte neunzehntes Jahrhundert oder so.

Die schwarze Mühle im Kaiserwald. Sie muss hier irgendwo sein. Allerdings war der Fluss auf dem Bild nicht ganz so breit, eher ein kräftiger Bach mit einem Wasserfall, der aus einem See fließt.«

»Klingt nach Trinkwasser.«

Stephan nickte. »Das spricht außerdem dafür, dass sie sich weiter oben befinden muss. Wenn es sie noch gibt. Und dass wir von dort über den See auf die andere Seite und wieder zurück kommen könnten.«

»Wir könnten nachsehen«, schlug ich vor.

Und natürlich kam es, wie es kommen musste: Siri und Cattie waren strikt dagegen. Sie wollten zurück an den Tisch und dort warten, bis in einigen Monaten vielleicht einem einsamen Wanderer auffiel, dass am versteinerten Hochzeitszug ein halbes Dutzend Skelette um einen vermodernden Tisch saß. Okay, ich übertreibe jetzt. Aber ich hatte Abwarten und Tee trinken noch nie für sonderlich hilfreich gehalten, wenn man irgendwo weg wollte.

Es gab das übliche Hin und Her, und schließlich einigten wir uns darauf, dass Siri und Cattie gemeinsam mit Tom zurückbleiben würden. Es gab eine herzzerreißende Abschiedsszene, die keiner ernst nahm, dann machten wir uns auf den Weg.

Bevor ich mich hinter Joshua, Franziska und Stephan ins Gebüsch schlug, hatte ich ein seltsames Gefühl. Ich drehte mich noch einmal um. Tom erreichte den Tisch als Erster und zündete sich seine kalte Zigarre wieder an. Cattie und Siri stützen sich gegenseitig und kicherten dabei, als wären sie auf dem Weg zurück in einen Club, um ihre Party fortzusetzen. Die Sonne stand im Süden und leuchtete golden über das Flusstal. Staub tanzte flirrend in der Luft.

Ich habe ein Mal über diesen Augenblick geredet. In dem alles so friedlich war. Nichts anderes als ein herrlicher, verrückter Ausflug, der ein wenig chaotisch verlief. Sie wollten wissen, ob ich Angst gehabt hätte oder eine Vorahnung. Soll ich euch was verraten? Es gibt keine Vorahnungen. Genauso wenig, wie es objektiv betrachtet Grund zur Angst gegeben hätte. Vorahnungen sind *bullshit*. Wir haben sie hundert Mal am Tag, und wenn sich durch Zufall wirklich eine bestätigt, heißt es gleich: Ich habe es geahnt. Ich wusste, dass was nicht stimmt.

Angst ist etwas anderes. Sie kann uns schützen. Sie beginnt mit einem unangenehmen Kribbeln im Bauch und endet irgendwo weit jenseits der Panik. Manchmal kommt sie schlagartig, manchmal baut sie sich ganz langsam auf.

Nein, ich hatte keine Angst. Und ich ahnte auch nicht, was passieren würde. Manchmal überlege ich, was geschehen wäre, wenn ich dort geblieben wäre. Ich versuche dann, diesen Gedanken noch im Ansatz zu ersticken.

Im Traum gelingt mir das nicht. Im Traum sind alle noch einmal vereint an dieser Tafel. Die Sonne streichelt meine Haut, und das Lachen perlt über die Schlucht hinunter bis zum Fluss, wo es sich mit dem Gurgeln und Rauschen des Wassers vermischt. Die Luft riecht frisch und grün. Vögel singen in den Wipfeln der Bäume. Das weiße Tischtuch weht im Wind, und ich laufe wie in Zeitlupe zu ihnen, und Franziska sieht mich kommen und breitet die Arme aus. Ich sehe ihre Gesichter, ich höre ihre Stimmen, ich versinke noch einmal in Joshuas Blick und spüre Stephans Hand, die sich sacht auf meine Schulter legt. Wir trinken Wein und essen Brot, wir reden wild durcheinander und lachen. Ich schließe die Augen und fühle, dass dieser Augenblick für ewig in mir bleiben wird.

Ich öffne sie und sehe ... Asche.

9

Joshua stieg zügig voran. Wenn ich »stieg« schreibe, dann erklärt das vielleicht, warum ich nach einer Viertelstunde schweißgebadet war und mich nach einer Abkühlung im Fluss sehnte. Doch der war weit weg, zumindest konnte man sein Rauschen nicht mehr hören. Nach der gefährlichen Biegung hatten wir ihn hinter uns gelassen.

»Wartet!«, rief ich und stolperte über eine dieser tückischen Baumwurzeln, die unvermittelt aus dem Boden auftauchten.

Stephan drehte sich zu mir um und sah mich an wie der Hase die Weinbergschnecke.

»Lana macht schlapp. Kurze Pause.«

Es knackte und raschelte hinter ihm. Franziskas neugieriges Gesicht erschien. Ihre Locken waren zerzaust, und die Röte in ihrem Gesicht ließ darauf schließen, dass ihr ein kurzes Verschnaufen auch ganz gut tun würde.

Eine Viertelstunde ist nicht lang. Eine Viertelstunde Treppensteigen kann sich ziehen.

Es ging so steil bergauf, dass wir uns an manchen Windungen des Wegs gegenseitig hochziehen mussten. Wer auch immer diesen Pfad benutzte, er musste ein Maultier sein oder eine eiserne Konstitution haben.

»Geht schon.«

Ich hatte als Einzige meine Tasche dabei. Sie war praktisch und zum Umhängen, deshalb hatte ich sie auch nicht in der Limousine beim Gepäck gelassen. Ich schleppe immer einen halben Liter Wasser mit mir herum, den ich jetzt mit meinen Pfadfindern teilte.

»Es ist so heiß und drückend«, stöhnte Franziska. Sie wischte sich den Schweiß von der Stirn. »Irgendwie liegt Gewitter in der Luft. Wie lange müssen wir noch?«

»Bis wir da sind.« Joshua bekam die halb volle Flasche und reichte sie mir leer zurück.

»Und wenn da nichts mehr ist?«

»Dann gehen wir zurück zu den anderen und machen es uns bequem, bis Hilfe kommt. Hat jemand Beschwerden?«

Alle verneinten.

»Dann können wir jetzt vielleicht wieder?«

Und fort war er. Stephan drängte sich an Franziska vorbei und setzte seinem Anführer nach.

»Komm«, sagte ich. »Das ist ein Mittelgebirge und kein Dreitausender. Es wird nicht mehr lange dauern.«

»Ich weiß.« Sie senkte die Stimme. »Bist du dir sicher?«

»Womit?«

»Mit der Mühle. Was ist, wenn wir uns verirren?«

»Sie können uns orten. Solange die Handys noch Akku haben, kann uns nichts passieren.«

Zu meiner Verwunderung holte sie ihres aus der Hosentasche und schaltete es aus.

»Warum machst du das?«

»Um Strom zu sparen. Solltest du vielleicht auch tun.«

Ich zögerte. »Bis heute Abend sind wir wieder zurück.«

»Bist du dir sicher?«

Ich wühlte nach meinem Gerät. Ich hatte noch dreißig Prozent, weil ich es zuletzt in Berlin aufgeladen hatte.

»Es reicht, wenn einer von uns es angeschaltet lässt«, sagte Franziska. »Nur zur Vorsicht. Vielleicht erst mal das von Joshua.«

»Okay.« Ich drückte auf die Seitentasten. Als das Display erlosch, hatte ich das Gefühl, den letzten Draht zur Außenwelt gekappt zu haben. Was natürlich Blödsinn war, denn hier oben hatten wir ebenso wenig Empfang wie schon auf dem Weg.

Franziska ging voran. Schritt für Schritt kämpften wir uns weiter hoch. Irgendwann gewöhnte ich mich an die Anstrengung. Vielleicht war es auch die Endorphin-Ausschüttung, von der Jogger immer mit ähnlich leuchtenden Augen berichten wie Kiffer vom letzten schwarzen Afghanen. Man gerät in eine Art Trance, achtet nicht mehr auf links und rechts, hört nur noch seinen eigenen Atem und das Blut, das in den Ohren rauscht, vergisst die Zeit, vergisst alles, steigt einfach weiter hinauf, Schritt um Schritt.

Aber irgendwann änderte sich das Terrain. Die Bäume wurden lichter, der Aufstieg war nicht mehr ganz so steil. Steinbrocken säumten jetzt den Pfad. Große Blöcke, wie liegen gebliebenes Riesenspielzeug. Und auf einem von ihnen sah ich das Zeichen.

Es war ein weißer Kreis mit zwei schwarzen Kreuzen in der unteren Hälfte.

»Kommt mal!«, rief ich. »Schaut euch das an!«

Franziska machte kehrt und blieb neben mir stehen. »Was ist das?«

»Ich weiß nicht«, keuchte ich. »Vielleicht eine Markierung für Wanderer.«

Stephan und Joshua erreichten uns, fit wie zwei Paar Turnschuhe. Wahrscheinlich waren sie die Asse in den Sportmannschaften ihrer Unis, während ich mich im Sommer lieber auf eine Decke im Park legte. Vielleicht hätte ich öfter mal Frisbee spielen sollen.

»Das war schon ein paar Mal zu sehen.« Joshua bückte sich und betrachtete das Zeichen genauer. »Wir sind richtig.«

»Also ein Wanderwegszeichen?« Ich fragte mich, warum mir die Markierungen nicht früher aufgefallen waren. »Ich dachte, das wären immer nur bunte Striche. Ich hab noch nie vorher so etwas gesehen.«

»Mir kommt es auch eher wie ein Symbol vor.« Stephan krempelte sich die Ärmel seines Hemdes hoch, das, wie er, ziemlich ramponiert aussah. Dunkle Schweißflecken breiteten sich auf dem Rücken und unter seinen Armen aus. Er hatte Dreck im Gesicht und einen kleinen Zweig in den Haaren. »Ein Kreis mit zwei Kreuzen. Was könnte das sein?«

»Keine Ahnung«, sagte Franziska. »Ich will es auch gar nicht wissen. Hauptsache, der Weg *hat* ein Ziel und *ist* es nicht.«

Wir lachten matt. Ich sah auf meine Uhr: halb fünf. Wir

waren fast zwei Stunden lang unterwegs. Der Gedanke, den ganzen Weg zurückzulaufen und die anderen zu holen, verursachte mir ein flaues Gefühl. Aber das würden ja hoffentlich Stephan und Joshua übernehmen.

Franziska setzte sich auf einen Stein direkt neben dem markierten Brocken. »Ich habe Hunger.«

»Pilze, Beeren, Wurzeln.« Joshua grinste. Er hätte mir fast sympathisch werden können, wenn nicht in diesem Moment mein Magen angefangen hätte, zu knurren.

»Hat jemand was zu essen dabei?«, fragte ich.

»Leider nein«, antwortete Stephan. »Ich pflege zu Luncheinladungen nicht mit belegten Broten zu erscheinen.«

Damit erinnerte er uns daran, was uns in die Berge getrieben hatte: die Aussicht auf ein Picknick all-inclusive. Das Picknick hatten wir gehabt. Aber es war schon ein paar Stunden her und langsam wurde die Luft feuchter und die Sonnenstrahlen fielen schräger durch das Blätterdach. Der Nachmittag neigte sich dem Ende entgegen. Danach kam der Abend und dann die Nacht. Weiter wollte ich nicht denken.

»Vielleicht hat die Planung ja nach dem Essen aufgehört«, spekulierte ich. »Und dann bekam die Limousine eine Reifenpanne ...«

»... und die Hängebrücke verabschiedete sich, und wir sind noch nicht mal in der Lage, einen Notruf abzusetzen.« Stephan blickte mit gerunzelter Stirn in Richtung der paar Meter Weg, die von hier aus sichtbar waren. »Ist das ein Zufall?«

»Natürlich.« Franziska stand auf und klopfte sich den

Dreck vom Hintern. »Niemand setzt uns absichtlich hier aus. Das ist doch Blödsinn.«

»Und wenn doch?«

Joshua verschränkte die Arme und stellte sich neben Stephan. Obwohl er schlank war, bemerkte ich jetzt zum ersten Mal seine Muskeln. Das Hemd hatte er ausgezogen. Dunkle Schweißflecken breiteten sich auf seinem T-Shirt aus. Wir alle hätten auch von einer Runde hartem Rugby kommen können. Schade, dass man im Fluss nicht schwimmen konnte. Ich sehnte mich zurück zu den anderen, bis mir resigniert einfiel, dass die einzige Möglichkeit, dort ins Wasser zu kommen, ein Kopfsprung aus zwanzig Metern Höhe war.

Neben Joshua erschien Stephan blass und abgekämpft. Vielleicht fiel ihm das selbst auf, denn er trat unwillig einen Schritt zur Seite und musterte die Überdosis Natur um uns herum, als wäre sie ein Feind, der erst jetzt seine fiesen Pläne offenbarte.

»Wer sollte das tun?«, fragte Joshua leise.

Ich sah zu Franziska. Sie ging ein paar Schritte weiter bergauf, blieb dann aber stehen, als ob sie vergessen hätte, was sie eigentlich tun wollte.

»Ihr wisst es wirklich nicht«, sagte ich.

Die Wirkung meines Satzes war verblüffend: Joshua und Stephan fuhren herum.

»Was?«, fragte Franziska und kam wieder zu uns zurück. »Was sollen wir nicht wissen?«

Ich hob begütigend die Hände. »Sorry. Ich meinte: Ihr wisst wirklich nicht, wer hinter diesem Spaß steckt?«

»Spaß?«, fragte Joshua. Aus irgendeinem Grund schien er sauer zu sein. »Das nennst du Spaß? Was hat Johnny dir gesagt?«

»Mir? Gar nichts.«

»Ach komm schon! Denkst du, das Märchen nimmt dir irgendwer ab? Dass ihr euch Jahre nicht gesehen habt und jetzt rein zufällig an der gleichen Uni studiert? Und er, geblendet von deiner Schönheit, auf der Treppe ausrutscht und dir vor die Füße fällt?«

»So war es aber! Bis auf die Schönheit...«

Der Witz kam nicht an.

»Was hat er gesagt? War das seine Idee? Steht er hier irgendwo hinter einem Baum und lacht sich halb tot über uns?«

»Nein!«

»War es Johnny? Rede! Hat er sich das ausgedacht, und jetzt geht alles schief, weil er nicht hier sein kann?«

»Ich weiß es nicht! Ich bin der Bote, mehr nicht!«

»Und das soll ich dir glauben?«

Wütend stapfte ich weiter. Hinter meinem Rücken entwickelten sich wilde Diskussionen, aber ich hatte keine Lust darauf, sie mir anzuhören. Joshuas böse Fragen und seine Ironie hatten mir klargemacht: Ich gehörte nicht zu ihnen. Ich war nur leider in der gleichen Falle gefangen wie sie.

Die Wut spornte mich an. Aber ein paar Hundert Meter weiter war sie verpufft. Ich wurde langsamer, und schließlich hatte Franziska mich eingeholt, während die Männer weiter Abstand hielten.

»Mir kannst du es doch sagen«, begann sie.

»Was?«

»Ist was zwischen dir und Johnny? Er war immer schon etwas ...«

»Ja?«

»Etwas seltsam. Hatte ganz eigene Vorstellungen und wer mit ihm nicht einer Meinung war ...«

»Still.«

Ich blieb stehen. Von irgendwoher, ganz leise, drang ein Rauschen. Ohne auf die anderen zu achten, schlug ich mich in die Büsche und folgte dem Geräusch.

Der Wald lichtete sich mehr und mehr. Es ging auch nicht mehr bergauf, sondern relativ eben voran, wenn man mal von den vielen Steinen absah, die herumlagen. Aber auf ein Mal war auch damit Schluss. Wir mussten auf dem Rücken des Berges sein, der nicht zu den höchsten dieses Massivs gehörte. Rings herum erhoben sich weitere Gipfel, grün und grau, vergoldet von den letzten Strahlen der Sonne, die bald im Westen hinter einer grauen Wolkenwand versinken würde.

Das Rauschen wurde lauter. Ich sah mich kurz um – niemand folgte mir. Ob das gut war, sich vor Einbruch der Dunkelheit von den anderen abzusetzen? Die Bäume wurden dünner, das Gebüsch wurde dichter. Zum Schluss musste ich mich richtig durchkämpfen, aber dann ... Dann öffnete sich mir ein Anblick, den ich niemals vergessen werde.

Es war ein weites grünes Tal. In seiner Mitte glitzerte, schmal und unschuldig, ein kleiner Fluss. Er speiste einen See, von dem sich, wie auf dem Bild, ein Wasserfall hinunter in die Schlucht stürzte. Und am Ufer des Sees, geborgen im

Schatten einer niedrigen bewaldeten Felswand, stand eine Mühle. Sie wirkte verlassen, aber nicht baufällig. Einer der großen Flügel war zu einem Drittel abgebrochen, die anderen sahen noch gut in Schuss aus. Ich lief weiter wie in Trance. Das Gras wiegte sich im Wind. Ein unfassbar hoher dunkelblauer Himmel spannte sich über dieses Gemälde, in das ich hineinlief. Als ob die Zeichnung an der Wand meines Hotelzimmers mit einem Mal real geworden wäre.

Etwas Schwarzes flatterte auf. Eine Krähe. Ihr Gezeter klang zornig. Ich hob instinktiv die Arme vors Gesicht – aber sie schraubte sich hoch in die Luft und flog weit über das Tal, den See, die Mühle, irgendwohin in die Ferne, wo kein Mensch sie stören würde.

»Die Mühle!«, schrie ich. »Ich habe die Mühle gefunden!«
Wo zum Teufel waren sie?
»Die Mühle! Wo seid ihr? Wir haben sie gefunden!«
Franziska kam als Erste aus den Büschen. Ihr folgten Stephan und Joshua. Ich rannte los.
»Die Mühle«, keuchte ich, als ich Franziska erreichte. »Wir haben es geschafft.«

Mit einem Aufschrei nahm sie mich in die Arme. Stephan schlug mir auf die Schulter, Joshua sagte: »Nicht schlecht.«

Aber etwas in seiner Stimme verriet, dass es kein Kompliment war. Mir war es egal. Ich war die Queen des Waldes und die Königin des Tals. Ich hatte die Mühle gefunden. Und ich war felsenfest davon überzeugt, dass sie unsere Rettung wäre.

10

Die Tür ließ sich ohne Probleme öffnen. Sie knarrte etwas, und mir fiel auf, dass sie ein hochmodernes Schloss hatte. Aber keinen Schlüssel. Ich fand das etwas seltsam. Warum schützte man sein Eigentum so gut, wenn man gleichzeitig nicht abschloss? Innen, am Rahmen, gab es einen Riegel, ein ziemlich altmodisches Teil. Schon beim ersten Schritt hinein hatte ich das Gefühl, dass jemand zu Hause war.

Das Gefühl trog. Wir fanden einen Lichtschalter, und als Stephan ihn umlegte, wurde das gesamte Erdgeschoss in den milden Schein eines Kronleuchters getaucht.

Nicht aus Kristall, aus Geweihen. Wir standen in einem einzigen großen Raum. Es gab noch zwei Türen in der rechten Wand, aber hier im Erdgeschoss hatte es einen Umbau gegeben. Vielleicht schon vor Jahrzehnten. Zwei gewaltige, dicke Holzpfosten stützten die Decke, eine rustikale Konstruktion aus Querbalken, deren Zwischenräume grob verputzt worden waren. Bunte Flickenteppiche lagen auf den Dielen. Um einen großen offenen Kamin herum, in dem man ohne Probleme halbe Ochsen hätte braten können, standen eine Couch und mehrere Sessel. Hier wohnt jemand, war mein erster Gedanke. Zu dem gemütlichen Anblick kann nämlich noch etwas: der Geruch.

Joshua hob den Kopf und witterte. »Hier riecht es. Nach ...«

Ich hätte nicht sagen können, was es war. Aber es schaltete alle Hebel der Vernunft im Kopf auf »egal«!

Franziska öffnete die erste Tür: ein Badezimmer. Dann die zweite: Wir kamen in eine große Küche. In der Mitte ein Tisch mit Platz für acht Personen, an den Wänden Regale und Vorratsschränke. Rechts ein riesiger Gasherd und in diesem Gasherd brutzelte ein Braten.

Augenblicklich verkrampfte sich mein Magen. Hunger und Gier ließen mir das Wasser im Mund zusammenlaufen. Ich hörte, wie Franziska vor Überraschung keuchte. Stephan öffnete die Ofenklappe. Der Duft entwich wie ein Geist aus der Flasche, der uns zu völliger Willenlosigkeit verhexen wollte.

»Lass das!« Joshua schien als Einziger immun. Typisch Sportler, er war Askese gewohnt.

»Essen!«, rief Franziska. »Ich habe einen Hunger ...«

»Nicht!« Er schloss die Klappe vor Stephans Nase. Dem gefiel das ganz und gar nicht. »Das ist nicht unser Haus, sondern das eines Jägers. Wir sind hier eingedrungen. Was, wenn er zurückkommt und glaubt, wir sind Einbrecher?«

»Das ist ein Riesen-Teil!«

»Es ist egal! Wir rühren hier nichts an. Verstanden?«

Joshua hatte recht. In einem offenen Vorratsregal stapelten sich Reis, Nudeln, Zwieback, Knäckebrot und all so etwas.

Ob man sich mit einem Reiscracker strafbar machte? Stephan baute sich vor Joshua auf. Franziska beobachtete die beiden mit dem Blick einer Katze, die zwei Mäusen beim Spielen zusieht. Was ging da ab zwischen den dreien?

»Verstanden?«, fragte Joshua leise. Bei einem Zweikampf wäre er der Gewinner. Stephan sah nicht so aus, als wäre er die letzten Jahre aus seinem Büro herausgekommen. Er war derjenige von uns, der am meisten beim Aufstieg gelitten hatte. Was er natürlich niemals zugeben würde.

»Wir müssen etwas essen.«

»Wir warten.«

»Auf was?«

»Wir warten, bis wir wissen, wem das gehört und ob wir überhaupt willkommen sind.«

Wenn ich so aussah wie Franziska und Stephan, dann würde jeder Mensch mit Vernunft diese abgerissene Horde Landstreicher hinauswerfen, die sich ungefragt in sein Haus gewagt hatte. Staub und Schweiß hatten breite Schmutzspuren in unseren Gesichtern hinterlassen. Stephans Hemd hatte mittlerweile mehrere Risse, die vermutlich denselben Ursprung hatten wie die blutigen Kratzer auf meinen Unterarmen. Wilde Brombeeren. Leider waren sie noch nicht reif.

Nur Joshua sah aus wie Joshua. Etwas abgekämpft und verschwitzt, aber so sahen ja alle aus, die gerade eine sportliche Höchstleistung vollbracht hatten. Seine Jeans war dreckig, sein T-Shirt mittlerweile komplett durchgeschwitzt. Ihm war als Einzigem von uns zuzutrauen, hinaus in die Wildnis zu gehen und mit etwas Essbarem wiederzukommen.

»Er hat recht«, sagte ich.

Stephan drehte noch nicht mal den Kopf. »Dich hat keiner gefragt.«

»Wenn ich immer warten würde, bis man mich fragt....« Ich ging zum Waschbecken neben dem Herd und ließ Wasser laufen. Kühles, klares Wasser. Ich trank es aus der hohlen Hand und spürte, wie es meinen Hals hinunter in den Magen lief. Augenblicklich ließ der Heißhunger nach und es ging mir besser. Ich schaufelte das Wasser in mein Gesicht und kam schließlich, tropfend und triefend, wieder hoch.

»Hört auf mit dem Blödsinn«, sagte Franziska und kam zu mir. Sie hatte die Gläser im Regal über der Spüle natürlich sofort gesehen. Sie füllte sich eines und trank es mit gierigen Schlucken leer. Als sie es zurückstellen wollte, stutzte sie. Ich folgte ihrem Blick. Auf dem Regal stand ein Brief.

Ein Umschlag aus Büttenpapier. Beschrieben mit Tinte und den zwei Worten: *Herzlich willkommen.*

Stephan und Joshua gaben ihren Hahnenkampf um die Herrschaft über den Misthaufen auf und kamen zu uns. Schweigend betrachteten wir den Umschlag, als ob wir darauf warteten, dass er zu reden anfing.

»Ein Brief«, sagte Stephan schließlich.

Franziska verzog die Lippen zu einem ironischen Lächeln. »Was du nicht sagst.«

»Wir sollten ihn vielleicht öffnen?« Die Neugier ließ meine Fingerspitzen beinahe zucken. Ich wollte wissen, was das zu bedeuten hatte.

Als Joshua langsam an mir vorbei nach dem Brief griff,

konnte ich seinen Duft riechen: Er roch nach Wind und Wald. Eine Kombination, die mir unwiderstehlich erschien. Er hielt ihn in den Händen, sah auf die Rückseite und wog ihn schließlich ab, als ob er sein Gewicht schätzen wollte.

»Nun mach schon«, knurrte Stephan. »Der ist ja wohl für uns, oder?«

»Ich weiß nicht ...«

Noch bevor jemand reagieren konnte, hatte Franziska sich den Umschlag geschnappt und riss ihn auf. In ihm steckte eine dieser Karten, die wir schon kannten. Dieses Mal allerdings war der Text nicht gedruckt, sondern komplett mit Tinte in Schönschrift geschrieben.

»Willkommen, Freunde. Fühlt euch wie zu Hause. Wenn alle eingetroffen sind, machen wir es uns gemütlich.« Sie sah hoch.

Stephan nahm ihr die Karte ab und überflog die wenigen Sätze. »Das ist alles?«

Joshua lehnte sich an den Küchentisch und verschränkte die Arme. »Offenbar denkt jemand, wir haben alle Zeit der Welt.«

»Stimmt.« Stephan warf die Karte auf den Tisch. Sie segelte über die Platte hinunter auf den Fußboden. »Aber da hat er sich geirrt.«

»Wer sagt, dass es ein *er* ist?«, warf ich ein.

Franziska schob mich zur Seite und öffnete die Tür des Backofens. Sofort strömte wieder der Bratenduft heraus und ließ mich schwach in den Knien werden.

»Weil es ein Männerhaushalt ist.«

»Woher weißt du das?«

Sie grinste. »Keine Topflappen. Er benutzt stattdessen Geschirrhandtücher.« Triumphierend hielt sie eines hoch. Die Spuren waren unübersehbar.

»Ich hab auch keine«, erwiderte ich. »Und ich würde diesen Braten locker mit den Händen auseinanderreißen, wenn es sein muss. Was ist mit den anderen?«

»Pech gehabt.« Joshua zuckte mit den Schultern, griff sich das Geschirrhandtuch und versuchte, unser Essen aus seinem heißen, eisernen Gefängnis zu befreien.

Während er herumprobierte und -fluchte, sprang ihm Franziska zur Seite. Ihr Lachen bekam einen leichten Kick ins Alberne. Ich hob die Karte vom Fußboden auf. Als ich wieder hochkam, sah ich Stephans wutverzerrtes Gesicht.

»Alles klar?«

Sofort hatte er sich wieder in der Gewalt. »Ja. Ich geh duschen.« Er verließ die Küche.

Ich blieb etwas verloren stehen. *Wenn alle eingetroffen sind, machen wir es uns gemütlich.*

Ich legte die Karte auf den Tisch. Irgendetwas an diesem herzlichen Willkommen störte mich. Es dauerte einen Moment, bis ich darauf kam.

»Er weiß, dass wir uns getrennt haben.«

Joshua fluchte und ließ fast den Braten auf den Tisch fallen. Das Blech musste verdammt heiß sein.

»Was?«

»Er weiß es! Woher?«

Ich kam um den Tisch herum zu Joshua, der sich jetzt die Hände unter dem Wasserhahn abkühlte. Franziska reichte ihm ein Handtuch.

»Wenn er es weiß – warum ist er uns nicht zur Hilfe gekommen? Er muss uns die ganze Zeit beobachtet haben. Und lässt uns auch noch den langen Weg hier hinauf klettern ...«

Joshua trocknete sich die Hände ab und wechselte einen schnellen Blick mit Franziska.

»Ich weiß nicht ...«, sagte sie unsicher. »Meinst du wirklich?«

Joshua sagte: »Dann hätte er das mit der Brücke auch mitgekriegt.«

»Dann wäre *das mit der Brücke* durchaus Teil seines Plans«, ergänzte ich. »Er wollte, dass wir hier raufkommen. Er hat es vorbereitet. Bis ins kleinste Detail! Die Tür war offen. Sogar das Essen ist fertig, genau in dem Moment, in dem wir hier hereinspazieren! Das ist kein Zufall. Jemand hat uns bewusst in Lebensgefahr gebracht.«

Er warf das Handtuch in die Spüle. »Bewusst? Blödsinn!«

»Blödsinn? Hast du nicht gesehen, dass Tom es beinahe nicht geschafft hätte? Was ist das für ein Mensch, der irgendwo hinter einem Gebüsch sitzt und uns heimlich beobachtet, ohne uns zu helfen?«

»Keine Ahnung. Er wird ja wohl bald auftauchen. Bis dahin würde ich diese Diskussionen gerne vertagen.«

»Aber ...«

Franziska funkelte mich böse an. »Es ist mir klar, dass du das nicht verstehst. Du warst ja auch nie eine von uns.«

»Ich will doch nur ...«

»Was?«, fragte Joshua. »Einen Keil zwischen uns treiben? Das haben schon ganz andere versucht. Wahrscheinlich war er schon längst hier oben und hat alles vorbereitet, während ihr noch Trampolin auf der Brücke gesprungen seid.«

»Wir sind nicht –«

»Halt den Mund, Lana.« Franziska, die nette, normale Franziska, konnte offenbar auch ganz gut aufdrehen. »Noch besser: Halt dich einfach raus.«

»Okay.« Ich wollte zur Tür, aber Joshua hielt mich am Arm fest.

»Wohin willst du?«

»Ich gehe.«

»Das wirst du nicht. Setz dich, iss was, dann beraten wir, wie es weitergeht.«

»Ich denke, ich soll mich raushalten?«

Er ließ mich los. »Du sollst nur nicht von Dingen reden, von denen du nichts verstehst.«

Ich wollte Luft holen und ihm sagen, dass ich nicht gemeinsam mit ihm und den anderen einen lebensgefährlichen Unfall und diese Bergwanderung überlebt hatte, um mir anschließend vorschreiben zu lassen, mich »rauszuhalten«.

»Okay?« Er sah mich auffordernd an.

Ich rieb mir den Arm an der Stelle, an der er mich festgehalten hatte. Sie tat nicht richtig weh, aber er hatte einen festen Griff.

»Okay?«

»Okay«, murmelte ich.

Wenig später hatte ich den Tisch gedeckt (warum war das automatisch *mein* Job?) und Joshua hatte den Braten ... nun ja ... zerlegt, um es wohlwollend zu beschreiben. Neben dem Vorratsregal führte eine niedrige, schmale Tür in die

Speisekammer. Dort fanden wir mehrere Laibe Brot – frisch, wohlgemerkt. Außerdem Obst, Gemüse, drei Kästen Bier, zwei Kartons mit Wein. Im Kühlschrank lag bereits eine Auswahl an Flaschen, dazu Butter, Käse, Wurst. Je mehr wir entdeckten und je genialer die anderen das fanden, desto seltsamer kam mir das alles vor. Aber ich sollte mich ja *raushalten*.

»Ich schätze, das ist ein Vorrat für eine Woche.«

Stephan, Bart und Haare noch feucht vom Duschen, setzte seine Brille auf, öffnete zwei Flaschen Bier auf Lagerfeuerart und reichte eine an Joshua weiter.

»Eine Woche?«

»Mindestens«, antwortete ich und schnitt das Brot auf. Franziska füllte Leitungswasser in einen Krug, Joshua pflanzte sich an die Kopfseite des Tisches und legte die Beine neben seinem Teller ab.

»Schaut euch doch mal um. Wir sind sieben. Da hängt ein ganzer Schinken. Wir haben genug Käse, um eine Horde Vegetarier über den Winter zu bringen.«

»Vielleicht meint er es nur gut mit uns?«, fragte Franziska und goss jedem von uns Wasser ein. Dabei streifte mich ihr warnender Blick.

Ich schüttelte den Kopf. »Die Rede war von einem Wochenende.«

»Wer sagt das? Johnny?« Joshua setzte sein Bier an.

»Nein. Es stand doch in der Einladung. Oder? Füße runter.«

»Da muss ich dich enttäuschen, Süße. In meiner stand nur etwas von einer Reunion des Freundeskreises.«

Ich setzte mich. Mir schwirrte der Kopf. Was hatte das zu bedeuten? Sollten wir etwa hier bleiben bis... bis was? Bis alles aufgegessen war? »Was heißt das jetzt?«

»Wenn unser Gastgeber hier wäre«, Joshua sah uns an, einen nach dem anderen, und nahm endlich seine Botten vom Tisch, »dann könnten wir ihn das fragen.«

Sein Blick blieb an mir hängen.

»Ich weiß nichts«, sagte ich gereizt und holte mir ein ordentliches Stück Braten von der Platte. »Für heute ist es zu spät. Aber ich werde morgen auf die andere Seite des Flusses kommen und von dort aus sehen, wie ich zurück nach Karlsbad gelange.«

»Das wirst du nicht.«

»Ach ja?«

»Wenn, dann gehen wir alle gemeinsam. Verstanden? Es wird hier keine Alleingänge geben. In einem Punkt gebe ich dir recht: Jemand kennt uns sehr genau und hat uns wie den Hund mit der Wurst hierher gelockt.« Er stach mit seiner Gabel in ein Stück Fleisch und zog es sich auf seinen Teller. »Und solange ich nicht weiß, wer das ist, würde ich uns allen raten, vorsichtig zu sein.«

»Lass sie doch«, sagte Franziska. Es war ihr nicht entgangen, dass Joshua in dieser Frage die Seite gewechselt hatte.

»Nein.«

»Aber wenn sie doch unbedingt will?« Ihr Lächeln in meine Richtung war ebenso falsch wie kalt. »Reisende soll man nicht aufhalten.«

»Solange sie mit uns unterwegs ist, gehört sie auch zu uns. Physisch zumindest. Ende der Diskussion.«

Am liebsten hätte ich ihm *physisch* auf diese Frechheit geantwortet. Stattdessen schnupperte ich an meinem Essen. Dann probierte ich vorsichtig. »Ist nicht vergiftet«, murmelte ich.

»Das weiß man erst Sekunden oder Tage später.« Stephan brach ein Stück Brot und reichte eine Hälfte an Franziska weiter. Für eine Minute herrschte Schweigen.

»Wer holt die anderen?«, fragte Franziska. »Es wird bald dunkel. Wir können sie nicht da unten allein lassen.«

Ich legte die Gabel hin. Gerade waren Bilder durch meinen Kopf gezogen, die etwas mit Couch, Federbett und tiefem, tiefem Schlaf zu tun hatten.

»Das sind nochmal zwei Stunden hin und zwei Stunden zurück.«

»Runter geht's schneller.«

»Jetzt ist es fünf. Richtig dunkel wird es erst um acht, halb neun. Es wäre zu schaffen.«

»Ich gehe«, sagte Stephan.

Es war, als hätte jemand das Leben auf Zeitlupe gestellt. Franziska ließ langsam ihre Gabel sinken. Joshua lehnte sich so vorsichtig zurück, als säße er auf einem Nagelbett und nicht auf einem Stuhl. Ich kaute noch ein paar Mal. Ebenfalls nicht sehr hastig.

Franziskas Mund wurde schmal. »Du kannst es wohl kaum erwarten.«

»Was?«

»Eine Nachtwanderung. Wie romantisch.«

»Könntest du dich entweder klar ausdrücken oder den Mund halten?«

Für einen Augenblick sah es so aus, als ob Franziska tatsächlich Ruhe geben würde. Aber dann überlegte sie es sich anders. »Denkst du, ich bin blind? Oder dämlich? Dass ich nicht checke, was hinter meinem Rücken abgeht?«

Stephan riss ein weiteres Stück Brot ab, wischte damit über seinen Teller und steckte es sich in den Mund.

Franziska wandte sich an Joshua, denn von mir Frischling konnte sie keine Hilfe erwarten. »Hast du jemals erlebt, dass er sich freiwillig zu einem Drei-Stunden-Marsch meldet?«

Joshua bewegte verneinend den Kopf nach links und dann nach rechts. Dabei kam es mir vor, als ob in seinen blauen Augen ein belustigter Funke glimmen würde. »Höchstens, wenn es die einzige Chance ist, an ein Bier zu kommen.«

»Da reicht der Gang in die Speisekammer.«

Stephan sagte leise: »Lass es gut sein.«

»Nein. Ich will wissen, warum du gehen willst.«

»Will jemand anderes?«

Er sah mich an, und ich verschluckte mich dermaßen, dass er mir hastig seine Bierflasche rüberschob.

»Du vielleicht? Joshua? Freiwillige vor.«

»Es wird dunkel sein, bevor du überhaupt unten ankommst! Wenn du den Weg findest. Ich denke, du bist nachtblind.«

Stephan nickte. »Aber ich bin nicht blöde. Die Wanderzeichen sind klar und deutlich. Und wie du eben selbst gesagt hast: Wir können sie nicht da unten sitzen lassen, während wir es uns hier oben gut gehen lassen.«

»Ich komme mit«, hörte ich mich sagen. Keine Ahnung, was mich manchmal dazu treibt, so einen Blödsinn von mir zu geben. Irgendeine nicht totzukriegende Art von Hilfsbereitschaft. Jedenfalls waren die Worte kaum heraus, als ich sie schon bereute. »Rein physisch betrachtet macht es Sinn.«

Diese Spitze konnte ich mir nicht verkneifen. Aber Stephan hatte sich entschieden, nicht nur seine drei Freunde unten am Fluss zu retten, sondern auch mich.

»Kommt nicht infrage.«

Ich beugte mich vor, um noch einmal nach seiner Flasche zu angeln. Selten hatte mir ein Bier so gut geschmeckt wie nach diesem Aufstieg, mit vollem Magen, einem Dach über dem Kopf und einem Nerd an der Tafel, der zum Ritter mutiert war. »Was ist denn schon dabei?«, fragte ich. »Wir beide schaffen das.«

Franziska stand auf und verließ den Raum. Am Türenknallen erkannten wir, dass sie im Badezimmer war.

»Was hat sie denn?«, fragte ich.

Joshua hob wortlos ein Bein nach dem anderen und streifte seine Stiefel ab, die jeweils mit einem lauten Knall auf dem Boden landeten. »Pack was zu essen ein, Lana, du bleibst hier. Stephan kriegt das schon hin. Er ist ein großer Junge. Nicht wahr?«

»Und eine Flasche Wasser«, ergänzte ich, ziemlich erleichtert. In der Speisekammer hatte ich auch einen Kasten Sprudel gesehen.

Stephan warf einen Blick zur Tür, hinter der Franziska verschwunden war. »Ich bin spätestens um neun zurück.«

Joshua nickte. Ich holte das Wasser aus der Speisekammer. Franziska blieb im Badezimmer.

Ich weiß noch, dass er uns zuwinkte, bevor er im Schatten des Waldes verschwand. Und dass meine einzige Sorge war, vielleicht mit Franziska ein Zimmer teilen zu müssen.

11

Die Sorge war unbegründet. Es gab nämlich gar keine Zimmer. Eine schmale Stiege führte hinauf auf den Mahlboden. Man musste eine Luke aufstoßen und nach hinten schwingen, was alles in allem gar nicht so einfach war. Obwohl der Raum von den Abmessungen her mit dem Wohnzimmer unter uns übereinstimmte, wirkte er mit seinem spitzgiebeligen Dachstuhl, dem gewaltigen hölzernen Zahnrad, den Fülltrichtern und altmodischen Maschinen viel kleiner.

»Ist das ein Museum?«, fragte Franziska und versuchte zum Spaß, eine der Kurbeln zu drehen, mit denen das Mahlgut vermutlich geschrotet worden war. Eine Wolke aus Mehl, Staub und Dreck rieselte unten aus dem Trichter. Er war gewaltig, und ich habe vor allem Respekt, das größer ist als ich. Mit einem Aufschrei sprang sie zurück.

»Pass auf!«, schrie ich. Durch einen Spalt in den Holzwänden des Trichters konnte ich die gewaltigen Mahlsteine erkennen. Das riesige Zahnrad knirschte. Ich beneidete die Müllerburschen nicht, die hier gearbeitet haben mussten. Es war heiß, stickig und eng. Außerdem konnte man sich überall blaue Flecken holen.

Joshua ging nach hinten und begutachtete die Maschinerie. »Ich schätze mal, die Mühle könnte noch laufen.«

»Ein Flügel ist kaputt.« Ich hustete. Wahrscheinlich waren die Trichter auch so etwas wie die hauseigene Taubentoilette. Es kratzte im Hals. »Ehrlich gesagt, ich will es gar nicht wissen.«

»Ich auch nicht. Das Haus wirkt stabil, aber dieses Rad...«

Ich sollte nicht erfahren, was Joshua davon hielt. Zwar war das nicht schwer zu erraten bei all den Spinnweben, Wurmlöchern und rostigen Eisenteilen. Aber ein überraschter Ausruf von Franziska lockte uns zurück zum Ende des länglichen Raumes.

»Sagt mir, dass das nicht wahr ist.«

Ein halbes Dutzend Matratzen lag, eine neben der anderen, auf dem Boden. Jede mit einer Wolldecke und einem beschrifteten Kopfkissen.

»Da steht dein Name.« Ich deutete auf das Kissen direkt vor uns. Mit derselben Schönschrift, in der auch die rätselhaften Nachrichten an uns geschrieben worden waren, hatte jemand die Kissen verziert. Franziska, Siri, Tom... Ich schritt die Reihe ab. Am Ende, in der hintersten und staubigsten Ecke, entdeckte ich meinen Platz: Lana. Hinter meinem Rücken begann Franziska, sich lauthals bei Joshua über diese Zumutung zu beschweren. Ich ging in die Knie, schlug die Decke zurück, hob das Kissen und legte es schließlich wieder zurück. Entweder Filzer oder Stoffmalstift.

Er wusste meinen Namen.

Er wusste alles.

Ich musste aufpassen, mir beim Aufstehen nicht den Kopf an den Dachbalken zu stoßen. Meine Ecke lag direkt unter der Dachschräge. Ein fast blindes, winziges Fenster ließ etwas Tageslicht herein. Von einem Deckenbalken baumelte die einzige Glühbirne, nur mit der Fassung an die Stromleitung gekoppelt. Ich fragte mich, wie wir uns hier bei Dunkelheit zurechtfinden sollten. Jeder Gedanke an Kerzen und offenes Feuer verbot sich eigentlich von selbst.

Joshua, der genug von Franziskas Vorwürfen hatte, kam zu mir und half, das Fenster zu öffnen. Man konnte es nach oben drücken und die bleigefasste Scheibe dann mit einem Stab abstützen.

Wir standen nebeneinander, sehr eng nebeneinander ... Der Wald zog sich in seine Schatten zurück. Weit hinter den Berggipfeln in Richtung See musste sich gerade ein dramatischer Sonnenuntergang in Cinemascope abspielen. Der Himmel loderte wie Feuer.

»Wahnsinn ...«, flüsterte ich und war für einen Moment mit allem versöhnt. Auch, weil ich Joshuas Körper neben mir spürte und die Wärme, die von ihm ausging.

Das Feuerrot stieg auf in Blutorange, Türkis und Violett, bis es im Osten in einem samtenen mitternachtsblauen Himmel endete. Die Dämmerung brach herein und zog alle Register. Wenn hinter uns nicht die wütende Franziska ihre Selbstgespräche fortgesetzt hätte, wäre das durchaus ein romantischer Moment gewesen.

»Habt ihr das auch?«, rief sie mit schriller Stimme. »Das ist grauenhaft! Ich will wissen, was das zu bedeuten hat!«

Mit einem sehr leisen, kaum wahrnehmbaren Seufzer

drehte Joshua sich zu ihr um. Ich nahm seinen Platz ein und lehnte mich, so weit es ging, hinaus. Die Sehnsucht, hinunterzulaufen und in den sommerwarmen See zu springen, war überwältigend.

»Das ist ein Totenkopf!«

Jetzt war es Panik. Joshua ging hastig zu ihr. Meine Augen mussten sich erst wieder an das schummerige Halbdunkel gewöhnen. Franziska hielt Joshua etwas entgegen, etwas, das aussah wie ...

»Eine Puppe mit einem Totenkopf!«

»Du spinnst.«

»Da! Da! Schau es dir an! Und du hast auch was. Unter der Bettdecke! Jeder hat was!« Sie lief von einer Matratze zur anderen und riss die Überwürfe herunter. »Was ist das?«, schrie sie und hielt ihm ein Buch entgegen. Dann ein Paar Handschellen. Eine Augenbinde. Unter Siris Decke lag ein abgeschnittener blonder Zopf.

Joshua reichte mir die Puppe. Sie war ganz aus Stoff und mit einem weichen Material gefüllt. Etwas zum Kuscheln, zum Liebhaben. Wenn nicht der Kopf gewesen wäre. Eine weiße Kugel mit schwarzen Knöpfen als Augen – und zwei aufgestickten Kreuzen, wo ein Mund hätte sein sollen.

»Das ist das Wanderzeichen«, sagte ich.

»Nein. Kein Wanderzeichen. Es ist ein Totenkopf mit zugenähtem Mund. Ich will hier weg. Das ist doch krank!«

»Keine Panik!«, sagte Joshua. »Es ist ein Spielzeug.«

»Ach ja? Und ein abgeschnittener Zopf? Kannst du mir das erklären? Die Handschellen? Die Augenbinde? Alles Spielzeug?«

Ich wollte Franziska die Puppe wiedergeben, aber sie stolperte so voller Angst und Panik zurück, dass ich das Ding einfach auf die nächste Matratze warf.

»Hattet ihr mal so etwas wie... wilde Partys?«, fragte ich.

Franziska schüttelte so schnell und bestimmt den Kopf, dass ich ihr glaubte. »Was hast du bekommen?«, fragte sie.

»Nichts.«

»Nichts? Das kann nicht sein.« Sie lief zu meiner Schlafstelle und wühlte alles durcheinander.

Joshua setzte sich auf seine Matratze und blätterte das Buch durch. Es war ein Zitatenschatz oder wie man so etwas nennt. Sprüche und Aphorismen.

»Hier fehlt ein Wort.« Ich ließ mich neben ihm nieder und er deutete mit dem Zeigefinger auf die Stelle. »Immer wieder. Es ist mit schwarzem Filzstift ausgestrichen.«

»Welches Wort?«

Er kniff die Augen zusammen, weil es schwer war, die winzige, altmodische Druckschrift im schwindenden Licht zu entziffern.

»Hier steht aber klar und deutlich Lana auf deinem Kissen!«, rief Franziska und betrachtete schwer atmend die Verwüstung, die sie angerichtet hatte. »Du *musst* auch was bekommen haben!«

Joshua las: »Wer *hmhmhm* nicht weiß, der ist bloß ein Dummkopf. Aber wer sie weiß und sie eine Lüge nennt, der ist ein Verbrecher. Bertolt Brecht.«

»*Hmhmhm*?«, fragte ich ratlos. Er blätterte weiter. Nach ein paar Seiten wurde er wieder fündig.

»Die Unwissenheit kommt *hmhmhm* näher als das Vorurteil. Lenin. Und hier: *Hmhmhm* ist eine Braut ohne Aussteuer. Francis Bacon.«

»Die Wahrheit«, sagte Franziska tonlos und kam näher. »Die Wahrheit ist eine Braut ohne Aussteuer. Ich kenne dieses Zitat. Was ist das? Ein Rätselbuch?«

Joshua klappte es zu und reichte es ihr. Ich nahm die Handschellen. Sie klirrten leise und lagen kühl in meinen Händen. Die Ringe waren eingerastet und kein Schlüssel steckte in dem kleinen Schloss. Wenigstens konnten sie nicht mehr benutzt werden.

Franziska setzte sich auf die Matratze links neben uns. »Wer hat das gekriegt?«

»Keine Ahnung. Du hast ja alles durcheinandergeworfen. Die Puppe, das ist dein Willkommensgeschenk.«

»Auf solche Geschenke kann ich gerne verzichten. Das hat doch alles etwas zu bedeuten.«

»Wir sollten die Sachen mit nach unten nehmen und den anderen zeigen, wenn sie kommen«, sagte ich. »Vielleicht fällt jemandem was dazu ein. Ein Buch ohne Wahrheit. Geschlossene Handschellen. Eine Puppe mit zugenähtem Mund. Die Augenbinde, der Zopf ... Ich habe das Gefühl, es ist ein Puzzle.«

Joshua kam ohne Probleme wieder auf die Beine. Mir fiel es etwas schwerer und Franziska blieb apathisch auf ihrer Matratze sitzen.

»Willst du hier oben bleiben?«

»Ich muss mich ausruhen. Ihr bleibt doch im Haus?«

Joshua nickte. »Natürlich.«

»Ich komme später runter.«

Unten im Wohnzimmer war es stickig. Die Holzwände hatten die Wärme gespeichert. Vielleicht brauchte ich aber aus einem anderen Grund frische Luft. Joshua und ich in einem Raum, das war, als ob ich mit einem Panther im selben Gehege wäre. Er schnürte mir die Luft ab.

»Ich gehe schwimmen«, sagte ich. »Willst du mitkommen?«

»Nein«, antwortete Joshua gelangweilt. Er begann, ein Bücherregal zu inspizieren, das in der dunklen Ecke neben dem Kamin stand. »Lass dich nicht aufhalten.«

»Auf gar keinen Fall«, erwiderte ich und lief nach draußen.

12

Die Luft war immer noch warm und streichelte meine nackte Haut wie Seide. Über der Mühle stand die scharfe Sichel des Mondes und das letzte Abendlicht ließ ihre Konturen wie einen Scherenschnitt vorm Abendhimmel erscheinen. Ich glaube, Magritte hat solche Bilder gemalt. Bilder von Häusern, Laternen und Heimwegen.

Zum See gelangte man durch die Eingangstür, ein Mal um die Ecke und dann am Haus entlang an Bad und Küche vorbei. Es war ein schmaler Weg, der deutlich zu erkennen war. Vor langer Zeit hatte man ihn mit Felssteinen befestigt, die von Wind und Wetter zu sanft gerundeten Kieseln geformt worden waren. Kleine Wellen plätscherten und leckten am Ufer. Das Wasser war glasklar und kälter, als ich erwartet hatte.

Ich war noch nicht bis zu den Knöcheln im Wasser, da hätte ich mich schon beinahe hingelegt. Die nassen Steine waren glitschig. Ich musste vorsichtig balancieren und trat ein paar Mal auf spitze Kanten, aber dann ließ ich mich hineingleiten und sanft von den kühlen Wellen tragen. Am gegenüberliegenden Ufer standen die Bäume ganz nah am

Wasser, und ich glaubte, ein verfallenes Bootshaus und einen Steg zu erkennen, aber ich konnte mich auch täuschen. Auf jeden Fall gab es nur dort die Chance, wieder nach Karlsbad zurückzukehren. Es dürfte keine Probleme bereiten, hinüberzuschwimmen, oder, wenn man ein Stück weiter nach Norden lief, an den Fluss zu kommen, der wahrscheinlich ohne Probleme zu durchqueren war. Einmal auf der anderen Seite und bergab, dann würde man zwangsläufig irgendwann an die Stelle kommen, an der sich bis zu diesem Tag die Hängebrücke befunden hatte. Ein guter Plan. Ich drehte mich auf den Rücken, breitete die Arme aus und sah hinauf zu den ersten Sternen.

Eine einsame Mühle im Kaiserwald. Weit ab von jeglicher Zivilisation. Kein Handyempfang, aber sonst mit allem Komfort ausgestattet. Wer lebte hier? Wie brachte man halbe Schinken und sechs Matratzen in die Berge? Es musste diesen anderen Weg geben. Gleich morgen früh würde ich mich auf die Suche machen, Physis hin oder her. Bis es so weit war, hatte ich keine Wahl, als die Nacht mit Johnnys Clique unter einem Dach zu verbringen.

Bis vor Kurzem hätte ich auch nichts dagegen gehabt. Was mich beunruhigte, war, dass unser Gastgeber meinen Namen kannte und dann auch noch so schnell seine Vorbereitungen darauf zugeschnitten hatte. Er konnte ihn nur von Johnny erfahren haben. Wenn es mir gelänge, mit ihm Kontakt aufzunehmen ... Es war doch nicht möglich, dass in einem touristisch derart erschlossenen Gebiet kein einziger Handymast existieren sollte.

Etwas plätscherte. Ich hob zu schnell den Kopf, sank

tiefer und schluckte Wasser. Als ich röchelnd und strampelnd wieder nach oben kam, sah ich, wie eine dunkle Gestalt durchs Wasser auf mich zukraulte. Sofort schlug mir das Herz bis zum Hals. Der Schwimmer hatte eine solche Geschwindigkeit drauf, dass mich nur noch ein Dauerlauf übers Wasser hätte retten können – und der war seit über 2000 Jahren niemandem mehr gelungen.

In meinem Schreck begann ich, in Richtung des anderen Ufers loszuschwimmen. Aber ich kam nicht von der Stelle. Im Gegenteil. Etwas zog mich einfach aus der Bahn. Es dauerte ein paar verzweifelte Züge, bis ich dahinter kam: Der See hatte eine Unterströmung. Sie musste von dem Fluss kommen, der oben hineinlief und unten als Wasserfall seinen Weg fortsetzte. Voller Panik begann ich zu kraulen – nicht mein bevorzugter Schwimmstil – und kam erst recht nicht von der Stelle.

Ich konnte es hören, ich konnte es fühlen, wie er näher kam. Wie dumm, wie unfassbar dumm war ich gewesen! Seit wir Karlsbad verlassen hatten, lauerte die kaum wahrnehmbare, verwirrende und bedrohliche Gegenwart eines Unbekannten in meinem Hinterkopf. Da geht man nicht alleine schwimmen. Schon gar nicht bei Einbruch der Dunkelheit! Jemand berührte mein Bein. Eine kalte, glitschige Hand. Ein Fisch. Schlingpflanzen. Egal was, ich konnte es nicht sehen. Das Wasser schlug über mir zusammen und zog mich wie in einem sanften, unerbitterlichen Strudel nach unten. Ich ruderte wild mit den Armen, aber ich kam nicht mehr hoch. Mir ging die Luft aus, ich wusste plötzlich nicht, wo oben und unten war. Es war zu dunkel, um mehr zu erkennen als den grauen Grund und eine Gestalt, die dort mit weit ausgebreiteten Armen lag ...

Mit einem schauerlichen Gurgeln und Prusten kam ich an die Luft und hustete mir die Seele aus dem Hals.

»Lana!«

Vor Erleichterung wäre ich beinahe wieder untergegangen.

»Joshua! Wir kannst du mich so erschrecken?«

»Tut mir leid.« Er zog die letzten Meter entspannt durchs Wasser. »Ich müsste es eigentlich wissen.«

»Was?«

»Dass meine Erscheinung jedes noch so abgeklärte weibliche Geschöpf in Hysterie versetzt.«

»Idiot!«

Ich schaufelte mit beiden Händen Wasser in seine Richtung, während er sich über seinen Witz halb totlachte. Dann bemerkte auch er, dass etwas nicht stimmte.

»Lass uns verschwinden.« Er wollte abdrehen.

»Ich kann nicht!« Schon mit diesen drei Worten war ich einen Meter abgetrieben. Panisch sah ich in Richtung Wasserfall. Sein Rauschen wurde immer lauter. »Ich bin mitten in einem Sog!«

Joshua merkte, dass es ernst war. »Komm her.«

»Ich kann nicht! Ich versuche es ja!«

Ich strampelte mit aller Kraft, aber langsam, ganz langsam trieb ich immer näher auf den Abgrund zu. In Joshuas Gesicht war zu erkennen, wie er Chance und Risiko gegeneinander abwog.

»Joshua!«

»Okay. Warte.« Mit ein paar kräftigen Zügen war er bei

mir und packte mich im Nacken. Gemeinsam legten wir los. Das Ufer kam und kam nicht näher. Irgendwann hielt ich mich an ihm fest und er kraulte in ruhigen, kräftigen Zügen gegen den Strom an. Ich half mit, so gut es ging.

Nach einer Ewigkeit hatte ich zum ersten Mal das Gefühl, es ging voran. Ein paar Meter vom Ufer entfernt konnte ich endlich stehen. Meine Zehen gruben sich in seidenweichen Schlick.

»Danke«, keuchte ich. »Das war knapp. Verdammte Hacke. Was ist das?«

»Das ist ein Trecker. Ich bin vor Mallorca schon mal in so was geraten.« Er drehte sich auf den Rücken und breitete die Arme aus. »Eine Unterströmung. Vielleicht hat es früher hier mal Flößer gegeben oder eine Fähre. Oder die Natur hat selbst eine tiefe Rinne gebildet.«

»Da … Da unten liegt jemand.«

»Wo?«

»Da!«, kreischte ich. »Im Wasser, Mann!«

»Was? Nicht dein Ernst.«

»Dann schau nach!« Ich schrie beinahe. Joshua holte Luft und verschwand. Hektisch sah ich mich um. Wo war er? Die Sekunden dehnten sich zu einer Ewigkeit. Endlich tauchte er fünf Meter von mir entfernt wieder auf.

»Und?«

»Da ist nichts.«

»Es war ja auch weiter hinten!«

»Du verlangst doch jetzt nicht von mir, nochmal zurückzuschwimmen?«

»Nein. Aber ich habe es genau gesehen!«

Hatte ich das? Um nichts in der Welt wäre ich noch einmal an die Stelle in der Mitte des Sees zurückgeschwommen. Er war unheimlich. Vielleicht wirkte er am Tag wie die idyllische Unschuld, aber im letzten Zwielicht wurde er immer dunkler. Wie heißt es so schön? Niemals in unbekannten Gewässern schwimmen ...

Joshua kraulte direkt auf mich zu.

»He!«, rief ich.

Als er noch näher kam, quiekte ich auf und versuchte die Flucht. Vergebens. Er erreichte mich und griff nach mir, genauso, wie er mich gerade abgeschleppt hatte.

»Abtauchen zwecklos!«

Sein Gesicht kam näher. Ein heller Fleck in tanzenden Schatten. Das Wasser tropfte aus seinen widerspenstigen Haaren. Um seinen Mund spielte ein Lächeln, das meine Herzfrequenz noch einmal nach oben jagte. Dieses Mal aber aus einem anderen Grund. Er zog mich an sich und legte zärtlich seine Hände in meinen Nacken, um mich zu stützen.

»Was willst du?«, flüsterte ich.

In diesem Moment sah ich sie.

»Dasselbe wie du«, sagte er mit heiserer Stimme und wollte mich ... naja, ich nehme mal an, küssen. Erfahren sollte ich es nie. Ich schob ihn nämlich zur Seite, weil er mir den Blick verstellte.

»Da kommen Leute.«

Er wandte den Kopf. Es waren zwei Gestalten, die sich gegenseitig stützten. Inzwischen gab es so gut wie kein Tageslicht mehr, und der Mondschein reichte kaum aus, um mehr als die Konturen zu erkennen.

Sie schwankten auf die Mühle zu.

»Das sind Siri und Cattie.«

»Was? Bist du sicher?«

Ohne dass ich noch ein einziges Wort erwidern konnte, ließ er mich ... nun ja, *stehen* kann man in dieser Situation ja wohl nicht sagen. Er kraulte einfach mit demselben Speed zurück, mit dem er gekommen war, und war wesentlich eher am Ufer als ich.

Immerhin gönnte er mir damit den Anblick, wie sein *göttergleicher Körper* aus den Fluten stieg, mit dem er seiner Ansicht nach die gesamte Damenwelt in Hysterie versetzte. Ich muss leider sagen, es war besser als Kino. Das Licht aus dem Wohnzimmer umschmeichelte seine Silhouette und ließ die Muskeln glänzen. Breite Schultern, schmale Hüften, Knackpo und geniale Oberschenkel ... Ich holte tief Luft und ging für den nächsten Zug auf Tauchstation. Dabei musste ich mir eingestehen, dass ich wohl auch noch das Zeug zur Spannerin in mir entdeckte.

Als ich wieder hochkam, hatte er schon ein Handtuch um die Hüften geschlungen und eilte, so schnell das über die Steine möglich war, aufs Haus zu.

Ich brauchte etwas länger. Aber schließlich kam auch ich mit nassen Haaren und in meinen alten, dreckigen Klamotten ins Wohnzimmer. Joshua zündete gerade den Reisig im Kamin an (wie aufmerksam, dass auch daran gedacht wurde!), denn es war schlagartig kühl geworden und die beiden Frauen saßen mit klappernden Zähnen, zerzaust, verdreckt, barfuß und mit blutigen Schrammen an den Füßen auf der Couch. Siri war in Tränen aufgelöst, Cattie drückte sie an sich und murmelte ihr beruhigende Worte ins Ohr.

»Was ist denn passiert?«, fragte ich erschrocken. »Wo ist Stephan?«

Siri sah hoch. Ihr Blick wirkte wie der eines verirrten Kindes. »Keine Ahnung.«

»Aber er ist los, um euch zu holen! Ihr müsst ihm doch begegnet sein!«

»Wir sind niemandem begegnet! Ihr habt uns da unten sitzen lassen!«

»Und Tom?«

Siri legte die Hand auf den Mund und schluchzte.

Cattie streichelte ihr sanft über den Kopf. »Er hätte schon längst hier sein müssen. Wir haben ihn verloren, irgendwo im Wald.«

»Verloren?«, wiederholte ich. Joshua stocherte in den knisternden Flammen herum, die die Holzscheite emporkrochen. Er wandte uns den Rücken zu. »Man verliert sich doch nicht einfach so.«

»Oh doch. Du kennst Tom nicht. Gibt es irgendwo was zu trinken?«

»Wein«, sagte ich. »In der Küche.«

»Wäre es zu viel verlangt, wenn du uns ein Glas holen würdest?« Catties braune Augen funkelten mich wütend an.

»Nein. Aber mir wäre lieber, du würdest mir alles erzählen, solange du noch nüchtern bist.« Denn aus Siri, das sah ich auf den ersten Blick, würde nichts Brauchbares hervorkommen.

»Joshua? Hast du das gehört?«

Er stand auf und hängte das Schüreisen zurück in den Halter. Schade, dass sein Handtuchknoten hielt ...

»Ja.«

»Ich bin nicht den Weg hier herauf gekommen, um mich beleidigen zu lassen!«

»Du hast ein Alkoholproblem«, erwiderte er ungerührt. »Du hast mit vierzehn angefangen und nicht mehr aufgehört. Lana hat recht. Antworte.«

Cattie blieb vor Verblüffung stumm. Vielleicht auch, weil sie sich gar nicht mehr an die Frage erinnern konnte.

»Wo ist Tom?«, wiederholte ich.

»Er ist ... Also, er ist vorausgelaufen, um den Weg zu checken. Wir dachten, er wäre längst hier. Kriege ich jetzt was zu trinken oder muss ich vor euch auf meine blutenden Knie sinken?«

Joshua nickte mir mit einem unterdrückten Seufzer zu. Ich ging in die Küche und holte die angebrochene Flasche Wein aus dem Kühlschrank. Es reichte noch für ein Glas. Ein kleines. Ich checkte kurz die Vorratskammer, aber ich fand keinen Verbandskasten.

Cattie trank das Glas in einem Zug aus. »Kein Cognac?«, fragte sie danach.

Ich setzte mich ihr gegenüber in einen der Sessel. Er war alt. Vierziger Jahre vielleicht, mit einem Ledergestell, das knarrte, wenn man sich bewegte. Bequem wurde er durch eine weiche, durchgesessene Rosshaarauflage, die schrecklich kratzte.

»Wir hatten noch keine Zeit, uns alles genau anzusehen«, sagte ich. »Habt ihr Hunger?«

Beide schüttelten den Kopf. Siri wurde langsam ruhiger, Cattie auch. Aber bei unserer blonden Gazelle war es wohl Erschöpfung und Müdigkeit. Bei Cattie spürte ich, dass sie auf der Lauer lag. Ich, die Fremde, hatte ihr Geheimnis gelüftet, und das nahm sie mir übel.

»Oben auf dem Mahlboden liegen Matratzen. Sie sehen okay aus, aber es hat natürlich was von einer Jugendherberge. Kein Grandhotel, leider.« Ich versuchte, meine Schadenfreude zu unterdrücken, aber es gelang mir nicht ganz. »Dafür ist das Badezimmer okay. Ein bisschen eng für sieben, aber wenn jeder auf seinen Kram achtet, wird es schon gehen.«

»Welchen Kram«, flüsterte Siri und strich mit den Fingern durch ihre verklebten Haare. »Meine Klamotten, mein Schminkzeug, alles ist weg, weil dieser Penner mit seiner Limousine abgehauen ist.«

»Ich habe eine Bürste. Die kann ich dir leihen.«

So, wie sie daraufhin angewidert die Nase kraus zog, hätte ich das Angebot am liebsten wieder zurückgenommen.

»Warst du schwimmen?«

»Ja.«

Cattie drehte sich zu Siri und stellte ihr leeres Glas auf dem Couchtisch ab. »Mit Joshua, falls du es genau wissen willst. Was habt ihr beiden Süßen denn da draußen getrieben?«

Die Badezimmertür hinter meinem Rücken wurde geschlossen. Joshua war weg. Ich spürte, wie meine Wangen anfingen zu glühen.

»Nichts.«

»Nichts...« Sie warf Siri einen verschwörerischen Blick zu. »Sollen wir es ihr sagen?«

»Was?«

»Naja, wie er... Du weißt schon.«

Siri schluckte. Schwierig zu sagen, ob sie sich auf Catties Spielchen einließ oder sich von ihr distanzierte. »Lass die Finger von ihm«, sagte sie dann zu mir. »Er hat uns alle schon der Reihe nach durch.« Und zu Cattie: »Wie alt warst du?«

»Fünfzehn«, antwortete Cattie und legte einen Hauch Verträumtheit in ihre Stimme, die eben noch so eisig geklungen hatte. »Mein erstes Mal. Ich muss sagen, es war...« Sie brach mit einem vielsagenden Lächeln ab.

»Ich auch«, fuhr Siri fort. »Ich war so verliebt in ihn. Er hat mein Herz gebrochen.«

»Du hast eins?«, fragte ich.

»Klar. Nicht für jeden. Ich bin da etwas wählerisch. Wo ist das Klo?«

»Im Badezimmer.« Ich wies mit dem Kopf in die Richtung. »Aber Joshua ist gerade drin.«

»Umso besser. Ich brauche eine heiße, nasse Dusche. Gibt es eigentlich keine Heizung hier?«

»Da hinten.« Ich ging in die Ecke zwischen Haus- und Badezimmertür. Dort stand ein altmodischer Heizkörper, wie ich ihn aus Berliner Altbauwohnungen kannte. Der Thermostat stand auf fünf, aber das Ding funktionierte nicht.

»Kalt wie eine Hundeschnauze.«

»Wird kaputt sein. Mein Gott, wie romantisch. Mit Joshua am prasselnden Feuer...«

Siri stand auf und es gelang ihr, auf den zerschnittenen Füßen den Raum zu durchqueren, als ob sie statt ihrer zerrissenen Klamotten eine Robe von Balmain trüge. Cattie und ich sahen ihr hinterher und warteten, bis sie verschwunden war.

»Siri.«

Mehr musste Cattie nicht sagen. Mühsam kam sie auf die Beine.

Ich sprang auf. »Warte, ich helfe dir.«

Gemeinsam schlurften wir in die Küche. Innerhalb weniger Minuten hatte Cattie alle noch vorhandenen Winkel durchsucht. Auf den Tisch kamen zwei Flaschen Rum – eine voll, eine halb leer, und …

»Lagavulin. Wahnsinn.«

Cattie hielt eine Flasche gegen das Licht der Hängelampe. Sie war noch versiegelt. »Wer auch immer hier lebt, er hat Ahnung. Auch einen Schluck?«

»Nein danke. Ich mag keine harten Sachen.«

»Die harten Sachen sind die ehrlichen.« Sie humpelte zum Regal und griff nach einem Wasserglas, in das sie reichlich einschenkte. »Gewöhn dir diese süße Pampe ab. Alkopops. Cocktails. All das, womit sie süßen kleinen Mädchen den Widerwillen nehmen. Alkohol ist ein Messertanz. Man muss ihn kennen. Alles von ihm wissen. Sonst kriegst du einen Schatten in der Birne und weißt nicht wieso.«

»Und davon nicht?«

Sie drehte den Kapselverschluss ab, schnupperte, dann trank sie einen Schluck. »Davon auch. Aber anders.«

»Was ist das?«

»Whisky.«

Ich griff nach der Flasche. »Geht prima zum Desinfizieren. Setz dich.«

»Bist du verrückt?«

»Setz dich!«

»Dann nimm wenigstens den Rum!« Unter widerwilligem Stöhnen nahm sie auf einem Stuhl Platz. »Was gab es denn zum Essen?«

»Rinderbraten. Ist noch genug da. Steht im Herd.«

Ich stellte den Whisky auf das oberste Regal in der Speisekammer – wohl wissend, dass Cattie keine Mühe haben würde, sie zu finden. Das ärgerte mich. Aus irgendeinem Grund mag ich es nicht, wenn Leute trinken. Viele sagen, im Wein liege Wahrheit. Dann sind sie besoffen, wenn sie so etwas von sich geben. Die Menschen sind nicht mehr sie selbst. Sie werden zu Aufschneidern, Lügnern, Feiglingen, Idioten, Grapschern… Ich kenne niemanden, der in der Lage war, nach drei Drinks noch etwas Verständliches von sich zu geben. Oft verwechseln sie dann die sogenannte Wahrheit mit Respektlosigkeit. Betrunkene kann man nur ertragen, wenn man selbst betrunken ist. Ich glaube, ich erzähle dann nur Müll, und manchmal wird mir schlecht. Ich habe nie verstanden, warum eine Party gelungen sein soll, wenn alle kotzen.

»Bring mir einen Lappen!«

Ich holte ein sauberes Tuch aus einer angebrochenen Packung und brachte es ihr.

»Bitte sehr.«

Immerhin rang sie sich jetzt ein »Danke« ab. Während

sie das Tuch mit Rum tränkte und dabei ihre Blessuren säuberte, kam Joshua aus dem Bad. Er trug wieder sein T-Shirt und die Jeans. Feuchte Flecken breiteten sich aus, wo das Wasser aus seinen Haaren tropfte.

»Hier seid ihr.«

Er legte einen Umschlag auf den Tisch.

Ich spürte, wie eine Gänsehaut meinen Rücken hinunterrieselte. »Woher?«

»Er lag im Wohnzimmer. Auf dem Couchtisch.«

Cattie nahm den Umschlag und öffnete ihn.

»Aber«, stammelte ich, »aber da war nichts.«

»Da war nichts«, wiederholte Cattie und las.

Joshua und ich sahen uns an. Ich musste völlig fassungslos aussehen. Er schob das Kinn vor, was irgendwie entschlossen und ärgerlich zugleich wirkte.

»Er ist hier«, flüsterte ich. »Er beobachtet uns. Er wartet, bis das Zimmer leer ist, und dann ...«

»Wer?« Cattie drehte die Karte um. Die Rückseite war leer.

»Unser Gastgeber«, antwortete Joshua. »Was steht da?«

»*Wahrheit oder Wahrheit – heute Abend spielen wir das Spiel der Spiele.*« Sie ließ die Karte sinken. »Was hat das zu bedeuten? Wo sind wir hier? Wer schreibt uns? Wem gehört das alles?«

Joshua setzte sich. Langsam fuhr er sich durch die Haare und über das Gesicht. Er sah müde aus. Aber sein Blick, mit dem er Cattie musterte, war hellwach.

»Wahrheit oder Wahrheit ... Erinnerst du dich noch?«

»Natürlich.« Sie trank einen Schluck Whisky. »Mein Gott,

wie lange ist das her. Da muss uns aber jemand sehr gut kennen.«

In die Stille nach diesem Satz knarrte eine Deckendiele. Erschrocken starrte ich hoch. Dann fiel mir ein, dass Franziska da oben lag und wir sie seit einiger Zeit nicht gesehen hatten. Die Schritte über uns wurden lauter und dumpfer. Auch Cattie sah jetzt nach oben.

»Das ist Franziska«, erklärte Joshua.

»Wir müssen Tom suchen. Und Stephan«, sagte ich. »Mir ist nicht wohl bei dem Gedanken, dass jemand von ...« Von uns, wollte ich sagen, schluckte es aber gerade noch rechtzeitig hinunter. »... von euch in der Dunkelheit draußen ist.«

Cattie zuckte mit den Schultern. »Ich suche heute niemanden mehr. Sie können sehr gut auf sich selber aufpassen.«

»Wo habt ihr Tom verloren?«

»Wir haben ihn nicht verloren, Süße. Er ist auf und davon. Irgendwo auf der Hälfte des Weges, an einer Gabelung.«

»Hast du eine Gabelung bemerkt?«, fragte ich Joshua. Er schien mich gar nicht zu hören. Sorgfältig steckte er die Karte zurück in den Umschlag. »Ich nicht. Ich kann mich nur an die Wanderzeichen erinnern.«

»Welche Wanderzeichen?«

»Ein weißer Kreis mit zwei Kreuzen.«

»Sind mir nicht aufgefallen.« Cattie drückte den Lappen auf ihr Knie und verzog vor Schmerz das Gesicht. »Himmel. Das ist aber auch ein Zeug!«

»Besser als eine Blutvergiftung.«

»Ich tu ja schon alles, was man tun kann. Von außen und

innen.« Das Glas war leer. Sie wollte sich wieder einschenken, aber dieses Mal fuhr Joshuas Hand vor und zog ihr in letzter Sekunde die Flasche weg.

»He! Was soll das?«

»Das gehört uns nicht.«

»Dafür habt ihr drei Hübschen es euch aber schon sehr bequem hier gemacht!«

Er schob die Flasche zu mir. »Bring sie irgendwo hin, wo sie sie nicht findet.«

Cattie wollte aufspringen, fiel dann aber mit schmerzverzerrtem Gesicht wieder zurück.

Ich nahm die Flasche und verließ die Küche. Franziska kam gerade die Treppe hinunter. Sie wirkte verschlafen, noch nicht ganz wach.

»Hey«, sagte ich.

»Hey«, antwortete sie.

»Siri und Cattie sind angekommen.«

»Und die anderen?«

»Wir wissen es nicht.«

Franziska atmete tief durch und setzte sich auf die unterste Stufe. Ich ging zu ihr und sie rückte ein wenig zur Seite, damit ich neben sie konnte. Die Flasche stellte ich vor mir ab, ließ sie aber nicht los, sondern kreiselte mit ihr auf dem Boden herum.

»Was wird das?«, fragte sie schließlich, und wir wussten beide, dass sie nicht die Flasche meinte. »Sag die Wahrheit. Keiner ist in der Nähe. Niemand hört uns.«

Ich war mir da langsam nicht mehr so sicher, aber ich wollte Franziska nicht auch noch mit meinen Befürchtungen anstecken. Der Kronleuchter ... War dort eine Kamera versteckt? Die Lampen links und rechts neben der Couch ... schlichte Leinenschirme mit einem schlanken Holzfuß ... Vielleicht fanden wir dort Mikrofone? Der Raum sah so friedlich aus. So schön, so gemütlich. Das Feuer knisterte im Kamin. Ich konnte die Wärme bis zu unseren Plätzen auf der Stiege spüren. Die Bücher in den Regalen sahen alt und gelesen aus. Es war ein gutes Haus, ein freundliches Haus. Und dennoch nistete etwas in den Ecken, flüsterte etwas in den Schatten ... Aber vielleicht wurde ich auch nur hysterisch.

»Ich habe keine Ahnung. Wirklich.«

Franziska glaubte mir nicht. Sie hatte eine Art, durch die Nase zu schnauben, die mir langsam bekannt vorkam. Sie glaubte, dass ich log, und ärgerte sich darüber. Verständlich. Würde mir im umgekehrten Fall bestimmt genauso gehen.

»Ich kann ja verstehen, dass du vor den anderen nichts sagen willst, aber ...«

»Ich weiß nichts. Wirklich. Ich bin durch reinen Zufall hier reingeraten.«

»Johnny muss doch mit dir geredet haben. Er hat doch irgendetwas gesagt. Wie ist er an diese Mühle gekommen? Warum Karlsbad? Woher zum Teufel hat er das Geld?«

»Johnny hat genauso wenig Ahnung wie ihr.«

»Wie *wir*. Du sitzt mit uns fest.«

»Nur physisch«, sagte ich. »Rein physisch.«

Als ich ihr verwirrtes Gesicht sah, hätte ich um ein Haar aufgelacht. Aber die Situation war zu ernst und zu verworren, selbst für meinen Humor.

»Er bekam eine Einladung, wie jeder von euch auch«, erklärte ich zum gefühlt hundertsten Mal. »Dann hatte er einen Unfall, und als ich ihn im Krankenhaus besucht habe, bat er mich, an seiner Stelle hierherzufahren.«

»Er hat nichts gesagt?«

»Worüber?«

»Über ... Warum wir uns so lange nicht gesehen haben.«

Ich ließ die Flasche los. »Nein. Warum?«

Franziska seufzte und rückte ein paar Millimeter von mir ab. Ich durfte nicht vergessen, dass alle, mit denen ich unterwegs war, zwei Gesichter zu haben schienen. In meiner kindischen Vorstellung waren sie eine Gruppe wunderschöner junger Menschen gewesen, sorglos, unbeschwert und arrogant. Joshua entpuppte sich als wahlloser Verführer (ich konnte mir seine Ankraule im See mittlerweile nur noch so erklären, dass ich das einzige weibliche Wesen war, mit dem er noch nicht ...), Franziska war offenbar bipolar und eifersüchtig, Siri eine selbstverliebte Narzisstin und Cattie die eiskalte Karrieristin mit Alkoholproblemen. Tom war *the thin white duke*, arrogant und egozentrisch, und Stephan der humorlose Nerd, der sich immer in die falschen Mädchen verliebte. Mehr wusste ich nicht von ihnen. Nur dass sie offenbar null Orientierungssinn besaßen.

»Unwichtig.« Franziskas Lächeln hatte etwas von einer alten Frau im Park, die einem streunenden Hund erst ein Leberwurstbrötchen unter die Nase hält und es dann selbst aufisst.

Aber dieses Lächeln stand ihr nicht. Ihr Gesicht, ein wenig zu rund, um zart zu sein, ein wenig zu breit, um von einer Schönheit im landläufigen Sinn zu reden, bekam dadurch einen mürrischen Zug. Das ist mir schon öfter bei Leuten aufgefallen, die von ihrer Natur her nicht besonders fröhlich waren: Sie lächeln mit nach unten gezogenen Mundwinkeln.

Ich fragte: »Habt ihr euch wegen irgendetwas in die Haare gekriegt?«

»Nein«, antwortete sie schnell. »Ich habe die anderen auch ewig nicht gesehen. Nach dem Abi sind wir alle weg aus L. Weit weg. Joshua sogar in die USA, so ein Studentenprogramm für Überflieger-Sportler. Stephan und Tom nach England. Cattie hat in Rekordzeit ihren Bachelor und Master gemacht, auf irgendeiner Schule in München. Siri ist Model. Hast du das gewusst?«

»Nein, aber es passt zu ihr.«

»Oh ja, es passt.«

»Und du?«

»Ich bin geblieben.«

»In L.?«, fragte ich. »Warum?«

»Es war der einzige Ort, an den keiner von ihnen zurückkehren würde. Deshalb.«

»Ist denn etwas vorgefallen unter euch? Habt ihr euch zerstritten?«

Wieder dieses Lächeln. »Nein. Wir haben uns einfach nur nicht mehr gesehen.« Sie stand auf. »Wie spät ist es?«

»Kurz nach acht. Joshua und Cattie sind in der Küche, Siri ist im Bad.«

»Okay. Danke.«

Sie ging. Ich war allein im Wohnzimmer. Einige kostbare,

stille Momente saß ich da und dachte darüber nach, was Franziska mir mit ihrem Schweigen verraten hatte: dass sieben *Freunde fürs Leben* nach dem Abitur einfach so auseinandergedriftet waren. Und dass sie L. nur deshalb nicht verlassen hatte, weil sie dort sicher vor ihnen war. Der einzige Ort, an den keiner von ihnen zurückkehren würde ...

Ich nahm die Flasche, ging zur Haustür, öffnete sie und fuhr mit einem Schrei zurück. Vor mir stand ein blutender Mann.

13

»Tom!«

Es war Franziskas Ruf. Die Flasche fiel mir aus der Hand und zerbarst auf dem Boden. Der Lärm lockte die anderen aus der Küche. Sogar Siri erschien, ein Tuch um ihre Haare und ein weiteres um ihren schlanken Alabasterleib gewickelt, in der Badezimmertür.

»Wo zum Teufel warst du?« Franziska schubste mich zur Seite und umarmte den späten Wanderer.

Auch Toms Hemd hatte gelitten, aber er sah nicht ganz so abgerissen aus. Quer über sein Gesicht allerdings zog sich eine blutige Schramme.

»Was ist passiert?«

»Ich bin gestolpert«, sagte er unwirsch und trat ein.

Ich versuchte, die nassen Scherben aufzuheben. Das Malheur brachte mir einen bitterbösen Blick von Cattie ein. Joshua begrüßte den Spätheimkehrer mit herzlichen Schlägen auf den Rücken. Siri aber schoss aus dem Badezimmer heraus direkt auf Tom zu.

»Wo kommst du her?«, schrie sie. »Warum hast du uns allein gelassen?«

»Das habe ich nicht.« Tom ließ sich auf die Couch fallen und streckte die Beine aus.

»Du warst weg. Einfach weg!«

»Ich bin vorausgegangen, um zu sehen, ob der Weg überhaupt weitergeht. Als ich zurückkam, wart *ihr* weg!«

»Wir haben eine halbe Stunde auf dich gewartet. Eine halbe Stunde!«

Tom riss die Augen auf. »Unmöglich!«

Joshua setzte sich ihm gegenüber in einen Sessel. »Wo genau war das?«

»Ich weiß es nicht. Ich habe mich verirrt. Ich bin den ganzen Weg noch einmal zurück, bis zu der Stelle, an der wir gegessen haben. Und da ...«

Wir anderen kamen näher.

»Und da?«, fragte Cattie.

»Da war nichts mehr.«

Seine Hand zitterte. Erst jetzt fiel mir auf, dass er unter Schock stand. Tom war derjenige, der am wenigsten für eine Bergtour mitten in der Nacht geeignet war. Ein schmaler Dandy, der auf jedem gesellschaftlichen Parkett brillierte. In der Wildnis musste er total abschmieren. Schweiß glänzte in seinem Gesicht. Er strich sich die dunklen Haare aus der Stirn, aber sie fielen wieder zurück und verfinsterten seine Züge.

Cattie setzte sich neben ihn. »Was meinst du damit?«

»Da war nichts mehr. Kein Tisch, keine Stühle, gar nichts.«

Joshua sah zu Siri, die immer noch tropfend auf dem Teppich stand und ihr Badetuch nur recht nachlässig gewickelt hatte. »Wart ihr das?«

»Was? Nein, natürlich nicht. Wir haben ja versucht, in High Heels eine Bergtour zu machen. Schon vergessen?« Sie wies auf ihre Füße.

»Gar nichts?«, fragte ich. »Kein Stuhl, kein Teller, alles weg?«

»Als ob es nie dagewesen wäre.«

Das waren, nun, suboptimale Neuigkeiten. Ich ging in die Küche, um die Scherben wegzuwerfen. Joshua folgte mir. Der Rum stand noch auf dem Tisch. Er griff sich die Flasche und ein paar Gläser.

Ich fragte leise: »Was hat das zu bedeuten?«

»Ich habe keine Ahnung.«

»Aber ihr müsst doch irgendeine Idee haben. Das wird mir langsam unheimlich.«

»Wir werden Wachen aufstellen.«

»Wachen? Wen denn? Die Hälfte ist doch schon fix und fertig.«

Aber er grinste mich nur an. »Ich wüsste schon jemanden, mit dem ich die erste Schicht teilen würde.«

»Im Schlafsaal meinst du?«

Er kam auf mich zu. Seine blauen Augen funkelten. »Ich kann auch sehr sehr leise sein.«

»Ich nicht«, antwortete ich mit dem gelangweiltesten Lächeln, das ich auf Lager hatte. Damit ließ ich ihn stehen und ging zurück zu den anderen. Ich würde keine Kerbe im Balken über seiner Matratze werden.

Etwas im Raum hatte sich in den zwei Minuten verändert.

Wir waren durcheinander gewesen. Verwirrt, müde und erschöpft. Ein paar Kratzer und Blessuren, mehr nicht. Irritationen würden sich aufklären, mit diesem Grundvertrauen waren wir bis hierher gekommen. Aber nun kroch etwas durch die Ritzen, das anders war. Und es hatte etwas mit einem kleinen schwarzen Ding zu tun, das auf dem Couchtisch lag.

Es war eine zerbrochene Brille.

Ein Bügel war geknickt, die Gläser hatten Sprünge. Sie sah aus, als wäre sie von jemandem in den Dreck getreten worden.

Joshua war mir gefolgt und stand hinter mir. Ich konnte seinen warmen Atem in meinem Nacken spüren, so nahe war er an mich herangetreten, um einen Blick auf das zu werfen, was Tom mitgebracht hatte.

»Gehört die Stephan?«, fragte er.

Tom nickte mit gesenktem Kopf.

»Wo hast du sie gefunden?«

»Unten, an einer ziemlich gefährlichen Biegung...« Ein Geräusch kam aus seiner Brust, es könnte so etwas wie ein Schluchzen gewesen sein, das man gerade noch im Ansatz abwürgen kann.

Vorsichtig nahm ich das Gestell an seinem unversehrten Bügel hoch. »Bist du sicher?«

»Sicher...« Er zuckte mit den Schultern. »Sie lag nahe der Stelle, an der die Hängebrücke abgerissen ist.«

»Dann hätten wir sie doch gesehen, Tom. Wir sind doch quasi über den Boden gekrochen. Sie hätte uns auffallen müssen!«

»Hätte, ja. Ist sie aber nicht! Weil sie heute Mittag nicht dalag!«

Joshua nahm mir das seltsame Fundstück ab. »Ich weiß nicht, solche Brillen gibt es zu Hunderttausenden. Hipster-Zeug.«

»Sie hätte uns auffallen müssen!« Tom schrie beinahe.

Franziska setzte sich neben ihn und legte den Arm um seine Schulter. »Schschsch. Ist ja gut. Wann warst du da?«

Er fuhr sich mit dem Handrücken über die Augen. »Es war schon ziemlich dunkel. Ich hatte mich verirrt, muss gleich am Anfang in die falsche Richtung abgebogen sein. Bin im Kreis gelaufen, weiß der Teufel. Irgendwann war ich wieder am Fluss. Von Siri und Cattie keine Spur. Und ... dann ... dann war es, als ob ich das alles heute Mittag nur geträumt hätte. Den Tisch. Die Stühle. Das Essen. Den Champagner ... Es war nichts mehr davon da. Ich habe das ganze Plateau abgesucht und wollte dann zurück. Auf einmal knirschte es. Und da lag Stephans Brille.«

Cattie schenkte zwei Finger breit Rum in ein Glas und reichte es Tom, der aber nur den Kopf schüttelte. Eine Geste der Hilfsbereitschaft, die erwartungsgemäß ausgeschlagen wurde und nun der edlen Spenderin zugute kam.

Sie trank einen Schluck und räusperte sich, als sie die missbilligenden Blicke bemerkte. »Erklär es mir wie einem dreijährigen Kind. Am frühen Nachmittag gehen Joshua, Lana und Stephan gemeinsam los und kommen – habe ich euch da richtig verstanden ...?« Wir nickten. »... kommen auch gemeinsam zur Mühle. Wie kann er gleichzeitig hier oben und unten am Fluss sein?«

»Nicht gleichzeitig«, sagte ich. »Nachdem wir hier angekommen waren, ist er kurz darauf wieder aufgebrochen, um euch zu holen. Offenbar hat er es in einer Stunde hinunter bis zum Fluss geschafft. Aber ihr wart nicht mehr da.«

Siri knotete wütend an ihrem Badetuch herum. »Machst du uns jetzt Vorwürfe oder was? Dass wir keine Lust hatten, da unten zu übernachten?«

»Es gab eine Vereinbarung! Ihr wartet, bis wir euch holen!«

»Stimmt«, kam mir Joshua unter allgemeinem Unwillen zur Hilfe. »Wenn ihr dort geblieben wärt, hättet ihr vielleicht mitbekommen, wer das Geschirr abgeräumt hat.«

Ein seltsames Schweigen breitete sich aus.

Tom war der Erste, der wieder das Wort ergriff. »Das heißt ... ihr wisst immer noch nicht, wer uns eingeladen hat?«

Siri warf einen vielsagenden Blick auf ihre zerschrammten Füße. »Eingeladen würde ich das langsam nicht mehr nennen. Eher den Berg hochgetrieben wie Kühe im Frühling.«

»Und wem die Mühle gehört?«

»Keinen Schimmer.« Joshua warf sich wieder in seinen Sessel. »Mir nicht. Aber wir wurden dennoch aufs Freundlichste willkommen geheißen. Es gibt zwei Briefe an uns. Der eine besagte, dass wir es uns hier gemütlich machen sollen. Der zweite ...«

»Wir müssen Stephan finden«, sagte ich, bevor der Rest es sich wie Joshua gemütlich machen und einen netten Spieleabend einleiten würde. »Es tut mir leid, aber wir sollten einen Suchtrupp zusammenstellen und ...«

Joshua beugte sich vor und nahm mich derart ernst ins Visier, dass ich den Rest des Satzes hinunterschluckte.

»Wir bleiben hier«, sagte er. »Heute Nacht verlässt niemand mehr dieses Haus.«

»Aber –«

»Wir werden uns nicht noch einmal in Gruppen aufsplittern. Wir bleiben hier und warten. Denn es gibt kein Telefon, kein Handynetz, und ob man Rauchzeichen in der Nacht sieht, ist fraglich. Morgen bei Tageslicht suchen wir einen Weg zurück in die Zivilisation. Heute Nacht stellen wir Wachen auf. Ich will niemanden beunruhigen.«

Danke. Das hast du schon.

»Aber solange sich unser Gastgeber nicht zeigt und wir seine Absichten nicht kennen, bin ich dafür, keine Himmelfahrtskommandos in ein unbekanntes und schwieriges Gelände zu schicken. Wir haben keine Ausrüstung, keine Taschenlampen, keine Möglichkeit, mit der Außenwelt in Kontakt zu treten. Wenn jemand einen besseren Vorschlag macht, sollte er jetzt vortreten oder schweigen für immer.«

»Wachen?«, fragte Cattie zerstreut. »Warum das denn?«

»Wenn jemand kommt ...« Joshua sah sich um.

Siri biss sich auf die Lippen. Franziska nahm Tom wieder in den Arm, der das teilnahmslos wie ein sedierter Schoßhund über sich ergehen ließ. Cattie hob die Augenbrauen und wartete in deutlich gespielter Spannung darauf, dass Joshua seine Überlegungen fortsetzte.

»... dann will ich wissen, ob es Freund oder Feind ist.«

Cattie nickte, übrigens genauso übertrieben. »Feind. Wie kommst du darauf, dass wir es hier mit jemandem zu tun haben, der uns nicht wohlgesonnen ist?«

»Ich bin einfach nur vorsichtig.«

»Vorsicht hin oder her«, begann ich wieder. »Stephan ist einer von euch. Ihr könnt ihn nicht da draußen alleine lassen!«

Siri ging zur Tür und riss sie auf. »Dann geh ihn doch suchen! Na los, Lana, geh doch! Denkst du, das war ein Sonntagnachmittagsspaziergang?«

»Wir sind genau die gleiche Strecke gelaufen. Kein Grund, sich aufzuregen.« Ich versuchte, so ruhig wie möglich zu bleiben. »Aber Stephan hat seine Brille verloren. Und wenn ich mich nicht täusche, ist das eine ziemlich hohe Dioptrienzahl. Er wird blind sein wie ein Maulwurf. Und sagtet ihr nicht sowieso, dass er im Dunkeln Probleme hat?«

Siri knallte die Tür wieder zu. »Hast du Joshua nicht zugehört? Es hat keinen Sinn, jetzt da rauszugehen. Niemand von uns kennt die Gegend. Wir hätten abstürzen können, uns die Knochen brechen.«

»Vielleicht ist ihm genau das passiert! Wo habt ihr zwei Tom aus den Augen verloren?«

Siri sah aus, als wolle sie jeden Moment auf mich losgehen. Vielleicht war es auch nur die Panik, die die Vorstellung einer Nachtwanderung in Pumps bei ihr auslöste.

Cattie holte tief Luft. »Komm runter, Siri. Das ist doch nicht deine Flughöhe.«

»Wo?«, wiederholte ich.

Joshua schwieg. Ich vermutete, dass er mir die Verhörarbeit überlassen wollte, um mich noch ein bisschen besser als Unruhestifterin zu positionieren. Er nickte Cattie kaum merklich zu.

»Gleich am Anfang. Wir haben noch ... Also um ehrlich zu sein, wir haben uns nicht im Frieden getrennt.«

»Cattie hatte einen in der Krone.« Siri kam zu uns zurückgeschlendert. Ihr bildschönes Gesicht verzog sich zu einem verächtlichen Grinsen.

Cattie wollte sich den letzten großen Schluck Rum genehmigen, aber Siri nahm ihr das Glas so heftig ab, dass der Inhalt überschwappte.

»Unsere Cattie sieht seit Neuestem Gespenster. Komm schon. Sag es.«

Wir alle warteten, lauerten auf ein Wort.

»Es war ... nichts. Ich hatte das Gefühl, wir werden beobachtet. Tom ...« Sie sah kurz zu ihm, aber er wich ihrem Blick aus. »Tom war nervös. Ihm hat das alles zu lange gedauert. Ich wollte warten, wie wir es abgemacht hatten. Und dann, plötzlich, war da was. In den Felsen. Im steinernen Hochzeitszug. Es sah so aus, als ob sich dort jemand bewegte.«

»Was?«, fragte ich. »Ein Felsen?«

Siri lachte. »Ein Felsen.«

»Halt den Mund«!«, rief Franziska. »Setz dich hin und halte endlich mal deinen Mund!«

»Okay, okay ...« Als ob es die größte aller Zumutungen wäre, setzte Siri sich ans Ende der Couch und verschlang ihre Endlosbeine ineinander. Cattie, in plötzlicher Nüchternheit, die ihr selbst wohl nicht ganz geheuer war, zog die Schultern ein. Sie sah aus, als ob sie frieren würde, dabei saß sie ziemlich nahe am Kaminfeuer. Ihr Make-up war verwischt, die Wimperntusche malte schwarze Schatten unter ihre Augen. Sie hat ihre Maske verloren, kam es mir in den Sinn.

»Ich weiß es nicht. Es konnte auch eine Täuschung sein, denn als ich genauer hingesehen habe, waren da nur Bäume und Fels. Tom sagte, nun, er sagte ...«

»Ich sagte«, unterbrach er sie, »sie solle vielleicht etwas weniger tief ins Glas schauen. Es war klar, dass da nichts war. Aber sie hat darauf bestanden. Es entspann sich ein kleines Wortgefecht.«

»Kleines Wortgefecht ist gut«, kam es von Siri aus ihrer Ecke. Sie sprühte wieder vor Lebenslust. Es gefiel ihr, dass Cattie gerade von ihrem hohen Ross absteigen musste.

Tom hob die Hände, als ob er seine Unschuld beteuern wollte. »Also bin ich vorausgegangen. Ich hatte keine Lust, mich noch länger von einem Alkie beschimpfen zu lassen.«

»Ich bin kein Alkie!«, fauchte Cattie.

Siri hob das Rumglas und hielt es in ihre Richtung. Dabei schnalzte sie mit der Zunge, als ob sie ein Kätzchen anlocken wollte.

»Hier, schau mal. Nimm das Goodie! Oder zeig uns, wie clean und nüchtern du sein –«

Woooosch! Catties Schlag traf Siris Hand, das Glas zerschellte im Kamin, der Rum loderte zischend auf und das betäubende Aroma von Alkohol schien geradezu in meiner Nase zu explodieren.

Siri schrie auf. Wir alle waren über Catties plötzlichen Ausbruch erschrocken.

»Wagt es nicht, mich nochmal Alkie zu nennen!« Cattie

nahm die Brille und hielt sie hoch. »Das ist Stephans Brille! Ihr glaubt, ich bin verrückt? Was ist dann das? Was ist das? Nichts ergibt einzeln einen Sinn. Zusammengenommen betrachtet, würde ich am liebsten sofort abhauen, wenn es irgendeine Möglichkeit dazu gäbe!«

Ich versuchte, mir frische Luft zuzuwedeln. Mittlerweile wurde man dank Cattie schon betrunken, wenn man nur atmete.

»Tom, welchen Weg bist du gelaufen? Bist du an der Stelle vorbeigekommen, wo der Weg nur haarscharf an der Schlucht vorbeiführt?«

»Nein. Nicht dass ich wüsste.«

»Hast du ein Wanderwegszeichen bemerkt? Einen Kreis mit zwei Kreuzen?«

»Nein!«

»Dann gibt es einen zweiten Weg. Wenn wir den nochmal finden ...«

»Nur bis zum Plateau«, sagte Franziska. »Nicht wirklich eine Lösung.«

Ich sagte: »Nein. Aber es erklärt, warum Tom und ihr beide, Siri und Cattie, euch nicht mehr begegnet seid. Und mir ist noch etwas klar geworden: Jemand wollte, dass wir uns hier in die Mühle zurückziehen. Diesen Jemand hat Cattie unten am steinernen Hochzeitszug gesehen.«

Cattie nickte widerwillig. Es war aber auch eine Zumutung, in welcher Geschwindigkeit die Allianzen unter uns wechselten.

»Dieser Jemand hat uns die Geschenke gebracht und die Karte geschrieben.«

»Geschenke?«, fragte Siri. Das musste ein Reflex sein. »Wo?«

Joshua ließ seinen Sessel knarren. »Oben. Unterm Dach. Im Schlafsaal. Franziska, würdest du die Sachen mal holen?«

»Warum holst du sie nicht selbst?«

»Weil ich nicht derjenige war, der sie durcheinandergebracht hat.«

Franziska schürzte die Lippen und schmollte. Aber dann stand sie auf und ging nach oben. Cattie wollte nach der Rumflasche greifen, aber Joshua warf ihr nur einen eiskalten Blick zu, und sie ließ es bleiben.

Mit einem unterdrückten Stöhnen lehnte sie sich zurück. »Es gab also Nachrichten des großen Unbekannten an uns?«

»Zwei. Es scheint wirklich so zu sein, dass er unsere Handlungen vorhergesehen hat. Sein Timing stimmt, das muss man ihm lassen.«

Cattie kniff die Augen zusammen. Sie blieb völlig zu Recht misstrauisch. Tom hatte sich erschöpft zurückgelehnt. Ihm schien es zu reichen, in Sicherheit zu sein. Egal, wie trügerisch sie war.

»Ich vermute, dass die kleinen Geschenke, die Franziska gerade holt, ebenfalls Botschaften sind. Und er bat uns, Wahrheit oder Wahrheit zu spielen.«

Toms gelangweilter Blick zum Kronleuchter begann zu flackern. Siri zupfte nervös an ihrem Tuch herum. Nur Cattie blieb cool.

»Echt jetzt?«

»Jep.«

»Ich spiele heute nichts mehr. Ich bin total erledigt.«

»Ich auch«, sagte Tom.

»So ein Kinderkram.« Siri versuchte erneut, ihre Haare mit den Fingern zu entwirren. »Das habe ich seit Urzeiten nicht mehr gespielt. Ich wüsste gar nicht, was für Wahrheiten ich über euch sagen sollte.«

Tom räusperte sich. Erst fiel es mir gar nicht auf, aber dann merkte ich, dass die plötzliche Stille etwas mit mir zu tun haben musste.

»Wahrheit oder Wahrheit?« fragte ich. »Ist das so ähnlich wie *thruth or dare*?«

Cattie lächelte. »So ähnlich. Nur ein bisschen gemeiner. Ist es nicht seltsam? Ein paar Stunden mit euch unter einem Dach und mir fiele eine ganze Menge wieder ein.«

»Es sind Jahre vergangen«, sagte Siri. »Du hast doch keine Ahnung, was jeder von uns in dieser Zeit gemacht hat.«

»Du zum Beispiel hast dich nicht ein bisschen geändert, meine Liebe.«

»Du auch nicht. Oder doch? Hast du damals auch schon so viel getrunken?«

Glücklicherweise polterte gerade Franziska wieder die Treppe hinunter, auf dem Arm all die Dinge, mit denen uns wohl süße Träume beschert werden sollten. Sie warf alles auf dem Couchtisch ab. Wie Archäologen, die einen goldenen phönizischen Kampfwagen erwartet hatten und stattdessen in eine prähistorische Sickergrube starrten, betrachteten wir diese Anhäufung von Merkwürdigkeiten.

»Eine Puppe«, sagte Cattie schließlich. »Ein Buch. Was ist das? Für wen soll das sein?«

»Ich glaube, das war für Joshua. – Oder Tom«, setzte ich unsicher hinzu.

Cattie hielt amüsiert die Handschellen hoch. »Das ist doch was für Siri, nicht wahr?«

»Ich nehme lieber die Augenbinde. Dann muss ich euren Anblick nicht auch noch vorm Schlafengehen ertragen.«

Die Puppe rührte keiner an. Auch der Zopf blieb liegen. Er musste aus Echthaar sein, denn er wirkte etwas zerzaust und so, als hätte ihn sich jemand voller Wut mit einer Haushaltsschere abgeschnitten. Es war ein stumpfes Blond mit einem Ingwerton, nicht gefärbt. Die meisten, die mit hellen Haaren auf die Welt kommen, werden im Erwachsenenalter dunkler. Dieser Zopf konnte gut aus der Zwischenzeit stammen, der Verwandlung vom Kind zur Frau. Aus irgendeinem Grund war ich mir ziemlich sicher, dass es sich um einen Mädchenzopf handelte. Es sei denn, Romano hätte sich von seinem Markenzeichen getrennt …

Cattie legte die Handschellen zurück. »Es will uns etwas sagen, aber ich verstehe es nicht.«

»Wahrheit«, sagte Franziska. Wieder ein unsicherer Blick in meine Richtung. Ich störte. Es war, als ob im ganzen Raum Flaggen gehisst wären mit der Aufschrift: Redet bloß nicht offen vor Lana miteinander! »Es geht um Wahrheit. Zumindest bei dem Buch.«

Cattie schien ihre Bedenken gegen mich gerade zu verlieren. Oder ihr war sowieso schon alles egal. »Soso. Tut mir leid, aber ich kann immer noch keinen Zusammenhang mit den anderen Gegenständen erkennen.«

»Justitias Augenbinde?«, fragte Tom.

Siri nahm die Handschelle und probierte, ob sie sich öffnen ließ. »Wir sind aneinandergekettet, für immer und ewig.«

Die Puppe hatte keine Augen, deshalb wäre es verrückt zu sagen, sie würde mich anstarren. Aber ich hatte das Gefühl, als ob sie mir etwas mitteilen wollte. Ihre Bedeutung war unklar, aber vielleicht ...

»Ein zugenähter Mund ...«, dachte ich laut. »Es ist dieselbe Symbolik wie die der Wanderzeichen.«

Cattie gähnte. »Vielleicht will sie uns sagen, dass wir endlich den Mund halten und ins Bett gehen sollen?«

Joshua stand auf. »Gute Idee. Ich werde draußen ein Lagerfeuer anzünden. Den Schein kann man bis zum Waldrand sehen. Er könnte Stephan helfen. Lana schiebt die erste Wache mit mir.«

Ich wollte protestieren. Warum ich? Warum mit dir? Und generell gefragt: Seit wann war meine Physis so wichtig? Aber er achtete gar nicht auf mich.

»Jetzt ist es neun. Um Mitternacht übernehmen Siri und Tom. Die Runde ab drei geht an Franziska und Cattie. Um sechs könnt ihr mich wecken. Dann ist es hell und wir sehen weiter.«

Die Entscheidung wurde widerspruchslos angenommen. Franziska und Cattie stritten sich darum, wer als Erste das Bad benutzen durfte. Tom legte Holz im Kamin nach, Siri begann, den Bauernschrank und die Truhe nach irgendetwas abzusuchen, das sie als Nachthemd verwenden könnte. Ich folgte Joshua hinaus vor die Tür.

Über uns wölbte sich ein glasklarer Sternenhimmel. Der Mond hatte seine Reise fortgesetzt und stand nun weit im

Süden über dem Tal. Die Bergrücken wirkten wie gewaltige Schatten, die sich aneinanderschmiegten. Ein Nachtvogel schrie leise. Die Luft war würzig und feucht, sie ließ den Herbst ahnen und vertrieb ganz langsam die Erinnerung an die hellen Nächte des Sommers. Wir wussten es nicht, aber es war die letzte klare Nacht für lange Zeit.

Die Flügel der Mühle wiesen wie gewaltige Zeigefinger in die Unendlichkeit. Ich konnte den zarten Schleier der Milchstraße erkennen, und der Abendstern leuchtete so hell, dass er beinahe blendete. Nebelschleier stiegen aus dem See und schwebten über das Tal.

»Lass uns Feuer machen«, sagte Joshua.

»Ja.«

Ich folgte ihm auf seinem Rundgang um das Haus. Die Seeseite hatten wir schon gecheckt, die Längsseite mit dem Badezimmerfenster auch. Die Front sowieso. Es gab also nur noch links um die Ecke Neuland. Und tatsächlich liefen wir fast in einen riesigen, sorgfältig aufeinandergeschichteten Holzstapel hinein. Um ein paar übel zugerichtete Klötze herum lagen Späne. In einem steckte eine Axt. Joshua stieß einen anerkennenden Pfiff aus.

»Na, wie wär's mit uns beiden in einem langen, kalten Winter?«

Ich nahm einen der oberen Scheite und drückte ihm das Teil in die Arme.

»Mir reicht erst mal diese Nacht.«

»Man sollte sich immer alle Optionen offenhalten.«

Ich knallte ihm den nächsten Scheit vor die Brust und grinste ihn an. »Du sagst es.«

Schwer beladen kehrten wir zurück.

Ein Feuer, das einsame Wanderer geleiten würde und dem Einen, der dort irgendwo in der Dunkelheit lauerte, eine Nachricht übermittelte: Wir wachen. Wir sind auf der Hut. Wir werden dich sehen und dich erkennen. Und dann werden wir wissen, wer du bist.

Night gathers and my watch begins ...[*]

---

[*] George R.R. Martin: »Das Lied von Eis und Feuer«, Schwur der Nachtwache.

14

Ich liebe Lagerfeuer. Sie sind seit Menschengedenken der Ort, an dem man sich sicher fühlt und in friedlicher Absicht zusammenkommt. Schon die Vorbereitung hat etwas Archaisches: Holz sammeln, aufschichten, in Brand stecken. Warten, dass es zieht. Die Freude, wenn die ersten Flammen umeinandertänzeln wie flinke Wasserschlangen. Das Knistern und Knacken, die aufstiebenden Funken in der Nacht. Der Geruch, der noch tagelang in der Kleidung steckt. Die Hitze von vorne, die Kälte im Rücken. Glut, lohende Glut, von blendendem Gold bis tiefdunklem Rot. Lagerfeuer vertreiben die Geister nach langen Wintern. Sie locken Fremde mit friedlicher Absicht. Sie sind das Zentrum des Kreises, in den jeder eintreten will. Sie geben Gesprächen eine andere Richtung. Man sieht in die Flammen, nicht ins Gesicht des anderen. Ist sich nahe, ohne sich gleich zu sehr auf die Pelle zu rücken.

Es sei denn, jemand wie Joshua sitzt neben dir.

Sein erster Handgriff nach getaner Arbeit war der um meine Schulter.

»Lass das«, sagte ich.

»Bist du nicht der romantische Typ?«

»Ich bin der wählerische Typ, wenn du es genau wissen willst.«

»Oh.« Mit einem spöttischen Lächeln rückte er ein Stück von mir weg. »Was haben sie dir da drinnen erzählt?«

»Nichts.«

»Lüg mich nicht an. Sobald man Cattie und Siri den Rücken dreht, legen sie los. Also?«

»Sorry. Aber ich rede nicht über andere.«

Er nahm einen trockenen Ast und begann, ein paar Steine herumzuschieben. Wir saßen auf Holzklötzen, die wir neben der Mühle gefunden hatten und die, den tiefen Kerben nach zu urteilen, zum Zerhacken der Scheite genutzt wurden. Es war ein Mann, der hier lebte. Einer, der wusste, wie man mit der Axt umging.

»Da wärst du die Erste.«

»Es tut mir leid, dass ich so eine Enttäuschung für dich bin.«

Das Feuer war die einzige Lichtquelle. Es warf tiefe Schatten in sein Gesicht. Mit einem Mal verschwand seine lockere Unverbindlichkeit.

»Das bist du nicht«, sagte er. »Da wir uns kaum kennen, habe ich auch null Erwartungen. Aber seit wir hier angekommen sind, ist es so, als hätte es die letzten Jahre nicht gegeben. Alles ist wie damals in L. Im Guten wie im Schlechten.«

Ich versuchte ein vorsichtig zustimmendes »Hmmm«, das aber auch ein »Erzähl weiter« sein könnte.

»Kennst du das?«, fragte er und versuchte, einen der

faustgroßen Steine, der sich partout nicht bewegen wollte, mit dem Stecken aus der Erde und dem niedergetretenen Gras zu lösen. »Du bist anders geworden. Älter. Erwachsener. Ein ganz neues Umfeld, andere Leute.«

»Ja«, sagte ich vorsichtig. »Kenn ich.«

»Und dann begegnest du den alten Freunden wieder, Menschen aus deiner Schulzeit, und die Managerin wird zur Heulsuse, das Model zur Prinzessin und der Banker zum Idioten, der nicht bis drei zählen kann. Wir sind anders geworden, aber kaum treffen wir uns wieder, sehen wir in uns immer noch die Schüler von damals.«

»Dann wollt ihr es so. Sonst würdet ihr euch doch eine Chance geben. Und du?«

»Ich?«

»Als was sehen dich die anderen? Warst du damals schon der Anführer? Der, der sagt, wo es langgeht?«

Er legte den Ast weg. »Keine Ahnung.«

»Natürlich warst du das. Und du hast deine alte Rolle problemlos wieder übernommen. So sehr verändert hast du dich also nicht. Warum seid ihr auseinander?«

»Es hat sich so ergeben. *Pantha rei*, alles fließt. Leben ist werden, nicht bleiben.«

»Ich habe geglaubt ...«

Johnnys Gesicht tauchte vor mir auf. Wie er da auf dem Bett im Krankenhaus gelegen hatte, ein von seinem Rudel getrennter, struppiger, abgemagerter Wolf. Etwas zuckte in meinem Herzen, heiß und schnell. Den ganzen langen Tag hatte ich nicht an ihn gedacht. Und wenn doch einmal sein Name gefallen war, war mein erster Reflex gewesen, mich von ihm zu distanzieren. Als ob er eine ansteckende Krankheit hätte, die ich einschleppen könnte. Aber plötzlich schämte ich mich dafür, fast als ob ich ihn verraten hätte. Der Gedanke hatte so etwas Biblisches. In dieser Nacht, ehe der Hahn kräht, wirst du mich dreimal verleugnen... Trotz der Hitze des Feuers wurde mir kalt. Das ist eben der Nachteil: Die eine Hälfte wird geröstet, die andere wird zu Eis.

»Was?«, fragte Joshua.

»Wenn... Wenn ich euch gesehen habe, damals von Weitem auf dem Schulhof, habe ich an Freundschaft geglaubt.«

»Freundschaft. Das ist ein großes Wort. Zu groß für uns. Wie kommst du darauf?«

Ich wusste nicht, was ich antworten sollte. Warum redeten sie das so klein? Es war doch deutlich gewesen. Wie sie sich abgesondert hatten, wie sie sich als etwas Besonderes gefühlt hatten... Und jetzt sollte das alles nicht mehr wahr gewesen sein?

Das Feuer loderte hell. In seinem Inneren begann es bereits dunkel zu glühen. Wir hatten genug Holz für vier Wochen Tiefschnee, wir mussten nur aufstehen und es holen. Unsere Wache würde drei Stunden dauern. Eine seltsame Situation, so lange neben einem Fremden zu sitzen, der alles Persönliche an sich abprallen ließ. Vielleicht sollten wir uns über Fußballergebnisse oder Virenstämme unterhalten?

»Sie haben euch den *Court* genannt. Den Hof.«

Joshua lachte leise. »Das passt. Zumindest, was die Intrigen betrifft. Wahrscheinlich haben wir uns deshalb nach dem Abi so schnell getrennt. Irgendwann verliert auch ein Hof seinen Glanz.«

»Seltsam, wie man sich täuschen kann«, sagte ich. »Für mich wart ihr etwas anderes.«

Er schwieg. Plötzlich war ich mir sicher, dass er irgendwann darüber reden würde. Darüber, was sie auseinandergetrieben und seinen schönen, dekadenten Hofstaat zerstört hatte. Aber nicht in dieser Nacht. Seine Annäherungsversuche waren nichts als Reflexe aus einer vergangenen Zeit, in der er sich als unwiderstehlicher Verführer inszeniert hatte. Ich konnte die Anziehungskraft noch ahnen, mit der er seine Leute um sich geschart hatte. Aber etwas hatte sie unwiederbringlich beschädigt.

Er holte sein Handy heraus. Das Licht schimmerte in bläulichen Science-Fiction-Farben.

»Immer noch kein Netz. Verdammt.«

»Du solltest es ausmachen. Du hast auch kaum noch Akku. Wir müssen unterwegs vielleicht einen Notruf absetzen.«

»Bis morgen reicht es noch.« Ungerührt steckte er das Gerät zurück in seine Hosentasche. »Wir werden zwei Späher ausschicken, die sich Richtung Karlsbad aufmachen.«

»Warum gehen wir nicht alle zusammen?«

Er drehte sich um und warf einen Blick auf das dunkle Haus mit den gewaltigen Mühlenflügeln. Glücklicherweise wehte kein Lüftchen. Ich wollte nicht wissen, was da oben auf dem Mahlboden alles knirschen und ächzen konnte. Falls die Flügel sich je wieder in Bewegung setzen sollten.

»Siri und Cattie können die weite Strecke in ihren Schuhen nicht laufen. Länger als zwei Stunden zurück in die Zivilisation brauchen wir nicht. Morgen Nachmittag sind wir alle im Grandhotel wieder vereint.«

»Und wenn nicht? Was ist mit Stephan?«

»Es wird hier ja wohl so etwas wie eine Bergrettung geben.«

»Es gefällt mir nicht, dass er irgendwo da draußen ohne Brille unterwegs ist. Wir hätten ihn suchen sollen.«

»Nein«, kam es schnell und kalt zurück. »Das Risiko ist zu groß.«

»Wir könnten Fackeln ...«

»Nein!«

Ich konnte mich täuschen, aber ich hatte das Gefühl, dass hinter der schroffen Ablehnung noch etwas anderes steckte: Angst. Eigentlich müsste ich ja diejenige sein, die um nichts in der Welt diesen kuscheligen Platz an einem Feuer, Seite an Seite mit einem gut aussehenden blonden Schwiegermuttertraum, eintauschen wollte gegen eine Nachtwanderung mit ungewissem Ausgang.

»Das ist eine Mühle, keine Burg«, sagte ich. »Sie hat geheime Zugänge, sonst hätte unser Gastgeber nicht seinen Brief deponieren können. Hier draußen ist es vermutlich sicherer als da drinnen.«

»Du hast recht. Aber sag das bitte nicht so laut.«

»Warum nicht?«

»Weil sie sonst Panik bekommen. Sobald die Sonne aufgeht, machen wir einen Plan. Aber nicht jetzt. Du hast Pause, verstanden?«

Ich hatte eine gute Antwort auf Lager, aber ich schluckte

sie hinunter. Er hatte mir gar nichts zu sagen. Allerdings: Solange ich keine Verbündeten fand, war mein Platz in der Nähe der anderen. Alles andere wäre Selbstmord gewesen. Der Gedanke an die Schlucht und daran, wie gefährlich diese Ecke schon bei Tageslicht war, ließ mir einen Schauer den Rücken hinunterlaufen.

»Was ist mit Johnny?«, fragte ich stattdessen. »Was war seine Rolle bei euch?«

»Johnny ...« Joshua ließ den Namen mit einem halben Seufzer fallen. »Johnny war schon immer schwierig. Du stellst uns jetzt so hin wie einen Geheimbund, aber das waren wir nicht. Wir fanden uns einfach nur sehr unterhaltsam. Jeder auf seine Weise. Und im Gegensatz zum Rest der Welt. Es sind so unendlich viele Langweiler unterwegs.«

»Hmmm, ja«, sagte ich und zählte mich schon mal dazu.

»Im Großen und Ganzen waren wir uns aber ziemlich einig darüber, wer in welches Lager gehört. Bei Johnny war das irgendwie anders. Ich glaube, er war schon immer ein Einzelgänger. Er hat die Welt als ein einziges, großes Theaterfestival betrachtet, bei dem er mal vor der einen, mal vor der anderen Bühne stehen blieb. Aber er war nie Teil eines Ensembles. Verstehst du, was ich meine?«

»Hmmm, ja«, antwortete die Langweilerin.

»Wir haben performt und er sah uns dabei zu. Und wir hatten eine echt geile Performance in L. ...«

Das klang irgendwie arrogant. Aber er sagte es mit einem inneren Abstand, der genauso gut Verachtung ausdrücken konnte.

»Was für eine Performance?«

»Das weißt du nicht?«

Nein. Lana ist doof. Lana hat von nichts eine Ahnung, weil sie froh gewesen ist, die Zeit bis zum Abi ohne Selbstmordgedanken hinter sich zu bringen. Es war nämlich kein Zuckerschlecken gewesen: der Absturz meiner Familie, die Wurzellosigkeit, mit der ich aufgewachsen war, und die tiefe Zerrissenheit zwischen der Sehnsucht nach festen Bindungen und der Unfähigkeit, sie einzugehen … Glücklicherweise fiel ich eines Tages einer Lehrerin auf und mit der klappte es irgendwie – zu meinem eigenen Erstaunen. Sie war eine Respektsperson, also jemand, bei dem die Verhältnisse geklärt waren: Sie fragte, ich antwortete. Sie sagte etwas, ich glaubte es. *Du schaffst das.* Diese drei Worte hämmerte sie mir ein. Ab dann ging es etwas bergauf.

Es sind harte Zeiten, diese Jahre des Erwachsenwerdens. Man sucht wie verrückt nach seinem Platz und glaubt, dass es alle anderen besser wuppen als man selbst. Vielleicht habe ich deshalb so gar keine Lust, die Klinik zu verlassen. Ich müsste mich wieder auf den Weg machen und nach neuen Plätzen Ausschau halten, und das ist einfach unglaublich anstrengend. Man verlangt so viel von sich. Die Anforderungen sind immer so viel präsenter als die Möglichkeiten. Ich habe Angst davor. Angst vor dem Tag, an dem das alles wieder auf mich zukommt. Da hilft es auch nicht, »in die Vergangenheit zu steigen« und »alles nochmal rauszuholen«. Nein. Am liebsten würde ich ein tiefes Loch graben und all meine Erinnerungen dort hineinwerfen. Alles, was schmerzt. Alles, was einsam macht. Alles, was mich daran hindert, der Mensch zu sein, der ich sein könnte. *Du schaffst das*. Seltsam. Es gibt Momente, da glaube ich ihr immer noch.

Ich bin Lana. Ich habe überlebt. Das reicht.

Es muss reichen. Und ihr, ihr könnt gerne noch eine Weile auf mich warten.

Aber ich verstehe euch. Ihr glaubt, es sei wichtig, sich ein letztes Mal zu erinnern, bevor man das Loch zuschippt. Diese Nachtwache mit Joshua zum Beispiel. Heute bereue ich es, dass ich mich von Siri und Cattie beeinflussen ließ.

Ich hätte Joshua eine Chance geben müssen. Hätte ihn mit eigenen Augen sehen müssen und nicht durch die der anderen. Gerade jetzt, während sein Bild so lebendig vor meinem inneren Auge steht, als ob ich noch einmal mit ihm an diesem Feuer sitzen würde... In diesem Moment, in dem ich fast glaube, noch einmal den würzigen Duft der Wälder und den beißenden Rauch des Feuers zu riechen, die Vertrautheit spüre, die die Anwesenheit eines Menschen in finsterer Nacht bedeuten kann... Gerade jetzt ploppt wieder diese hässliche Frage auf: Hätte es etwas geändert? Hätten wir eine Chance gehabt, dem Schicksal zu entkommen, das zu dieser Stunde noch im Verborgenen lauerte und uns langsam und unmerklich einkreiste? Ich weiß noch, dass ich sehr wohl ein Gefühl der Beunruhigung spürte. Aber das war nicht anders, als wenn man nach Einbruch der Dunkelheit einen Weg entlanggehen muss, auf dem man als Kind einmal zu Tode erschreckt worden ist. Es war nicht stark genug. Dabei hatte es so viele Vorzeichen gegeben. Die Puppe, der Zopf, das Buch... Es war ein Bilderrätsel, das sie für ein

Spiel hielten. Und so wie Kaninchen in ihrem Bau darauf warten, dass der Wolf weiterzieht, dachten sie, es wird schon nicht so schlimm kommen. Ich bin ihnen nicht böse, dass sie mich durch diese Haltung mit in den Abgrund gezogen haben. Dafür können sie nichts. Aber sie hätten mir die Wahrheit erzählen sollen.

An diesem Feuer zum Beispiel, in der Stille einer Spätsommernacht, in der man schon den Herbst riecht. Es wäre Joshuas Gelegenheit gewesen, damit herauszurücken und vielleicht noch etwas zu retten. Aber er war feige und ich war dumm. Beide spielten wir eine Rolle und wir spielten sie verdammt schlecht.

»Klär mich auf«, sagte ich. »Welche Performance meinst du?«

Er zuckte mit den Schultern. »Das war vor deiner Zeit. Als du kamst, ist es schon sehr ruhig um uns geworden.«

»Was? Was war vor meiner Zeit?«

Er bückte sich und hob den Ast wieder auf. Dann schürte er in der Glut herum, bis die Holzscheite zusammenfielen und eine Kaskade glühender Funken in die Dunkelheit stob. Dabei überlegte er sich seine Antwort. Sie würde eine Lüge sein.

»Drogen, Alkohol, der ganze Quatsch, den man macht, um sich auszuprobieren.«

»Die Wahrheit«, sagte ich leise.

Seine Hand stockte. Das kurze Innehalten reichte, um den Ast in Brand zu setzen. Joshua sprang auf, warf ihn hin und trat die Flammen aus.

Ich sah zu ihm hoch. Sein hübsches Gesicht hatte sich

verschlossen. In diesem Moment ahnte ich, dass er wusste, warum wir hier waren.

Ich sagte: »Das Buch war für dich.«

»Keine Ahnung. Das ist alles irres Zeug. Was zum Beispiel sollen geschlossene Handschellen? Man kann sie ohne den Schlüssel nicht mehr öffnen. Dabei wären sie vielleicht das Einzige gewesen, das nützlich gewesen wäre.«

»Wie das?«

Er sah sich um und strich mit einer fahrigen Geste die Haare aus der Stirn. »Na, bestimmt nicht für schräge Partys, wie du das nennst. Warst du denn schon mal bei so was dabei?« Er setzte sich wieder und nahm mich ins Visier. »Du scheinst dich damit auszukennen.«

»Nö.« Die Holzklötze ließen sich nicht verrücken. Also schlug ich die Beine übereinander, um etwas Abstand zu bekommen.

»Handschellen? Magst du das? Gefesselt sein? Bekleidet nur mit einer Augenbinde? Sich ausliefern? Alles mit sich machen lassen?«

Er wollte mich ablenken. Und provozieren. Um ehrlich zu sein: Ich war im Alphabet der Liebe noch nicht sehr weit über A hinausgekommen. Anbaggern, ausgehen, anfassen ... Berühren, auch das und noch ein wenig K wie küssen und L wie lieben ... Aber ob ich je bis Z wie Züchtigung vordringen würde, stand in den Sternen. Ich fürchte, dieser Aspekt inniger Zweisamkeit gehört nicht zu meinen wahren Bedürfnissen.

»Schwer zu sagen«, lavierte ich mich um das Thema herum. »Mir fehlt der innere Zugang.«

»Du bist ja noch jung.«
»Sicher. Ich glaube auch noch an die Liebe.«
»Jung und naiv.«
»Ich hole uns was zu trinken.«

Vielleicht würde das unser Gespräch wieder in anderes Fahrwasser lenken. Ich hatte kein Interesse, Joshua über den Stand meiner erotischen Entwicklung auf dem Laufenden zu halten. Ich finde, das geht nur zwei Leute an: die, die es betrifft.

Alkohol wäre da nicht unbedingt das geeignete Getränk. Im Kühlschrank stand eine Flasche Wasser. Ich nahm sie, dazu zwei Gläser, löschte das Licht und tappte durch das dunkle Wohnzimmer. Das Feuer im Kamin war ausgegangen und eine von Harz und Holzgeruch gesättigte Kühle breitete sich aus. Es war still, und als ich stehen blieb und versuchte, meine Augen an die Schwärze um mich herum zu gewöhnen, hörte ich draußen den Ruf eines Nachtvogels. Es war wie ein kurzes Wehklagen, wie ein Aufschrecken aus einem bösen Traum. Dann wurde es wieder still.

Ich trat vor die Tür. Joshua war weg.

15

»Joshua?«

Meine Stimme klang klein und zittrig. Ich stellte die Flasche und die Gläser auf dem Fensterbrett ab und lief um die Ecke zum Holzstapel. Bestimmt hatte er Nachschub holen wollen.

»Joshua!«

Da war niemand. Ratlos kehrte ich zum Feuer zurück. Der Ast lag noch im Gras. Ich hob ihn auf und behielt ihn in der Hand, während ich ein paar Schritte in die Dunkelheit lief, um das blendende Licht des Lagerfeuers im Rücken zu haben.

Der Mond hatte einen milchigen Hof. Dennoch reichte sein Licht, dass ich die Bergrücken ringsum erkennen konnte. Sie streckten sich einer hinter dem anderen sanft aus wie riesige dunkle Tiere, die auf einer Weide schlafen. Vor mir, hundert Meter entfernt, lag der Wald. Ich würde mich hüten, alleine in ihn hineinzulaufen.

»Joshua?«

Vielleicht musste er pinkeln? Aber dann hätte er die Toilette benutzen können und das wäre mir im Haus nicht entgangen. Mein Herz begann, schneller zu schlagen. Irgendetwas stimmte hier nicht. Langsam kehrte ich zum Lagerfeuer zurück. Was tun? Erst einmal abwarten. Gib ihm zehn Minuten, dachte ich. Vielleicht ist er auf dem Mahlboden und sieht nach, ob alles in Ordnung ist.

Eine innere Stimme sagte mir, dass ich auch das bemerkt hätte. Jedes Knarren der Stufen, jeder Tritt auf die Dielen machte ein Geräusch. Franziskas Schritte über uns waren mir noch gut im Gedächtnis. Die ganze Decke bebte, wenn man im Wohnzimmer war und jemand dort oben unterwegs war.

Trotzdem, zehn Minuten.

Und dann? Wen sollte ich wecken? Wo suchen? Vielleicht war er noch einmal schwimmen gegangen?

Ich nahm den Ast, hielt ihn ins Feuer und wartete, bis das verkohlte Ende erneut Feuer gefangen hatte. Mit dieser improvisierten Fackel schlich ich ums Haus. Jedes kleine Knirschen, jedes Knacken unter meinen Schuhsohlen ließ mich zusammenfahren. Einmal hatte ich das Gefühl, jemand stünde direkt hinter mir. Ich fuhr herum und stieß die Fackel wie eine Waffe in die Nacht – nichts. Die Wildnis narrte mich. Es war einfach ein Unterschied, ob man zu zweit oder allein hier draußen war.

Der See lag da wie ein dunkles Tuch. Kleine Wellen wisperten und schmatzten am Ufer, und ein leises Schlirfen war zu hören, als ob Röhricht aneinanderriebe. Wieder erklang dieser klagende Ruf … War es ein Vogel? Oder doch ein menschlicher Laut? Und dann, keine zwei Meter von mir entfernt, leuchtete etwas am Boden auf.

Das kalte Licht eines Displays.

Mein Herzschlag setzte aus und begann eine Sekunde später einen wilden Galopp. Mir blieb die Luft weg. Niemand war in der Nähe, aber dort, zwischen den moosbewachsenen Steinen, lag ein Handy. Zu allem Überfluss sandte es auch noch einen metallischen Ton aus, der so unerwartet kam, dass ich zusammenzuckte. Sein Besitzer hatte eine SMS bekommen.

Am liebsten wäre ich auf der Stelle zurückgerannt, aber ich wusste, dass ich mir mit so einer hirnlosen Aktion höchstens ein Bein brechen würde. Ich nahm allen Mut zusammen.

»Joshua?«

Meine Kehle war wie zugeschnürt. Ich lauschte in die Dunkelheit und konnte kaum etwas hören, weil mein Herz so laut schlug. Als etwas Kaltes meinen Fuß berührte, schrie ich auf und stolperte in Panik zurück. Ich brauchte ein paar Sekunden, bis ich begriff, dass meine Chucks gerade nass wurden.

Das Licht erlosch.

Shit! Das durfte doch nicht wahr sein! Hilflos tastete ich mich über die Steine bis zur der Stelle, an der das Handy liegen musste. Mit größter Überwindung streckte ich die Hand aus. Die kleine Flamme an meinem Holzstecken erlosch. Ich rutschte aus und schlug mit dem Knie auf den Steinen hin, der Schmerz jagte eine Höllenfanfare durch meinen Körper. Aber ich schrie nicht. Ich biss die Zähne zusammen und suchte auf allen vieren weiter, bis ... bis meine Finger zwischen Geröll und Schlamm etwas Metallisches berührten.

Das Wasser schwappte um die Steine und steckte seine nassen Finger in die Zwischenräume. Es war ein Wunder, dass das Handy sich zwischen zwei kleinen Brocken verklemmt und nicht in den See gefallen war, der an dieser Stelle nur knöcheltief war. Ich wischte es an meinem T-Shirt ab und kam, keuchend vor Schmerz, wieder auf die Beine. Es war ein fremdes Modell, und es dauerte eine Ewigkeit, bis das Licht wieder anging und ich eine Nachricht lesen konnte, die vor vielen Stunden bereits abgesandt worden war. Eine Nummer, kein Name.

Sie wird nicht weit kommen mit ihren Lügen. Wir machen sie ...

Das war's. Mehr nicht. Um weiterzulesen, hätte ich die PIN kennen müssen. Kein Netz. Aber aus irgendeinem Grund musste es ganz kurz Empfang gehabt haben.

Ich schaltete das Spotlight an und leuchtete in den See.

»Joshua?«

Mein Ruf hallte über dem Wasser. Der Lichtkegel schnitt ein Stück Seegrund aus der Schwärze. Dunkler erdiger Sand, bedeckt mit Steinen und Schlingpflanzen, die im Takt der Wellen sanft hin- und herwogten. Durch diese Pflanzen schob sich eine weiße Hand.

Ich war unfähig, mich zu rühren. Keine zwei Meter von mir entfernt kroch diese Hand auf dem Grund des Sees auf mich zu. Vor, etwas zurück. Vor, etwas zurück. Als ob sie Klavier mit den Kieseln spielen würde, als ob sie austesten wollte, ab wann ich schreiend davonlaufen würde. Hinter ihr tauchte ein heller Fleck auf. Ich war immer noch wie gelähmt. Aber etwas zwang mich dazu, das Handy nicht fallen zu lassen und in Panik zu geraten. Etwas, das mir sagte, dass dort im See jemand lag, der mir nichts mehr tun konnte.

Es war ein Mann. Mit weit ausgebreiteten Armen lag er auf dem flachen Grund des Sees und starrte durch das Wasser hinauf zu den kalten Sternen. Er war weiß wie Schnee unter seiner Bräune und die blonden Haare wogten wie ein Heiligenschein um sein Gesicht. Der geöffnete Mund schien rufen zu wollen, doch er war für immer verstummt. Er erinnerte mich an uralte Bilder von Märtyrern und sterbenden Heiligen, die trotz entsetzlicher Qualen den Blick hinauf in den Himmel richteten, in der Hoffnung, dass ihnen wenigstens von oben irgendeine Hilfe zuteil würde.

Aber für Joshua kam jede Hilfe zu spät.

Mein Schrei gellte über das Wasser und wurde hundertfach verstärkt. Ich drehte mich um und rannte los, ohne darauf zu achten, worauf ich trat. Wie durch ein Wunder legte ich mich nicht noch einmal flach und verletzte mich auch nicht. Mein Knie, meine nassen Schuhe, all das war vergessen. Wie ausgelöscht durch rasende, alles vernichtende Angst.

Ich erreichte die Mühle, rannte ins Wohnzimmer und stürmte die steile Treppe hinauf. Es war stockfinster und ich wollte nicht in einen der Trichter fallen oder aus Versehen das Mühlrad in Gang setzen. Also blieb ich auf den letzten Stufen hängen und hatte kaum noch Luft.

»Joshua! Ich habe Joshua gefunden!«, keuchte ich.

In der hintersten Ecke regte sich etwas.

»Wacht auf! Wacht sofort auf! Joshua! Draußen im Wasser!«

Einer rüttelte den anderen wach. Die Erste, die bei mir war, war Cattie. Sie fand auch den Schalter, der den Mahlboden ins fahle Licht der Glühbirne tauchte, die über unseren Köpfen baumelte.

»Was ist los?«

»Joshua«, stammelte ich. »Joshua ist tot.«

16

Es war eine seltsame Prozession, die sich vom Haus auf den Weg zum See machte. Vorne ging Tom. Ihm folgten Cattie und ich. Franziska und Siri blieben hinter uns. Sie trugen bodenlange Nachthemden – eigentlich zweckentfremdete Bettbezüge, deren Nähte an den entscheidenden Stellen von ihnen aufgetrennt worden waren. Allerdings stolperten sie auch ständig über den viel zu langen Saum und sie liefen barfuß. Wir kamen humpelnd und stolpernd, also viel zu langsam voran. Tom hielt eine Kerze, etwas anderes hatten wir in der Hektik, die mein Auftauchen nach sich gezogen hatte, nicht gefunden. Sie flackerte und drohte auszugehen.

»Wo war das?«

Er blieb am Ufer stehen.

»Nach rechts.« Ein Wunder, dass mir meine Stimme gehorchte. Ich hatte das Gefühl, dass mir bei jedem Schritt die Knie einknicken würden. Cattie stützte mich, so gut es ging. Wir folgten Tom, der vorsichtig die Richtung wechselte und dabei ins Wasser leuchtete.

»Noch ein paar Meter. Du … Du musst reingehen.«

Tom hielt inne, dann überlegte er es sich anders und setzte seinen Weg fort. »Wie weit? Ich sehe nämlich nichts.«

»Ein paar Meter eben.«

»Hier?«

Es sah alles gleich aus bei Nacht.

»Warte. Da! Da bin ich ausgerutscht. Siehst du das?«

Ich deutete auf die veralgten Ufersteine. An einigen waren frische Spuren zu erkennen – dort hatte ich mir das Knie aufgeschlagen. Beim Gedanken daran kehrte der Schmerz zurück. Klopfend, drängend, wie ein Morsesignal meines Körpers, dass es nun langsam Zeit wäre, das Adrenalin einen Gang herunterzuschalten.

»Und da lag das Handy.«

Cattie hatte es an sich genommen. Ich streckte den Arm aus und deutete auf den See, der vor uns ausgebreitet lag wie ein riesiges schwarzes Leichentuch.

»Ich habe damit geleuchtet. Und dann tauchte die Hand auf, und ich sah Joshua, wie er drin lag mit ausgebreiteten Armen, unter Wasser ...«

Ich brach ab. Es war, als würden sich die Worte mit Widerhaken in meiner Kehle querstellen. Cattie strich mir über den Arm, aber es lag wenig Mitgefühl in dieser Geste. Vielleicht wischte sie so auch Staub.

Tom reichte ihr die Kerze und ließ sich das Handy geben. Er schaltete das Spotlight an und watete vorsichtig ins Wasser. Ich wagte nicht zu atmen. Jede Sekunde rechnete ich damit, dass er innehalten und etwas finden würde. Aber er leuchtete einfach ruhig weiter, in einem großen Radius von links nach rechts und wieder zurück von rechts nach links. Bis zu den Knien stand er mittlerweile im Wasser. Er ging noch einen Schritt, noch einen, rutschte aus und taumelte. Wir schrien auf.

»Tom!« kreischte Siri.

Vielleicht lag es an ihrer Stimme, die in hohen Tonlagen etwas von einer Kreissäge hatte, jedenfalls zuckte er zusammen und ließ das Handy fallen. Das Licht erlosch.

»Tom! Komm zurück!«

Siri riss Cattie die Kerze aus der Hand und watete mit hochgeschürztem Bettlaken auf Tom zu, der hektisch versuchte, das verlorengegangene Handy wiederzufinden. Franziska stellte sich neben mich.

»Na super. Was genau hast du gesehen?«

Ich schüttelte den Kopf. Nicht jetzt, nicht hier.

Cattie legte die Hände wie einen Trichter vor den Mund. »Passt auf die Kerze auf!«

»Ich hab es!«, schrie Tom. Er und Siri kamen Hand in Hand zurück. »Ich habe alles abgeleuchtet. Da liegt niemand.«

»Ich habe ihn aber gesehen«, sagte ich.

»Vielleicht ist er abgetrieben? Die Strömung verläuft da runter.« Franziska deutete in die entgegengesetzte Richtung, nach links.

Tom erreichte uns und ließ Siris Hand los. »Das Wasser ist zu flach. Er wäre nicht weit gekommen. Wahrscheinlich hast du dir das alles eingebildet. – Das ist wohl hinüber.« Er schüttelte das Handy und versuchte, es wieder in Betrieb zu nehmen, aber das Display blieb dunkel.

»Wir können es vor den Kamin legen«, schlug Franziska

vor. »Manchmal klappt es, wenn man es schnell genug trocknet.«

»Es ist ein Föhn im Bad.« Siri streckte die Hand aus, Tom gab ihr das Handy. »Ich versuche es gleich mal. Du hast es hier gefunden?«

Ich nickte. Alle sahen mich an, als wüssten sie Bescheid über meine Diagnose: Hysterie und Wahnvorstellungen.

»Hier lag es. Joshua muss es verloren haben. Es ist bestimmt seines. Vielleicht ist es ihm ins Wasser gefallen und er ist dabei …«

Unmöglich. Unmöglich!

»Du meinst«, fragte Siri und bestätigte meine Zweifel, »unser Leichtathlet ist im knietiefen Wasser ertrunken?«

»Ich meine, dass ich Joshua gesehen habe. Und er war tot. Ich meine, dass ich ein Handy hier an dieser Stelle am See gefunden habe, das heute Nachmittag noch nicht da war, und Joshua ist verschwunden. Ich meine, wir sollten uns langsam Gedanken darüber machen, was das zu bedeuten hat!« Ich merkte selbst, wie durcheinander das klang.

»Kein Grund, laut zu werden.« Siri drehte und wendete das nasse Smartphone.

»Was?« Ich schrie beinahe. Alle starrten mich an. »Es hat geleuchtet. Jemand hat ihm eine SMS gesendet. Und sie ist durchgekommen.«

»Hier?«

Cattie hatte als Einzige von uns ihr Handy dabei und checkte sofort den Empfang. »Nichts. Kein Netz.«

»Es muss aber irgendwo möglich sein. Und wenn auch nur für ein paar Sekunden im Vorübergehen«, sagte ich.

Langsam bekam ich das Gefühl, niemand glaubte mir. »Ich kann euch sogar noch den Text sagen. Es hatte was mit Lügen zu tun. Sie wird nicht weit kommen mit ihren Lügen.«

Cattie hob, zum Zeichen äußerster Skepsis, die Augenbrauen. Tom schob die Lippen vor und schnaubte ein zweifelndes *Hrmm*. Siri wischte das Handy an ihrem Laken ab und schüttelte es noch einmal – ohne Ergebnis.

Franziska legte den Kopf schief und überlegte. »Und von wem sie war, konntest du nicht erkennen?«

»Eine Rufnummer. Null irgendwas. Das ist doch egal. Wir müssen –«

»Stopp.« Tom, mittlerweile der einzige Mann unter vier mehr oder weniger aufgescheuchten Frauen, schnitt mir das Wort ab. »Wir werden jetzt Notrufe absetzen. Jeder. Lasst uns ins Haus gehen.«

Er wollte los, aber ich hielt ihn zurück.

»Wir müssen Stephan finden! Und Joshua!«

»Da ist niemand.«

»Ich habe ihn aber gesehen! Mit eigenen Augen!«

Tom schüttelte den Kopf und ging voran, die anderen folgten ihm.

»Er liegt im See!«, schrie ich.

Keiner achtete auf mich.

»Er ist tot!«

Franziska drehte sich um. »Halt die Klappe!«, fauchte sie. »Halt endlich deinen blöden Mund und komm ins Haus! Sollen wir mit einer einzigen Kerze mitten in der Nacht den See absuchen? Das ist sinnlos!«

»Aber ...«

Sie ließ mich einfach stehen. Schließlich folgte ich dem zuckenden hellen Punkt, der sich auf die Mühle zubewegte, und erreichte die Eingangstür als Letzte. Drinnen brannte Licht. Siri verschwand im Bad, Franziska und Cattie kümmerten sich um den Kamin. Tom blieb draußen. Er warf gerade einige weitere Scheite auf das Lagerfeuer, dann zog er sich die nassen Schuhe aus. Ich setzte mich auf die Bank und machte das Gleiche. Meine Zähne klapperten, aber nicht, weil es so kalt war.

Tom sah hoch. »Jetzt beruhige dich endlich. Morgen sehen wir nach. Wobei ...« Er sah hinauf in den Nachthimmel. »Morgen beginnt ja schon in ein paar Stunden.«

Ich nickte und versuchte, mit zitternden Fingern die Knoten in den Schnürsenkeln meiner nassen Chucks zu lösen. »Er ... Er ist tot.«

»Woher weißt du das?« Er setzte sich neben mich.

»Ich weiß es. Ich habe noch nie einen Toten gesehen. Aber eins kann ich dir sagen: Sie unterscheiden sich von den Lebenden.«

»Vielleicht war es nur ein Scherz? Und er wollte dich erschrecken?«

»Das glaubst du doch selbst nicht.« Endlich hatte ich den ersten Knoten gelöst. Ich streifte den Schuh so wütend ab, als wäre er schuld an dem, was ich gerade erlebt hatte. Tom sagte nichts.

»Du glaubst mir nicht. Ihr alle ... Ihr glaubt mir nicht?« Ich merkte, dass meine Stimme zu kippen anfing.

Tom öffnete den Mund. Er wollte etwas sagen, das mit Sicherheit beschwichtigend sein sollte, aber er kam nicht mehr dazu. Ein Schatten fiel durch die geöffnete Tür. Es war Cattie. Sie stand da und sagte kein Wort. Sie hielt etwas in der Hand.

»Er war wieder da.«

Es war ein Brief aus Büttenpapier.

17

Mögen die Spiele beginnen. Jetzt.

»Was heißt das?« Franziska starrte die Nachricht an, als könnten die sorgfältig geschriebenen Buchstaben jeden Moment lebendig werden und wie giftige schwarze Schlangen auf uns zuschießen. »Wo kommt das her?«

Tom schloss die Eingangstür und legte den Riegel vor.

»Das kannst du auch lassen«, sagte Cattie. »Wahrscheinlich geht er durch Wände oder er kommt durch den Schornstein.«

Franziska warf einen schnellen Blick auf das flackernde Feuer, das durch zwei Holzscheite neue Nahrung bekommen hatte.

»Mach die Tür wieder auf«, sagte ich. »Was ist, wenn Stephan oder Joshua reinwollen?«

»Dann werden sie sich bemerkbar machen.«

»Es muss einen anderen Zugang geben. Vielleicht hat er sich oben auf dem Mahlboden versteckt.«

»Dann hätten wir ihn doch gesehen oder gehört«, sagte Tom, der auf dem Weg zu uns noch einen schnellen Blick nach draußen durchs Fenster warf.

Cattie riss die Tür des Bauernschrankes auf – stapelweise Bettwäsche. Ich hob die Flickenteppiche an, einen nach dem anderen. Nichts. Wo zum Teufel hatte er sich versteckt? Wir durchforsteten das ganze Erdgeschoss samt Badezimmer und Küche, aber wir fanden weder eine Geheimtür noch etwas, das sich als Versteck für jemanden eignen würde. Schließlich nahm ich die Karte hoch und betrachtete sie mir noch einmal genauer.

Mögen die Spiele beginnen...

»Wahrheit oder Wahrheit«, sagte ich. »War das nicht die Aufgabe für heute Abend?«

»Ja und?« Siri hatte es aufgegeben, das Handy zu trocknen und war zu uns gekommen.

»Er will, dass ihr jetzt spielt.«

Sie nahm mir die Karte ab und warf sie auf den Couchtisch. »Mach dich nicht lächerlich. Es ist mitten in der Nacht. Ich gehe schlafen, wenn ich überhaupt noch ein Auge zumachen kann. Kommt jemand mit? Ich möchte da nicht alleine hoch.«

Erwartungsvoll sah sie einen nach dem anderen an. Aber niemand hatte Lust, jetzt ins Bett zu gehen – falls man eine Matratze auf einem Dachboden so bezeichnen konnte. Mit einem ärgerlichen Seufzer ließ sie sich in eleganten Verknotungen neben Tom auf die Couch fallen. Cattie schlurfte in ihrem Gespensternachthemd in die Küche und kam mit der halb vollen Rumflasche zurück.

»Ich brauche einen«, sagte sie mit einem Seitenblick auf mich. »Und Lana lässt die Finger von der Flasche. Ich will jetzt wissen, was passiert ist.«

»Das kann ich euch sagen«, behauptete Siri. »Es ist Joshua. Der steckt dahinter. Er und Johnny und Stephan. Das ist ein Männerding, das hier läuft.«

»Blödsinn.« Tom ließ sich ein Glas und die Flasche reichen. Offenbar fühlte er sich zu Unrecht beschuldigt. »Erst denken, dann reden.«

»Ihr habt uns hierher gelockt und wollt uns Angst einjagen. Sehr witzig.« Sie wandte sich an mich. Zum ersten Mal schenkte sie mir ein halbwegs echtes Lächeln. »Es tut mir leid, Lana. Du musst ja einen schrecklichen Eindruck von uns haben.«

»Langsam, langsam, Siri.« Tom schlug einen warnenden Ton an. »Pass auf, was du sagst. Das ist nicht das erste Mal, dass du ohne nachzudenken irgendwelche unhaltbaren Dinge von dir gibst.« Er ließ sich von Cattie einschenken, lehnte sich zurück und ließ das Glas kreisen.

Siri bekam rote Flecken am Hals. Der giftige Blick, mit dem sie ihn musterte, war eindeutig: Schluss mit Händchenhalten. »Es war nur eine Frage der Zeit, bis du damit um die Ecke kommst«, sagte sie verächtlich. »Ich gehe schlafen.«

Sie wollte aufstehen, aber ich zog sie am Arm zurück. »Nein. Keiner schläft. Ich habe Joshua gesehen. Er ist tot.«

»Lana, bei allem Respekt. Bist du sicher?«

»Ja.«

»Wie viele Ertrunkene hast du schon gesehen?« Siri zog ihren Arm weg, als ob ich eine ansteckende Krankheit hätte. »Lag er so da?«

Sie erhob sich, breitete die Arme aus und starrte mit offenem Mund in die Luft. Die Gleichheit der Bilder war bestürzend. Ich konnte nicht anders, aber irgendein verqueres Schluchzen, das schon lange in meiner Kehle gesteckt haben musste, brach jetzt aus mir heraus.

Siri ließ die Arme fallen. »Sorry. Es tut mir leid. Das konntest du nicht wissen. Ich kenne das aus dem Schwimmbad. Da hat Joshua mich einmal zu Tode erschreckt. Erinnert ihr euch noch?« Sie setzte sich wieder. »Das war seine Art von Humor.«

»Und das da?« Ich deutete auf die Brille.

»Das ist eine Brille. Vielleicht ist es sogar *Stephans* Brille. Das muss aber nicht heißen, dass es die einzige ist, die er dabei hat.«

Ich sah mich um. »Seid ihr alle ihrer Meinung? Dass das nur ein einziger schlechter Scherz ist?«

Cattie schürzte die Lippen und schlug die Beine mit einer Grandezza unter ihrem Bettlaken übereinander, als ob sie in Harry's New York Bar säße und nicht nass und verdreckt in einer Mühle weitab vom Schuss. »Die Wahrscheinlichkeit besteht, Kleines. Es gibt ja auch keinen Grund, Stephan umzubringen. Auf den ersten Blick zumindest. Wenn ich lange genug darüber nachdenke, fällt mir aber bestimmt einer ein.«

Die anderen lachten. Konnte das wirklich sein? Hatte ich mich derart getäuscht? Ich saß im Warmen, umringt von Menschen, die für alles eine Erklärung hatten. Es war ja auch absurd. Rätselhaft und absurd.

»Trotzdem.« Es ließ mir einfach keine Ruhe. »Joshua verschwindet doch nicht einfach ohne ein Wort und lässt mich alleine da draußen sitzen.«

»Eine seiner leichtesten Übungen«, konterte Siri spitz. »Ich bin gespannt, was die beiden noch so auf Lager haben, um uns zu erschrecken. Dabei müssten sie eigentlich wissen, wen sie vor sich haben.«

Cattie beugte sich vor und sah mich an. Ihre roten Haare schimmerten im Licht, der Blick aus ihren blauen Augen intensivierte sich. »Was ist mit Johnny?«

»Warum fragt ihr mich das alle immer wieder? Ich habe ihn seit meiner Schulzeit nicht mehr gesehen. Es ist ein Zufall, dass ich hier bin.«

»Ich kann mich nicht erinnern, dass es bei Johnny jemals Zufälle gegeben hätte. Alles, was er je getan hat, war durchdacht. Auch sein Abschied, mit allen Konsequenzen.«

Franziska nickte. »Er wollte nie wieder etwas mit uns zu tun haben«, sagte sie leise.

»Und dann«, fuhr Cattie fort, »Jahre sind ins Land gegangen, bekommt er dieselbe Einladung wie wir. Angeblich. Fällt eine Treppe runter – oder wie war das? Kann nicht kommen und schickt uns stattdessen Lana als sein U-Boot.«

»Ich bin kein U-Boot«, erwiderte ich. Zorn flammte in mir hoch. »Unter welcher Paranoia leidet ihr eigentlich?«

Tom trank einen Schluck von dem Rum und verzog angewidert das Gesicht. »Warum bist du hier?«

»Weil Johnny mich darum gebeten hat!«

»Das mag der Auslöser sein, aber nicht der Grund.«

Ich sprang auf, leider zu schnell. Mir wurde schwindelig, die Übelkeit kam wieder, und einen fürchterlichen Moment lang glaubte ich, ich müsste mich vor ihren Augen übergeben.

»Joshua ist ertrunken! Stephan ist weg! Und ihr glaubt

immer noch an einen Scherz? Ich dachte, ihr wäret Freunde!«

Cattie prustete. »Wer hat ihr denn *den* Blödsinn erzählt?«

Sie saßen da und amüsierten sich und mit einem Mal war mir klar: Sie waren eine Illusion. Ich sah erloschene Sterne, die vor langer Zeit einmal als das Sinnbild von Freundschaft am Himmel gestanden hatten. Aber ein schwarzes Loch hatte sie verschlungen, und alles was übrig geblieben war, war ihr reisendes Licht. Sie waren Blender, die zu Hologrammen geworden waren.

»Was war es?«, fragte ich.

Cattie stockte einen Moment, als sie ihr Glas an den Mund führte. Siri wechselte einen schnellen Blick mit Tom. Franziska sah zu Boden.

»Was war es? Was hat euch auseinandergebracht? Und was hat Johnny damit zu tun?«

Tom seufzte ungeduldig. »Jetzt lenkst du ab. Du machst das sehr geschickt, das muss man dir lassen. Aber das ist nicht das Thema. Sag uns, warum Johnny dich geschickt hat. Will er was von uns? Möchte er uns etwas mitteilen?«

Es war, als ob sie den Atem anhielten, weil endlich eine entscheidende Frage gestellt worden war und alle hier annahmen, dass ich als Einzige die Antwort wüsste.

Ich öffnete den Mund, um mich zum x-ten Mal zu wiederholen. Aber dann dachte ich: Lass sie doch denken, was sie wollen. Vielleicht ist es ja gar nicht so schlecht, wenn sie Johnny und mir eine engere Beziehung zutrauen.

»Möglich.«

Tom und Cattie, die beiden, die sich noch nicht einig

waren, wer von ihnen jetzt Joshuas Leitwolfrolle übernehmen sollte, warfen sich einen schnellen Blick zu.

Cattie war schneller. »Und was?«

»Tut mir leid, aber das soll er euch selbst sagen.«

»Also kommt er noch?«

»Ich glaube, das hat nicht er zu entscheiden, sondern die Ärzte.« Ich nahm die Karte vom Tisch. »Reden wir noch oder spielen wir schon?«

Es war, als ob ein elektrischer Funke überspringen würde. Dieses leise innere Zucken, wenn man aus einem Zustand lauernder Schläfrigkeit plötzlich herausgerissen wird. Wir waren wach. Wir waren neugierig. Sie hatten etwas, das ich wissen wollte. Und ich hatte angeblich etwas, das sie wissen wollten.

Aber taten wir damit nicht genau das, was unser Gastgeber wollte? Ließen wir zu, dass er uns gegeneinander ausspielte? Uns in verschiedene Lager spaltete? Zwietracht säte, uns zu Einzelkämpfern machte, damit wir schwächer wurden?

Wenn man nie eine Antwort auf diese Fragen bekommen hat, fängt man an, herumzuraten. Manchmal liege ich ganze Nächte lang wach und zerbreche mir darüber den Kopf. Was war der Sinn hinter diesen seltsamen Schachzügen? Warum sollten wir Spiele spielen, statt darüber nachzudenken, wie wir unser Leben retten konnten? Irgendwann hatte ich die Antwort.

Sie lag die ganze Zeit vor uns auf dem Tisch, klar und deutlich, geschrieben auf eine Karte aus Bütten. Es ging die ganze Zeit nur um eines: Wahrheit oder Wahrheit.

Franziska ging in die Küche, um etwas zu essen zu machen. Die anderen teilten den Rest aus der Rumflasche auf und die Heiterkeit eines beginnenden Rausches machte die Runde. Wir räumten den Couchtisch ab, denn auf ihm wollten wir die Flasche drehen.

Cattie klärte mich über die Spielregeln auf. »Jemand stellt eine Frage. Auf wen die Flasche deutet, der muss sie wahrheitsgemäß beantworten. Kann er das nicht, ist ein anderer an der Reihe.«

»Mit der Antwort?«

Sie stellte die Karte auf den Kaminsims. »Mit einer Wahrheit über den anderen, der nichts sagen wollte.«

»Gib mir ein Beispiel.«

»Okay. Bist du noch Jungfrau?«

Aha, also diese Art Frage und Antwort.

»Nein.«

»Hast du schon einmal mit einer Frau geschlafen?«

»Nein.«

»Würdest du es gerne?«

Ihr Blick war leidenschaftslos, fast kühl. Aber ihre Lippen

öffneten sich leicht und sie fuhr mit ihrer Zungenspitze darüber. Ihr Betttuch war über die linke Schulter gerutscht. Ich konnte im flackernden Licht des Feuers das Pulsieren ihrer Halsschlagader erkennen, und es kam mir vor, als würde die Taktzahl sich sprunghaft beschleunigen.

»Nein.«

»Du lügst.«

»Nein.«

»Sag die Wahrheit.«

»Nein.«

Franziska war mit einem Brotkorb aus der Küche zurückgekommen und musste uns schon die ganze Zeit beobachtet haben. »Sie steht nicht auf dich, Cattie. *No crush on you.* Oder? Ist da irgendeine uneingestandene Leidenschaft in dir?«

Ich musste lachen. »Nein. Cattie, du bist eine wunderschöne Frau...«

Wie auf Kommando verschwand dieser seltsame, verführerische Ausdruck und Cattie grinste mich an.

»Sie hat gelogen, das merke ich doch. Keiner widersteht mir.«

»Okay, okay, ich gebe mich geschlagen. Was nun?«

Franziska stellte den Korb ab. »Du hast ihr nicht die Wahrheit gesagt. Jetzt muss Cattie das übernehmen, indem sie etwas über dich behauptet.«

Cattie sagte: »Okay. Du würdest gerne, aber du traust dich nicht. Stimmt's?«

»Danke, ich glaube, ich verstehe das Spiel jetzt.«

Sie beugte sich vor, sodass ihr Mund ganz nah an meinem

Ohr war. Ihre Haare kitzelten meine Wange. »Du verstehst gar nichts.«

Damit raffte sie ihren Umhang und schlenderte zurück zur Couch. Sie ließ sich fallen, nahm ein Stück Brot und riss einen kleinen Bissen davon ab, den sie sich in den Mund steckte und gedankenverloren kaute. Dabei ließ sie mich keinen Moment aus den Augen.

Tom war schon längst draußen, um nach dem Lagerfeuer zu sehen und Holz zu holen. Siri kuschelte sich an Cattie und begann, kichernd mit ihr herumzuflüstern. Ich folgte Franziska zurück in die Küche.

Wir holten Käse und Schinken aus dem Kühlschrank. Dann schnitt ich die Reste des Schinkens auf. Franziska wusch einen Kopfsalat in der Spüle und begann, die Blätter auseinanderzuzupfen.

»Sie macht das gerne«, sagte sie. »Andere in Verlegenheit zu bringen. Egal womit. Hauptsache, sie amüsiert sich.«

»Sie hat mich nicht in Verlegenheit gebracht.«

»Okay.«

»Aber warum versucht sie es?«

Franziska seufzte. »Sie war schon immer so. Auch in L. Sie pusht gerne und sieht den anderen beim Fallen zu.«

»Keine Charaktereigenschaft, die ich auf einen Bewerbungsbogen schreiben würde.«

»Aber sie hilft dir auch wieder auf.«

»Wie großzügig.« Ich begann, Essig, Öl und Salz zu einer Vinaigrette zu verrühren. Im Studentenwohnheim ernährte ich mich hauptsächlich von Salat, weil ich einen Horror vor Gemeinschaftsküchen habe. Wer einmal »fremde« Spaghetti

Bolognese aus einem Abfluss gefischt hat, wird wissen, was ich meine. In Salatsoßen bin ich Meister. Für diese Version hatte ich steirisches Kürbiskernöl gewählt. Schwarzgrün, aromatisch, mit leicht nussiger Note und sanften Röstaromen. Dazu einen milden Apfelessig. Unser Gastgeber hatte Geschmack, zumindest beim Kochen. Je normaler sich meine Arbeitsabläufe abspulten, desto ruhiger wurde ich. Einmal fiel mir fast das Salz herunter, Franziska fing es gerade noch auf und reichte es mir mit einem »Vorsicht! Sieben Jahre schlechter Sex!« zurück. Ich war immer noch zittrig. Aber wenn alle in der Mühle daran glaubten, dass Stephan und Joshua einen Scherz mit uns trieben, dann war ich nur zu gern bereit, mich der allgemeinen Sorglosigkeit anzuschließen.

Doch warum sollten sie so etwas tun? Es war kalt draußen. Es war Nacht. Niemand legte sich freiwillig in den See, schon gar nicht, wenn völlig unklar war, ob ich überhaupt an genau diese Stelle kommen würde. Und wo waren sie jetzt? Warum hatte Joshua auch noch sein Handy verloren? Das machte doch keiner freiwillig …

»Nicht träumen, arbeiten.« Franziska warf mir zwei Handvoll Salat in die Schüssel.

»Was stimmt hier nicht?«, fragte ich.

Sie schickte einen schnellen Blick in Richtung Wohnzimmer, als hätte sie Angst, dass sie jemand bei einer Verschwörung erwischen könnte.

»Ich weiß nicht, was du –«

»Stephan und Joshua. Selbst wenn es ein Joke war – aus welchem Grund? Warum sollten sie so eine perfide Nummer abziehen? Erst die Brille verlieren, dann das Handy, und dann auch noch in den See steigen...«

»Bist du dir sicher? Wirklich sicher?«

Ich trat einen Schritt näher an sie heran und senkte die Stimme. »Hundertprozentig.«

»Das glaube ich nicht.«

»Es ist ja auch absolut unfassbar.«

»Nein, ich meine, ich glaube dir nicht. Johnny hat dich geschickt, um sich an uns zu rächen.«

»Was?« Ich ließ das Salatbesteck sinken, mit dem ich gerade alles durcheinandergemischt hatte. »Wie kommst du darauf?«

»Joshua hat es gesagt. Am Abend im Pupp. Bevor du an unserem Tisch warst. Da kommt Johnnys Freundin, hat er gesagt. Und: Ich bin mal gespannt, was sie auf Lager hat.«

»Was ich auf Lager habe?«

»Seine Worte. Tut mir leid, aber nach allem, was passiert ist, hat keiner von uns Grund, Johnny über den Weg zu trauen.«

»Und was ist passiert?«

Sie nahm das Holzbrett mit dem Schinken. »Nichts. Nichts, das dich etwas angeht. Wenn ich dir einen Rat geben darf: Halte dich raus. Aus allem.«

Damit ließ sie mich stehen. Ich brauchte noch ein paar Minuten, bis ich so weit war, um zu den anderen zurückzukehren. Es war, als hätte mir Franziska zwei schallende Ohrfeigen verpasst, die mich aufwecken sollten.

Es war kein Zufall gewesen. Johnny musste alles inszeniert haben. Er wusste von meiner Neugier und meiner fast kindlichen Verehrung für den »Court«. Wahrscheinlich war ich von Anfang an Teil eines Plans gewesen. Erst ignorieren und damit den Wunsch nach Kontakt so richtig anheizen, dann vor meinen Augen vom Himmel ins Irdische stürzen, schließlich hilflos im Bett liegen und eine herzzerreißende Sehnsucht nach den alten Freunden vorspielen... Ich musste mich setzen, denn ich war derart angeschlagen, dass ich das Gefühl hatte, auf Puddingbeinen zu stehen.

Johnny... Er hatte mich in dieses Wespennest geschickt. In diese Gemengelage aus Hass, Liebe, Verachtung und Nibelungentreue. Aber warum? Warum? Was sollte ich hier an seiner Stelle ausrichten? Wieso hatte er ausgerechnet mich ausgesucht, um irgendwo am Ende der Welt mit diesem Haufen Lunatics in einem ebenso rätselhaften wie bedrohlichen Spiel zu landen?

Sie trauten ihm nicht.

Nach allem, was passiert ist.

Etwas war geschehen. Definitiv. Und es hatte mit Johnny zu tun... Ich war nichts anderes als ein Bauer auf seinem Schachbrett. Ein Teil seines Plans. So geschickt eingefädelt, dass mir die ganze Zeit das Gefühl geblieben war, Herrin meiner Entscheidungen zu sein. Wie dumm. Wie naiv. Ob er sich mit den beiden Freaks ausgeschüttet hatte vor Lachen über mich? Götter hatte ich sie genannt... Lana, die Königin der Peinlichkeiten.

Ich hörte sie lachen, drüben im Wohnzimmer, und ich wusste, dass ich nie dazugehören würde. Noch nicht einmal für drei Tage in den tschechischen Bergen. In ihren Augen war ich eine Marionette. Die Vertretung eines alten Freundes, der sich irgendwann von ihnen abgewandt hatte und dem sie das nie verziehen hatten.

Schritte, schnell und hastig, dann erschien Franziska im Türrahmen.

»Kommst du?«

»Ja.« Ich stand auf und nahm die Schüssel. Als ich in den Raum kam, war es so wie immer. Nur in mir hatte sich etwas verändert. Ich wusste, dass es ein Spiel war. Die anderen auch.

Ein grausames, ein mörderisches Spiel.

Das wussten die anderen noch nicht.

19

Die leere Rumflasche lag auf dem Tisch. Ich setzte mich neben Cattie auf die Couch. Tom, Siri und Franziska saßen in den Sesseln.

»Alles okay?«, fragte Tom.

Ich nickte. Cattie schlug die Beine übereinander und streifte meine Knie. Sie tat das absichtlich und ich ließ sie gewähren. Nach meiner Erfahrung geben sie irgendwann auf, wenn man ihnen keine Reibungsfläche bietet. Natürlich hätte ich ein Stück wegrücken oder etwas sagen können. Aber ich hatte keine Lust, für den Rest unserer gemeinsamen Zeit Catties Spielzeug zu sein und ihr die Langeweile zu vertreiben. So eng standen wir uns auch wieder nicht.

»Dann wollen wir mal sehen, wer anfängt.« Tom drehte die Flasche, sie eierte über den Tisch und wäre fast heruntergefallen. Schließlich zeigte sie auf Franziska. »Du beginnst.«

Franziskas Dreh war etwas schlapp, nach einer halben Wendung deutete der Flaschenhals auf Cattie, die »Das war mir klar« murmelte.

»Willst du sagen, ich habe beschissen?«

»Nein. Natürlich nicht. Die Frage.«

Franziska lehnte sich zurück, sah an die Decke und dachte nach. Schließlich sagte sie: »Warum bist du hier?«

»Ich hatte nichts vor an diesem Wochenende.« Cattie wollte zur Flasche greifen.

Siris Hand schoss vor und hielt sie fest. »Du lügst.«

»Blödsinn.«

»Du lügst! Du bist hier, weil du neugierig warst, was aus uns geworden ist. Und? Haben wir deine Erwartungen übertroffen oder wurdest du bitter enttäuscht?«

»Nachfragen gilt nicht.«

»Also hab ich recht?«

»Das ist ja schon wieder eine Frage! Wollen wir uns mal langsam auf die Spielregeln einigen? Ich habe gesagt, warum ich hier bin. Siri meint etwas anderes. Damit ist diese Runde durch. Hat jemand Einwände?«

Cattie durfte drehen. Die Flasche zeigte auf Tom. »Warum bist *du* hier?«, fragte sie.

»Weil ich neugierig war, was aus euch geworden ist«, wiederholte er Franziskas Worte. Die wollte den Mund öffnen und Einspruch erheben, doch schon drehte sich die Flasche wieder und zeigte auf mich. »Und du?«

»Johnny hat mich …«

»Die Wahrheit.«

»Johnny hat mich …«

Er hob die Hand und brachte mich damit zum Schweigen. Also glaubte er mir nicht, was ja kein Geheimnis war. Ich war gespannt, mit welcher angeblichen Wahrheit er jetzt über mich herausrücken würde.

»Du hattest nie Freunde. Und da dachtest du, du leihst dir ein paar übers Wochenende.«

Point blank. Hätte ich widersprechen sollen? Ich streckte die Hand aus und drehte die Flasche, sie blieb nach einigen Runden mit dem Hals in Richtung Siri stehen.

»Was ist damals in L. passiert?«, fragte ich.

»Etwas präziser, bitte.« Sie lächelte mich an, aber ihre Augen waren eiskalt. »Meinst du meine vier Punkte in Mathe oder den Joint, mit dem sie mich hinter den Tannen erwischt haben?«

»Du wurdest erwischt?«, fragte Tom. »Wann denn?«

»Ausgerechnet von Leonhardt, in der zehnten Klasse war das. Kurz bevor ...«

»Kurz vor was?«, hakte ich nach, obwohl das ja eigentlich gegen die Regeln war.

»Kurz vorm MSA. Das hätte ziemlich schiefgehen können. Ist es aber nicht.«

Sie beugte sich vor, angelte nach der Flasche und drehte sie. Sie zeigte eigentlich auf mich, aber Cattie hatte wohl keine Lust mehr, so lange übergangen worden zu sein.

Sie sagte einfach: »Ich bin dran«, und ich hatte keine Lust, zu widersprechen.

»Stehst du auf sie?« Siris Kopf wies in meine Richtung.

Cattie zuckte lässig mit den Schultern. »Zu mager.«

Alle lachten, ich auch, obwohl mir Toms »Wahrheit« immer noch im Magen lag wie ein kalter Kieselstein. Als Nächster war wieder Tom an der Reihe.

»Hast du uns da unten mit Absicht allein gelassen?«, wollte Cattie von ihm wissen.

»Nein, natürlich nicht. Ich habe doch schon gesagt, dass es einen zweiten Weg geben muss. Leider in dieselbe Sackgasse wie der andere. Wir brechen morgen früh alle zusammen auf. Dann werden Joshua und Stephan wohl auch wieder hier sein.«

Sein Turn endete auf Franziska. Er dachte nach, so intensiv, dass es beinahe zu hören war. Endlich rasteten seine Synapsen ein und er wandte sich mit einem freundlichen Lächeln, das ziemlich auf der Kippe zur Heuchelei stand, an sein Gegenüber. »Was ist mit dir und Stephan?«

Sie schluckte, spielte dann verlegen mit ihren Locken. Wahrscheinlich hatte sie mit der Frage gerechnet, denn ihr Zögern wirkte auch nicht besonders überzeugend. »Wir haben uns damals getrennt. Ich wollte ihn nach so langer Zeit endlich mal wiedersehen. Die ganzen Jahre über hatten wir ja keinen Kontakt miteinander. Deshalb bin ich hergekommen.«

»Und?«, hakte Tom nach.

»Das ist eine zweite Frage und die beantworte ich nicht.« Sie beugte sich vor, um nach der Flasche zu greifen, aber Tom war schneller. Er hielt das Ding einfach fest.

»Ich habe gefragt, was mit dir und Stephan ist. Also?«

»Das habt ihr doch gesehen! Er will nichts mehr von mir. Solange Siri und Cattie noch nicht da waren, war alles wie damals. Aber kaum taucht ihr auf, ist es so, als wäre ich nicht da.«

Siri seufzte. »Das tut mir leid, Süße. Er ist es nicht wert.«

Franziska schob trotzig die Unterlippe vor. Wahrscheinlich hatte sie nicht so eine große Auswahl wie ihre Konkurrentin und deshalb gab sie den Glauben an die Verführbarkeit ihres schwachen Verflossenen nicht so schnell auf. Für sie war Stephan vielleicht so etwas wie ein Odysseus, der sich leider kein Wachs gegen die Gesänge der Sirenen in die Ohren gestopft hatte. Ob Siri eigentlich die Abkürzung für Sirene war?

»Er ist es nicht wert«, wiederholte Cattie. »Ist noch irgendwas zu trinken da? Wenn wir morgen in aller Frühe aufbrechen, könnten wir ja dem Whisky nochmal eine Chance geben.«

»Für mich lieber ein Wasser«, sagte Siri.

Franziska stand auf und sah erwartungsvoll in die Runde, um die anderen Bestellungen entgegenzunehmen. Bis sie wieder zurückkam, drehte sich das Gespräch darum, welchem Weg wir eine Chance geben sollten. Ich war für den See, weiter oben an einer flachen Stelle, auch wenn mir der Gedanke, ihn zu durchqueren, Magenschmerzen bereitete. Uns fehlte ein kräftiger Schwimmer wie Joshua. Es war, als ob das dunkle Wasser da draußen uns nicht wohlgesonnen wäre. Ein blöder Gedanke, aber ich sage euch, das Gefühl war da. Und zwar aus zwei Gründen. Zum einen, weil ich nicht wusste, ob ich dort draußen einen Toten oder einen Scherzbold gesehen hatte. Zum zweiten... Als Joshua zu mir geschwommen war, hatte ich für einen Moment das Gefühl gehabt, eine Hand würde mich berühren. Was, wenn es Stephans Hand gewesen war? Was, wenn er im Todeskampf nach mir gegriffen und mich nur um Millimeter verfehlt hatte? Was, wenn...

Aber Stephans Brille war unten am Hochzeitszug gefunden worden. Wie ging das zusammen? Es musste jemand anderes gewesen sein. Jemand, der dort unten lauerte, auf ein Opfer wartete, auf mich ... Ich schauderte.

Cattie bemerkte das. »Ist was?«

»Der See ist unheimlich.«

Sie nickte. »Ich weiß, das geht mir genauso. Ich bin dafür, hier am Ufer entlang so weit nach unten Richtung Hochzeitszug zu gehen, bis wir auf den Fluss stoßen. Er speist sich aus dem See, und irgendwo muss es eine Möglichkeit geben, ihn zu durchqueren.«

»Da ist aber der Wasserfall«, widersprach ich. »Und es sieht so aus, als ob die Schlucht nur etwas für geübte Kletterer ist, die wir ja alle nicht sind. Ganz abgesehen von der Ausrüstung.«

Tom fuhr sich mit der Hand über den Nacken. »Ich würde es auch lieber weiter oben versuchen. Je näher wir an die Quelle kommen, umso kleiner das Risiko.«

Cattie sah auf ihre nackten Füße. »Ich kann sowieso nicht mit.«

»Du kannst«, erwiderte Tom und sah zu Siri. »Du auch.«

Aber Siri schüttelte den Kopf. Ihre Haare hatte sie zu einem lockeren Knoten geschlungen, der sich aber schon wieder halb aufgelöst hatte.

»Ausgeschlossen. Ich bin froh, wenn ich keine Blutvergiftung kriege. Ihr drei müsst alleine los. Irgendjemand sollte auch hier sein, wenn Joshua und Stephan wieder auftauchen.«

»Wenn«, sagte ich leise und erntete einen bösen Blick von Cattie.

»Kannst du nicht endlich mit diesem Blödsinn aufhören?«, herrschte sie mich an. »Du machst ja alle verrückt hier! Joshua ertrunken draußen im See und Stephan vom großen Nacht-Uhu geholt! Die sitzen irgendwo da draußen und amüsieren sich auf unsere Kosten.«

»In nassen Klamotten? Ohne Handy?«

Ich konnte fast hören, wie sie alle den gleichen Gedanken hatten: Kann diese Person ihre Spekulationen nicht für sich behalten? Nur Tom musterte mich nachdenklich. Er zog die Flasche zu sich heran und ließ sie spielerisch von einer in die andere Handfläche fallen.

»Egal, was geschehen ist, es ergibt keinen Sinn.«

»Oh doch«, widersprach Cattie. »Irgendjemand will uns in den Wahnsinn treiben. Und sein bestes Werkzeug ist Lana.«

Ich protestierte. »Du spinnst. Ich habe mit allem nichts zu tun. Es ist mir egal, ob ihr mir glaubt oder nicht. Ich weiß nur eins: Ich bin durch einen mehr als dämlichen Zufall mit euch zusammen hier. Nennt es von mir aus meine eigene Schuld oder *curiosity killed the cat,* aber ich bade diese Situation genauso aus wie ihr. Mit einem Unterschied: Bei *mitgegangen, mitgehangen* weiß man wenigstens, warum man baumelt. Im übertragenen Sinn.«

Siri nickte mit einem spöttischen Lächeln. »Es ist nicht einfach mit uns, nicht wahr?«

»Ja. Aber seit der Hängebrücke ist mir klar, dass bei diesem Ausflug einiges schiefläuft. Ihr könnt es gerne auf Naturgewalten schieben. Ich sehe das anders.«

Franziska kam zurück, beladen mit Bier und Whisky. »Was siehst du anders?«, fragte sie.

Aber stattdessen gab Cattie die Antwort. »Lana hat einen etwas seltsamen Begriff von Freundschaft. Sie sieht nur die schönen Seiten. Nie mehr allein, bewundert von den anderen, Arroganz und Schönheit.« Sie drehte sich zu mir um. »Ist es nicht so? Aber du hast die Schattenseiten vergessen.«

»Dann klärt mich endlich auf.«

»Erstens weiß ich nicht, über was. Und zweitens: Du glaubst, Mitwissen macht zum Mitläufer? Das ist ein Irrtum. Das Miterleben ist es.«

»Von was?«

Ihr Blick wich mir aus.

»Von was? Es hat doch einen Grund, warum wir hier sind und dass all diese merkwürdigen Dinge geschehen, die uns Angst einjagen sollen. *Das* erlebe ich gerade mit. Und dafür hätte ich gerne eine Erklärung.«

Cattie schenkte sich Whisky ein. »Noch eine Runde?«

»Eine letzte«, sagte Franziska. »Nicht mehr lange und es wird hell draußen. Wir sollten uns noch ein paar Stunden Schlaf gönnen.«

Alle stimmten ihr zu. Wir waren übermüdet und erschöpft. Mir saß der Schock noch in den Knochen. Auch wenn sie versuchten, mein Erlebnis draußen am See kleinzureden – niemand außer mir war dort gewesen, niemand außer mir hatte in diese toten Augen gesehen ... Cattie warf mir einen scharfen Blick zu, aber der half auch nicht. Selbst wenn das ein Scherz gewesen sein sollte, dann war eines klar: Ich war mitten unter Psychopathen gelandet. Oder zumindest engen Freunden von Psychopathen, was die Sache nicht einfacher machte.

Franziska drehte die Flasche. Es schien ewig zu dauern, bis sie langsamer wurde. Als sie zur Ruhe kam, zeigte ihr Hals auf Siri.

»Warst du jemals wieder in L.?«

Da war sie wieder – diese knisternde Spannung, diese negative Aufladung. Ich hörte, wie Cattie scharf einatmete. Tom legte die Zeigefingerspitzen aneinander und fuhr sich damit über die Nase. Siri blinzelte, als ob das matte Licht sie blenden würde. Das Schweigen dehnte sich.

»Nein.«

»Ist das wirklich die Wahrheit?«

Langsam, wie in Zeitlupe, beugte Siri sich vor. Ihre Hand schwebte über der Flasche, dann fiel sie zurück.

»Nie.«

Es schien, als ob sie mich vergessen hätten. Siri sah zu Tom, und sie hatte etwas im Blick, das eine stumme Frage war. Langsam schüttelte Tom den Kopf. Cattie sah zu Boden.

»Und du?«, fragte Siri.

»Auch nicht.«

Und in diesem Moment hatte ich das Gefühl, dass wir nicht mehr alleine waren. Und ich dachte dabei nicht an Joshua oder Stephan. Ihre Anwesenheit im Verborgenen hätte mich bei Weitem nicht so irritiert. Mein Blick ging zur Lampe, dann zur Treppe zum Mahlboden, zur Tür, zum Feuer – nirgendwo hätte man sich verstecken können. Und doch war jemand hier, unter uns, der gewollt hatte, dass wir dieses Spiel spielten. Der darauf gewartet hatte, dass ein ganz bestimmter Name fiel.

»Ich bin müde«, sagte Cattie abrupt und stand auf. Sie

leerte ihr Glas in einem Zug, dann raffte sie das Bettlaken und schritt, elegant wie eine französische Adelige auf dem Weg zum Schafott, die Treppe hinauf.

»Ich auch. Gute Nacht.«

Siri folgte ihr, schließlich stand auch Tom auf. Zurück blieben Franziska und ich. Wir brachten das Geschirr zurück in die Küche – keiner hatte etwas zu essen angerührt – und löschten das Licht.

»Gute Nacht«, sagte Franziska.

Ich fragte: »Warum sind sie nie wieder –?«

»Schlaf gut.«

Ich blieb allein im Wohnzimmer zurück. Der Brand im Kamin war in sich zusammengefallen, aber als ich ein paar Scheite auflegte, loderte die Glut und atmete genug Flammen aus, um noch einmal aufzuflackern. Die Schatten krochen aus ihren Ecken auf mich zu, riesig und zitternd im Takt ihres Herrn, des Feuers. Wer mochte wohl in den Sesseln oder auf der Couch gesessen und diesem Ballett aus züngelndem Licht zugesehen haben? Wer lebte hier, in dieser uralten gemütlichen Mühle, und machte sich Gedanken darüber, uns zu Tode zu ängstigen? Bis jetzt war es ihm nicht gelungen. Ärgerte ihn das? Stachelte es ihn an? Oder war das alles erst der Auftakt, die Ouvertüre, der Prolog zum wahren Schrecken?

Ich widerstand der Versuchung, zurück in die Küche zu gehen und von dort noch einen Blick hinaus auf den See zu werfen. Ich war fast so weit zu glauben, dass ich mich getäuscht hatte.

Fast.

Als ich mich endlich im Dunkeln über den Mahlboden getastet hatte, zählte ich die Umrisse der Matratzen, bis ich in meiner Ecke angekommen war.

Fünf.

Und am Mittag, ich hätte es schwören können, waren es sechs gewesen. Ich war so beunruhigt, dass ich noch einmal aufstand und jedes einzelne Lager abtastete.

»Was wird das?«, flüsterte Cattie schlaftrunken. Ich hatte aus Versehen ihren Knöchel erwischt. »Hast du es dir anders überlegt? Ich warne dich. Müde bin ich nur halb so gut.«

»Es sind nur fünf Matratzen«, sagte ich leise.

Die Dunkelheit war so dicht, dass ich mehr hörte als sah, wie sie sich aufrichtete.

»Fünf?«

»Eine weniger als heute Mittag. Zwei weniger als die Anzahl der Leute, die in Karlsbad aufgebrochen sind.«

»Bist du sicher?«

Auf der Matratze nebenan wälzte sich jemand von der einen auf die andere Seite. »Könnt ihr euren Flirt vielleicht woanders fortsetzen?«, knurrte Tom.

Cattie fiel zurück auf ihr Lager. »Wir reden morgen. Okay?«

»Okay.«

Ich schlich zu meiner Matratze. Durch die Dachluke konnte ich ein Stück Himmel sehen und ein paar letzte blasse Sterne. Die Decke kratzte ein bisschen, aber sie duftete nach Heu und Sonne. Aus irgendeinem Grund, den ich bis heute nicht erklären kann, tröstete mich das. Es war wie eine Botschaft: Ich bin nicht nur böse, ich kann auch anders.

Zum Beispiel Decken für Gäste mit Weichspüler waschen und es ihnen schön machen. So lange, bis die Falle zuschnappt.

Ich tastete nach meinem Handy und schaltete es wie ein Kind, das Angst hat, nachts beim Lesen erwischt zu werden, unter der Decke ein. Das grelle Licht blendete. Zwölf Prozent, kein Netz. Ich schrieb trotzdem eine Nachricht. *Wir sind in der schwarzen Mühle und etwas Schreckliches ist passiert. Joshua und Stephan sind ...* und dann weigerten sich meine Finger, das Wort *tot* zu schreiben. Ich wollte die Nachricht löschen und tippte aus Versehen auf Senden. Das Gerät gab sich redlich Mühe. Als wenig später die Meldung »Sendeversuch fehlgeschlagen« auftauchte, war ich halb erleichtert, halb enttäuscht.

Ich hätte Nein sagen können. Es war ganz allein meine Entscheidung gewesen, nach Karlsbad zu reisen. Und dennoch wurde ich das Gefühl nicht los, dass alles, was geschehen war und noch geschehen würde, einen Sinn hatte ...

Leonhardt ... Ich kannte den Namen. Irgendwo hatte ich ihn schon einmal gehört. Eine Gestalt, konturlos und dunkel wie ein Schatten, stand an der Peripherie meiner Erinnerung und wartete darauf, eintreten zu dürfen.

20

Der nächste Morgen schälte sich grau und kühl aus der Dämmerung. Der Himmel war bewölkt, und ich dämmerte eine Weile in jenem Peter-Pan-Land zwischen Tag und Traum, das ich einfach nicht verlassen wollte.

Die anderen schliefen noch. Zumindest sahen die Gestalten unter den Decken friedlich träumend aus, aber nachprüfen wollte ich es auch nicht. Ich war schreckhaft wie eine Katze, die zu oft verprügelt worden war. So leise wie möglich schlich ich schließlich hinunter ins Wohnzimmer.

Es war kühl. In der Luft hing noch der Geruch von kaltem Rauch und verkohltem Holz. Der Kamin war wohl eine der ersten Säulen dieses Hauses gewesen. Gemauert aus schweren Felssteinen, mit einem geschwungenen Mauerbogen und einer grob geschmiedeten Esse, die fast so groß war wie die Liegefläche eines schmalen Bettes. Schwarz wie die Nacht gähnte der Abzug. In ihm steckte eine schwere Eisenstange, an die man vermutlich früher die Töpfe gehängt hatte. Ich steckte die Hand aus und betastete die Rückwand. Sie war ebenfalls aus Eisen. Mein Klopfen klang hohl. Konnte sich dort jemand versteckt haben? Unmöglich. Ich erinnerte mich an die Hitze, die die Glut verbreitet hatte. Es müsste jemand sein, der über Feuer laufen konnte, und solche Leute trifft man in unseren Breiten eher selten.

Ich weiß noch, dass ich vor die Tür trat und tief Luft holte. Tau glitzerte auf der Wiese, dunstige Nebelschleier ruhten über ihr und erinnerten mich an das Gedicht von Matthias Claudius: *Der Wald steht schwarz und schweiget und aus den Wiesen steiget der weiße Nebel wunderbar...* Das Lied hatte mir meine Mutter zum Einschlafen vorgesungen, in einer Zeit, die so lange zurücklag, dass sie selbst schon fast zu einem Traum geworden war. Doch auch jetzt war die Erinnerung und der stille Moment, der nur mir allein gehörte, erlösend. Auf einem Holzklotz sitzend hörte ich dem Vogelgesang zu, der vom Wald zu mir herüberklang. Wenn man lange genug lauscht, kann man fast so etwas wie eine Unterhaltung heraushören. *Hier hier hier hier, kommt her her her her...* Wo denn? Wo denn? *Hier hier hier...*

Das Lagerfeuer war schon lange erloschen. Wo Joshua sein mochte? Was um Himmels willen hatte ihn hinunter an den See getrieben? Vielleicht hatte er dasselbe gesehen wie ich und das Handy war ihm vor Schreck aus der Hand gefallen... Aber dann? War er kopflos in die Dunkelheit gelaufen? Warum nicht zurück zum Haus? Die Spuren, ich sollte mir vielleicht noch einmal die Spuren ansehen.

Ich ging zurück ins Wohnzimmer und holte mir eine Decke, die ich mir um die Schultern wickelte. Die Sonne stand noch nicht hoch genug am Himmel, um zu wärmen. Es würde ein durchwachsener Tag werden, vielleicht sogar mit Regen oder Gewitter. Das schöne Sommerwetter war vorbei. Ob das bereits das Atlantiktief war? Der Wind frischte auf, als ich um die Ecke bog und den holperigen Weg hinunter zum See erreichte. Während ich die Decke enger um mich zusammenzog, wurde mir klar, dass wir uns wahrscheinlich den falschen Tag für unsere Wanderung ausgesucht hatten. Dicke graue Wolken türmten sich übereinander, und dort, wo die Sonne vielleicht noch eine Chance gehabt hätte, verdichtete sich der Hochnebel zu diesigen Fetzen, die vom Wind aufeinander zugetrieben wurden. Die Oberfläche des Sees war aufgewühlt. Gischtige Schaumkronen brachen sich auf den bemoosten Steinen. Ich musste höllisch aufpassen, um nicht auszurutschen.

Die Stelle, an der ich gestern gestanden und das Ungeheuerliche mit eigenen Augen gesehen hatte, war bei Tag eine flache Mulde am Ufer, ausgewaschen durch kleine Strudel, die wohl von der unterirdischen Strömung des Flusses gebildet wurden. Ganz klar waren die hellen, frischen Stellen auf den Steinen zu sehen. Als ob dort jemand ausgerutscht wäre oder sich zu hastig umgedreht hätte. Ich war nie bei den Pfadfindern gewesen und meine Fähigkeit zum Spurenlesen beschränkt sich mehr oder weniger auf das, was ich mir im zarten Kindesalter durch einschlägige Lektüre von »Lustigen Taschenbüchern« angeeignet hatte. Übrigens gehörte auch der gesamte Arthur Conan Doyle zu den Abenteuern meiner frühen Tage, aber vielleicht fehlte mir Sherlock Holmes' Pfeife oder der Grundwehrdienst beim Fähnlein Fieselschweif – ich wurde aus den Kratzern nicht schlau. Nur eins war klar: Die Spuren stammten von Schuhen, schweren Schuhen vermutlich, denn meine Chucks rutschten auf der glitschigen Oberfläche ab, ohne auch nur einen Kratzer zu hinterlassen. Waren der Täter und ich uns etwa um ein Haar begegnet?

Das Ufer war flach. Jemand hatte vor langer Zeit dem See diesen Zugang abgerungen, denn schon ein paar Meter weiter wurde es schwierig. Dichtes Gestrüpp und eine steile Böschung machten ein Vorankommen direkt am Wasser unmöglich. Die einzige Möglichkeit war, von hier aus, wo früher einmal Flöße oder Boote angekommen waren, auf die Böschung zu klettern und sich dort oben Richtung Norden durchzuschlagen. Schwimmen war, wie ich seit gestern wusste, ausgeschlossen.

Mit gemischten Gefühlen starrte ich auf das aufgepeitschte Wasser und die bewaldeten Felsen auf der anderen Seite. Der Gedanke, sich irgendwo bis zur Hüfte oder noch tiefer in die kalte Flut zu stürzen, um das andere Ufer zu erreichen, hatte etwas grundsätzlich Verabscheuenswürdiges. Vor allem, als ich feststellte, dass ein Teil meiner Decke unbemerkt ins Wasser gefallen war, während ich mich hingehockt hatte. Ich wickelte sie zu einem Knäuel zusammen und machte mich hastig auf den Rückweg.

Als ich ins Wohnzimmer kam, stieg gerade Cattie die Treppe herab. Sie gähnte dabei über mindestens acht Stufen.

»Guten Morgen«, sagte ich.

»Morgen. Mir bricht gleich der Rücken durch. Konntest du da oben schlafen?«

»Ging so«, antwortete ich und breitete die Decke über der Couch zum Trocknen aus. »Riechst du das?«

Cattie schnupperte. Ein Hauch von verbranntem Phosphor und Kerzenwachs. »Hast du Feuer gemacht?«

»Nein.« Die Asche im Kamin sah immer noch so aus wie vor zehn Minuten. Auch im Raum hatte sich nichts verändert. Ich ging zur Küche und auf dem Weg dorthin wurde der Geruch stärker. Cattie folgte mir. Vor der geschlossenen Tür blieben wir stehen.

»Fehlt oben jemand?«, flüsterte ich.

»Außer dir? Nein.«

»Vielleicht ist Joshua zurückgekommen.«

»Oder Stephan.«

Ich drückte die Klinke hinunter und stieß die Tür sachte auf. Das leise Quietschen der Zargen fuhr mir wie eine Kreissäge über die Nerven. Zentimeter um Zentimeter öffnete sich die Tür. Wir sahen das Regal links, dann die Stühle am Tisch, schließlich den Tisch selbst. Und darauf thronte – eine Torte mit brennenden Kerzen.

Der Raum war leer. Wir beide standen im Türrahmen wie die doppelte Ausführung von Lots Weib.

»Eine Marzipantorte«, sagte Cattie leise. »Mit ... Lass mich zählen ... Mit siebzehn, nein, achtzehn Kerzen. WTF?«

Es war das imposante Werk eines Könners. Im Durchmesser hoch und breit wie ein mittlerer Kochtopf, kreisrund, in zartrosa und verziert mit weißem Zuckerguss.

»Sieht aus wie aus dem Pupp«, sagte ich. »Aber wie zum Teufel kommt so ein Teil hierher?«

»Ich weiß es nicht.« Cattie ging, ihre Bettbezugrobe hochgerafft, an mir vorbei in die Küche und riss die Tür zur Speisekammer auf. Ich folgte ihr.

»Hier ist niemand.«

»Aber es muss jemand dagewesen sein! In der Zeit, als ich zum See hinuntergegangen bin.«

»Warst du vorher in der Küche?«

»Nein. Aber ich hätte es doch gerochen. Hier, sieh mal. *Happy Birthday Melanie.*«

Das stand in Zuckerguss auf der Torte. Die Kerzen waren vielleicht zur Hälfte heruntergebrannt. Kleine bunte Wachsstäbchen, mit denen man Geburtstagskuchen verziert und die nicht länger als fünf Minuten halten.

»Er ist hier!«, rief ich. Mein Herz tanzte Polka. Es war das gleiche Gefühl wie am Abend zuvor, als ich in Joshuas tote Augen geblickt hatte. »Hier! In diesem Haus!«

»Dann sag mir wo! Wir haben alles abgesucht, alles. Es gibt keine Möglichkeit, sich ungesehen zu verstecken.«

Ich zog einen Stuhl vom Tisch weg und setzte mich. Das Zittern begann wieder. Unkontrollierbar. Sogar die Zähne klapperten und das hatte ich bisher bei mir noch nie erlebt. Dabei starrte ich die Torte an, die so unschuldig und süß und einer kleinen Prinzessin würdig vor mir stand und nichts anderes war als das perfide Spielzeug eines Sadisten.

»Was hat das zu bedeuten?« Die Worte kamen mir nur mühsam über die Lippen. »Heißt jemand von euch so? Melanie?«

Cattie setzte sich. »Nein ... nein.«

»Vielleicht mit zweitem Namen?« Sie stützte die Hände auf die Tischplatte und beobachtete das unerwartete Geschenk, als ob jeden Moment eine Faust herausfahren und sie treffen könnte.

»Was hat das zu bedeuten?«

Sie schnitt mir das Wort mit einer Handbewegung ab, die man eigentlich nur für Störer in der Kirche übrig hat. Ich konnte es beinahe rattern hören in ihrem Kopf. Da war etwas. Eine Ahnung, eine Erinnerung vielleicht. Sie lehnte sich zurück und starrte an die Decke.

»Achtzehn Kerzen... Ich kann mir das nicht erklären. Vielleicht ist das alles hier eine Art Event, eine Party zur Volljährigkeit, die sich jemand ausgedacht hat, und dann sind die Falschen gekommen.«

»Eine Verwechselung?«

»Ich weiß es nicht.« Sie stöhnte auf. Ohne Make-up und Lippenstift wirkte sie um Jahre jünger. Vielleicht war es auch nur die Angst, die sie gepackt hatte und die alle Verstellung und Zweideutigkeit von ihren Zügen wischte, diese falsche Reife und das abgebrühte Erwachsensein. Ihr dunkelroter Pagenkopf war noch zerzaust vom Schlaf, der Stoff, den sie um sich drapiert hatte, gab ihr die Unschuld einer Marienfigur von Botticelli. Ich sah Cattie zum ersten Mal so, wie sie war. Eine junge Frau, die sich hinter einer Maske versteckt hatte, die brutal heruntergerissen worden war.

»Herr im Himmel, was soll das alles?«

»Wahrscheinlich ist sie vergiftet.« Mit Argwohn beobachtete ich, wie das Wachs der Kerzen von den Flammen mehr und mehr aufgezehrt wurde. »Jemand muss sie wegschmeißen.«

Cattie holte tief Luft und blies die Kerzen aus. Es gelang ihr, ohne abzusetzen. Achtzehn kleine Flammen erloschen, die Dochte glühten und rauchten.

»Bravo.«

Mit einem leisen Schrei fuhr ich herum. In der offenen Tür stand Tom. »Guten Morgen. Habe ich etwas verpasst? *Happy Birthday, darling*!«

Er kam auf Cattie zu und wollte sie küssen, aber die stieß ihn wütend weg.

»Hast du keine Augen im Kopf? Die ist nicht für mich!«

»Natürlich ist sie für dich. Obwohl ... Achtzehn Kerzen, naja, du übertreibst es ein wenig damit, dich jünger zu mach–«

Ihm blieb das Wort im Hals stecken, als er die Aufschrift las.

»Melanie? *Who the fuck is Melanie?*«

»Keine Ahnung.«

Tom sah mich an, aber die einzige Möglichkeit, mich ohne zu stottern zu äußern, war, mit den Schultern zu zucken.

Er nickte knapp. »Ich hole die anderen.«

Wenig später hörte ich die polternden Schritte auf dem Mahlboden, die das Nahen der restlichen Horde ankündigten.

»Und du hast wirklich keine Idee?«, fragte ich.

Cattie drehte mühsam den Kopf von links nach rechts und wieder zurück. »Nein. Ich schwöre.«

»Ich glaube nicht, dass das alles Zufall ist. Solche Dinger werden doch nicht mit einer Drohne vom Karlsbader Zuckerbäcker geliefert.«

Sie sah mich an, als ob sie mich auf der Stelle erwürgen wollte.

»Hast du mal den Geburtstag von jemandem vergessen?«

»Was soll das?«, fauchte sie.

»Es gibt Leute, bei denen sind Kleinigkeiten Auslöser für ganz absurde Dinge. Möglicherweise hast du diese Melanie nicht zu deinem Geburtstag eingeladen und das hat sie dir übel genommen.«

»Mir? Geht's noch? Wie kommst du darauf, dass diese Bombe hier an mich gerichtet ist?«

Mein Zeigefinger tastete vorsichtig nach der Marzipandecke. Cattie beobachtete mich misstrauisch.

Ich kratzte eine Winzigkeit ab und kostete. »Süß.«

Franziska und Siri kamen, gefolgt von Tom, in die Küche. Der Anblick der seltsamen Geburtstagstorte ohne Geburtstag ließ sie in ihrer morgendlichen Aufgekratztheit verstummen. Alle setzten sich. Niemand sagte ein Wort. Schließlich zog Franziska die Tischschublade auf und holte ein Messer hervor.

»Soll ich?«, fragte sie und setzte an.

Tom nickte.

Der Schnitt glitt ohne Widerstand vom Zuckerguss bis zum Boden. Als sie das Messer zurückzog, klebten Buttercreme und Schokoladenbiskuit an der Klinge.

»Scheint sauber zu sein.« Sie setzte ihr Werk fort, bis die Torte in acht gleiche Teile zerschnitten war. Eines nach dem anderen stürzte sie um. Die meisten zerbrachen in der Mitte. Siri holte Gabeln, gemeinsam stocherten wir in den Resten.

»Keine Handgranate«, stellte Tom fest und warf seine Gabel auf den Tisch.

Franziska probierte ein Stück der Marzipandecke. »Schmeckt einwandfrei.«

»Vielleicht ist sie vergiftet?«

Franziska sah aus, als ob sie auf Catties Frage hin alles wieder ausspucken wollte. Dann schluckte sie tapfer. »Wenn das die Absicht wäre, hätte es bessere Gelegenheiten gegeben. Es geht darum.« Ihre Gabelspitze wies auf die Reste der Zuckerschrift. »Melanie. Wer ist das?«

»Wir hatten schon die Idee, dass das alles hier eine Verwechselung wäre«, sagte Cattie. »So eine Art böse Version von Schneewittchen. Überlegt mal. Am Anfang lagen ja auch sieben Matratzen oben auf dem Mahlboden.«

»Sechs«, korrigierte ich. »Es waren sechs. Da war Stephan schon verschwunden.«

»Okay, dann eben sechs. Wir essen und trinken und fühlen uns wie zu Hause bei jemandem, den wir nicht kennen. Das ist *spooky*. Vielleicht hat er eine Geburtstagsüberraschung vorbereitet und wir sind voll dazwischengeknallt? Oder diese Melanie kommt nicht, weil sie verhindert ist.«

»Weil eine Achtzehnjährige vielleicht nicht gerne zu Fuß von Karlsbad hoch zu dieser Mühle läuft?«, fragte Tom in einer Mischung aus Ärger und Sarkasmus. »Vielleicht war die Hängebrücke ja auch so etwas wie ein Abenteuerspiel, in das wir durch Zufall hineingeraten sind?«

»Ich denke ja nur. Du musst nicht gleich auf mich losgehen.«

»Sorry.« Er fuhr sich mit beiden Händen durch die Haare, die noch struppig vom Schlaf in alle Richtungen abstanden. Keiner von uns sah richtig ausgeschlafen aus.

»Sagt euch der Name etwas? Klingelt es bei euch?«, fragte ich nochmal. »Melanie, achtzehn Jahre alt, hat heute Geburtstag. Wir sollen an sie denken, deutlicher kann man es ja wohl nicht sagen.«

Siri hob mit der Gabel ein Stück Marzipandecke hoch, auf dem der Rest des Namens zu lesen war. »An jemanden, der so heißt, würde ich mich erinnern. Spießig und altmodisch.«

»Vielleicht mit einer Abkürzung?«, bohrte ich nach. »Mel? Mellie? Lanie?«

»Lana?«, fragte Tom. »Vielleicht bist du gemeint?«

»Ich bin zwanzig. Und mein richtiger Name ist Helena und nicht Mel ... Melanie ...«

Tom beugte sich vor und nahm mich ins Visier. »Was ist?«

»Mel ... Ich weiß nicht. Ich habe das Gefühl ...«

Ich stand auf und ging zum Fenster. Durch die Scheibe konnte man den Weg hinunter zum See erkennen. Das Wasser selbst blieb verborgen, weil der Pfad eine leichte Biegung machte und ziemlich viel Gebüsch herumstand. Der Himmel war zwischenzeitlich noch grauer geworden. Wind frischte auf. Die schlanken Triebe von Ginster und Wacholder wurden von einer Bö nach oben gerissen und dann wieder niedergedrückt.

»Mel kommt mir bekannt vor. Aber ich weiß nicht, von wann und woher.«

»Hieß nicht mal eins der Spice Girls so?«, fragte Siri und bekam mit Catties »Wer sind die Spice Girls?« auch gleich die Antwort.

»Ruhe«, zischte Franziska. »Lasst sie doch mal nachdenken!«

»Es hat keinen Sinn«, sagte ich. »Das kommt irgendwann oder nie. Erinnerungen kann man nicht erzwingen.«

»Hast du so auch dein Abi gemacht?«, fragte Tom und erntete die zu erwartende Heiterkeit.

Nur Cattie blieb ernst. »Lass das. Lana, hat es was mit uns zu tun?«

»Ich glaube nicht.«

»Glaubst du oder weißt du? Wie viele Klassen warst du unter uns?«

»Zwei.«

Siri und Cattie tauschten einen schnellen Blick.

Ich kehrte zum Tisch zurück. »Vielleicht wäre es jetzt mal an der Zeit, dass ihr mir sagt, was damals vorgefallen ist. Das ist kein Zufall. Wir sind hier, weil wir hier sein sollen. Stephans und Joshuas Verschwinden sind kalkuliert. Sonst würden auch die Matratzen nicht immer genau an unsere Zahl angepasst. Und das da …« Ich wies auf den Rest der Geburtstagstorte. »… hat etwas zu bedeuten. Es ist keine Verwechslung, sondern eine Nachricht. Und nur ihr könnt wissen, was sie zu bedeuten hat.«

»Eben nicht«, stöhnte Franziska. »Beim besten Wissen und Gewissen, ich schwöre es.«

Die anderen murmelten Zustimmung.

Ich sah zu Cattie. »Fang an. Warum glaubst du, diese Geburtstagsüberraschung hätte etwas mit euch zu tun?«

»Keine Ahnung. Ich denke mir dasselbe wie du. Wir sind hier, weil jemand das will. Weshalb auch immer.«

»Du hast mich aber nach meinem Alter gefragt.«

»Weil du noch eine Weile nach uns an der Schule gewesen bist. Dort waren wir zusammen. Nur dort. Danach sind wir auseinander.«

»Warum?«

»Weil das Leben eben manchmal so ist. Warum bin ich nach München und Johnny nach Berlin? Weil wir unterschiedliche Interessen haben.«

»Du hattest aber das Gefühl, es könnte nach eurem Abgang über euch geredet worden sein. Wieso?«

»War das nicht auch schon vor unserem Abgang der Fall?« Sie verschränkte die Arme und lehnte sich mit einem Lächeln zurück, das ihr die Maske der arroganten Diva wieder übers Gesicht zog.

Aber dieses Mal ließ ich sie nicht so einfach davonkommen. »Ich bin nicht dafür da, dein Publikum zu spielen und dir Applaus zu spenden«, sagte ich und sah die anderen der Reihe nach an. »Und euch auch nicht. Ich versuche, dahinterzukommen, wer uns in diese Falle gelockt hat. Falls das auch in eurem Interesse sein sollte, dann bitte ich um ein Mindestmaß an Kooperation.«

»Du bist nicht die Einzige«, knurrte Tom. »Mir geht das auch Tag und Nacht durch den Kopf. Aber vielleicht kapierst du endlich mal, dass wir alle nichts wissen.«

»Irrtum«, konterte ich. »Ihr verratet euch die ganze Zeit selbst. Etwas ist damals passiert und es hat über drei Ecken mit einer Melanie zu tun. Ihr glaubt...« Ich sah sie an, einen nach dem anderen. Die übernächtigten, demaskierten Überlebenden einer zerrissenen Gemeinschaft. »... dass es so gravierend ist, dass man selbst Jahre, nachdem ihr schon in alle Winde verstreut wart, noch darüber redet. Ich muss euch enttäuschen. Es war eher so, als hätte man euch totgeschwiegen.«

»Ach ja?«

»Tut mir leid, Tom. Ihr hattet einen Ruf wie Donnerhall, aber danach wart ihr ... nichts.«

»Dann ist es ja gut.« Er stand so schnell auf, dass die Beine seines Stuhls mit einem widerlichen Geräusch über den Boden schrappten. »Ich bin im Bad. In einer Stunde ist Aufbruch. Und schmeißt dieses Zeug weg.«

Damit verließ er die Küche und ließ uns einen Moment in Sprachlosigkeit zurück.

»Was war das denn?«, fragte ich schließlich.

Siri schenkte mir ihr falsches Prinzessinnenlächeln. »Er ist eitel. Wusstest du das nicht?«

»Woher denn?«

Sie kicherte. »Und danach war nichts ... Also, als Nichts würde ich Tom nicht beschreiben.«

»So habe ich das doch gar nicht gemeint!«

»Es ist aber so angekommen. Ich brauche jetzt einen Kaffee.«

Franziska kümmerte sich um die Reste der Geburtstagstorte und entsorgte sie im Mülleimer. Ich deckte den Tisch. Als Tom wenig später zurückkam, war es so, als hätte es unsere Unterhaltung nicht gegeben. Während die anderen frühstückten, ging ich ins Bad.

Sie waren großartig, wenn es darum ging, Geheimnisse für sich zu behalten. Wahre Meister im Verbergen und Vertuschen. Ich war mir mittlerweile hundertprozentig sicher, dass sie alle gemeinsam etwas Verstörendes erlebt hatten. Aber war das der Grund, weshalb wir hier oben gefangen waren?

Beim Zähneputzen sah ich Joshuas Handy auf der Fensterbank. Siri hatte es nicht retten können. Ich hätte zu gerne die Nachricht noch einmal gelesen, aber alle Versuche brachten nichts. *Sie wird nicht weit kommen mit ihren Lügen...* Wer war damit gemeint? Ich? Cattie? Siri? Oder jemand ganz anderes...?

Mel. Leonhardt. Es musste etwas mit unserer Schule zu tun haben. Ich holte mein Handy aus der Hosentasche, aber mein Notruf war nicht abgesetzt worden. Kein Netz. Weder draußen noch drinnen, nicht am See, nicht am Lagerfeuer, nicht auf dem Mahlboden. Es war zum Verzweifeln.

Ich schrieb Johnny eine weitere Nachricht. *Hol mich hier raus.* Aber ich hatte wenig Hoffnung, dass er sie je lesen würde.

21

Eine Stunde später standen wir marschbereit vor der Mühle. Wir, das waren Franziska, Tom und ich. Cattie und Siri hatten sich endlich umgezogen, bestanden aber nach wie vor darauf, zurückzubleiben. Ich versuchte es mit allen möglichen Tricks, sie doch noch zu bewegen, mit uns ins Tal zu kommen, aber es war sinnlos. Ein Blick in den Himmel bestätigte mir insgeheim, dass es so besser war. Wir würden zügig gehen müssen, um am Nachmittag in die Nähe einer menschlichen Behausung zu gelangen – oder zumindest in die Nähe einer Mobilfunkantenne. Das Wetter konnte jeden Moment von »sieht nicht gut aus« in »ist besch…« umschlagen. Die letzten lichten Flecke zwischen den Wolken waren verschwunden, Grau ballte sich in allen Schattierungen übereinander. Der Wind hatte sich etwas gelegt, wie mir schien, aber wir befanden uns ja auch auf der Lee-Seite des Hauses (ja, auch ich hatte mal auf einer Segeljolle mitfahren dürfen). Wahrscheinlich würde er uns, wenn ich mir die gebeugten Wipfel der Bäume weiter hinten am Waldrand ansah, mit voller Breitseite erwischen, sobald wir Richtung See gingen.

Das alte Haus knirschte und ächzte. Die Mühlenflügel schienen fast zu zerbersten, so sehr sehnten sie sich danach, endlich wieder loslegen zu dürfen. Insgeheim war ich froh, dass sie nicht mehr funktionierten. Cattie zum Beispiel stand direkt in ihrem Radius und würde bei einem plötzlich Dreh der Flügel weggefegt werden, bevor sie überhaupt den Mund aufmachen konnte.

»Wir laufen nach rechts am Ufer des Sees hinauf auf die Böschung oberhalb des Ufers. So lange, bis wir zu seinem Zufluss kommen«, erklärte Tom gerade. »Dort, an der seichtesten Stelle, suchen wir so etwas wie eine Furt. Wenn wir auf der anderen Seite sind, können wir euch quasi zuwinken.«

»Na super. Du erwartest aber nicht, dass wir mit gezückten Taschentüchern dastehen und uns per Flaggenalphabet Nachrichten senden?«

»Nein, Siri. Du kannst ja noch nicht einmal morsen.«

Manchmal, in seltenen Augenblicken, bewunderte ich Tom. Er verfügte über eine Art der Ruhe, wie ich sie bei Leuten wie Siri nie an den Tag legen könnte.

»Kann ich doch. Dreimal lang, dreimal kurz, dreimal lang. Was ist das?«

»OSO«, sagte ich. »Wird schwer, das als Notruf zu deklarieren. SOS ist genau anders herum.«

Tom warf mir einen belustigten Blick zu.

»Habt ihr noch Akku?«

Cattie und Siri checkten ihre Smartphones. Es sah nicht gut aus. Bei beiden erschien sofort die Anzeige »Laden«, der Pegel stand auf unter zehn Prozent.

Toms Handy ging noch an, schaltete sich aber gleich darauf von alleine aus.

Franziska sagte: »Meins ist schon seit gestern tot.«

»Lana?«

»Vierzehn Prozent, als ich beim letzten Mal nachgesehen habe. Ich schalte es jetzt nicht ein, aber es funktioniert. Ich würde sagen, wir versuchen es ab Westseite See jede Stunde ein Mal.«

»Westseite See«, kicherte Siri. »Ihr hört euch an wie die ersten Pioniere.«

»Ich komme mit.« Cattie drehte sich um und ging ins Haus.

»Was?«, rief ich ihr hinterher.

»Ich komme mit!«

Ob es Siris dämliches Geplapper war oder die Aussicht, mit ihr hier oben für endlos lange Stunden festzusitzen – schwer zu sagen.

»Aber warum denn?«, fragte Siri, die personifizierte Ratlosigkeit. »Ich dachte, wir machen es uns hier gemütlich!«

Cattie kam zurück, an den Füßen ihre zerfetzten Schuhe, von denen die Absätze abgebrochen waren.

»Ich hab kein gutes Gefühl«, sagte sie nur.

Jetzt hatten wir den Salat. Es war eine Sache gewesen, zwei junge Frauen gemeinsam in der Mühle zu lassen. Cattie war intelligent und zupackend, wenn es sein musste. Um sie mussten wir uns keine Sorgen machen und um Siri unter ihren Fittichen auch nicht. Aber das war eine ganz neue Entwicklung.

Tom rollte die Ärmel seines Hemdes herunter, die er in

Verkennung der Witterung aufgekrempelt hatte. »Wir können Siri nicht allein lassen.«

»Ich kann das nicht! Ich kann nicht mit euch gehen, aber ich will auch nicht allein hier bleiben!«

»Ja, ist ja gut!«, herrschte Tom sie an. »Cattie, du bleibst.«

»Hast du sie noch alle? Wenn ich mit euch gehen will, dann tue ich das auch!«

»Nein!«, schrie Tom. Von Ruhe war auf einmal keine Spur mehr. »Was ist, wenn Siri… Wenn sie irgendeinen Blödsinn macht?«

»Ich?!?«

»Dann soll sie mitkommen«, antwortete Cattie ungerührt.

Siris Stimme überschlug sich fast. »In meinen Pumps? Wie das denn? Wir hatten das ausgemacht! Ich dachte, du stehst zu deinem Wort?«

»Das hättest du dir vorher überlegen können! Ich will nicht hierbleiben, verstanden? Vor allem nicht mit einer so hysterischen Kuh wie dir!«

»Cattie…«, sagte ich. Fehler.

»Du hältst den Mund, Lana! Häng dich nicht ständig in Dinge hinein, die dich nichts angehen! Ich bleibe nicht hier. Sorry, Süße, ich hab's mir anders überlegt.«

Siri hatte den Blick eines Hundewelpen, den man vor einem Supermarkt ausgesetzt hatte. Sie blinzelte und mit einem Mal glitzerten Tränen in ihren Augen. »Soll ich barfuß gehen? Ich komme keine zehn Meter weit. Lasst mich nicht allein. Bitte.«

»Verdammt!«, schrie Cattie. »Kriegst du nicht mit, wie wir immer wieder wegen dir bis zum Hals in der Tinte sitzen?«

»Wegen mir? Bist du irre?« Siri verwandelte sich vom ausgesetzten Welpen schlagartig in eine Furie. »Ich hab deinen Hals gerettet! Weißt du das nicht mehr? Hast du vergessen, was ich für dich getan habe? Und jetzt lässt du mich hängen, du mieses Stück!«

»Ich bleibe hier«, sagte Franziska.

»Nein!«, schrie Siri. »Cattie soll hierbleiben! Sie soll endlich mal lernen, was es heißt, Verantwortung für andere zu übernehmen!«

»Verantwortung für dich etwa? Da kann ich mich gleich auf einen Atomsprengkopf setzen. Ich pfeife auf mein Gewäsch von gestern. Franziska, du machst das schon.« Cattie schlug dem armen Mädel auf die Schulter.

Aber Siri hatte sich in Rage geredet, und ich fand die gesamte Entwicklung so spannend und aufschlussreich, dass ich nichts dagegen unternahm. »Ich will aber nicht, dass Franziska das macht. Sie ist besser da draußen in der Wildnis. Ich brauche dich hier.«

»Wofür denn? Um Händchen zu halten?«

»Vielleicht? Ich habe Angst. Und du auch. Und du, und du...« Sie deutete der Reihe nach auf jeden von uns. »Du auch.«

Franziska verschwand im Haus. War es damit etwa entschieden?

»Cattie...«, begann Tom, sehr vorsichtig, sehr abwägend. Niemand schien sich gerne mit der Löwin anzulegen, wenn es hart auf hart kam. »Ich finde auch, dass wir bei unseren Abmachungen bleiben sollten.«

»Ich nicht. Du siehst doch, wie sie ausrastet. Denkst du,

sie ist eine Hilfe, wenn tatsächlich jemand hier auftaucht und uns wie Einbrecher behandelt?«

Siri wurde, wenn das möglich war, noch einen Hauch blasser. »Du hältst es also für möglich.«

»Ja, mein Schatz. Da bin ich lieber auf der Flucht als wie ein Kaninchen auf die Schlange zu starren. Mir reicht es. Lana sieht Gespenster, zwei von uns haben sich in Luft aufgelöst und jemand feiert Geburtstag mit Geistern. Ich bin von Wahnsinn umgeben.«

Sie hielt schwer atmend inne. Der letzte Satz klang in meinen Ohren nach. Er beschrieb ziemlich genau das, was ich in den Momenten meines größten Schreckens empfunden habe.

»Damit meine ich... Egal!«, schwächte Cattie ihn ab. »Meine Nerven sind auch nicht mehr das, was sie mal waren. Können wir?«

Franziska kam zurück. In den Händen trug sie drei ziemlich schwere Küchenmesser.

»Hier. Ihr solltet nicht ohne Waffen los.«

Tom nickte ihr dankbar zu und nahm eines vorsichtig entgegen. »Stimmt. Aber wohin damit?«

Wir probierten einiges aus, bis Franziska noch einmal in die Küche rannte und mit Kordeln und Einmachgummis zurückkam. Irgendwie schafften wir es, die Messer so am Körper zu befestigen, dass wir uns beim Klettern und Laufen nicht selbst entleiben würden. Meines klemmte am linken Bein unterm Knie, Tom hatte sein Exemplar am Gürtel befestigt. Cattie umwickelte die Klinge mit einer Kordel und steckte ihr Messer dann in die hintere Tasche ihres Hosenrocks.

Franziska reichte ihr einen Schal aus blassblauer Seide, den sie irgendwie bis zur Mühle gerettet haben musste. »Es wird kalt. Du schnatterst ja jetzt schon in deiner Bluse.«

Der hauchdünne Stoff flatterte im Wind. Ich fröstelte, kam mir aber in Jeans und T-Shirt noch wesentlich besser für unseren Marsch gerüstet vor als Cattie in ihrem dünnen Fähnchen.

»Danke«, sagte sie. »Für das Messer und ...«

»Schon gut. Wir kommen klar. Nicht wahr, Siri? Wir verrammeln uns im Haus und lassen niemanden hinein.«

Er ist da drinnen, hätte ich um ein Haar gesagt. Es gibt dort ein Versteck, das wir nicht gefunden haben. Anders ist es nicht möglich, so schnell zu handeln. Matratzen lösen sich nicht in Luft auf. Geburtstagstorten schweben nicht durchs Fenster. Und durchtrainierte Sportler ertrinken nicht im flachen Uferwasser ...

»Lasst die Tür auf«, sagte ich stattdessen. »Nur für den Fall, dass ihr schnell raus müsst.«

»Warum sollten wir ...« Franziska brach ab, weil sie mich erst jetzt verstanden hatte. »Alles klar. Es sind noch ein paar Messer in der Küche. Notfalls gehen wir in den Wald.«

»Nein!«, protestierte Siri. »Ich kann nicht!«

Kapierte sie nicht, worum es ging?

»Du wirst«, sagte Tom ungerührt. »Wenn es nötig ist. Tu, was Franziska sagt, sie hat mehr Durchblick.«

Siri schluckte. Mir an ihrer Stelle wäre es auch lieber gewesen, Cattie an meiner Seite zu haben. Unsere Chancen, das Tal unversehrt zu erreichen, waren durch den Austausch sprunghaft gestiegen.

»Lana, du nimmst die Verpflegung.«

»Aye aye, Sir.« Wir hatten keine Rucksäcke, also hatte ich aus ein paar Geschirrhandtüchern einen Beutel geknüpft, in dem sich Käse, Schinken und Brot befanden. Den stopfte ich in meine Umhängetasche. Wasser hatten wir genug, und es sah so aus, als ob im Laufe des Tages noch eine Menge von oben dazukäme.

»Du schaffst das.« Cattie wollte Siri in die Arme nehmen, doch die wich einen Schritt zurück und wandte sich ab. Also drehte sich die Verschmähte zu Franziska um, bei der die Verabschiedung umso besser und relativ herzzerreißend gelang. »Leb wohl. Pass auf sie auf. Wenn sie über die Stränge schlägt – du weißt, wo der Whisky gebunkert ist!«

Franziska rang sich ein gequältes Lächeln ab. »Wann können wir mit euch rechnen?«

»Mit uns?«, fragte Tom und checkte noch einmal den Sitz seines Messers. »Wahrscheinlich nicht. Wir schicken euch Bergretter, die euch holen können.«

»Und die werden auch kommen?«, fragte Franziska zweifelnd.

»Klar«, antwortete ich. Offen gestanden: Ganz sicher war ich mir nicht. Offiziell sah das alles nämlich nicht nach einer Notlage aus, eher nach einem missglückten Sonntagsausflug, bei dem eine der Beteiligten nicht die richtigen Schuhe anhatte. Ob das reichte, eine Mannschaft samt Hubschrauber in Bewegung zu setzen, wusste ich nicht. Eher würden sie das Gebirge nach Joshua und Stephan absuchen. »Es kommt auf jeden Fall jemand. Im schlimmsten Fall sind wir das und bringen Siri ein Paar Wanderstiefel. Also Kopf hoch.«

»Wann?«

Ich sah auf meine Armbanduhr. »Jetzt ist es zehn. Ich denke mal, dass wir in vier bis fünf Stunden im Tal sein können. Wahrscheinlich haben wir viel früher Handyempfang, dann alarmieren wir den Rettungsdienst. Die kaputte Brücke und eure desolate Verfassung dürften ausreichen, um ein paar stramme Gebirgsjäger in Bewegung zu setzen.« Oder auch nicht, aber das sollte Siri von jemand anderem beigebracht bekommen, nicht von mir.

»Also seid ihr zwischen drei und vier gegenüber vom Hochzeitszug. Von da aus ist es aber nochmal ein ganzes Stück.«

»Aber wir sind dann wenigstens auf dem richtigen Weg.«

»Dann erreicht ihr Karlsbad erst bei Einbruch der Dunkelheit.«

Ich sah zu Tom. Der hob beschwichtigend die Hände. »Spätestens am versteinerten Hochzeitszug rufen wir Hilfe.«

Franziska legte ihren Arm um Siris Schulter und zog sie leicht an sich. »Wir müssen nichts anderes tun als warten. Zu essen ist genug da. Und jede Menge Bücher haben wir auch.«

»Bücher …« Siri war anzusehen, was sie davon hielt.

»Macht doch ein bisschen Yoga«, sagte Cattie spitz. »Oder Meditation. Oder führt eine gepflegte Konversation, aber nicht mit uns. Wir sollten los.«

»Ja.« Toms Antwort war knapp. »Bis später.«

»Wir sehen uns in Karlsbad«, sagte ich.

Franziska nickte mir zu, aber Siri befreite sich aus der

Umarmung und ging, ohne einen von uns noch einmal anzusehen, ins Haus.

Es war seltsam – plötzlich wollte ich nicht mehr weg. Vielleicht hatte ich mir über die Strapazen unserer Wanderung falsche Vorstellungen gemacht. Vielleicht war es auch einfach nur die Verlockung eines warmen, wenn auch unheimlichen Hauses. Tom und Cattie waren schon um die Ecke und ich stand immer noch da.

»Ist alles okay?«, fragte Franziska.

Wir sahen uns an und hatten den gleichen Gedanken. »Renn«, sagte ich. »Renn in den Wald, wenn es so weit ist.«

»Du auch.« Sie sah zu den dichten Bäumen am Rand der Wiese. Von dort waren wir gekommen, aber dieser Weg war uns abgeschnitten worden. »Wem wird er folgen?«

»Ich weiß es nicht. Wenn es ihn gibt und das alles kein Zufall ist, dann sind wir ihm zum ersten Mal einen Schritt voraus. Wir haben uns wieder geteilt, damit hat er nicht gerechnet.«

Franziska nickte, allerdings erst nach einem kurzen Zögern. »Aber wir haben uns dadurch auch schwächer gemacht.«

Ich sah, dass sie Angst hatte. Mir ging es genauso. Diese Angst war kein plötzlicher Schreck oder eine explodierende Panik. Eher die Frage unter der Oberfläche des schönen, friedlichen Scheins: Wen würde es als Nächsten treffen? Die, die blieben? Oder die, die gingen?

»Wenn bis morgen früh niemand hier aufgetaucht ist, dann schlagt euch durch bis zum Hochzeitszug. Es muss einen Weg runter nach Karlsbad geben, auch auf der felsigen

Seite. Hat Cattie nicht erzählt, sie hätte dort jemanden gesehen?«

Franziska sagte: »Ja. Eine Gestalt, einen Schatten.«

»Ich bin mir sicher, dass er das war. Er hat darauf gewartet, dass Siri, Cattie und Tom aufbrechen, damit er den Tisch und die Stühle wegräumen konnte. Um Spuren zu verwischen oder Wanderer auf der anderen Seite der Schlucht nicht zu beunruhigen. Vielleicht ist dort irgendwo eine Höhle, wo er das Zeug untergestellt hat. Von dort aus muss es auch runter ins Tal gehen. Wie sonst wären die Händler vor Jahrhunderten auf ihrem Weg übers Erzgebirge nach Karlsbad gelangt?«

»Über eine Brücke?«

»Die wird es aber nicht seit der Steinzeit gegeben haben. Oder?«

»Nee.« Sie grinste. »Also wird schon. Mach dir keine Sorgen.«

Aber genau das taten wir beide. Einen Moment zögerte ich, Franziska war schneller. Sie trat auf mich zu und nahm mich in den Arm. Wir hielten uns fest, und ich spürte, dass sie zitterte.

»Sorry«, flüsterte sie. »Dass du durch uns jetzt ...«

»Schon gut. Mitgegangen, mitgehangen.«

»Ich hab so ein verdammt mieses Gefühl.«

»Ich auch.«

Wir lösten uns voneinander. Franziska war die Einzige, die mir offen gezeigt hatte, dass sie meine Befürchtungen teilte.

»Wir werden drüber lachen«, sagte ich leise. »Unten in Karlsbad. Mit Joshua und Stephan.«

»Hoffentlich.«

»Pass auf sie auf.«

Franziska wandte den Kopf kurz zum Haus und nickte dann. »Mach ich. Seid vorsichtig. Wenn es nicht klappt, kommt lieber wieder zurück. Morgen ist Montag. Wir haben Jobs, Freunde, Familie. Man wird uns vermissen. Wir müssen nur noch einen Tag und eine Nacht durchhalten.«

Tom kam zurück. »Lana, brauchst du eine schriftliche Einladung?«

»Nein, danke. Von denen habe ich genug.«

Er trat auf Franziska zu und nahm sie hastig in die Arme. »Mach dir keine Sorgen. Bevor es dunkel ist, ist jemand bei euch.«

Sie sah uns hinterher, bis wir um die Hausecke bogen. Dort traf uns der Wind mit voller Wucht. Der Weg zum See war durch die unebenen Steine nur mühsam zu bewältigen, und noch bevor wir ihn erreichten, beschlich mich das Gefühl, an einer ganz und gar unvorhersehbaren Aktion beteiligt zu sein.

»Alles klar?«, rief Tom und drehte sich kurz nach uns um.

»Bestens!«, rief Cattie.

Bevor es dunkel ist, ist jemand bei euch.

Das waren Toms letzte Worte an die beiden Zurückgebliebenen gewesen. Als wir am Ufer des Sees die Böschung hinaufkletterten und in einen schmalen Trampelpfad einbogen, war ich felsenfest davon überzeugt, dass er recht hatte.

Nur wusste noch niemand, wer das sein würde.

22

Es war, als hätte sich alles gegen uns verschworen. Die letzte Erinnerung an liebliche Spätsommertage wurde von einem mittleren Sturmtief in alle vier Himmelsrichtungen zerstreut. Zu allem Überfluss begann es auch noch zu regnen. Nein, regnen ist nicht das richtige Wort. Es schüttete wie aus Eimern. Innerhalb von Minuten waren wir tropfnass.

»Sollen wir umkehren?«, schrie Cattie.

Tom brüllte »Nein!« zurück.

Die Seeoberfläche kräuselte sich. Schaumkronen schwappten ans Ufer. Der Trampelpfad stand stellenweise knöcheltief unter Wasser. Irgendwann gaben wir es auf, auszuweichen, und liefen mitten durch die Pfützen.

Es hatte ja auch was. Unterwegs in einer wichtigen Mission, gemeinsam mit zwei Leuten, auf die man sich einigermaßen verlassen konnte. Es war ein wenig wie ein fehlgeplanter Wandertag im Herbst. Der Wind riss die Blätter von den Bäumen und peitschte das Schilfgras, das immer dichter wuchs, je schlammiger unser Weg wurde. Wir hatten ungefähr einen halben Kilometer geschafft, als ich hinter mir einen Schrei hörte.

»Cattie?«

Ich drehte mich um. Sie war ausgerutscht. Die Schuhe gaben keinen Halt mehr.

»Geht es?«

»Muss ja.«

»Tom!«, schrie ich. »Wir müssen langsamer gehen. Cattie schafft es sonst nicht.«

Tom kam widerwillig ein paar Schritte zurück. Cattie funkelte mich wütend an. Die roten Haare klebten ihr nass im Gesicht. Der Schal hatte sich zu eng um ihren Hals verheddert. Mit klammen Fingern versuchte sie, ihn zu lockern.

»Kehr um«, sagte ich. »Geh zurück. Tom und ich schaffen das auch alleine.«

»Du stehst auf ihn, was? Soll ich dir ein Geheimnis über ihn verraten?«

Ich konnte ein Stöhnen nicht mehr unterdrücken. »Nein! Ich glaube nur nicht, dass du so eine echte Hilfe bist!«

»Falls du denkst, ich tue das für dich, dann irrst du dich gewaltig. Für wie dumm hältst du mich eigentlich? Mit diesem Haus stimmt was nicht. Das merkt doch jeder. Nur Siri nicht.«

Ich schnappte nach Luft. »Du hast sie und Franziska dagelassen, weil du glaubst, dass man dort nicht mehr sicher ist?«

Cattie trat auf mich zu. Ihr Gesicht war nur noch eine Handbreit von meinem entfernt. »Und was glaubst du? Dir geht es doch ganz genauso.«

»Ich hole Hilfe!«

»Hilfe, ja. Ich auch.«

Sie stieß mich zur Seite und wackelte mehr schlecht als recht auf Tom zu, der ungeduldig auf uns gewartet hatte. Nun war Cattie also in der Mitte, und ich muss sagen, dass es für unsere kleine Prozession nicht die schlechteste Lösung war. So oft, wie sie hinfiel und ich ihr wieder aufhelfen durfte – am Anfang schlug sie noch unwillig meine Hand zur Seite, später sagte sie nichts mehr –, war es noch mit das Gelungenste an diesem schrecklichen Tag. Nach einer Stunde hatten wir das Ostufer des Sees erreicht – morastiger Schlamm, aus dem ein ganzer Wald aus undurchdringlichem Schilfrohr wuchs.

Tom, der bei jedem Schritt mehrere Zentimeter im Matsch versank, hob die Hand. Cattie blieb keuchend stehen und stützte sich auf seiner Schulter ab. Ich hatte so sehr auf den kaum noch sichtbaren Weg geachtet, dass ich beinahe in sie hineingelaufen wäre.

»Was ist?«

»Wir kommen hier nicht weiter.«

»Meine Scheiße«, fluchte Cattie. »Meine heilige, verdammte Sch…«

Ich drängte mich an den beiden vorbei. Der Regen hatte etwas nachgelassen, auch der Wind war nicht mehr so stark wie bei unserem Aufbruch. Klitschnass, frierend und verdreckt standen wir eng beieinander, um eine kleine Wagenburg gegen die Kälte in unseren Gliedern zu bilden.

»Hier.« Cattie zog aus den Tiefen ihres Hosenrocks ein Fläschchen hervor. »Trinkt einen Schluck.«

Wir lehnten ab. Mit einem Schulterzucken setzte sie an und leerte die Flasche in einem Zug fast bis zur Hälfte.

»Lass das«, fauchte ich sie an. »Du kannst dich ja jetzt schon kaum auf den Beinen halten.«

Tom sah mit gerunzelter Stirn in den Himmel. »Es sieht nicht so aus, als ob es besser würde. Eine kleine Atempause vielleicht. Wir sollten sehen, dass wir uns nach rechts ins Unterholz schlagen und nach ein paar Hundert Metern wieder nach links gehen. Dann finden wir vielleicht den Zulauf und können auf die andere Seite.«

»Von mir aus.« Cattie schraubte die Flasche wieder zu und versenkte sie in einer ihrer tiefen Taschen.

Mir war nicht wohl bei dem Gedanken, den Uferweg zu verlassen. Der Wald war immer näher an den See herangerückt, und dahinter erhoben sich, nur schemenhaft durch den Nebel und die tiefliegenden Regenwolken zu erkennen, die Berge. Es war ausgeschlossen, eine schwere Wandertour in Angriff zu nehmen. Wir hatten die Route bei schönem Wetter geplant, mit drei relativ vernünftig gekleideten, nüchternen Menschen. Inzwischen hatten sich die Koordinaten unseres Unternehmens gründlich verändert. Ich fragte mich gerade, wie viele von diesen Flaschen Cattie noch gebunkert hatte, als Tom auch schon abbog und einen flachen Hügel hinaufkletterte. Cattie stöhnte, aber mit vereinten Kräften schafften wir es, sie hoch bis an den Waldrand zu bugsieren.

Hier waren wir etwas besser geschützt. Zumindest der Wind pfiff uns nicht mehr um die Ohren. Dafür regnete es jetzt wieder in einem Maß, das gemeinhin als ergiebig bezeichnet wurde. Das Blätterdach der Bäume war völlig durchnässt und bot nicht den geringsten Schutz. Wenigstens war es nicht mehr schlammig, sondern nur noch rutschig, und je weiter wir in den Wald kamen, desto besser ging es voran.

Immer wieder mussten wir um große Felsbrocken herumklettern. Da es keinen Weg gab, orientierten wir uns so gut es ging nach unserem inneren Kompass. Nach einer Viertelstunde fragte ich: »Wollen wir jetzt nach links?«

»Okay.« Tom schwenkte um, wir folgten ihm.

Bis heute glaube ich, dass Tom in keinem Augenblick unseres wahnsinnigen Unterfangens irgendeine Peilung gehabt hatte, wohin es gehen sollte. Er wollte, genau wie Cattie, einfach nur fort. Aber er hatte die Führung übernommen und wir trotteten wie die Schafe hinter ihm her.

»Warte!«, rief ich. Fast wäre mir das Handy aus den Fingern gerutscht, als ich es einschaltete und auf die Akkuanzeige sah. Sie stand bei elf Prozent. Es dauerte eine Ewigkeit, bis sich das GPS-Signal an einen Satelliten angedockt hatte und wir ungefähr erkennen konnten, wo wir waren.

Irgendwo in der Wildnis. Zur Rechten die Berge, geradeaus der Fluss, links die eckigen, groben Umrisse des Sees. »Da entlang«, sagte ich und deutete ein ganzes Stück weiter Richtung Westen.

»Bist du sicher?« Tom beugte sich über das Gerät.

Auch Cattie kam zu mir gehumpelt. Langsam begann sie, mir leid zu tun. Ihre Schuhe hingen nur noch in Fetzen an den Füßen. Der Hosenrock klatschte bei jedem Schritt schwer an ihre Beine, und die Seidenbluse klebte so eng an ihrem Körper, dass sie nicht wärmen konnte. Auch Franziskas Schal half nicht. Trotzdem kam kein Wort der Klage über ihre Lippen. Sie nutzte die Pause, um sich einen weiteren Schluck aus ihrer Proviantflasche zu genehmigen, und nickte mir dann kurz zu.

»Hast du es dir eingeprägt?«

»Jep.«

»Dann mach es wieder aus. Da lang?«

Eine Nachricht ploppte auf. *Was ist los? Sind sie nicht nett zu dir? Johnny.*

Ich wollte aufschreien, sie Tom und Cattie unter die Nase halten, dann sah ich, dass ich kein Netz hatte. Irgendwann, als das Gerät ausgeschaltet gewesen war, war die SMS eingetroffen. Keiner konnte sagen, wann und wo. Hilflos sah ich zurück in die verschwindende Landschaft, aus der wir gekommen waren. Mit steifen Fingern tippte ich die Antwort.

Unheimliche Dinge geschehen. Hol Hilfe. Der Weg zurück ist abgeschnitten. Wir sind unterwegs zur anderen Seite des Sees an der Schwarzen Mühle.

Waren unsere Notrufe irgendwo eingegangen? Wahrscheinlich gab es immer wieder eine Stelle, wo Signale empfangen und gesendet werden konnten. Nur wo? War ich die Einzige, die bisher außer Joshua Kontakt zur Außenwelt gehabt hatte? Johnnys kurze Nachricht, so sehr sie unsere Lage auch verkannte, gab Hoffnung.

»Lana?«, schallte es aus dem Wald. Es klang unheimlich und verzerrt.

»Wo seid ihr?«

»Hier!«, kam es von rechts.

»Hier!«, von links.

»Wo?«, fragte ich verwirrt.

»Lana!«, schallte es von oben aus dem Wald. »Hierher!«, von weiter unten.

Wer sprach da? Waren das wirklich Toms und Catties Stimmen? In welche Richtung waren sie gegangen? Bestimmt nicht zurück zum See. Nach links. Das war unser letzter gemeinsamer Entschluss gewesen.

»Tom?«

Stille. Nur das Rauschen der tropfnassen Blätter und ein fernes Brausen über den Bergen. Selbst die Vögel waren verstummt.

»Ich kann euch nicht sehen!«, rief ich und marschierte los. »Hallo?«

Der Nebel schwebte in Schleiern über dem Waldboden. Die Bäume standen dicht an dicht. Und weit hinten, dort, wo kaum noch etwas zu erkennen war im diesigen Halbdunkel, bewegte sich eine Gestalt.

»Tom?«, schrie ich. »Warte!«

Ich rannte und stolperte und verfing mich in dornigen Schlingen, die sich um meine Fesseln knoteten. »Wo seid ihr? Hilfe!«

Ich zerrte an den Dornen, ohne Rücksicht auf die blutenden Kratzer, die sie in meine Handflächen und um meine Knöchel rissen. Es tat weh, aber es war nichts im Vergleich zu dem Gefühl, sich in diesem verwunschenen, bösen Wald zu verirren.

»Lana?«, kam es von weit oben.

»Wo ist sie?« Catties Stimme von links.

»Hier!«, brüllte ich. Endlich hatte ich mich befreit und rannte los. »Cattie?«

»Ich sehe dich! Warte, ich komme zu dir.«

Völlig in Panik drehte ich mich im Kreis und stolperte ein paar Schritte zurück. Irgendwo knackte es und dann bewegten sich die Büsche. Cattie tauchte auf. Noch nie hatte ich mich so gefreut, sie zu sehen.

»Das nächste Mal sag Bescheid, wenn du abhauen willst!«, herrschte sie mich an. »Du bist genau in die entgegengesetzte Richtung gegangen! Ich dachte, du hättest dir die Karte eingeprägt?«

»Habe ich ja.« Meine Verteidigung klang kleinlaut. »Es war nur ...«

»Ein Eichhörnchen? Komm jetzt. Tom ist schon ein Stück voraus, er wartet da hinten.«

Sie wies nach links, dorthin, wo wir den Westen und den See vermuteten. Ich deutete nach rechts oben. In die Richtung, in der mir meine Fantasie eine Gestalt vorgegaukelt haben musste.

»Nicht ... dort?«

»Definitiv nicht.« Sie nahm mich unsanft am Arm und zog mich mit sich. »Da rauf geht es Richtung Erzgebirge. Auch eine Option. Aber wahrscheinlich brauchen wir Tage ohne Wanderkarte. Bei unserem Glück ...«

Sie ließ mich los. Ich taperte hinter ihr her. Hätte ich von Johnnys Nachricht erzählen sollen? Ich war völlig durcheinander. Einen Moment hatte mein Herz einen Freudensprung gemacht. Kontakt. Kontakt! Zu Johnny! Wahrscheinlich nur durch einen absoluten Zufall. Wenn ich bloß wüsste, an welcher Stelle des Wegs eine Verbindung möglich gewesen war! Dann hätten wir jemanden anrufen und um Hilfe bitten können! Gerade wollte ich diesen Vorschlag hinaustrompeten, als mir einfiel, dass das letzte bisschen Strom im Akku wahrscheinlich noch nicht einmal für ein paar Minuten reichen würde. Es war besser, auf den Zufall zu hoffen.

Und trotzdem ging es leichter für mich voran. Als ob eine riesige Last von meiner Schulter gefallen wäre. Ich war nicht mehr allein. Irgendwann würde Johnny meine Nachricht bekommen, und alles tun, um uns hier herauszuholen.

Es dauerte nicht lange, und wir verließen den Wald wieder. Ich war erleichtert, ihn hinter mir zu lassen. Ein gewaltiger Felsbrocken hatte den weiten Weg bis hinunter ins Tal geschafft, wir stiegen hinauf und riskierten einen Blick auf das, was vor uns lag.

Der See verschwand, bleigrau und düster, in wabernden Nebelschleiern. Von der Mühle war nichts mehr zu sehen, aber wir waren wahrscheinlich auch schon zu weit entfernt. Zu unserer Rechten, dort also, wohin wir uns weiter durchschlagen wollten, erhob sich in ungefähr einem Kilometer Entfernung eine hohe, dicht bewachsene Felswand.

»Ach du meine Güte.« Catties Hand fuhr schon beinahe automatisch in ihre Rocktasche. »Da müssen wir vorbei?«

Ich versuchte, durch den Dunst über dem Wasser Genaueres zu entdecken. »Ich fürchte, ja. In ein paar Hundert Metern kommen wir an den Fluss. Aber danach wird es eng. Zwischen dem See und der Felswand ist nicht viel Platz.«

»Das wäre schon bei gutem Wetter eine ziemlich heikle Sache«, sagte Tom. Er fuhr sich durch die dunklen Haare. Wasser floss in kleinen Bächen über seine Stirn und die

Wangen. »Von der Mühle aus wirkte das gar nicht so schlimm.«

»Wollen wir zurück?«, fragte ich. »Vielleicht ist das Wetter morgen besser.«

Er presste die Lippen aufeinander und schüttelte den Kopf.

Cattie setzte die Flasche ab und bot sie uns dann an, aber weder Tom noch ich hatten Lust, uns diese Situation schönzutrinken.

»Vorwärts immer, rückwärts nimmer.« Sie lachte, aber niemand stimmte mit ein.

»Wenn wir es über den Fluss geschafft haben«, sagte ich, »machen wir erst mal eine Pause und beratschlagen uns. Wenn es zu schaffen ist, schaffen wir es. Wenn nicht, kehren wir um.«

»Okay«, sagte Cattie. Ihre Augen glänzten, auf den blassen Wangen lag ein Hauch von Rot. Das wurde ja immer besser. Ein Orientierungsloser, eine Betrunkene und meine Wenigkeit.

»Also los.«

Tatsächlich erreichten wir nach wenigen Minuten den Fluss. Er war braun von Regen und Schlamm und trug so viel Wasser mit sich, dass er schon längst sein Bett gesprengt hatte. Gischtige Wirbel kreisten in der dreckigen Brühe, und wieder mussten wir balancieren, um auf den Steinen und dem Geröll nicht das Gleichgewicht zu verlieren. Wir hielten uns an den Händen und stützten uns, so gut es ging. Trotzdem fiel ich ein Mal vornüber und landete auf meinem geprellten Knie. Glücklicherweise hatte ich mir nichts gebrochen, aber mehr als Humpeln war auf den nächsten mühsamen Metern nicht drin. Cattie wollte mir aufhelfen und verlor dabei selbst das Gleichgewicht. Es zog ihr einfach die Beine weg und mit einem Schrei landete sie neben mir. Glücklicherweise war der Fluss eher flach als tief. Aber auch ein halber Meter sprudelnder, ziehender, gurgelnder Wasserwirbel kann einem im Sitzen ziemlich zu schaffen machen.

Wir schrien gemeinsam und plötzlich lachten wir. Tom drehte sich um – zu schnell, er ruderte mit den Armen, und wie in Zeitlupe hob er noch ein Bein, um sich dann ebenfalls flachzulegen.

Wir prusteten, quiekten, brüllten vor Lachen. Cattie sprang auf und hielt sich an einem der größeren Steine im Flussbett fest, dabei kicherte sie und japste nach Luft.

»Das ist ... Das ist ja ...«

Ich zog mich an ihr hoch und im nächsten Moment platschten wir wieder zurück ins Wasser. Es war alles egal. Auf allen vieren krochen wir weiter, verschluckten uns und husteten, aber wir kamen aus dem Lachen nicht mehr heraus. Tom erreichte als Erster das andere Ufer. Ich reichte ihm die Hand und fühlte mich, als zögen zentnerschwere Lasten an mir. Das war Cattie, die sich an mich gehängt hatte und nun ebenfalls, völlig außer Atem, an Land kroch.

Wir sahen aus wie Amphibien, die zum ersten Mal in ihrem Leben festen Boden unter den Flossen spürten. Klitschnass, schlammverschmiert, völlig am Ende, aber immer noch kichernd.

»Oh Mann«, stöhnte ich.

Cattie würgte und hustete. Tom riss sich das Hemd vom Leib und wrang es aus. Dann setzte er sich neben uns. Wir starrten auf den Fluss, und in mir regte sich mit einem Mal eine unbändige Freude.

»Wir haben es geschafft!«

Cattie legte den Arm um mich und zog mich an sich. Es war eine spontane, unüberlegte Geste und sie rührte mich.

Tom hieb mir auf die Schulter. »Wir haben es geschafft.«

Für einen Augenblick waren wir Freunde. Völlig entkräftet, unfähig, wieder aufzustehen, aber vereint in dem gloriosen Gefühl, etwas gemeinsam überstanden zu haben. Es war nur eine Etappe, und vor uns lag noch der schwierigste Teil des Weges. Aber in diesem Moment hatte ich das Gefühl, dass wir es gemeinsam schaffen würden.

»*Shit.*« Cattie klopfte die Taschen ihres Hosenrocks ab. »Ich habe den Sprit verloren. Dabei wäre das *der* Moment meines Lebens überhaupt gewesen!«

Ich kicherte. Tom lachte lauthals. Und Cattie rang sich schließlich ebenfalls ein schräges Lächeln ab.

»Ist sowieso besser, wenn ich ab jetzt nüchtern bleibe.« Sie deutete auf ihre Füße. Die Schuhe waren so gut wie hinüber.

»Probier es doch mal mit der Kordel. Vielleicht ist noch was zu retten.«

»Gute Idee.«

Gemeinsam wickelten wir das Messer aus. Während Cattie versuchte, ihre Treter zu reparieren, inspizierte ich den Inhalt des Beutels. Das Brot konnten wir vergessen. Aber Käse und Schinken waren noch genießbar. Wir teilten diese

Schätze untereinander auf und saßen eine Weile schweigend und kauend nebeneinander.

Die Wolken hingen jetzt noch tiefer. Offenbar hielt die Felswand in unserem Rücken den schlimmsten Sturm von uns ab, trotzdem blies es uns noch ziemlich um die Ohren. Lange durften wir nicht sitzen bleiben. Das Wasser war noch einigermaßen erträglich gewesen, aufgewärmt von den vielen heißen Tagen zuvor. Aber unsere nassen Klamotten waren ein echtes Handicap.

Und dann fuhr ein Gedanke wie ein Blitz durch meine Glieder. »Mein Handy!«

Ich sprang auf und nestelte es aus der Hosentasche, drückte auf den Knopf, einmal, zweimal, nichts.

»Das darf doch nicht wahr sein!«

»Ist es abgesoffen?«, fragte Tom.

Mutlos ließ ich mich wieder neben ihn ins Gras fallen. »Sieht so aus.«

»Manchmal wird das wieder. Trag es eng am Körper, vielleicht trocknet es.«

Ich schüttelte das Gerät, aber es war nichts zu machen. Am liebsten hätte ich losgeheult. Schließlich steckte ich es wieder weg und hockte mich zwischen Cattie und Tom. Der Verlust machte mich mutlos, mehr, als ich zugeben wollte.

»Immerhin wissen wir noch die Richtung«, brummte Tom.

Ich sah ihn von der Seite an. Sein Gesicht hatte etwas Entschlossenes bekommen, der dunkle Bartschatten stand ihm und gab seinen blassen, ein wenig weich wirkenden Zügen schärfere Konturen. Er war immer die Nummer drei gewesen, nach Joshua und Stephan. Einer von denen, die in der Mitte schwammen und nie ausscherten. Einer, der sich widerspruchslos mitziehen ließ. Ein junger Mann, glatt, ohne Ecken und Kanten, der über Nacht gezwungenermaßen aufgerückt war. Vielleicht nicht in die Rolle des Leitwolfes, aber zumindest in die eines Entscheiders, eines Entschlossenen.

»Wie spät ist es?«, fragte Cattie. Ihre Schuhe hatten mittlerweile eine Art Neandertaler-Chic, sahen aber wesentlich robuster aus als zuvor.

»Halb eins«, antwortete ich. »Wenigstens funktioniert meine Uhr noch. Wenn wir jetzt den Stand der Sonne ausmachen könnten, dann könnten wir sie wie Tick, Trick und Track als Kompass benutzen.«

Cattie seufzte tief und lehnte ihren Kopf an meine Schulter. »Jetzt ein Lustiges Taschenbuch! Wir könnten ein Feuer damit machen und unsere Klamotten trocknen.«

»Aber alles hier ist nass. Jedes noch so kleine Stückchen Holz.«

»Lass mich doch einfach mal spinnen!«

»Okay, okay.«

Eine Weile saßen wir schweigend da und lauschten dem Rauschen des Flusses.

»Am Ende des Sees ist ein Wasserfall«, sagte ich. »Der Sog beim Schwimmen wurde immer stärker. Es kann sein, dass es da nochmal schwer bergab geht.«

»Wir werden es bald wissen.« Tom stand auf und reichte mir die Hand. Ich packte sie und zog mich hoch. Dann halfen wir Cattie auf die Beine. Es war, als hätten wir drei einen Pakt geschmiedet. Wir waren Kampfgefährten. Waffenbrüder, Blutsschwestern. Es war ein trügerisches Gefühl, aber es hielt zumindest bis zur nächsten Herausforderung.

23

Der Fluss verbreiterte sich und ging unmerklich über in den See. Das Schilf kam uns nicht mehr in die Quere, dafür wurde es immer beschwerlicher, voranzukommen. Irgendein dämlicher Urzeitgletscher musste hier seine Endmoräne ausgekippt haben. Zwischen dem Seeufer und der steil aufragenden Bergwand waren mal zehn, mal fünf, mal nur zwei Meter Platz. Und der war zugeschüttet mit Gesteinsbrocken jeder Form und Größe. Außerdem ging es immer weiter nach oben. Langsam bereute ich, dass wir es nicht doch gewagt hatten, durch den See auf die andere Seite zu schwimmen. Vielleicht hätte es geklappt, und wir wären wenigstens darum herumgekommen, diese Klippe zu umrunden.

Der Felsen war nicht wirklich hoch, vielleicht fünfzig Meter. Dafür war er steil, und an manchen Stellen konnte man sehen, wie Teile des mürben Gesteins abgebrochen und in den See gekollert waren.

»Wenn wir den passiert haben, müssten wir nach ein paar Hundert Metern genau auf der anderen Seite der Mühle sein«, sagte Tom. Er stand auf der gerundeten Kuppe eines

Felsbrockens, der die Ausmaße eines Kleinwagens hatte, und sah sich nach uns um.

Wir waren ziemlich geschafft. Kratzer und Schürfwunden bedeckten fast jeden Teil unseres Körpers, Catties Seidenbluse hing nur noch in Fetzen, und ich hatte das Gefühl, dass aus meinem Knie gerade ein Ballon wuchs. Immerhin hatte der Wind unsere Kleidung getrocknet. Ich kletterte zu ihm, in meinem Rücken das Schnaufen und Fluchen von Cattie, die sich mit wütender Energie vorwärtsarbeitete.

»Das gefällt mir nicht«, sagte ich.

Der Felsen wuchs fast senkrecht in die Höhe. Er war von einer schwarz-rötlichen Farbe, die bei Trockenheit vielleicht nicht ganz so bedrohlich gewirkt hätte. Einige kleine Bäume krallten sich an den Vorsprüngen fest. Manche Stellen wirkten heller, als ob von ihnen erst vor kurzer Zeit etwas abgebrochen war. Tatsächlich sammelten sich am Ufer jede Menge kleinere Steine und ein Haufen… Schluff? Schlirf? Wie nannte man dieses Zeug, zu fest für Erde, zu weich für Stein?

»Es sieht ziemlich rutschig aus. Und der Regen hat alles aufgeweicht. Was ist, wenn wir gerade darunter stehen und die nächste Ladung abgeht?«

Tom zuckte mit den Schultern. »Siehst du eine Alternative?«

»Ich hasse diesen See. Es wäre so einfach, wenn er nicht diese Strömungen hätte. Dann wären wir weit unterhalb dieser Enge angekommen und schon längst am Hochzeitszug.«

»Kein Grund zur Panik«, keuchte Cattie, die uns endlich

erreicht hatte. »Wir sind gerade mal vier Stunden unterwegs und liegen absolut im Zeitplan.«

Ich versuchte, die Mühle auszumachen, aber das Wasser war immer noch zu warm für die plötzliche Abkühlung und Nebelschwaden waberten unaufhörlich über die Oberfläche, stiegen auf und verfingen sich über dem Tal wie in einem Kessel. Der Himmel, grau wie Blei, ließ keine Sonnenstrahlen durch. »Ich schätze, hier ist er bloß fünfhundert Meter breit.«

»Du hast doch selbst vor der Strömung gewarnt.« Cattie fuhr sich mit allen zehn Fingern durch die nassen Haare und strähnte sie nach hinten. Dabei sah sie nach unten zum Wasser. Es floss träge an uns vorbei, und selbst aus dieser Höhe war zu erkennen, dass wir es keinesfalls mit einem stehenden Gewässer zu tun hatten. »Da unten geht es nicht weiter. Das ist der einzige Weg.«

»Wenn es wenigstens einer wäre«, sagte Tom.

Wir mussten uns so eng wie möglich an der Felswand halten. Es war unsere einzige Chance, in halbwegs sicheres Gelände zu gelangen. Ich sah noch einmal zur Spitze des Felsens – und zuckte zusammen.

»Da oben ist jemand.«

»Wo?«

»Da!« Ich wies mit dem Finger auf die höchste Stelle. »Jemand stand da, ganz nah am Abgrund!«

Tom und Cattie spähten konzentriert auf die Stelle, die ich ihnen gezeigt hatte. Sie sah aus, als ob der Felsen dort abgebrochen wäre. Bis an den Rand wucherten Gestrüpp und ein paar kleine Bäume, dann ging es senkrecht nach unten.

»Das ist viel zu gefährlich. Du musst dich getäuscht haben.«

Hatte ich das? Vor meinen Augen stand eine hohe dunkle Gestalt, die von dort oben zu uns heruntergesehen hatte. Jetzt war sie weg.

»Ich weiß nicht, vielleicht... Es war ein Mann, ganz sicher. Groß und sehr schlank, mehr konnte ich nicht erkennen.«

Tom formte mit seinen Händen einen Trichter vor dem Mund. »Hallo! Ist da jemand? Hallo!«

»Hallo!«, schrien Cattie und ich.

Für eine Sekunde hatte ich geglaubt, jemanden zu erkennen. Mein Puls peitschte das Blut im Stakkato durch die Adern. Für einen unfassbaren Augenblick war sein Name wie ein greller Blitz in mein Herz geschossen. Johnny. Konnte es sein, dass er meinen Hilferuf bekommen hatte? Welches Wunder hätte das sein müssen! Und welcher Plan wäre das, der ihn nicht auf direktem Weg zu Mühle...

»Die Brücke«, keuchte ich. Meine Beine begannen zu zittern. Die Anstrengungen der letzten Stunden und dieser Schock ließen mich fast zusammensacken.

Cattie fing mich auf. »Welche Brücke?«, fragte sie. »Lana, was ist los?«

»Wenn uns jemand zur Hilfe kommen will, und... und er sieht, dass es am Hochzeitszug keinen Übergang gibt, würde er uns dann hier entgegenkommen?«

»Hier? Du meinst, auf dieser Strecke?« Sie sah hinauf zu der wie abgebrochen wirkenden Klippe. »Vielleicht. Das hieße aber, dass wir völlig falsch gelaufen sind. Dann müsste es ja dort oben einen Weg geben.«

»Es gibt ihn«, sagte Tom. »Ganz bestimmt. Er führt nur nicht durch den Fluss. Wir hätten vielleicht doch noch weiter höher in die Berge gehen sollen.«

Ich sackte zusammen und ging in die Hocke. Mein Körper fühlte sich an, als ob alle Kraft aus ihm gewichen wäre. »Es tut mir leid«, flüsterte ich. »Das war meine Idee. Ich dachte, es wäre am einfachsten, am See entlangzugehen. Aber da oben ... Ich habe jemanden gesehen. Ich bin mir so sicher!«

»Schon gut.« Cattie setzte sich neben mich. »Atme einfach mal tief durch. Wenn uns jemand zur Hilfe kommt und wir uns auf diese dämliche Art und Weise verpasst haben, dann wird er vor Einbruch der Dunkelheit an der Mühle sein.«

Ich nickte. »Ich hatte einen Moment lang das Gefühl, es wäre Johnny.«

Cattie schluckte. »Johnny.«

»Ich habe ihm eine SMS geschickt. Vielleicht ist sie noch angekommen. Ich weiß es nicht. Aber der Mann dort oben ...«

Tom steckte die Hände in die Hosentaschen und verlagerte dabei sein Gewicht von einem auf das andere Bein. »Wie kommst du darauf, dass ausgerechnet Johnny uns helfen würde?«

»Warum denn nicht? Ihr wart doch mal Freunde.«

Cattie schnaubte. »Ja, das waren wir. So lange, bis er uns allen in den Rücken gefallen ist.«

»Cattie«, sagte Tom mahnend.

Ihr Kopf ruckte hoch. »Das ist er! Oder wie würdest du es beschreiben? Als Heldentat? Wir waren alle keine Helden. Ganz sicher nicht. Und Johnny am allerwenigsten.«

»Was ich damit meine«, fuhr Tom in meine Richtung fort, »ist: Ich glaube, wir sind für Johnny nicht mehr wichtig.«

»Das ist falsch«, widersprach ich. »Er wollte kommen. Es war ihm wichtig, hier zu sein. Er hat euch vermisst.«

Cattie stieß einen verächtlichen Ton aus. Tom schüttelte den Kopf. Diese Reaktion war ziemlich verblüffend.

»Er wollte kommen!«, bekräftigte ich. »Wenn er nicht ...«

»Wenn er nicht die Treppe runtergefallen wäre?« Cattie nestelte sich den Schal vom Hals. »Ausgerechnet in dem Moment, in dem du da auftauchst? Es tut mir leid. Aber ich glaube, er hat in dir einen nützlichen Idioten gesehen.«

»Aber wofür denn?« Ich sah von einem zum anderen. »Für irgendeinen geheimnisvollen Plan? Das ist doch Blödsinn.«

»Du kennst ihn nicht«, sagte Tom. »Nicht so wie wir. Möglich, dass er sich in den letzten Jahren verändert hat. Vielleicht fehlen wir ihm, das ist möglich. Aber das ist ein Phantomschmerz. Es gibt uns nicht. Nicht so, wie du uns in Erinnerung hast.«

»Er hat uns verraten.« Cattie schlang fröstelnd die Arme um ihren Oberkörper. »Und das war das Aus, für uns alle.«

»Wie denn verraten? Was hat er denn getan?«

Sie öffnete den Mund.

»Cattie.« Tom schüttelte den Kopf.

Sie schloss ihn wieder.

»Was?«, rief ich. »Wollt ihr nicht endlich mal mit der Sprache rausrücken?«

»Vielleicht erzählt Johnny es dir eines Tages. Es ist sein gutes Recht, das zu tun.« Tom schoss einen warnenden Blick auf Cattie ab. »Es betrifft nicht nur uns beide, sondern auch alle anderen. Ich habe nicht vor, hinter ihrem Rücken über sie zu reden.«

»Hinter ihrem Rücken«, wiederholte ich spöttisch. »Kriegst du immer noch nicht mit, in welchem Schlamassel wir hier sitzen? Wäre da nicht ein wenig Offenheit angebracht?«

»Vielleicht, wenn wir alle wieder vereint im Warmen sitzen. Aber nicht jetzt.«

»Und wenn es doch Johnny war? Wenn ich es mir nicht eingebildet habe, da oben jemanden zu sehen?«

»Dann werden wir uns noch früh genug begegnen. Ich würde sagen, wir konzentrieren uns jetzt auf unsere Aufgabe. Und die ist, dank Lana, das Umrunden dieses verdammten Felsens.«

Cattie nickte. »Okay. Dann los.«

Sie rutschte vorsichtig auf der anderen Seite des Felsbrockens hinunter und kam zwischen weiteren Hinkelsteinen und jeder Menge schmierigem Geröll auf. Die nächsten Minuten wanderten wir schweigend, weil der tückische Boden unsere gesamte Aufmerksamkeit beanspruchte. In mir tobten die verrücktesten Gefühle. Wut, Enttäuschung, Hoffnung. Wut, weil ich mir immer wieder an dieser Mauer des Schweigens den Kopf einrannte. Enttäuschung, weil es idiotisch gewesen war, vom Triumph über eine Flussdurchquerung auf so etwas wie frisch erwachten Kameradschaftsgeist zu schließen. Und Hoffnung … Hoffnung, weil jemand, an den ich als Letzten geglaubt hatte, plötzlich wieder aufgetaucht war. Es musste Johnny gewesen sein. So aberwitzig und weit hergeholt diese Vorstellung auch war, aber wer zum Teufel sollte sich sonst in dieses Gebiet bei diesem Wetter wagen?

Wir können uns so viel einreden.

Als ich ein Kind war und wir noch in L. lebten, in jenen glücklichen Jahren, bevor mein Vater als hochbezahlter Wanderarbeiter mit seiner Familie im Schlepptau das gesamte Programm der Entwurzelung durchzog, stand ich morgens stolz wie Nachbars Lumpi am Straßenrand. Ich musste nicht lange warten. Nach ein paar Minuten bog ein großes Auto mit vielen Sitzen um die Ecke. Der Fahrer sah mich dort stehen, ich lächelte ihn an, und dieses Lächeln erweichte sein Herz. Er hielt, die Türen öffneten sich, und ich stieg ein.

Es dauerte Tage, bis ich dahinterkam, dass es nicht mein Lächeln war, das ihn zu diesem Akt der Nächstenliebe bewogen hatte. Es war sein Job. Er fuhr den Schulbus.

Es ist mir im Laufe meines Lebens ein paar Mal gelungen, mir Dinge so lange einzureden, bis ich selbst daran geglaubt habe. Mit fünfzehn besuchte ich ein Konzert von den Sportfreunden Stiller. Und ich hatte das Gefühl, dass Peter Brugger, der Sänger mit der Gitarre, mich den ganzen Abend lang angesungen hatte. Ich war drei Monate lang völlig verschossen und wartete darauf, dass er endlich wieder in die Kreisstadt zurückkehren und nach dem Mädchen fragen würde, das damals in der vierundzwanzigsten Reihe der Stadthalle außen am Rand gestanden und ihn über den ganzen Saal hinweg verhext hatte. Leider kam Peter Brugger nie mehr nach L. Es gibt zumindest keine verbürgten Hinweise darauf, dass er noch einmal dort gesichtet worden wäre.

Oder: Als mein Vater zum ersten Mal nach der Scheidung wieder auftauchte, glaubte ich fest daran, dass meine Eltern wieder zusammenkämen. Der Bruch zwischen ihnen hatte mir den Boden unter den Füßen weggezogen. Ich wollte es nicht glauben. Selbst dann nicht, als in Frankfurt eine Marion auftauchte, die mein Dad als »gute Freundin« vorstellte. Sie sind seit vier Jahren verheiratet.

Ich hätte es also besser wissen müssen. Wann immer ich mir etwas so sehr gewünscht hatte, dass ich ohne jeden Beweis einfach nur glücklich war, weil es ja ganz sicher eintreten würde – immer dann war ich eines Besseren belehrt worden. Jetzt, aus dem Abstand heraus betrachtet, den die Zeit mit sich bringt, ist es natürlich leicht, in den Fehlern der Vergangenheit herumzubohren. Hilft es? Nein. Gönnen wir uns also noch diese paar Minuten. Glauben wir einfach daran, dass diese drei Menschen in einem abgeriegelten Naturschutzgebiet im böhmischen Kaiserwald ganz nah dran sind, den richtigen Weg zu finden. Und lassen wir die Lana, die ich damals war, noch an ein Wunder glauben. Oder an Johnny.

24

Endlich erreichten wir den Punkt des Felsens, der am weitesten in den See ragte. Wir hatten kaum noch Platz, vielleicht einen halben Meter. Unter uns türmten sich gewaltige Steine aufeinander, über uns hing das schmierige Gestein wie ein Damoklesschwert. Cattie bog um die Ecke und war verschwunden.

»Cattie? Warte!«, rief ich. Das Echo meines Rufs hallte über die Felswand und wurde vom Nebel verschluckt. »Cattie?«

Ich blieb stehen und stützte mich an dem nassen Felsen ab. Der Blick nach unten verbot sich einfach, aber dann riskierte ich ihn doch. Der Fluss schoss in den See. Es brodelte und schäumte, mitgerissene Büsche drehten sich, als wären sie Kreisel. Es war ein Anblick zum Fürchten. Meine Chucks fanden keinen richtigen Halt. Ständig rutschte ich ab und geriet zwischen die Steine. Ein falscher Schritt, eine falsche Bewegung, und es würde mich zehn Meter in die Tiefe reißen, direkt hinein ins aufgepeitschte Wasser. Oder ich würde auf dem Geröll am Ufer aufschlagen. Mir zitterten die Knie, langsam verließen mich die Kräfte.

»Alles in Ordnung?«, fragte Tom.

Ich nickte.

»Wo ist Cattie?«

»Sie ist ...«

Ein Schrei.

Ich fuhr zusammen. »Was war das? Cattie?« Ich griff nach Toms Arm.

»Cattie?«, rief er. »Komm zurück!«

Stille. Ich hörte seinen keuchenden Atem. Langsam tastete ich mit der freien Hand nach meinem Messer. Tom tat das Gleiche. Mit gezückten Waffen schlichen wir auf die Ecke zu. Tom zwängte sich an mir vorbei. Es waren kaum dreißig Zentimeter, die uns von einem Absturz trennten. Beim nächsten Schritt bröckelte es unter seinen Sohlen. Er lehnte sich mit dem ganzen Körper an die Felswand und schob sich, Schritt für Schritt, weiter vor. Und dann kam das Verderben.

Es begann mit einem gewaltigen Knall, wie ich ihn noch nie gehört hatte. Er rollte wie Donner vom Gipfel des Berges direkt in meinen Körper und dann weiter hinaus auf den See. Der Boden bebte unter meinen Füßen. Tom verlor das Gleichgewicht. Er rutschte einfach weg. Ich hörte seinen Schrei, und, bei allem was mir heilig ist, ich werde diesen Schrei nie in meinem Leben vergessen.

»Tom!«

Und dann packte mich etwas im Nacken und drückte mich in die Dunkelheit. Ich bekam keine Luft mehr. Als ob ich mit einem Mal lebendig begraben wäre. Meine Knie knickten ein, die Last auf meinen Schultern war nicht mehr zu ertragen. Ich verlor das Gleichgewicht und wurde mitgerissen, schlug auf, wirbelte um mich herum, blieb irgendwo hängen und hatte das Gefühl, jemand würde mir die Kleidung, die Haut, mein ganzes Bewusstsein vom Körper reißen. Dann wurde es nass. Ich bekam keine Luft, ruderte mit den Armen und dachte nur noch: Nein! Ich will nicht sterben!

Und wie durch ein Wunder fiel der Druck ab, ich konnte mich wieder bewegen und hatte Boden unter den Füßen. Um mich herum war es schwarz, und etwas zog und zerrte mich aus dem Schlamm, der mich gefangen hatte. Ich war im Wasser, ziemlich tief sogar, und ich hatte keine Ahnung, in welche Richtung ich getrieben wurde. Ein zweiter, furchtbarer Schlag traf meinen Rücken. Ich war gegen einen Felsbrocken geknallt. Der Sog wirbelte mit tausend Fangarmen um mich herum und wollte mich wegreißen, noch tiefer, noch weiter fort. Das dumpfe Grollen verklang, stattdessen dröhnte jetzt das Blut in meinen Ohren. Ich brauchte Luft, Luft! Sofort! Ich stieß mich von irgendetwas ab, kraulte, so schnell ich konnte, wusste, dass es gleich vorbei war, gleich, gleich ... und stieß durch die schäumende Gischt nach oben, zurück ans Licht und ins Leben.

Nach Atem ringend, hustend und spuckend, sah ich mich um. Eine Lawine aus Schlamm und Geröll hatte sich von der Spitze des Felsens in einem breiten Strom in den See ergossen. Von Cattie und Tom war nichts zu sehen. Mit aller Kraft kraulte ich los. Ich hatte keine Ahnung, wie ich es schaffte, ans Ufer zu kommen. Mein einziger Gedanke war: Raus, raus hier. Bloß weg. Das Wasser hatte eine braunrote

Farbe angenommen. Entwurzelte Bäume trieben an mir vorbei. Ich wusste, dass ich nur ein paar Minuten hatte, dann würde der Fluss sich einen neuen Weg gebahnt haben und die tödliche Strömung hätte mich wieder in ihrem Würgegriff. Mit letzter Kraft kam ich in die seichtere, felsige Uferregion. Auf allen vieren kroch ich auf einen Felsbrocken, ohne die scharfen Kanten zu spüren, ohne irgendein Schmerzempfinden, nur getrieben von dem einzigen Gedanken: Ich will nicht sterben.

Ich weiß nicht, ob ich ohnmächtig geworden bin. Wahrscheinlich war es so, denn das Nächste, woran ich mich erinnere, ist das Aufwachen. Ähnlich dem, wenn man nach einer ziemlich schweren Erkältung aus dem ersten tiefen Schlaf der Genesung wieder ins Bewusstsein tritt. Man blinzelt, merkt, dass irgendetwas nicht stimmt – vielleicht, weil man klatschnass durchgeschwitzt ist oder der Hals noch wehtut. Bei mir war es der ganze Körper, der sich anfühlte, als ob ich unter eine Dampfwalze geraten wäre. Ich konnte noch nicht einmal den Kopf heben. Ich lag auf dem Bauch und betrachtete meine rechte Hand. Blut und Dreck. Ich bewegte die Finger – nichts gebrochen. Dann versuchte ich, den Rest meines Körpers unter Kontrolle zu bekommen. Es musste eine Ewigkeit gedauert haben, bis ich mich endlich aufsetzen konnte.

Die Tasche war weg. Meine Kleider – nass und voller Schlamm. Die Jeans hatte einen Riss quer über dem Schienbein. Langsam färbte sich der Stoff rot. Mit zusammengebissenen Zähnen stellte ich fest, dass ich eine hässliche Schürfwunde am Bein hatte. Meine Arme waren zerkratzt, und meine Lippen fühlten sich an, als hätte mich ein Boxer voll auf der Zwölf erwischt. Ein Stück meines linken Schneidezahns war abgesplittert. Etwas lief warm über meine Wange, es war Blut, offenbar aus einer Kopfwunde, denn als ich dort herumtastete, stach ein beißender Schmerz senkrecht in meinen Körper. Mein Rücken fühlte sich an, als wäre er ein einziger blauer Fleck.

Dann sah ich, was passiert war.

Die Lawine hatte den gesamten Streckenabschnitt, auf dem wir unterwegs gewesen waren, unter sich begraben. Jeder Versuch, weiterzukommen, war aussichtslos. Der zweite Weg ins Tal war hiermit abgeschnitten.

Mit aller Kraft kam ich erst auf die Knie und dann, ganz langsam, auf die Beine. Ich schwankte, als hätte ich Catties gesamte heimliche Vorräte ausgetrunken. Neben jeder Menge Prellungen musste ich mir auch noch eine Gehirnerschütterung abgeholt haben. Aber ich lebte, ich hatte diese Naturkatastrophe überstanden. Mein Brustkorb schmerzte und ich keuchte beim Atmen. Erst, als ich ruhig stehen konnte, wurde mir bewusst, wie still es war.

»Cattie? Tom?«

Sie waren weg.

Aber das konnte nicht sein! Hektisch scannte ich das gesamte Ufer ab. »Hallo? Wo seid ihr?«

Ich war, zu meinem Unglück, mehr vor als hinter dem Abgang gelandet. Aber Cattie! Cattie war doch noch um die Ecke gebogen! Vielleicht hatte sie es auf die andere Seite geschafft!

»Cattie!«, schrie ich. »Wo bist du?«

Es war lebensgefährlich, sich auf die schlammige Rutschbahn zu begeben. Jederzeit konnte sich noch einmal eine Ladung in Bewegung setzen. Trotzdem versuchte ich es. Es war, als ob meine Gedanken zu Hammerschlägen geworden waren: Das kann nicht sein. Du schaffst das. Ich muss sie finden. Sie haben überlebt, genau wie ich. Das kann nicht sein. Du schaffst das. Ich muss sie finden. Sie haben überlebt ...

Eine breite Bahn von Geröll versperrte jede Möglichkeit, den Felsen zu umrunden und so auf die sichere Seite und den Weg ins Tal zu kommen. Bei jedem Schritt glitt der Boden schubkarrenweise unter mir weg. Ich konnte mir ausrechnen, wann ich wieder im Wasser landen würde. Und ob dann meine Kraft noch ausreichte, um es noch einmal zurück zu schaffen? Aber Vernunft ist nicht das, was einem in Momenten der Panik in einem ausreichenden Maß zur Verfügung steht. Ich landete immer wieder auf den Knien, kroch auf allen vieren weiter, wollte um diese Ecke, diese gottverdammte Ecke dieses gottverdammten Felsens in diesem gottverdammten Schlammloch, rutschte weg, schrie und strampelte mit den Beinen, um irgendwo Halt zu finden ...

... und sah etwas in dem Geröll. Eine Hand. Eine Uhr. Toms Uhr mit den Mondphasen.

»Tom!«, schrie ich. »Tom! Ich komme! Ich bin gleich da! Bleib ganz ruhig, hörst du? Ganz ruhig!«

Ich höre noch heute meine Stimme: gellend, sich überschlagend vor Angst und Schock. Der schiefe Boden unter mir geriet wieder ins Rutschen. Ein hastiger Blick nach oben verriet, dass die Statik dieses Haufens aus Stein und Erde alles andere als stabil war.

»Tom! Wach auf! Ich kann nicht so schnell. Du musst aufwachen, hörst du? Tom!«

Noch zwei Meter trennten uns. Nur zwei Meter! Da merkte ich, dass etwas nicht stimmte. Dass er nicht reagierte, war schon schlimm genug. Ich glaubte an eine Ohnmacht, oder dass er sämtliche Knochen gebrochen hätte, aber langsam, sehr langsam, geriet die Lawine erneut in Bewegung. Es begann unter uns und fühlte sich an, als wenn dir der Teppich, auf dem du gerade stehst, unter den Füßen weggezogen wird.

»Tom!«

Ich schrie; ich schrie, wie ich noch nie in meinem Leben geschrien hatte. Alles um mich herum verlor seinen Halt. In letzter Sekunde konnte ich mich an einem kleinen Baum festkrallen, den eine göttliche Fügung genau an dieser Stelle im Felsen verankert hatte und der, vorher begraben unter der tonnenschweren Last, plötzlich wieder zum Vorschein kam. Starr vor Schreck hing ich da, nichts weiter als ein Bündel schreiende Verzweiflung, während das gesamte Lawinenfeld sich vor meinen Augen auflöste. Ich sah, wie Toms Körper für einen kurzen Moment von der Last des Gerölls befreit war, und dass sein Kopf in einer unnatürlichen Haltung an seinem Körper hing. Es sah so aus, als ob er die Arme in die Luft werfen würde, wie ein letzter Gruß in meine Richtung, da hatte ihn der Abhang wieder verschluckt und mit in die Tiefe gezogen.

»Nein. Nein!« Ich biss mir in die Finger, um nicht wahnsinnig zu werden. Meine Füße hingen in der Luft und fanden nirgendwo Halt. Das Bäumchen neigte sich unter meinem Gewicht nach unten. Ich versuchte, so wenig wie möglich zu zappeln und dabei nicht den Verstand zu verlieren.

Tom war tot.

Die Lawine hatte ihn schon bei ihrem ersten Abgang erschlagen. Diese Erkenntnis traf mich mit so einer Wucht, dass ich nur noch schluchzen konnte. Ich weiß nicht, wie lange ich an der Felswand hing, irgendwo zwischen Leben und Tod, und mir das Desaster um mich herum mit tränenblinden Augen ansah. Ich weiß auch nicht mehr, wann diese irrsinnigen Explosionen von Verzweiflung in mir endlich wieder einen Funken Vernunft schlugen. Ich sah, wie der See sich beruhigte, nachdem er den halben Berg wie eine Mahlzeit verschluckt hatte und Büschel von zerfetzten Bäumen von seinem trägen Sog davongetragen wurden. Ich musste es mir laut vorsagen, dass es keine Chance mehr gab, zurück nach Karlsbad zu gelangen. Ich musste mir einhämmern, dass ich so vorsichtig wie möglich diesen verfluchten Weg, den *ich* vorgeschlagen hatte, zurückgehen musste. Ich hatte die Aufgabe ... und bei dieser Vorstellung brach ich innerlich zusammen und hing wie ein zitterndes, angeschossenes Tier an diesen kleinen, zarten Ästen ... ich hatte die Aufgabe, Siri und Franziska beizubringen, was mit Tom und Cattie passiert war. Dass das, was als kleine Wanderung begonnen hatte, in Wahrheit ein Himmelfahrtskommando gewesen war. Und ich, ich allein trug die Schuld.

Schuld ...

Es ist viel geschehen seither. Und wie ihr mittlerweile

gemerkt habt: Ich lebe noch. Aber mein Dasein ist seitdem gespalten. Es gibt das Vorher und das Nachher. Und dort, wo sich diese beiden Existenzen treffen, hänge ich an einem Baum über dem Abgrund und bin kurz davor, loszulassen. Sie sind mir so nah, jedes Mal, wenn dieser Moment wieder auftaucht, in dem mein Leben an einem seidenen Faden hing. Ich erinnere mich an Joshuas Umarmung in der Mitte des Sees, an Stephans spöttischen Blick im Kerzenlicht des Ballsaals, an Catties Freudenschrei nach der Überquerung des Flusses und an Toms anerkennenden Schlag auf meine Schulter. Sie sind bei mir, ganz plötzlich. Sie tauchen auf – völlig unerwartet. Es ist so, als wenn du nichtsahnend eine Straße überquerst und gerade noch in den Himmel siehst, ohne zu bemerken, dass drei Schritte weiter jemand den Gullideckel geklaut hat. Du fällst, ohne Vorwarnung. Du stürzt ins Bodenlose. Dein Magen sackt weg, dir wird schwarz vor Augen. Panik schnürt dir die Kehle zu. Du fühlst sie wieder, die Schuld, auch wenn alle sagen, dass sie dich nicht trifft. Dass jemand anderes für all das Grauen verantwortlich ist, aber das hilft dir nicht. Denn deine Schuld ist, dass du lebst und sie sind tot. Lass los, flüstert eine Stimme in dir. Lass einfach los und es ist vorüber …

Ich reiße die Augen auf und ringe nach Luft.

»Johnny!«, schreie ich. »Johnny!«

Aber ich bekomme keine Antwort.

25

Vorsichtig, ganz vorsichtig versuchte ich, mit den glatten Sohlen meiner Turnschuhe Halt an der Felswand zu finden. Zwischen mir und dem nächsten sicheren Felsen waren es etwa knapp drei Meter. Springen war ausgeschlossen, ich würde abrutschen und wie ein Pingpong-Ball von einem Vorsprung auf den nächsten fallen. Aber das Geröll konnte eine Chance sein. Direkt unter mir bedeckte es einen Teil unseres ehemaligen Weges wie eine instabile dicke Decke. Wenn ich den Aufprall etwas abmildern konnte und mich weiter rechts hielt, könnte es klappen. Es würde so sein, wie auf einem Haufen Eierbriketts zu laufen und schneller zu sein, als der Boden unter den Füßen nachgab.

Mit der rechten Hand hangelte ich nach einem winzigen Vorsprung, der unter meinen Fingern abbröckelte. Fluchend streckte ich mich noch weiter. Das Bäumchen löste sich langsam aus der Verankerung seiner Wurzeln. Wenn ich es jetzt nicht schaffte... Mein Fuß fand Halt! Eine winzige Kante, aber stabil genug, um mich einen halben Meter weiter zu tragen. Ich ließ die Äste los, klammerte mich an den Felsen und robbte immer weiter, bis die Kante brach. Ich rutschte ab. Meine Finger krallten sich noch in das weiche Gestein, aber es war sinnlos. Ich schlitterte immer schneller und kam knöcheltief im Geröll auf, das so gut wie keinen Halt bot. Hastig begann ich, gegen den Sog zu klettern. Dieser Kraftakt saugte die allerletzten Reserven aus meinen Muskeln und Knochen. Meine Lungen brannten. Verbissen arbeitete ich mich vorwärts – drei Schritte, zwei sackte ich wieder zurück. Es schien, als ob der Schutt ein Eigenleben entwickelte, um mich genauso zu verschlingen wie Cattie und Tom. Es riss mir die Beine weg, ich glitt nach unten, fand wieder Halt, kletterte weiter ... und erreichte mit letzter Kraft den Felsen, auf dem wir noch zu dritt gestanden hatten.

Der Fluss, aufgestaut durch den Lawinenabgang, brodelte in schlammigem Braun und suchte sich einen neuen Weg bergab. Ich hielt mich gar nicht erst damit auf, Atem zu schöpfen. Das Einzige, was mich noch vorantrieb, war Adrenalin. Und das musste ich bis zum Zusammenbruch ausnutzen.

Ich glitt von dem Felsen hinunter und stand hüfthoch im Wasser. Die Strömung war heftig, aber nicht stark genug, um mich mitzureißen. Ich watete ein Stück flussaufwärts, bis das Wasser niedriger wurde und ich mich mit Hilfe einer schräg stehenden Birke ans Ufer hangeln konnte. Auf Knien und Händen kroch ich weiter, bis ich mit einer letzten Kraftanstrengung wieder auf die Beine dieses zentnerschweren Körpers kam.

Schwer atmend sah ich mich um. Es war der Wald, durch den wir vor Kurzem gekommen waren. Tränen schossen mir in die Augen. Ich wusste, dass ich zusammenbrechen und keinen Schritt mehr weiterkommen würde, wenn ich mich diesen Gedanken überließ. Alles, was zählte, war, den Weg zurückzugehen.

Schritt für Schritt kämpfte ich mich voran. Als hätte ich Blei in den Schuhen. Als säßen zentnerschwere Trolle auf meinen Schultern.

Du schaffst es, hämmerte ich mir ein. Bis zu diesem Baum da vorne. Und bis zum nächsten. Und noch einer, noch einer ... Es tropfte von den Blättern, aber ich spürte es kaum. Erst als ich den Wald verließ und den Uferweg erreichte, begann ich zu frieren. Wahrscheinlich war es eine Nebenwirkung des Schocks, unter dem ich stand, denn der Wind war nicht wirklich kalt. Aber irgendwann konnte ich meine Finger nicht mehr bewegen und ich geriet ins Straucheln.

Du schaffst es. Nichts mehr wird so sein wie früher, aber das ist nicht der Moment, um sich darüber den Kopf zu zerbrechen. Du musst weitergehen, einen Fuß vor den anderen setzen. Irgendwann ist es vorbei. Vergiss die Schmerzen und den Schock, schiebe alles ganz weit von dir weg. Schließ es ein in einer Ecke deiner Erinnerung, die du in Zukunft weiträumig meiden wirst. Denke ans Jetzt, an diese Stunde, diese Minute, diese Sekunde.

Gab es eigentlich immer einen Knall, wenn sich eine Berglawine löste? Der Nebel hatte sich etwas gelichtet, sodass der Felsen auf der anderen Uferseite deutlich zu sehen war. Er trug eine riesige feuerrote Wunde, aus der das Geröll wie ein blutender Strom in den See abfiel. Wenn dort oben wirklich jemand gestanden hatte, dann war es auch für ihn ziemlich eng geworden.

Wenn es Johnny gewesen ist!, schoss es in mein Herz. Warum hatte ich in meiner höchsten Not so sehr an ihn gedacht? Die Nachricht allein konnte es nicht gewesen sein. Vielleicht waren wir uns tatsächlich nahe gewesen, so nahe, nur ein paar Höhenmeter voneinander getrennt. Aber warum hatte er auf die Rufe hin nicht geantwortet? Er musste die Katastrophe mitbekommen haben. Es sei denn, sie hätte ihn genauso verschlungen wie...

Weitergehen. Nicht daran denken. Einen Schritt vor den anderen. Du schaffst das. Es ist nicht mehr weit. Vielleicht noch eine halbe Stunde. Warum zieht sich der Weg so lange? Weil ihr losgezogen seid wie im Frühtau zu Berge und jetzt stolpert ein Zombie zurück zur schwarzen Mühle... Deine Idee. Deine Schuld. Hätten wir doch gleich den Weg hinter dem steinernen Hochzeitszug gesucht. Dann wären wir schon längst in Sicherheit, zurück auf dem Weg nach Hause, zurück in unsere normalen, durchschnittlichen Leben... Weg damit! Schließ es weg. Wirf den Schlüssel fort. Denk nicht daran...

Aber das ging nicht. Nicht hundertprozentig zumindest. Immer wieder brach ich zusammen und schluchzte los, als ob ich nie wieder aufhören würde. Ich weiß nicht, wie ich es schaffte, aufzustehen und weiterzulaufen. Als das Dickicht am Ufer sich lichtete und den Blick auf die Mühle freigab, hätte ich am liebsten kehrtgemacht und mich irgendwo in einer Höhle zum Sterben verkrochen. Ich war am Ende.

Sie stand so vertrauenerweckend und solide da. Das Haus aus dunklem Holz mit der Verjüngung des Daches und den gewaltigen Flügeln, von denen einer gebrochen war. Warum strahlen Mühlen eigentlich so etwas Gemütliches, Heimeliges aus? Ich hatte doch Krabat gelesen. Grimms Märchen. Die Bibel – Gottes Mühlen mahlen langsam ... Mühlen kamen in Geschichten selten gut weg. Und trotzdem hat sich Vertrauen in unser Herz gegraben. Die Mühle steht am Ufer zugefrorener Seen, auf denen die Menschen in altmodischen Kleidern Schlittschuh laufen. Sie grüßt in weiten Landschaften, ist Wegmarke und Wahrzeichen. Windmühlen, Wassermühlen, es klappert die Mühle am rauschenden Bach, klippklapp ... Kindheit? Ein Rest der guten alten Zeit, in der man noch begriff, wie die Dinge funktionierten? Der Bauer erntet das Korn. Der Müller mahlt Mehl. Der Bäcker backt das Brot. So einfach war das mal. Und mühsam, natürlich. Der frische Wind zerrte an den Wolken und riss sie hier und da auseinander – wahrscheinlich nur, um Platz zu schaffen für die nächste Ladung. Der Regen hatte schon lange aufgehört, aber die Luft war feucht und roch erstaunlich frisch nach grünem Holz, Farn und Moos.

Ich hatte Seitenstechen, aber eigentlich wollte ich mir nur noch einmal eine Pause gönnen, bevor ich Franziska und Siri gegenübertrat. Vor mir lagen die paar Meter vom See zum Haus. Ich stand ganz nah bei der Stelle, an der ich Joshua gesehen hatte, mit weit ausgebreiteten Armen, den Blick in den Himmel gerichtet. Einen hatte das Wasser mitgenommen. Zwei die Erde. Der dritte, Stephan, wenn ihm wirklich das zugestoßen war, was ich im Innersten befürchtete, dann war er in den Abgrund gestürzt. Luft. Hatten wir es mit einem dieser Serienkiller zu tun, die nach Bibelstellen, Sternkreiszeichen und ... Elementen mordeten? So etwas gab es im Kino und in Büchern, aber doch nicht im richtigen Leben. Was blieb denn dann noch? Feuer?

Ich holte tief Luft und wollte die letzten paar Schritte hinter mich bringen, als ein merkwürdiges Geräusch an meine Ohren drang. Ein Knarren, so laut, als würden Mammutbäume aneinanderreiben. Dann zerbrach etwas mit einem lauten Knall. Ich sah mich hektisch um. Woher kam das? Die Mühle! Es hörte sich an, als ob das alte Haus sich aufrichtete und alle Ketten sprengte. Als ob Dielen und Bretter auseinanderflögen und Nägel aus den Wänden schössen. Als ob es sich dehnen und recken würde, und dann, ganz langsam, begleitet von einem unwirklichen Stöhnen, setzten sich die Flügel in Bewegung.

Ich glaube, ich bekam den Mund nicht mehr zu. Wie in Zeitlupe, begleitet von lautem Knacken und Krachen, begannen sie sich zu drehen. Holz brach. Eisen schrie. Und dann nahmen die Flügel richtig Schwung auf und drehten sich im Wind. Ich rannte los.

Das ganze Haus schien zu beben. Ein Rauschen und Schwirren lag in der Luft, jedes Mal, wenn einer dieser riesigen Flügel vorüberraste. Ich blieb an der Ecke stehen und spähte vorsichtig in Richtung Haustür. Sie war geschlossen. Aber im Inneren des Hauses war ein Rumpeln zu hören. Wahrscheinlich hatte sich die ganze Mühle wieder in Betrieb gesetzt. Die Zahnräder, die Steine... Das würde den Tauben auf dem Mahlboden gar nicht gefallen...

Ein Schrei. Laut, hoch und angsterfüllt. Siri oder Franziska?

»Hilfe!«

Ich verließ mein Versteck und eilte zur Tür. Sie war verschlossen.

»Hilfe!« Hoch, laut. Todesangst.

Ich rüttelte an der Tür, klopfte, lauschte. »Siri? Franziska? Macht auf! Ich bin's, Lana!«

Nichts. Und dann schrie jemand in furchtbarer Panik. Ich rannte im Windschatten der Flügel zum Holzstapel. Die Axt. Wo war die Axt? Sie steckte noch in dem Holzblock, und wer sie da hineingerammt hatte, musste über Bärenkräfte verfügen. Zweimal setzte ich mich auf den Hosenboden, weil ich das Ding trotz aller Mühe nicht herausbekam. Endlich konnte ich sie lockern und nach weiteren kläglichen Anläufen hielt ich sie in der Hand.

Wer jetzt denkt, so eine Waffe gibt Sicherheit, den muss ich enttäuschen. Dir geht der Arsch auf Grundeis, um es mal so deutlich auszudrücken. Mit einer Pistole wird es nicht anders sein. Wir wissen, dass wir damit töten können. Nach meiner Erfahrung verstärkt so eine Erkenntnis nicht das Sicherheitsgefühl, sondern untergräbt es gewaltig. Ich kann töten. Aber werde ich es tun? Will ich es auch? Zuallererst musste ich in die Mühle eindringen, egal auf welche Weise.

»Ich breche die Tür auf! Hört ihr mich? Wo seid ihr?«

Die Axt blieb schon beim ersten Schlag im Holz stecken. Mühsam zog ich sie wieder heraus und setzte näher am Schloss an.

»Siri! Franziska!«

»Hilfe!« Der Ruf kam von weit her, irgendwo aus dem Haus.

Über mir drehten sich die Flügel mit einem ohrenbetäubenden Lärm. Wieder holte ich aus, schlug zu, und zog mit zusammengebissenen Zähnen das Eisen aus den splitternden Brettern. Zwischendurch warf ich mich dagegen, aber das war sinnlos. Die Tür öffnete sich nach außen. Bis ich auf die Idee kam, es durchs Fenster zu versuchen, waren kostbare Minuten verloren.

Ich stellte mich seitlich an die Hauswand, um nicht von herumfliegenden Splittern getroffen zu werden, und schlug mit der Axt die Scheibe ein. Mit dem breiten Teil der Klinge entfernte ich so schnell wie möglich die scharfen Glaskanten und stellte sie, an die Hauswand gelehnt, ab. Dann gelang es mir, von innen den Hebel zu bewegen und das Fenster zu öffnen.

Das Wohnzimmer war leer. Auf dem Couchtisch standen die Reste einer Mahlzeit, dazu Gläser und Geschirr. Ein Teller lag zerbrochen auf dem Boden, der Brotkorb musste quer durch den Raum gerollt sein. Es sah nach einem kurzen Kampf ohne heftige Gegenwehr aus. Alles in mir schrie: Nicht Siri! Nicht Franziska!

»Wo seid ihr?«

»Hier! Hier oben!«

Es war Franziska. Ich raste die enge Treppe hoch, erreichte den Mahlboden und sah etwas, das sich mir wie ein Tattoo in die Seele stechen sollte: Franziska hing an einer Eisenkette, an deren letztem Glied ein schwerer, riesiger Karabinerhaken. Ihre Hände waren mit einem Seil gefesselt, in das der Haken eingeklinkt war. Mit letzter Kraft klammerte sie sich daran fest. Ihre Füße suchten Halt in den schrägen Innenwänden eines hölzernen Trichters, aber dort würden sie unweigerlich abrutschen und in die Mahlsteine geraten. Ich rannte zu ihr, aber schon beim ersten Versuch war klar, dass ich es nicht schaffen würde, sie zu erreichen.

»Ich hole einen Stuhl!«

»Nein!«, schrie sie. »Hilf mir! Bitte, bitte hilf mir!«

Erst jetzt sah ich, dass der Haken eine Vorrichtung hatte, mit der die Last ausgeklinkt werden konnte. Ihre gefesselten Hände waren schon tiefrot angelaufen. Der Täter hatte sie einfach an diesen Fesseln aufgehängt.

»Ich muss irgendwo raufklettern.«

»Da hinten!« Franziska keuchte vor Anstrengung. »Da steht ein Hocker!«

Wieder versuchte sie, mit den Füßen den Rand des Trichters zu erreichen, vergeblich. Ich hastete in die dunkle Ecke. Ein dreibeiniger, wackeliger Holzschemel stand dort, der schon beim Ansehen beinahe auseinanderbrach. Egal. Zurück zu Franziska. Hocker aufstellen, raufklettern. Über den Trichter hängen. Nach ihren Beinen greifen. Ein Blick in das dunkle Loch ließ mich zusammenfahren. Es war eine Todesfalle, in die sie hineingeraten war. Mit ausgestreckten Armen kam ich bis auf eine Handlänge an sie heran.

»Komm her!«, rief ich. »Ich schaffe es nicht.«

Voller Angst sah sie nach oben. Noch hielt der Haken. Dabei strampelte sie mit den Beinen und versuchte, Schwung zu holen, um mir näher zu kommen.

»Lana, mach schon!«

»Ich versuche es ja!« Ich musste husten. Staub und Mehl wirbelten. »Noch ein Stück!«

»Ich schaffe es nicht«, wimmerte sie und unternahm einen

neuen, kraftlosen Anlauf. Wenn sie in den Trichter fallen und zwischen die Steine geraten würde ... Ich beugte mich so weit vor, dass ich fast glaubte, die hölzerne Kante würde mich gleich in zwei Stücke schneiden.

»Nicht aufgeben, Franziska. Nochmal!« Ich erwischte ihren Knöchel und zog sie zu mir herüber.

»Es reicht nicht! Ich komme nicht an die Wand!«

Es war aussichtslos. Wie sollte ich sie vom Haken bekommen? Er hing an einer schweren Eisenkette und die endete unter dem Dach an einer Art Kranmast. Wir brauchten Zeit, Zeit ...

»Warte.« Ich stieg von dem Schemel.

»Was? Was machst du? Siehst du nicht, was er vorhat? Lana! Hilf mir! Bitte, bitte geh nicht weg! Ich rutsche immer tiefer!«

»Ich gehe nicht weg!«, herrschte ich sie an. Fieberhaft sah ich mich um. »Bleib ruhig. Ich suche eine andere Lösung.«

Die Ecke, in der der Schemel gestanden hatte, lag auf der anderen Seite des Raumes, und so genau hatte ich sie mir nie angesehen. Auch der Mechanik hatte ich bei meinem ersten Besuch auf dem Mahlboden keinen Blick geschenkt. Das riesige, drei Meter breite, hölzerne Zahnrad bewegte sich. Auf den Zacken lag ein kleineres Rad auf, und das übertrug die Windkraft auf die Mahlsteine. Beide drehten sich gemächlich und waren für den Krach hier oben verantwortlich.

Ich bin kein Müller. Und ich habe keine Ahnung, wie man eine Windmühle bedient. Aber Maschinen sind Dinge, die man in Betrieb nimmt und auch wieder ausschaltet. Irgendwo musste es eine Möglichkeit geben, dieses mörderische

Teil anzuhalten, bevor es Franziska... Weiter wollte ich nicht denken.

»Lana!« Ihr Schrei gellte in meinen Ohren.

»Gleich!«

Die Lage war mit beschissen fast noch liebevoll umschrieben. Was hatte dieser Typ vor? Irgendwann würde sich die Last ausklinken, da war ich mir sicher. Es war ein mieser, dreckiger Tod, den sich ein Wahnsinniger ausgedacht hatte. Aber auch hinter Wahnsinn steckt Methode. Wann würde sich der Haken öffnen? Konnte man diesen Mechanismus anhalten?

»Lana!«

»Ruhe! Bleib ruhig.«

»Kann ich nicht!«

»Ich suche nach der Bremse! Oder nach etwas, das diesen Kran da oben bewegen kann.«

Holzgebälk, eine Kurbel, gespannte Ketten, Keile. Keile! In der Ecke lagen sie. Einen halben Meter lang und an der dicken Stelle gut dreißig Zentimeter breit. Und von einem mörderischen Gewicht. Ich war so am Ende, dass ich es kaum schaffte, einen aufzuheben.

»Was machst du da? Wo bist du?«

»Ich hab was gefunden!«

Die Ketten wurden über ein weiteres Zahnrad geführt und bewegten sich langsam, Glied um Glied. Wieder ein Schrei. Ich fuhr herum.

»Es geht immer tiefer!« Verzweifelt sah Franziska hinunter in den Trichter. »Ich kann nicht mehr! Meine Füße berühren schon fast den oberen Stein!«

»Du musst durchhalten!« Mir wurde fast schwarz vor Augen, als ich mich zu dem Keil beugte und mich mit der Last wieder aufrichtete. Das war es also. Das hatte sich dieser kranke Geist ausgedacht. Der Haken wurde nicht ausgeklinkt, stattdessen ließ die Kette Franziska Zentimeter um Zentimeter weiter nach unten sinken.

Ich wuchtete den Keil auf das untere, große Zahnrad und sprang zurück. Es drehte sich weiter, langsam, tödlich, und mit einem fürchterlichen Krachen zermalmte es den Keil, rumpelte, das ganze Haus schien zu zittern, aber das Rad hielt nicht an.

»Lana!« Franziskas Ruf wurde zu einem Kreischen. »Ich kann nicht mehr! Tu was, ich flehe dich an, tu was!«

»Ja!« Ich war heiser von der Brüllerei, denn der Lärm war ohrenbetäubend.

Also kein Keil. Was dann? Wo war diese verfluchte Bremse? Ich quetschte mich um einen Balken herum auf die andere Seite des riesigen Zahnrades, stolperte über eine Kette und landete unter der Dachschräge in einer Wolke aus Staub und Taubendreck. Der ganze Mahlboden zitterte. Franziskas Schreie wurden leiser, sie hatte keine Kraft mehr. Hustend und spuckend richtete ich mich auf. Die Kette gehörte zu einem Pflock, der aus seiner Verankerung gehoben worden war. Ich nahm die Glieder in die Hand und folgte dem Verlauf. Er führte unter das Zahnrad. Kaum zu erkennen in der Dunkelheit waren mehrere hölzerne Bremsklötze, die durch einen weiteren Balken betätigt werden konnten.

»Ich hab was gefunden!«, schrie ich.

Unter Aufbietung all meiner Kräfte hob ich den Pflock

zurück in die Verankerung. Er ragte auf der freien Seite fast einehalb Meter in den Raum. Wie betätigte man so ein Ding? Vielleicht funktionierte es wie eine Schaukel – oder wie eine Fahrradbremse. Auf der einen Seite musste das Holz hinuntergedrückt werden, damit es auf der anderen Seite die Bremsklötze an das Zahnrad drücken konnte. Ich versuchte es, wieder und wieder, nichts passierte. Schließlich hängte ich mich mit all meinem Gewicht über den Pflock, und wie bei einer Wippe auf dem Spielplatz, wenn beide Kinder gleich schwer sind, das eine aber ein wenig weiter hinten sitzt, senkte sich das Teil.

»Ja!«, schrie ich. »Du verdammtes Mistding! Beweg dich! Mach schon! Los!«

Es gab einen so gewaltigen Ruck, dass ich von dem Pflock geschleudert wurde. Franziska rutschte eine Handbreit tiefer, begleitet von ihrem verzweifelten Aufschrei.

»Was tust du?«

»Ich halte diese gottverdammte Mühle an!«, schrie ich zurück.

Ich war auf dem richtigen Weg, aber ich musste schwerer werden, viel schwerer ... Ein Gewicht! Der Bremsbalken allein reichte nicht. Ich sprang auf und untersuchte ihn. Er hatte eine Vorrichtung am Ende, in die man etwas einhängen konnte. Aber was?

»Lanaaaaa!«

Und da sah ich sie: mehrere uralte, angerostete Eisengewichte. Sie sahen aus wie die Riesenversion dieser Kilo- und Gramm-Taler, mit denen man früher die Waren abgewogen hatte. Mir standen fünf, zehn und zwanzig Kilo zur

Verfügung. Die zwanzig müssten reichen, auch wenn ich sie kaum vom Boden hochbekam. Ich schleppte das schwerste Eisengewicht unter den Balken und wuchtete es dann in die Höhe. Meine Arme zitterten, die Muskeln brannten wie Feuer. Zweimal gelang es mir nicht, das Gewicht einzuhängen, einmal fiel es mir aus den Händen und krachte auf den Boden. Das hölzerne Knarren des Zahnrades, das Rauschen der Windmühlenflügel und Franziskas Schreie vermischten sich in meinen Ohren zu einem Höllensoundtrack.

Nicht aufgeben!, schrie ich mir zu. Du schaffst das! Mach weiter, sonst passiert etwas Unvorstellbares! Ich sah Sterne vor meinen Augen, wirklich! Zuckende Blitze, als ob alles in mir explodieren würde. Adrenalin raste durch die Adern und peitschte den Schmerz und die Wut auf zu einem letzten, einem allerletzten Versuch. Kraft sammeln. Luft holen. Nicht umkippen. Jetzt. Hoch damit. Meine Arme zitterten, als stünde ich unter Strom. Die Öse in den Haken. Gleich. Noch zwei Zentimeter. Verflucht! Abgerutscht. Noch mal. Hepp. Los. Tu es. Tu es. Tu es! Und – drin!!!!

»Lana!!!!«

Keine Zeit zum Atem schöpfen. Wieder lehnte ich mich über den Balken. Erst dachte ich, alle Mühe wäre umsonst gewesen. Aber dann sank er, Zentimeter für Zentimeter. Das Zahnrad antwortete wieder mit seinem grausamen Knirschen, es gab einen gewaltigen Ruck, die Mauern zitterten, der Boden bebte, und ... Stille.

Stille.

»Ich hab's gleich!«, rief ich und wagte kaum, in Franziskas Richtung zu blicken.

»Mach schnell. Bitte bitte bitte!«

Vorsichtig rutschte ich von dem Balken herunter. Reichte das? Konnten sich die Klötze nicht jederzeit wieder lösen? Als ob der Bremsbalken ein lebendiges Ding wäre, trat ich mit erhobenen Händen, bereit, sofort wieder auf ihn draufzuspringen, von ihm weg. Er blieb in seiner Position. Das Rauschen draußen hatte aufgehört, aber dafür kam ein neuer, noch unheilvollerer Ton: eine Art jammerndes Klagen. So ähnlich wie eine alte, verzogene Schranktür, nur zehn Mal lauter. Es hörte sich an, als ob ein gewaltiger hölzerner Bogen gedehnt wurde, der sich wehrte gegen diese Überbeanspruchung, der kurz vorm Zersplittern war, und ich ahnte, dass die gesamte Konstruktion nicht darauf ausgelegt war, auf diese Weise quasi von Hundert auf Null abgewürgt zu werden. Egal. Ich musste Franziska retten, die mit einem Mal still geworden war. Keuchend arbeitete ich mich aus der Ecke hervor und lief zu ihr. Als ich sie sah, blieb mir fast das Herz stehen: Sie war bis zum Hals in dem Trichter verschwunden. Aber ... sie lächelte! Schüchtern und ungläubig, als wäre gerade ein Wunder geschehen. Franziska stand. Die Arme immer noch hoch über ihr an den Haken gefesselt, aber sie stand. Ihre Zehenspitzen berührten den oberen Mühlstein. Tränen rannen ihr übers Gesicht.

»Du hast es geschafft. Oh, Lana, ich dachte, ich müsste sterben!«

»Kannst du da raus?«

Sie hob die Beine, versuchte, an den Wänden Halt zu finden, aber sie waren von unzähligen Säcken Getreide blank poliert worden. Und Franziska fehlte die Kraft, sich weiter hochzuziehen. Sie hing immer noch an der Kette, und es gab keine Möglichkeit, sie zu befreien.

»Es geht nicht!«, rief sie. Die Verzweiflung kam wieder. »Lana, ich schaffe es nicht!«

»Wir müssen uns beeilen. Ich habe keine Ahnung, wie lange wir Zeit haben. Ich hole ein Messer und schneide dich los. Okay?«

Sie nickte hastig.

Ich raste die Treppe hinunter, quer durchs Wohnzimmer in die Küche. In fliegender Eile griff ich mir eines der kleinen Küchenmesser – größere waren nicht zu finden, wahrscheinlich hatten wir sie alle mitgenommen, und wollte gerade wieder den Raum verlassen, als ich ein mindestens genauso alarmierendes Geräusch wie das oben auf dem Mahlboden hörte. Das Quietschen einer Türangel. Mit gezücktem Messer schlich ich mich ins Wohnzimmer. Nichts schien verändert. Nur durch die Eingangstür kam jetzt Licht, weil ich mit der Axt einige ziemlich böse aussehende Löcher hineingetrieben hatte.

Ich blieb stehen und versuchte, meinen völlig außer Kontrolle geratenen Atem zu beruhigen. Woher war dieses Geräusch gekommen? Was konnte in diesem Raum so klingen wie eine schlecht geölte Tür? So leise es ging, näherte ich mich dem Badezimmer und drückte die Klinke hinunter. Der Raum war leer. Es gab keine weitere Möglichkeit, denn als ich in der Küche gewesen war, hatte ich mich natürlich nicht eingeschlossen.

»Lana?«

»Ich komme gleich!«

»Nicht gleich, jetzt! Ich glaube, die Bremsen halten nicht! Es knirscht so komisch da hinten ... Komm, bitte!«

»Auf dem Weg!«

Das Wohnzimmer musste warten. Ich lief die Treppe hinauf, aber die ganze Zeit saß mir ein seltsames, ungutes Gefühl im Nacken. Als ob ich beobachtet würde. Als ob wir nicht alleine wären. Ich hatte es geahnt: Irgendwo lauerte er. Gut getarnt, bestens versteckt. All das hier war ein Katz-und-Maus-Spiel, zu dem er uns eingeladen hatte und dem wir, dämlich und naiv, einfach ohne nachzudenken, gefolgt waren.

»Lana!«, schrie Franziska.

Aus der Ecke des Mahlbodens klang ein unheilverkündendes Knirschen. Ich kletterte erst auf den Hocker, dann auf die Oberkante des Trichters, verlor die Balance und ließ mich in Richtung Kette hineinfallen. Mit beiden Händen hielt ich mich fest. Franziska stemmte sich mit ihrem Gewicht gegen meines, und während ich über dem Trichter hing und erst das Messer aus meinem Hosenbund nesteln musste und dann an dem Seil herumsäbelte, splitterte Holz.

»Mach schneller!«

»Ich tue, was ich kann! Halt still!«

»Der Stein bewegt sich wieder! Lana!«

Ich konnte mich kaum noch halten. Endlich zerfaserte der Strick, mit dem ihre Handgelenke gefesselt waren, den Rest erledigte Franziskas Gewicht. Er riss. Die Kette verlor den Widerstand und ich den Halt. Mit einem Schrei baumelte ich über Franziska und dem Trichter.

»Bist du irre?«, schrie sie mich an. Der Stein unter ihren Füßen bewegte sich wieder schneller.

»Gib mir Schwung! Los!«

Sie gab mir einen Schubs, der eine Mischung aus Hilfe, Wut und Verzweiflung war, denn er tat ziemlich weh. Aber er beförderte mich zurück zum Trichterrand. Da hing ich nun, an einer Eisenkette, und hatte keine Chance, irgendetwas an dieser Situation zu ändern.

»Hilf mir!«

»Wie denn? Das ganze Ding geht wieder los!«

Die Holzwände verjüngten sich nach unten zu einer Öffnung, die keinen halben Meter im Durchmesser war. Mit Entsetzen sah ich, dass der Mahlstein begann, sich ruckartig weiterzubewegen, begleitet vom grässlichen Splittern der Bremsklötze in den hölzernen Zahnrädern.

»Du musst mich über den Rand schieben«, keuchte ich. »Lange kann ich mich nicht mehr festhalten. Es ist keinem geholfen, wenn ich zu dir in den Trichter falle!«

»Wie denn?«

»Tu es einfach!«

Sie schob von unten, und endlich kam ich mit den Knien nach hinten über die Kante. »Ich muss loslassen! Kannst du mich halten und zurückschieben?«

»Ich weiß nicht! Oh Gott, das wird immer schneller! Ich falle gleich hin!«

»Das tust du nicht!« Ich schluckte, denn ich merkte selbst, dass meine Stimme sich langsam hysterisch anhörte. »Halte mich! Jetzt!«

Ich spürte ihre Hände im Rücken und ließ los. Fluchend

und keuchend gelang es uns, mich zurück über den Rand zu befördern. Kaum stand ich wieder auf dem Schemel, zerriss etwas.

Ich kann es nicht anders beschreiben. Der Bogen riss. Das Holz zersplitterte. Mit einem Ruck, der das ganze Haus in seinen Grundfesten beben ließ, flogen uns die Bremsklötze um die Ohren. Nicht wortwörtlich, aber in der hinteren Ecke des Raumes brach die Hölle los. Die Klötze ratterten noch über das Zahnrad, das seine Kraft von den Windmühlenflügeln bekam und begann, sich wieder zu drehen. Aber sie konnten es nicht mehr aufhalten. Einer nach dem anderen löste sich wie ein Geschoss und knalle irgendwo an die Decke. Es war ein Inferno. Und das Schlimmste war Franziskas Schrei. Ihr entsetztes Gesicht, als sie bemerkte, was geschah. Ich beugte mich über die Kante und griff nach ihren Armen, die sie mir hilfesuchend entgegenstreckte.

Sie glitt immer wieder von der Trichterwand ab. Ich schrie sie an. Erst verlor sie ihre Schuhe, dann gelang es ihr, sich barfuß einen halben Meter nach oben zu arbeiten.

»Weiter! Du schaffst das!«

Ihr Gewicht wurde zu Blei. Es war die Todesangst, die uns beide anfiel wie eine Meute wütender, ausgehungerter Hunde.

»Ich kann nicht mehr!«

Das unheimliche Beben und Rauschen begann von Neuem. Die Flügel arbeiteten wieder. Langsam zunächst, aber in Kürze hätten sie ihre volle Drehzahl wieder erreicht.

»Du kannst!«, brüllte ich gegen den Lärm. Ich zog sie

hoch, aber sie schaffte es nicht. Sie glitt mir aus den Händen und fiel. »Du schaffst das!«

»Nein!«

Ich schnappte nach ihr, aber ich erreichte sie nicht. »Du wirst jetzt nicht aufgeben. Hörst du mich? Du gibst nicht auf!«

Ich beugte mich noch weiter vor und griff nach ihrem Schopf. Der Zug an ihren dichten Locken war so fest, dass sie instinktiv aufschrie und die Hände hob, um mich abzuwehren. Schon hatte ich sie gepackt.

»Los jetzt! Oder willst du sterben? Willst du das?«

»Nein!!!!«

»Nochmal! Das ist deine letzte Chance! Franziska!«

Ich zog und zerrte und sie schaffte zwei Schritte, drei Schritte … Ich konnte sie unter die Arme greifen und spürte die letzte Kraft, mit der sie sich aufbäumte gegen das, was unter ihren Füßen mahlte und mahlte und mahlte … und zog sie hoch über die Trichterkante.

Wir fielen beide auf den Boden. Da blieben wir liegen, zitternd, heulend, ungläubig, dass wir das geschafft hatten. Wir nahmen uns nicht in den Arm. Wir sahen uns noch nicht einmal an. Wir hörten nur das Schluchzen und Wimmern des anderen und konnten kaum fassen, welcher Ungeheuerlichkeit wir da im letzten Moment entronnen waren.

Endlich setzte ich mich auf. Mein ganzer Körper zitterte wie Espenlaub, ich konnte kaum die Arme kontrollieren, die ich wie Schraubzwingen um meine hochgezogenen, schlotternden Knie legte.

»Wie bist du da reingekommen?«

Franziska lag zusammengekrümmt auf der Seite. Ich konnte ihr Gesicht nicht sehen, nur ihren bebenden Rücken. »Ich... Ich w-weiß es nicht«, schluchzte sie. Ihre nackten Füße waren zerschrammt und blutig.

Ich fühlte mich, als hätte ich gerade einen vorüberfahrenden Lkw frontal geküsst.

»Ich... Ich war im Wohnzimmer, auf der Couch. Siri wollte was zum Essen holen. Sie ist in die K-K...« Franziska konnte nicht mehr weitersprechen.

Ich beugte mich zu ihr hinab. »In die Küche? Siri ist in die Küche gegangen?«

»J-ja. Ich ha-hab versucht, Empfang mit meinem Handy zu kriegen. Aus... aussichtslos, der Akku war alle. Dann kam Siri zurück, und ich sehe hoch, und sie guckt zu mir, aber mit einem Ausdruck im Gesicht, als ob etwas ganz und gar nicht stimmt. Dann schreit sie und lässt das Tablett fallen. Ich will aufstehen, da explodiert alles.« Sie griff in ihre dichten Haare und zog die Hand mit einem scharfen Einatmen sofort wieder zurück. »Eine Riesen-Beule, schätze ich. Mir hat jemand ordentlich was übergebraten.«

Die Striemen von den Fesseln waren ebenfalls deutlich zu sehen. Franziska war übersät mit Schürfwunden und Prellungen.

»Ich muss dich verarzten.«

»Ja«, sagte sie tonlos.

»Wo ist Siri?«

»Ich weiß es nicht.« Sie holte tief Luft, und ich wusste, was ihre nächste Frage war. »Und Cattie und Tom? Wo sind die?«

26

Wir saßen in der Küche, zwei Überlebende, die sich nicht gerade eine große Hilfe waren. Ich hatte Franziskas Wunden desinfiziert und mich dann erst einmal unter die Dusche gestellt. Meine Hände sahen aus, als hätte ich Stacheldraht zu Körbchen geflochten. Die Schramme an meinem Bein musste ich unbedingt reinigen, das Knie puckerte rot und geschwollen. Quer über mein Gesicht verliefen mehrere Kratzer. Der abgebrochene Zahn hatte mir die Unterlippe aufgeschlitzt. Als das Wasser auf meinen Körper traf, musste ich die Zähne zusammenbeißen, um nicht aufzuschreien. Alles tat weh. Ich rutschte die Wand entlang hinunter in die Duschwanne und blieb dort zusammengekauert eine Viertelstunde unter dem Duschstrahl sitzen.

Irgendwann zog Franziska den Vorhang zur Seite und reichte mir stumm ein Badetuch. Sie half mir auf, weil meine Beine mich nicht mehr tragen wollten. Dann flößte sie mir ein halbes Glas Rum ein, und bei dem Gedanken, wer diese Flasche als Letzte vor uns in der Hand gehabt hatte, konnte ich mich kaum noch beherrschen.

»Heul ruhig.« Franziska zog einen weiteren Stuhl heran

und legte auf ihm mit einem Stöhnen ihre Beine ab. Ihre Augen waren rot und verquollen. »Das habe ich auch die ganze Zeit gemacht, die du in der Dusche warst.«

»Ist schon okay.« Mit einem Stück Küchenkrepp putzte ich mir die Nase. »Dafür ist später noch Zeit genug. Erklär mir bitte, warum dich jemand umbringen wollte. Und das auch noch auf so eine fiese, unterirdische Art.«

»Ich weiß es nicht. Ich habe keinen blassen Schimmer.«

»Aber irgendwo muss es doch einen Grund für all das geben! Stephans Verschwinden. Joshuas Tod im See. Und Cattie und Tom ...«

»Was ist mit ihnen passiert?«

Ich wollte etwas sagen, aber kein Wort kam über meine Lippen. Die Erinnerung schnürte mir die Kehle zu.

»Sag es. Lana! Du musst darüber reden.«

»Ich ... Ich kann nicht.«

»War es so schlimm?« Ihre Hand wollte mich berühren, aber ich zuckte zurück. »Schlimmer als ... als die Sache auf dem Mahlboden?«

»Nein. Ja! Anders. Es gab eine Lawine. Ich weiß nicht, was sie ausgelöst hat. Vielleicht der Regen, den das Gestein aufgesaugt hat. Oder ... Es hat einen Knall gegeben, kurz davor. Und ich habe jemanden gesehen, oben auf dem Berg.«

»Wen?«

Johnny, flüsterte eine Stimme in mir. Aber ich schaffte es nicht, seinen Namen zu sagen.

»Er war groß, düster und ... und hager, glaube ich. Mehr konnte ich nicht erkennen. Ein paar Augenblicke später war die Hölle los. Der ganze Berg kam runter und stürzte in den See. Ich habe Tom ... Ich habe ihn ...«

Jetzt war das Weinen nicht mehr aufzuhalten. Franziska zog mich in die Arme und streichelte mir über den Kopf. Wir saßen eine Weile so da, zu schwach, um uns Halt zu geben, und trotzdem froh, nicht allein zu sein.

»Er ist tot«, sagte ich schließlich und befreite mich aus ihrem liebevoll gemeinten Trost. »Cattie auch. Sie war gerade um die Ecke gegangen und muss eigentlich direkt in die Mitte des Abgangs gekommen sein.«

»Da war ein Knall, sagst du?«

Ich nickte.

»Könnte es eine Explosion gewesen sein?«

»Das ist mir auch schon durch den Kopf gegangen. Normalerweise denkt kein Mensch an so was, aber nach allem, was passiert ist? Hast du eine Ahnung, wo Siri sein könnte?«

Mit zusammengebissenen Zähnen stellte Franziska erst den einen, dann den anderen Fuß auf den Boden. »Nein. Ich bin da oben wieder zu mir gekommen, aufgehängt wie ein Hering zum Trocknen, und da hat die Mühle gerade angefangen, wieder zu arbeiten. Am Anfang war noch ein Meter Platz bis zu den Steinen, aber von Minute zu Minute ist diese Eisenkette ein Glied weitergerutscht. Was für eine perverse Technik!«

»Kannst du aufstehen?«

Sie versuchte es. Gemeinsam humpelten wir zurück ins Wohnzimmer. Ich hob das Tablett hoch und sammelte die Scherben samt den Überresten des Kuchens auf. Nicht, weil ich diesem Teufel in Menschengestalt auch noch das Haus aufräumen wollte, bewahre. Aber Franziska trug jetzt auch keine Schuhe mehr, meine Chucks hatten Löcher, und wir waren gut beraten, wenn wir unseren Verletzungen nicht auch noch einige selbst verschuldete hinzufügten.

Als ich zurückkam, lag sie auf dem Sofa und starrte an die Decke. Ihre Klamotten waren mittlerweile genauso dreckig, blutverschmiert und durchgeschwitzt wie meine. Ich wünschte mir, dass ich etwas zum Wechseln dabei hätte. Catties Bettbezugsversion wies ich innerlich von mir.

»Es muss eine Tür geben.« Langsam schritt ich die holzverkleideten Wände ab und berührte sie hier und da. »Eine Geheimtür. Ich habe etwas gehört, bevor ich wieder zu dir hoch bin.«

Mit gerunzelter Stirn verfolgte Franziska meinen Rundgang. »Eine Tür? Aber wir haben doch schon alles abgesucht. Sogar unter den Teppichen haben wir nachgesehen.«

»Dann ist sie eben verdammt gut versteckt. Gibt es irgendwo eine Leiter?«

»Nicht hier drin. Vielleicht beim Brennholz.«

Ich lugte durch das zerschmetterte Fenster nach draußen. Das Grau des Himmels verdüsterte sich. Bald würde die Dämmerung herabfallen und dann wurde es Nacht. Und wir waren allein in diesem Haus mit einem geisteskranken Mörder.

»Ich sehe nach.«

Ihr »Nein!« war voller Angst.

»Ich komme wieder. Da ist keiner. Die Gefahr lauert hier drinnen.«

Genau dort, wo wir Schutz suchten.

»Was willst du mit einer Leiter?«

Ich legte den Finger auf die Lippen zum Zeichen, dass ich nicht reden wollte. Es waren Kameras und Mikrofone versteckt, das konnte gar nicht anders sein. Nur so war es dem Irren möglich gewesen, uns zu beobachten. Ich wollte sie finden. Auch wenn es ein fast aussichtsloses Unterfangen war – er sollte wissen, dass wir uns wehren würden. Ab jetzt war keiner mehr unvorbereitet. Ab jetzt galt das Recht des Überlebenden.

»Bis gleich!«

»Lana? Lana!«

Ich verließ das Haus und fuhr augenblicklich fröstelnd zusammen. Der Wind erschien mir doppelt so kalt wie zuvor. Wahrscheinlich lag es an der langen, heißen Dusche und der völligen Erschöpfung, die immer noch ihren Tribut forderte. Die Mühlenflügel rauschten vorüber, gleichmäßig, fast majestätisch. Ich erinnerte mich daran, dass ich irgendwo einmal von einem Mühlenalphabet gelesen hatte. Die Stellung der stehenden Flügel verriet schon von Weitem, ob noch Korn angenommen wurde oder der Müller gerade Pause machte. Ob es eine Hochzeit, eine Taufe oder ... einen Todesfall gab.

Die Reste des Lagerfeuers, vom Regen verwaschen. Meine Nachtwache mit Joshua ging mir nicht aus dem Kopf. Hätte ich seinen Tod verhindern können? Läge ich dann statt seiner im See?

Dunkel, dunkel und schattig stand der Wald am Ende des Tals. Ein bleicher Mond schimmerte durch die Wolkendecke. Nicht mehr lange und es würde dunkel werden. Bis dahin mussten wir diese verdammte Tür und so viele Abhörgeräte wie möglich gefunden haben. Vielleicht gelang es uns dann, unsere absolute Schutzlosigkeit wenigstens in einen Patt zu verwandeln. Der Wind zerrte an meinem T-Shirt. Unfassbar, wie schnell das Wetter sich gewendet hatte. Nichts erinnerte mehr an die Spätsommertage, in denen sich Freunde nach Jahren wiedergefunden hatten und in ein Abenteuer aufgebrochen waren …

Die Leiter lag auf dem Erdboden an der Hauswand. Gegenüber hatte unser mörderischer Gastgeber das Brennholz aufgestapelt. Der Holzklotz zum Spalten der Scheite war umgefallen, als ich die Axt herausgezogen hatte. Außer ein paar kleinen Kartoffelmessern schien das also unsere einzige Waffe zu sein … Moment.

Ich drehte mich um und rannte zurück. Wo war die Axt? Ich hatte sie doch unter dem eingeschlagenen Fenster abgestellt! Schon als ich um die Ecke kam, wusste ich, dass sie fort war. Trotzdem suchte ich das gesamte Gelände vor der Eingangstür ab, vergebens. Fast wäre ich wieder in Tränen ausgebrochen. Wie konnte es sein, dass dieses Ungeheuer uns immer einen Schritt voraus war?

»Wo bist du?«, schrie ich. »Komm raus und zeig dich! Ich weiß, dass du hier irgendwo steckst!«

Ein Stein vom Lagerfeuerrand, verrußt und dreckig, wahrscheinlich der, den Joshua noch gelockert hatte, war das Einzige, was mir noch zur Verfügung stand. Ich hielt ihn in der Hand und war bereit, ihn jedem über den Kopf zu ziehen, der auftauchen würde. Aber es kam niemand. Als ich ihn schließlich zurückwarf, fühlte ich mich, als hätte ich etwas aufgegeben. Meinen Mut. Meine Gewissheit, aus dieser Lage irgendwie wieder herauszukommen. Meine Kraft, alle Zuversicht. Etwas wollte das aus mir heraussaugen, mich zum Aufgeben zwingen. Etwas, das Kaninchen vor der Schlange erstarren ließ oder Menschen dazu bringt, mit erhobenen Händen in den sicheren Tod zu gehen. Ich weiß es nicht.

Franziska humpelte an die Tür. Ihre angsterfüllten Augen blickten zum Waldrand. »Was ist los?«

»Er hat …« Ich brach ab. Sollte ich sie noch mehr schockieren? Er hatte sich in aller Ruhe aus dem Staub gemacht, während wir verzweifelt versucht hatten, seine Todesmaschine anzuhalten. Wo war er? Und wo war die Axt? »Nichts. Die Nerven.«

»Hast du was gesehen?«

»Nein. Geh ins Haus. Ich hole die Leiter.«

Das war der einzige Weg. Wir mussten die Verbindung zu ihm kappen. Er durfte sich nicht mehr in Sicherheit wiegen, nur weil er mitbekam, was wir vorhatten.

Es war eine lange und schwere Leiter. Ich hatte Mühe, sie durch die Tür zu bringen, weil die Couch im Weg stand. Franziska wollte aufspringen und mir helfen, fiel dann aber mit schmerzverzerrtem Gesicht zurück.

»Was hast du vor?«

Die Leiter war hoch genug, um damit bis an die Lampe zu kommen. Dieses Ungetüm aus Geweihen, die wie ein riesiger Kronleuchter zusammengesteckt waren – war es nicht das ideale Versteck? Mit zitternden Knien kletterte ich hoch. Eine dicke Schicht Staub bedeckte den Leuchter. Aber an einigen Stellen sah es aus, als ob vor nicht allzu langer Zeit jemand an ihm herumgebastelt hätte. Die Kamera steckte dort, wo zwei Geweihe über Kreuz lagen. Ich riss sie heraus, der ganze Leuchter wackelte dabei, und ziemlich viel Dreck regnete hinunter.

»Lana?«

Triumphierend warf ich ihr meinen Fund zu. Ein winzig kleines Ding mit einem Sender. Als ich mit Ach und Krach wieder festen Boden unter den Füßen hatte, war sie von Franziska bereits deaktiviert.

»Ist es das, was ich glaube, was es ist?«, fragte sie wütend.

Ich nickte. »Steh auf. Wir müssen jeden Zentimeter der Mühle absuchen.«

Mühsam kam sie auf die Beine. Unter den Kissen der Couch war nichts. Aber als wir die Couch selbst umkippten, fanden wir einen winzigen Riss in dem dicken Spannstoff. Frisch, als wäre er gestern erst entstanden. Mit dem kleinen Küchenmesser, das immer noch in der Hintertasche meiner Jeans steckte und auf das ich mich ganz bestimmt in einem unachtsamen Moment setzen würde, fetzte ich rücksichtslos die gesamte Unterseite auf. Die Wanze war an das Holz des Rahmens geklebt. Sie war keine zwei Zentimeter groß. Schwarz, rechteckig, mit einer Mini-Antenne. Ich warf sie auf den Boden und trat darauf, aber meine Chucks konnten sie nicht zerstören. Stattdessen flog sie durch den halben Raum, und die paar Minuten lang, bis wir sie neben dem Bad in einer Lücke zwischen der Scheuerleiste und dem Dielenboden endlich gefunden hatten, verfluchte ich meine Unachtsamkeit. Sie hatte sicher in aller Ruhe weitergesendet ...

»Ins Klo«, sagte ich. Das war wahrscheinlich die einfachste Möglichkeit. Es hatte Wasseranschluss, und egal wo sie landen würde, die letzten Minuten ihres Senderlebens würden für ein paar nette Geräusche auf der Abhörspur sorgen.

Franziska warf sie hinein, ich drückte die Spülung. Beide starrten wir in den wirbelnden Wasserkreisel.

»Weg«, sagte sie. »Und nun? Sie können überall sein!«

»Falsch. Nur dort, wo wir sie nicht sehen.«

Langsam, Zentimeter für Zentimeter, scannte ich die Fliesen, die Dusche, die Handtuchaufhänger ...

»Ist das eine Fliege?« Franziska deutete auf die Deckenleuchte, ein runder weißer Ball aus Milchglas. In ihr: ein kleines schwarzes Ding, das durchaus als ein verendetes Insekt durchgehen konnte.

»Das werden wir gleich feststellen.«

Ich schob einen Hocker unter die Lampe. Franziska stützte mich, während ich mir einen Wolf schraubte. Endlich hatte ich die Glaskugel in der Hand und spähte durch die Öffnung.

»Eins zu zwei für dich.« Ich grinste sie an. Es war ein weiterer Triumph, auch wenn uns eigentlich nicht zum Lachen zumute war. Aber wir packten diesen Mistkerl gerade an den Eiern, und das war ein verdammt gutes Gefühl. Die Wanze landete im Klo.

Als wir nach dem Bad auch mit dem Wohnzimmer durch waren, hatten wir eine Ausbeute von einer Kamera und fünf Wanzen, die den Gang alles Irdischen gegangen waren.

»Da fehlt noch eine.« Mit einem Seufzer ließ ich mich auf

die ramponierte Couch fallen. »Kriegt man die nicht immer im Sechserpack?«

Franziska schnaubte. »Wahrscheinlich ist sie oben irgendwo. Ich will da nicht mehr rauf. Es macht mich fertig, wenn ich nur daran denke.«

»Ich glaube, hier unten haben wir jetzt einen geschützten Raum. Die Küche ist wahrscheinlich auch verwanzt, aber da müssten wir jede einzelne Mehldose durchgehen. Wir gehen nicht nochmal hoch. Es wird auch schon dunkel.«

»Ja.« Franziska schlang die Arme um sich, als ob sie frieren würde. »Was machen wir jetzt? Glaubst du, dass irgendwann Hilfe kommt?«

»Klar.« Irgendwann. Bis dahin würden unsere Gebeine im tschechischen Kaiserwald verrotten. Wir mussten eine andere Lösung finden. »Morgen ist Montag. Es wird Vermisstenanzeigen geben. Wer wartet denn auf dich? Hast du einen Freund?«

Sie wich meinem Blick aus und schüttelte den Kopf. Stephan. Wahrscheinlich dachte sie gerade an ihre verflossene Liebe und daran, dass sich die Hoffnungen nicht erfüllt hatten… Wer würde mich vermissen? Niemand. Vielleicht ein paar Mitbewohner auf dem Flur im Studentenwohnheim, die sich wunderten, dass es bei Lana so still war. Aber solange die Miete abgebucht wurde und das Konto nicht zu sehr ins Minus geriet, gäbe es keinen Grund, die Tür aufzubrechen. Und erst recht keinen, nach mir zu forschen. Ich war bisher immer ganz zufrieden mit meiner Unabhängigkeit gewesen. An diesem frühen Abend in der Mühle verlor sie allerdings ziemlich an Attraktivität.

»Eisen«, sagte ich leise.

Ich hatte das Quietschen einer eisernen Zarge gehört. Im Wohnzimmer war so gut wie alles aus Holz. Den Bauernschrank hatten wir bis ins letzte Wurmloch inspiziert und die ordentlich zusammengefaltete, gebügelte Bettwäsche unlustig zurückgestopft. Die Badezimmertür arbeitete geräuschlos. Die zur Küche knarrte ein bisschen, aber die konnte ich sowieso ausschließen. Den Durchgang zum Haus hatte ich bereits gecheckt. Eisen …

»Wir sollten …« Ich richtete mich auf.

Der Kamin. Einen Meter fünfzig hoch und genauso breit. In ihm stand die Esse. Und dahinter … Ich schnappte mir einen Schürhaken und stocherte damit in der kalten Feuerstelle herum. Der Boden war gemauert. Die Hinterwand jedoch wurde abgeschirmt von einer schwarzen Eisenplatte. Ich schlug mit dem Schürhaken darauf, es klang hohl.

»Was ist auf der anderen Seite?«, fragte ich.

Franziska, die meine Bemühungen aufmerksam verfolgt hatte, zuckte mit den Schultern. »Die Hauswand?«

»Jaaa«, sagte ich langsam und richtete mich wieder auf. »Sie ist glatt und wie aus einem Guss. Dass mir das vorher nicht aufgefallen ist! Die Küche, die Speisekammer – aber beide zusammen ergeben nicht die Breite dieses Raumes. Dort ist etwas! Eine weitere Kammer! Ein geheimer Raum!«

Es war, als ob ein Dutzend Geweihkronleuchter in meinem Hirn aufgingen. Er musste in der Nähe sein, um seine Briefe und Karten zu platzieren. Er reagierte auf das, was wir vorhatten. Er kannte sich in diesem Haus aus wie kein Zweiter.

»Er ist da drin!« Ich fiel auf die Knie und begann, ohne Rücksicht auf Verluste mit bloßen Händen den Kamin auszuräumen. Asche stob auf, Ruß regnete herunter. »Das Schwein ist hinter dem Kamin!«

Ich schlug gegen die Eisenwand, aber ich konnte weder einen Griff noch ein Scharnier erkennen. »Gibt es irgendwo eine Taschenlampe?«

Franziska schraubte sich hoch und humpelte mühsam in Richtung Küche. »Ich sehe mal nach.«

Ich kroch in den Kamin, betastete die roh gemauerten Innenwände und wurde dabei schwarz wie ein Schornsteinfeger, aber ich fand nichts, was meinen Verdacht bestätigte. Die Esse stand hochgekippt im Kamin, verkohlte Holzreste und Asche lagen verstreut, ich hing immer noch in diesem Schacht und merkte, wie die Wut und die Verzweiflung wieder in mir hochstiegen.

»Hier.« Eine saubere Hand reichte mir von hinten Kerzen und Streichhölzer. »Mehr habe ich nicht gefunden.«

»Danke.«

Schon als ich das Streichholz anriss, sah ich, wo mein Fehler gelegen hatte: Die eiserne Wandverkleidung war keine Tür zum *Öffnen*, sie war eine zum *Schieben*. Ich musste nur so weit an der Eisenplatte entlang tasten, bis ich an ihr Ende kam. Dort war ein Spalt, keine fünf Millimeter breit. Ich trieb den Schürhaken hinein und zog, rutschte ab, fluchte, versuchte es erneut, verbrannte mir dabei fast die Haare, als die Kerze zu nahe an meinen Schopf kam, und dann …

… mit einem leisen Quietschen fuhr sie zur Seite. Hinter ihr gähnte ein schwarzes Loch.

»Was ist?«, fragte Franziska nervös. Sie hockte hinter mir und versuchte ebenfalls, einen Blick ins Unbekannte zu werfen. Ich hielt die Kerze ins Schwarz. Ihr flackernder Schein brach sich an einer unverputzten schwarz geräucherten Ziegelwand.

»Siehst du was?«

»Ja«, antwortete ich und blies die Kerze aus. »Da ist eine Treppe.«

Vorsichtig kroch ich aus dem Kamin. Franziska sah mich fragend an. »Und?«

»Eine Kellertreppe, nehme ich an.« Ich warf die Kerze auf den Boden. »Ich glaube, wir haben sein Versteck gefunden.«

27

Wahrscheinlich war der Kamin erst später eingebaut worden. Ursprünglich musste es eine offene Feuerstelle gewesen sein mit einem einfachen Abzug. Dahinter hatte sich einst die Treppe zum Keller befunden. In späteren Jahren musste ein findiger und offenbar von Verfolgungswahn getriebener Bauherr einfach eine Wand vor die Treppe gesetzt, den Kamin umgebaut und sich so ein heimliches Versteck geschaffen haben. Man konnte nur rätseln, zu welchem Zweck. Schmuggel vielleicht, oder trafen sich hier revolutionäre Aufständische? Die Mühle war alt, ich schätzte die Grundmauern auf das neunzehnte, wenn nicht sogar achtzehnte Jahrhundert.

»Ist er da drin?«

Franziska, den Schürhaken in der Hand, sah so aus, als ob sie ihn auch jederzeit benutzen würde.

Ich dachte an die verschwundene Axt und rechnete die Zeitabläufe durch. »Nein. Ich glaube, das Quietschen kam, als er den Keller verlassen hat und rausgegangen ist.«

»Wann denn?«, fragte sie entsetzt. »Während wir da oben fast draufgegangen wären?«

»Ich fürchte, er hat sogar fest damit gerechnet.«

Sie warf den Haken auf den dreckigen Teppich und wischte sich dann die Hände an der Hose ab. »Dieses Schwein. Und wo steckt er dann?«

»Jedenfalls nicht in diesem schwarzen Loch. Irgendwo draußen.« Ich kam wieder zu ihr.

»Und das sagst du erst jetzt?«

Sie lief, so schnell ihre verletzten Füße sie trugen, zur Tür und verriegelte sie. Das kaputte Fenster bemerkte sie erst, als ich darauf deutete.

»Das kannst du dir sparen. Wir können den Schrank davor schieben, dann wachen wir wenigstens auf, wenn er versucht, auf diesem Weg reinzukommen.«

Mit den Resten unserer vereinten Kräfte versuchten wir, das Monstrum zu bewegen, aber es war zu schwer. Fluchend räumten wir die Wäsche aus und warfen sie rücksichtslos auf den verdreckten Boden. Danach ließ sich der Schrank wenigstens verschieben.

»Vielleicht sollten wir Gläser oder Flaschen draufstellen«, meinte Franziska. »Die fallen runter, wenn er versucht, das Ding zu bewegen.«

»Gute Idee.«

Wir wählten Trinkgläser, weil sie am lautesten zersprangen. Dann stopften wir die mittlerweile völlig verdreckte, rußige Wäsche zurück in den Schrank. Nach Beendigung des Werks keimte in uns ein schüchternes Gefühl von Sicherheit auf.

»Meinst du, das hält ihn ab?« Franziska rüttelte an dem Schrank. Die Gläser klirrten und eines, das sowieso schon gekippelt hatte, fiel. In letzter Sekunde konnte ich es auffangen.

»Wenn nicht, hören wir ihn wenigstens.« Ich hob den Schürhaken auf und reichte Franziska die beiden Kerzen. »Ich denke, wir sollten jetzt nachsehen, was da unten ist.«

Aber genau das dachte sie nicht. Sie schien davon auszugehen, dass wir die Gefahr gebannt hatten – im absoluten Gegensatz zu mir.

»Keine zehn Pferde bringen mich da runter.«

»Und warum nicht?«

»Ich will das nicht! Ich hatte schon immer Angst vor Kellern. Es ist dunkel und schmutzig. Und außerdem ... Er hat da unten gesessen und uns belauscht. Das soll sich die Polizei ansehen.«

»Ja«, antwortete ich knapp. Falls die Polizei jemals den Weg hier hinauf fand. »Ich gehe trotzdem. Würdest du wenigstens so nett sein und am Kamin bleiben? Falls ich ausrutsche und mir den Knöchel verknackse.«

Sie rieb sich mit den Händen über die Oberarme und sah zu Boden. »Es tut mir leid. Ich bin ein ziemlicher Schisser.«

»Ja, das bist du. Aber du hast auch alles Recht, einer zu sein.«

»Du auch! Du hast mich gerettet und musstest mit ansehen, wie Cattie und Tom ... Es tut mir leid, dass wir dir nicht geglaubt haben. Vielleicht wäre dann ... wäre dann ...«

»He he he«, sagte ich sanft. »Nicht heulen. Später. Aber jetzt brauchen wir unsere Kräfte für anderes.«

Sie fuhr sich über die Augen. »Ich bleibe im Kamin und leuchte dir. Du rufst, wenn du was gefunden hast. Okay?«

»Okay.«

Auf allen vieren kroch ich über die Esse hinein in das dunkle Loch. Der flackernde Schein der Kerze begleitete mich in die Finsternis. Direkt hinter der eisernen, niedrigen Schiebetür schloss sich noch ein Stück gemauerter Boden an. Nach oben war genug Platz, um sich aufzurichten. Der Raum hatte exakt dieselbe Höhe wie das Wohnzimmer. Sogar die Deckenbalken führten hier weiter bis an die verrußte Außenmauer. Ein eiserner Ring war in die Ziegel geschlagen, von ihm führte ein dickes, mürbes Seil die Wand entlang nach unten.

Es war tröstlich, Franziska auf der anderen Seite des Kamins zu wissen. Noch einmal würde er uns nicht überraschen können. Diese Treppe also war er jeden Tag hinauf- und hinabgestiegen. Unsere Stimmen im Ohr, unsere Bilder vor Augen. Unser Lachen, die kleinen Streitereien, Geheimnisse und Geständnisse ... Um einen nach dem anderen von uns anzugreifen. Sogar mich, obwohl ich doch gar nicht dazugehörte.

Langsam tastete ich mich an der rauen, porösen Wand entlang nach unten. Die Stufen waren uneben, das Kerzenlicht flackerte und trieb huschende Schatten vor mir her.

Es war nicht das erste Mal, dass ich mich vom »Court« distanzierte. Dabei hätte ich früher alles getan, um so einer Clique anzugehören. Wie weit ging eigentlich meine Loyalität? Cattie hatte mich daran erinnert. Nicht nur die schönen Dinge miteinander teilen ... Hatten sie es getan? Wie eng waren sie wirklich einmal miteinander gewesen? Und was war es, das sie auseinandergebracht hatte? Franziska blieb die Letzte, mit der ich darüber reden konnte, denn Siri ... der Gedanke an sie tat weh. Wo war sie? Was hatte die Bestie mit ihr gemacht? Wir wären nie enge Freundinnen geworden, aber ihr Schicksal verfolgte mich genauso wie das der anderen. Später, tröstete ich mich. Wenn ich schon gemeinsam mit ihnen ihre verdammte Suppe auslöffeln musste, dann wollte ich wenigstens wissen, warum. Und dann hätte ich gerne selbst entschieden, wie viel Solidarität ich für sie aufbringen würde. Der Mörder sah das anders. Er warf mich mit ihnen in einen Topf, ohne Unterscheidung. Warum? Was hatte ich getan, um einen solchen Zorn auf mich zu ziehen?

Es roch feucht und modrig, aber nicht unangenehm. Ich mag den Duft von Erde und Stein. Es sind Ur-Gerüche. Keine Zivilisation hat sie verändert, sie sind seit Jahrmillionen gleich geblieben. Vielleicht fürchte ich mich auch deshalb nicht vor der Dunkelheit und finsteren Kellern. Der größte Feind des Menschen ist die Angst. Sie schützt die Feigen und behindert die Mutigen. Als ich die letzte Stufe erreichte und mich vorsichtig mit einem Fuß weitertastete, befand ich mich wohl irgendwo in der Mitte der beiden Extreme. In der Rechten den Schürhaken, in der Linken die Kerze, trat ich in einen niedrigen, aber großen Raum.

»Was siehst du?«

»Nicht viel!« Die Flamme blendete mehr, als dass sie leuchtete. Irgendwo musste es Licht geben. Ich legte meine Waffe ab und suchte mit meiner Rechten nach einem Schalter. Er war bequem erreichbar nur einen Schritt vom letzten Treppenabsatz in die Wand eingelassen. Ein uralter Kippmechanismus, der ein hässliches Klacken von sich gab, als ich ihn umlegte. Aber keine Folge hatte.

Die nackte Glühbirne hing an einem der rustikalen Deckenbalken. Sie war kaputt. Mit einem unwilligen Seufzen hielt ich die Kerze über meinen Kopf und setzte die Untersuchung des Kellers fort. Er war leer, bis auf einen großen Schreibtisch in der Mitte, von dem jede Menge Kabel Richtung Wand führten. Und einem Öltank in der Ecke, dem ich mich mit offener Flamme nur sehr respektvoll näherte. Die Anzeige stand auf Null. Kein Wunder, dass die Heizung nicht mehr lief.

Auf dem Schreibtisch befanden sich mehrere Monitore und ein Laptop. Eine kleine Lampe mit Glasschirm und Messingfuß, weiße Blätter und zwei Kisten Mineralwasser, die eine von ihnen halb leer, das war alles. Die Lampe funktionierte, ich konnte die Kerze ausblasen.

»Er war hier!«, rief ich. Meine Stimme klang merkwürdig dumpf.

Franziska antwortete nicht, wahrscheinlich hatte sie mich nicht gehört.

Auf einem der Monitore erschien ein vergrieseltes, dunkles Bild, das wahrscheinlich gerade draußen in der Dunkelheit von einer Webcam gemacht wurde.

»Es gibt noch eine Kamera. Ich kann leider nicht erkennen, wo sie sich befindet. Franziska?«

Ich ging zurück zur Treppe. »Bist du noch da?«

»Ja«, kam es bang zurück.

»Hier unten steht ein Schreibtisch mit Laptop und Monitoren. Wir können seine Verbindung kappen! Komm runter!«

Schweigen.

Mit einem Schulterzucken wandte ich mich wieder ab und widmete mich unserer ersten Chance, mit der Außenwelt in Verbindung zu treten. Hatte der Mistkerl vielleicht Internet? Gab es eine Möglichkeit, seinen Anschluss zu benutzen? Ich drückte wahllos auf eine Taste – auf dem Bildschirmhintergrund tauchte das Bild eines Mädchens mit langen blonden Zöpfen auf. Es war vielleicht acht Jahre alt und baute eine Sandburg an einem Strand. Offenbar hatte das Monster Kinder.

Kein Internetanschluss. Wo war das Modem? Wie hatte er sich Zugang zu der Welt da draußen verschafft? Es gab kein Ethernet-Kabel. Ich verfolgte die anderen Leitungen – Kamera und Überwachungsgeräte gehörten zu einem eigenen, in sich geschlossenen Netzwerk. Vielleicht irgendwo in der Ecke, in der die Kabel verschwanden?

Auf einem der Monitore tat sich was. Da draußen musste eine Infrarot-Kamera angebracht sein, denn in dem Schwarz bewegte sich etwas. Schemenhaft, wie ein Geist löste sich mit einem Mal die blendend weiße Gestalt eines Menschen aus der Dunkelheit, der taumelnd und schwankend immer näher kam. Mit angehaltenem Atem starrte ich auf das Bild. Wo zum Teufel hing die Kamera? Welchen Weg bewachte sie? Und wer war das, der sich da näher schleppte?

Ich raste zurück zur Treppe. »Franziska?«

Keine Antwort.

»Franziska!«

Von weit oben drang ein dumpfer Schrei. Ohne zu überlegen, hob ich den Schürhaken auf und rannte die Treppe hoch. Am Kamindurchgang war niemand. Das kleine Viereck Wohnzimmer, das ich von meinem Standpunkt aus sehen konnte, war leer.

»Hallo? Franziska? Wo bist du?«

Ein leises Schluchzen... Vorsichtig, um kein unnötiges Geräusch zu verursachen, ging ich in die Hocke und kroch über die Esse zurück ins Wohnzimmer. Franziska kauerte hinter der Couch auf dem Boden, den Blick starr auf die Tür gerichtet, eine Decke wie zum Schutz über sich geworfen.

»Was ist los?«, fragte ich leise.

Sie stieß einen zischenden Laut aus, der wohl bedeutete, dass ich meine Klappe halten sollte. Dann wies sie auf die Tür. Jemand versuchte von außen, die Klinke niederzudrücken.

Ich wies Franziska an, sich ganz hinter der Couch zu verstecken. Die Löcher in der Tür waren zwar klein, aber ich wollte nicht, dass er eine von uns entdeckte.

Mit erhobenem Schürhaken schlich ich näher und wartete. Der Unbekannte gab seine Bemühungen auf. Aber nicht lange. Das Nächste, was wir hörten, war das Klirren der Gläser auf dem Wäscheschrank. Er versuchte, ihn vom Fenster wegzuschieben. Hinter der Couch tauchte Franziskas Lockenkopf auf. Die Verzweiflung stand ihr ins Gesicht geschrieben. Mir ging es nicht besser. Wir hatten kaum etwas, mit dem wir uns wehren konnten. Joshua und Stephan waren kräftige junge Männer gewesen und er hatte sie einfach überwältigt. Die Brille, die immer noch auf dem Couchtisch lag, musste Zeuge eines erbitterten Kampfes gewesen sein. Und Joshua war sportlich gewesen, durchtrainiert, schnell und wachsam. Wie konnten wir uns wehren? Eine große Hilfe war Franziska offenbar nicht. Meine Hände umklammerten das Stück Eisen. Ich war fest entschlossen, meine Haut so teuer wie möglich zu verkaufen.

Zwei Gläser fielen vom Wäscheschrank und zerschellten auf dem Boden. Ich zuckte zusammen. Der Unbekannte pochte an die Rückseite des Schrankes. Franziska stieß einen erstickten Laut aus. Mein Herz jagte. Irgendetwas in mir schrie: Komm endlich. Zeig dich! Ich will dein Gesicht sehen, bevor ich es dir ...

»Hallo? Ist da jemand? Tom? Lana?«

Entgeistert ließ ich den Haken sinken. Franziska stand auf, langsam wie in Zeitlupe, einen schweren Holzscheit in der Hand. Keine Ahnung, was sie damit vorgehabt hatte. Werfen vielleicht?

»Siri? Ist jemand da von euch? Macht auf!«

»Cattie!«, schrie ich und ließ den Haken fallen. Meine Hände zitterten so sehr, dass ich eine Ewigkeit brauchte, um die Tür zu entriegeln. »Cattie! Oh mein Gott! Wo kommst du her?«

Ich schob den Riegel zurück und riss die Tür auf. Vor mir stand ein Gespenst. Dreckig, nur noch Fetzen am Leib, die nassen Haare am Kopf verklebt, kaum wiederzuerkennen.

»Cattie!« Wir stürzten aufeinander zu, sie klammerte sich an mir fest und fing an zu schluchzen. Ich konnte nicht anders, als ihr immer wieder über den Kopf zu streicheln und beruhigende Worte zu murmeln. Franziska kam dazu, auch sie legte die Arme um die von den Toten Wiederauferstandene.

»Lass uns reingehen«, sagte ich. »Hier draußen muss irgendwo eine Kamera sein.«

Cattie sah sich erschrocken um. Ihre Haare sahen aus, als hätte sie ein Schlamm-Treatment in ihnen vergessen. Schlimme, dreckverkrustete Kratzer bedeckten Schulter und Arme. Vermutlich hatte sie dort die Lawine am härtesten erwischt.

»Das Boot«, stammelte sie und ließ ihren gehetzten Blick zwischen uns wandern. »Wir haben ein Boot.«

28

Ein Boot. Das waren verdammt gute Neuigkeiten, und ich wollte nicht, dass irgendjemand außer uns dreien davon erfuhr. Cattie ließ sich widerstandslos ins Haus ziehen. Drinnen holte Franziska eine Schere und schnitt ihr die zerfetzten Kleidungsreste vom Leib. All das ließ Cattie widerspruchslos und stumm über sich ergehen, eindeutig ein Zeichen, wie schlimm es ihr ging.

»Tom?«, flüsterte sie nur ein Mal.

Ich schüttelte den Kopf, und sie nickte und presste die Lippen aufeinander und gab sich wirklich Mühe, sich vor uns nicht die Blöße zu geben, loszuheulen.

Franziska war es auch, die Cattie ins Bad brachte. Hinter der geschlossenen Tür war das Rauschen der Dusche zu hören. Ich nahm Catties kaputte Kleidung und entsorgte sie im Mülleimer in der Küche.

Danach trat ich ans Fenster. Draußen war es stockdunkel. Das Licht der Deckenlampe fiel auf einen Ginsterbusch, die gertenschlanken Äste tanzten mit dem Wind. Ein paar nasse Blätter flogen vorüber. Dieses verdammte Haus hatte keine Fensterläden. Wir waren hier wie auf dem Präsentierteller.

Um uns zu beobachten, musste man nur ein paar Meter weit weg stehen, im Schutz der Dunkelheit, sich vielleicht einmal ums Haus herumschleichen und auf der anderen Seite hereinspähen ... Wenigstens diese Möglichkeit hatten wir dem Ungeheuer jetzt mit einem Wäscheschrank versperrt.

Der Weg hoch auf den Mahlboden war schwierig für mich. Ich hatte Angst. Das war seltsam, denn der Keller war weniger Furcht einflößend für mich gewesen. Vielleicht lag es daran, dass wir hier oben so um Franziskas Leben gekämpft hatten. Und ich fürchtete mich auch vor dem Anblick der Matratzen. Wie viele waren noch übrig? Sechs? Gar keine? Wir hatten nicht darauf geachtet. Ich hielt inne, als ich hoch genug gestiegen war, um einen Blick in den Raum zu werfen. Tief durchatmen. Sich auf alles gefasst machen. Es waren ... nur noch eine.

Langsam, als ob ich einen zentnerschweren Sack Mehl auf meinen Schultern tragen würde, stieg ich die letzten Treppenstufen hoch. Wir hatten diesem Mistkerl die Tour vermasselt. *Drei* von uns waren noch am Leben. Damit hatte er wohl nicht gerechnet. Eine Sache aber beunruhigte mich, falls man in dieser abgefahrenen Situation überhaupt noch von solchen Gefühlszuständen sprechen konnte: Es war *meine* Matratze. Die unter dem Fenster ganz hinten in der Ecke. Ich fand sogar mein T-Shirt, das ich in Karlsbad getragen und zum Schlafen benutzt hatte. Es war zerknittert, aber als ich daran roch, duftete es noch ein wenig nach meinem Duschgel – Pfingstrosen und Cocos. Ich warf mich auf die Matratze, vergrub mein Gesicht darin und heulte.

Draußen rauschten die Windmühlenflügel vorbei, das Zahnrad knarrte, der Dachstuhl gab Töne von sich, als ob er leben würde ... Egal. Wenn man schon heulen muss, dann am besten, wenn es um einen herum so laut wie möglich ist.

Irgendwann wurde ich von Franziska gerufen. »Lana? Ist alles okay?«

Der besorgte Unterton in ihrer Stimme war es, der mich wieder zurückholte aus meinem Jammertal. Dies war nicht Zeit und Stunde. Das würde ich alles später nachholen. Zumindest glaubte ich damals noch daran, auch wenn ich heute eingestehen muss, dass das mit dem Heulen einfach nicht mehr klappen will. Irgendetwas hindert mich daran. Eine innere Sperre. Keine Ahnung, was das sein könnte. Ich sitze da, während ich schreibe und mich an jede Einzelheit erinnern kann – sogar diese Mischung aus Staub und Mehl habe ich wieder in der Nase –, aber ich heule nicht. Ich gehe in Gedanken noch einmal durch diese furchtbare Zeit, ich denke an alle, die wir verloren haben, ich rede mit ihnen, streite, lache, sehe sie vor mir, als ob alles erst gestern gewesen wäre ... Aber ich kann nicht heulen. Etwas ist noch nicht wieder geradegerückt. Sie sagen mir, dass es Zeit braucht, aber ich frage mich: Wie lange? Wann wird man wieder normal? Gibt es nach all dem überhaupt noch eine Chance dazu?

Franziska kam die Treppe hoch. Ich wischte mir hastig die Augen ab und fand sogar noch ein Papiertaschentuch.

»Ich wollte Cattie mein T-Shirt geben.« Ich hielt es ihr wie eine Entschuldigung entgegen.

In ihrem Gesicht tauchte ein schwaches Lächeln auf. »Eine gute Idee.«

Sie setzte sich neben mich. Eine Weile saßen wir da und betrachten unsere Hände, die Füße, schließlich den Mahlboden und den Höllentrichter, in dem es beinahe zu einer Katastrophe gekommen wäre.

»Dass wir das überstanden haben«, sagte ich schließlich.

»Ja«, antwortete sie tonlos. »Du solltest als Einzige übrig bleiben.« Sie strich über die Decke. Es war mir unangenehm, dass sie den gleichen Gedanken gehabt hatte wie ich.

Ich nahm mein Kissen und hielt es mir vor den Bauch, als ob es mich vor irgendetwas schützen könnte. »Ich weiß nicht.«

»Doch. Dich wollte er nicht. Warum?«

Ich zuckte mit den Schultern, aber die Antwort war klar, und Franziska schob sie gleich selbst hinterher. »Weil du damals nicht dabei warst. Das muss der Grund sein. Wir sind hier, weil wir *ein* Mal im Leben Mist gebaut haben. Anderen passiert das ständig. Aber wir müssen büßen.«

»Wahrheit oder Wahrheit. Seit wann weißt du es?«

»Seit ich die Puppe mit dem zugenähten Mund gesehen habe. Sie war für mich. Ich hätte reden und alles richtigstellen können, aber ich habe es nicht getan. Die geschlossenen Handschellen, das ist das, was uns zusammengehalten hat: gemeinsames Schweigen. Die Augenbinde: Wir waren blind. Und was ist ein Buch ohne Wahrheit?«

»Der Zopf?«

»Das ist das Einzige, was ich mir nicht erklären kann. Ich habe nicht den blassesten Schimmer.«

»Melanie?«

»Möglich.« Sie strich durch ihre Locken. »Wenn ich nur

wüsste, wer sie ist. Ich glaube, es hat was mit Johnny zu tun.«

»Johnny?«, fragte ich bestürzt. Über seine Rolle in dieser Verkettung von Katastrophen hatte ich mir kaum Gedanken gemacht. Aber natürlich, auch er hatte zum Court gehört. »Vielleicht erklärst du mir jetzt endlich, was für einen Mist ihr gebaut habt.«

Sie verschlang die Finger ineinander. Es kostete sie sichtbar Überwindung, darüber zu reden.

»Rück endlich damit raus. Vielleicht geht es dir dann besser.«

Der darauf folgende Seufzer war abgrundtief. »Damals, in L., ist etwas passiert. Kurz vor dem Abitur. Wir standen tierisch unter Stress. Keine Klausur unter vierzehn Punkte, und dann war es auch noch das erste Jahr, in dem sie die Schulzeit von dreizehn auf zwölf Jahre zusammengestrichen hatten. Das war schon hart genug. Auf der anderen Seite … Wir wollten Party. Was vom Leben haben. Mit siebzehn, meine Güte! Wer will denn mit siebzehn rund um die Uhr an die Schule denken?«

Sie sah mich an. Sie wollte meine Zustimmung. Meine Ermunterung, weiterzureden. Ein Wort, einen Satz, der ihr half, über das Geschehene zu reden.

»Klar«, murmelte ich.

Wahrscheinlich war das nicht genug, aber ich hatte in den letzten achtundvierzig Stunden so ziemlich alle Traumata mitbekommen, die ein Mensch erleben kann. Und das alles nur, weil sie *ein Mal Mist gebaut* hatten. Inzwischen war ich so weit, dass es mich nicht mehr interessierte. Egal, was sie getan hatten, nichts rechtfertigte drei Morde. Vielleicht sogar schon vier, denn Siri war ja immer noch nicht aufgetaucht. Aber ich musste diesen Rachefeldzug eines Wahnsinnigen mit ausbaden. In diesen kurzen Stunden des Atemholens, in denen wir uns in einer scheinbaren Sicherheit wiegten und glaubten, mit einem Riegel und einem Wäscheschrank den Wahnsinn aussperren zu können, stieg eine ziemlich konkrete Wut in mir hoch.

»Also Party«, sagte ich. »Und der ganze Leistungsdruck. Was habt ihr getan? Cristal Meth gekocht? Euch gegenseitig mit Handschellen gefesselt?«

»Es war Siri. Du kennst sie ja. Damals war sie noch schlimmer als heute. Sie hat geglaubt, jeden um den Finger wickeln zu können mit ihrem Unschuldsblick und diesem Engelchengehabe.« In Franziskas Stimme klang unverarbeitete Eifersucht. »Sie hat uns das eingebrockt. Aber weil wir damals alle zusammengehalten haben, ist sie damit durchgekommen.«

»Alle?«

»Am Anfang waren es Johnny und Joshua. Und der Rest von uns hat das getan, was die beiden angesagt haben.«

Mein Herz begann schneller zu schlagen. »Johnny hat sich auf Siris Seite gestellt?«

»Er hat ihr geglaubt. Es ist ihre Art. Sie war damals anders. So süß, so unschuldig... Mittlerweile durchschaue ich sie. Aber das hat seine Zeit gebraucht. Alle haben ihr aus der Hand gefressen.«

»Auch...« Ich brach ab und hätte mir am liebsten auf die Zunge gebissen.

Franziska drehte den Kopf und sah mich mit einem unergründlichen Blick an. »Auch Johnny, wenn es das ist, was du wissen wolltest. Ich glaube, er war am meisten enttäuscht von allen, als sich herausstellte, dass Siri gelogen hat. Die beiden waren zusammen.«

»Ah ja«, sagte ich so nebensächlich wie es ging.

Aber Franziskas Intuition schien doch die eine oder andere Schwingung wahrzunehmen. »Tut mir leid. Das wusstest du nicht. Dann redet er also immer noch nicht darüber. Manche sagen, sie hat ihm das Herz gebrochen. Vielleicht ist das der Grund, warum er gekniffen hat.«

»Er hat nicht gekniffen.«

»Ja ja, schon gut. Du lässt ja nichts auf ihn kommen. Läuft da was zwischen euch?«

Ich lehnte mich zurück, die Arme nach hinten auf die Handflächen gestützt, eine dieser entspannten Körperhaltungen, die ihr euch merken solltet für den Fall, dass keiner mitkriegen darf, wie es in eurem Inneren aussieht. Johnny beschäftigte mich. Keine Ahnung, warum. Wenn wir mal zusammenrechnen, wie lange wir uns zu dem Zeitpunkt kannten, und das dann durch die Zeit teilen, die wir tatsächlich miteinander verbracht haben, von Angesicht zu Angesicht, dürften wir auf den Tag gerechnet im Nanosekundenbereich liegen. Und trotzdem ging er mir nicht aus dem Kopf. Ich hatte offenbar ein »düsteres Geheimnis« in ihn hineininterpretiert. Und jetzt verriet mir Franziska gerade, dass es wahrscheinlich nichts anderes als Liebeskummer gewesen war. Und dann ausgerechnet noch wegen Siri.

»Nö«, sagte ich. »Da läuft nichts. Er hat also mitgemacht?«

Die Antwort kam zögernd. »Ja.«

»Und worum ging es?«

Franziska wollte aufstehen, aber ich hielt sie am Arm fest. Sie zog scharf die Luft ein, denn ich hatte sie an einer Stelle erwischt, die ich erst vor Kurzem mit einem Pflaster verarztet hatte. Dem letzten übrigens, denn wir hatten einen Vorrat verbraucht, mit dem andere über Jahre zurechtkommen.

»Sorry. Das wollte ich nicht.«

»Schon gut.«

»Ihr habt Mist gebaut. Erklär mir das bitte.«

»Es ist... Es war...« Sie sah sich hilfesuchend um, aber da war nichts. Nur der Wind draußen, der wieder aufzufrischen schien und die Mühle zu Höchstleistungen antrieb. Hoffentlich hoben wir nicht irgendwann ab. »Die Sache mit Leonhardt.«

»Leonhardt?«, fragte ich nach. »Das war doch... der Lehrer in L.?«

Franziska nickte. »Hast du ihn noch gekannt?«

Ich dachte nach. »Nein«, sagte ich schließlich, obwohl ich das Gefühl hatte, dass der Name mir etwas sagen sollte.

»Du warst zwei Jahre unter uns?«

»Jep.«

»Klar, da war er schon lange weg. Er musste die Schule verlassen. Es war alles ziemlich schrecklich. Die Polizei, das Lügen... weil wir geglaubt haben, dass wir Siri damit helfen. Das haben wir wirklich.«

Ihre Finger verknoteten sich ineinander, sie war zappelig und nervös. Wahrscheinlich wäre sie am liebsten aufgestanden und gegangen.

»Worum ging es?«

Ich ahnte es schon, bevor sie den Mund öffnete. Bei manchen Dingen reicht es, zwei und zwei zusammenzuzählen. Siri, damals wohl ein zuckersüßes, durchtriebenes Prinzesschen, und ein Lehrer, der mitten im Schuljahr suspendiert wurde.

»Es ging um ihre Mathe-Note. Siri wollte ein Gespräch. Dabei soll Leonhardt zudringlich geworden sein. Es gab einen Zeugen, der gesehen hat, wie sie mit zerrissener Bluse aus dem Lehrerzimmer kam. Das war Joshua. Er und Johnny hatten Handball AG. Beide haben darauf bestanden, dass sie zur Polizei geht. Ich glaube, Siri hätte das vielleicht nicht alles so hochgejazzt, wenn die beiden nicht ausgerechnet in dem Moment gekommen wären. Sie hat ihr Märchen erzählt, und dann setzte sich etwas in Gang, das nicht mehr zu stoppen war. Es stand Aussage gegen Aussage. Leonhardt wies den Vorwurf zurück. Sexuelle Nötigung, Unzucht mit Abhängigen und was die Justiz sich sonst noch an Begriffen dafür ausgedacht hat. Er wusste, was für ihn auf dem Spiel stand. Bei Siri war es genauso. Wenn herausgekommen wäre, dass sie gelogen hat, ein halbes Jahr vor dem Abitur, dann hätte sie ihren gesamten Lebenslauf im Klo runterspülen können. Also fing sie an, uns zu manipulieren: *Erinnerst du dich noch daran, wie er mir solche anzüglichen Komplimente gemacht hat?* Nein, ich hab mich nicht daran erinnert. Aber Siri hat eine Sache auf Leben und Tod daraus gemacht. Er oder ich. Entscheidet euch. Und da haben wir uns natürlich für sie entschieden.«

In dem Schweigen, das folgte, wurden die Mühlengeräusche fast unerträglich laut. Franziska wartete darauf, dass ich einen Kommentar zum Besten gab. Vielleicht so etwas in die Richtung wie: Alles halb so wild, war doch nur ein Lehrer.

Aber ich konnte nichts sagen. Vielleicht lag es daran, dass Lehrer immer einigermaßen fair mit mir umgegangen sind. *Du schaffst das ...* Sie hatten an mich geglaubt. An mich als Menschen, nicht als Schüler. Sie hatten in mir jemanden gesehen, der Schwierigkeiten überwinden konnte. Das war eine ziemlich heftige Erfahrung für mich gewesen. Ich sah das Gesicht meiner Chemielehrerin vor mir, ihren mütterlichen Blick, das aufmunternde Nicken. Jeder braucht Menschen, an denen er sich orientieren kann. Ganz besonders in diesen gruseligen Jahren zwischen zwölf und siebzehn. Es müssen nicht immer die Eltern sein. Bei mir war es eben eine Lehrerin und deshalb konnte ich nicht in dieses *bashing* mit einstimmen.

Es war eine ziemlich schreckliche Geschichte, die Franziska mir da aufgetischt hatte. Die konnte man nicht schönreden oder abnicken. Sie blieb, was sie war: eine Sauerei. Ich denke, Franziska wusste ganz genau, was ihr Geständnis in mir hervorrufen würde. Sie wartete darauf, dass ich wenigstens ihre Ehrlichkeit anerkennen würde.

Ich konnte es nicht.

»Übel«, sagte ich schließlich.

Sie nickte. »Sehr übel. Es kam zu keiner Verurteilung, aber er war gebrandmarkt, musste seinen Job aufgeben und die Stadt verlassen.«

»Dann ist *er* es?«

Sie schüttelte den Kopf. »Ausgeschlossen.«

»Warum denn?«, rief ich gegen das hohle Mahlen der Steine an. »Er hat ein Motiv, ganz klar! Ihr habt sein Leben zerstört. Und deshalb sollt ihr büßen.«

»Nein, das kann nicht sein. Das ist absolut nicht möglich.«

»Warum nicht?«

»Weil... weil...« Sie fuhr sich mit der Hand über die Augen. »Weil es genau das ist. Nicht unsere Meineide. Nicht der Rufmord. Nicht diese ganze verdammte Scheiße, die wir weiter durchziehen mussten von dem Moment an, in dem wir sie begonnen hatten. Damit kann man ja noch leben. Irgendwann legt sich das Getuschel und wir alle haben einen Neuanfang gemacht. Weit weg von den anderen, jeder für sich allein. Das war nicht abgesprochen, es hat sich einfach so ergeben.«

»Was«, fragte ich leise. »Was ist es wirklich?«

Sie schluckte. »Ich habe gehört, er hat... Er hat...«

»Was hat er?«

»Er hat sich umgebracht.«

29

Franziska war wohl der Meinung, dass es jetzt genug wäre mit den Geständnissen. Und sie hatte recht. Ich wollte nichts mehr hören. Sie stand auf und schlich die Treppe hinunter wie ein geprügelter Hund.

»He!«, rief ich und warf ihr das T-Shirt zu. Dann legte ich mich zurück auf die Matratze und starrte hoch in den Dachstuhl.

Sie hatten ein Menschenleben auf dem Gewissen. Das war der Grund, warum sie sich getrennt hatten. Irgendwann musste Siris Lüge aufgeflogen sein und alle standen vor einem einzigen, riesigen Scherbenhaufen. War es das, was Johnny so einsam gemacht hatte? Dass seine Freundschaft, seine Liebe so abgrundtief missbraucht worden war? Ich wagte nicht, mir vorzustellen, was sie ihrem Opfer angetan hatten. Erst der soziale, dann der physische Tod. Langsam begriff ich auch, warum man den Vorfall totgeschwiegen und ich in meiner Naivität nichts mitbekommen hatte. Hatten sie jemals versucht, Leonhardt zu rehabilitieren? Wahrscheinlich nicht, denn sonst wären wir jetzt nicht in dieser verzweifelten Lage.

Es war kurz vor acht Uhr abends, als ich mich entschied, ebenfalls hinunterzugehen. Ich war hungrig, und wenn ich zurückrechnete, wann ich zum letzten Mal etwas gegessen hatte, erschien mir mein Magenknurren als absolut normal. Nur die Umstände waren es nicht. Jemand nahm Rache für Leonhardts Schicksal, und ich ahnte, dass dieser Albtraum mit Catties Auftauchen und Franziskas Überleben noch nicht zu Ende war.

»Ausgeschlafen?« Cattie lag auf der Couch. Sie hatte geduscht und sah wieder einigermaßen menschlich aus. Mein T-Shirt war ihr zu groß, aber Eitelkeiten waren in unserer Situation sowieso fehl am Platz.

Aus irgendeinem Grund ärgerte mich ihre Bemerkung. Sie hatte geklungen, als ob ich auf der faulen Haut gelegen hätte, während sie um ihr Leben kämpfen musste. »Wie geht es dir?«, fragte ich.

Es war kühl im Raum. In den Geruch von kaltem Brand mischte sich ein Hauch von Zwiebeln, der aus der Küche zu kommen schien. Die eiserne Schiebetür zum Keller stand immer noch offen. Irgendwann würden wir uns entscheiden müssen, ob wir ein Feuer anmachen wollten oder nicht. Ich hatte keine Ahnung, wie es dem Unbekannten gelungen war, das heiße Eisen zu berühren und durch die Glut zu kriechen. Vielleicht verfügte er über ungeahnte Kräfte – oder ein Paar Topflappen. Vielleicht war die Esse aber auch jedes Mal kalt gewesen, ich wusste es nicht mehr.

Aus der Küche drang das Klappern von Töpfen.

»Gut«, antwortete Cattie kurz angebunden. »Franziska will etwas zu essen machen, aber ich werde keinen Bissen runterkriegen.« Sie setzte sich auf und zog die Beine an, als ob sie mir Platz machen wollte.

Ich nahm den Sessel gegenüber. »Wie hast du überlebt?«

»Frag mich was Leichteres. Mich hat der Erdrutsch mitgerissen, ich muss ohnmächtig geworden sein. Als ich wieder zu mir kam, hing ich in einer Baumkrone. Das hat mich gerettet. Aber von euch war weit und breit nichts mehr zu sehen.«

»Ich habe gerufen.«

»Und ich habe geschrien!«

»Wie weit von der Ecke warst du entfernt?«

Ihre Augen wurden schmal. »Was wird das? Ein Verhör? Hast du sie noch alle?«

»Ich will mir nur ein Bild vom Ablauf machen. Mich hat es ins Wasser gezogen, ich konnte mich mit knapper Not zurück ans Ufer retten. Dann gab es einen zweiten Erdrutsch, und ...« Ich schluckte. Toms Anblick hatte sich auf meine Festplatte gebrannt. Ich würde ihn den Rest meines Lebens nicht mehr vergessen. »...Tom, er war schon tot.«

Sie blinzelte, wusste offenbar nicht, ob sie mir trauen sollte. »Bist du sicher?«

»Ja. Hundertpro.«

Mit einem wütenden Aufseufzen legte sie sich zurück in die Kissen. »Wir hätten uns niemals trennen sollen. Das war deine Idee. Weißt du noch?«

»Es war unser aller Idee. Wo ist das Boot?«

»Am Ufer. Ein Stück weiter runter gibt es so etwas wie einen Anleger.«

»Dann warst du auf der anderen Seite des Felsens. Warum bist du nicht zurück nach Karlsbad? Du hättest Hilfe holen können!«

»Vielleicht habe ich an euch gedacht? Damit wir gemeinsam fliehen können?«

Bei allem Respekt, aber das kaufte ich Cattie nicht ab. Sie wäre die Erste gewesen, die eine Gelegenheit zur Flucht ergriffen hätte. Stattdessen kam sie direkt zurück in die Höhle des Löwen.

»Du hattest Angst«, sagte ich. »Hast du gedacht, Siri und Franziska machen sich hier einen schönen Mädelsabend?«

»Ich habe zumindest gehofft, beide noch lebend anzutreffen.«

Die Kälte in ihrer Stimme verriet, dass sie mich zumindest mit dafür verantwortlich machte. Sollte ich mich dafür entschuldigen, dass ich überlebt hatte?

»Habt ihr Siri gesucht?«

»Wann denn?«

Ihr abschätziger Blick brachte mich auf die Palme. »Als ich hier ankam, war Franziska kurz davor ...« Ich suchte nach einem passenden Wort für diese Mordmethode. »... gemahlen zu werden. Ich habe die Mühle angehalten. Hat sie dir das nicht erzählt?«

»Trotzdem –«

»Und dann haben wir die versteckten Mikrofone und Kameras gefunden. Und sein geheimes Hauptquartier im Keller. Und dann kamst du. Es steht dir frei, unsere Versäumnisse wiedergutzumachen und jetzt da rauszugehen und nach Siri zu sehen.«

Ich wollte zur Haustür und sie übertrieben höflich öffnen, aber Cattie winkte ab.

»Schon gut.« Es klang, als ob sie sich zu diesem Zugeständnis durchringen musste.

»Wir waren beschäftigt«, antwortete ich, etwas besänftigt. »Und jetzt ist es zu dunkel. Sie wird kommen, genau wie du. Morgen in aller Frühe sollten wir aufbrechen. Dieses Haus ist keine Zuflucht. Es ist ein einziger Albtraum.«

Cattie nickte. Sie respektierte, dass ich ihre Motive nicht weiter infrage stellte und schien sich für einen stillschweigenden Waffenstillstand entschieden zu haben.

»Hat jemand Lust auf Carbonara?« Franziska kam ins Wohnzimmer. Der Duft von frischen Zwiebeln verwandelte sich gerade, ein Hauch von Röstaromen ließ mir das Wasser im Mund zusammenlaufen. Franziskas Augen waren rot. Ich hatte den Verdacht, dass sie lieber einen Zentner Zwiebeln schnitt als zu zeigen, dass sie geheult hatte.

»Klar. Wir brauchen alle was im Magen. Danach würde ich sagen, dass wir uns den Keller nochmal vornehmen. Dort steht noch ein Laptop. Vielleicht können wir den knacken. Hat jemand Ahnung von Computern?«

Franziska schleckte den Löffel ab. »Nein. Leider nicht.«

Auch Cattie schüttelte den Kopf.

Dieser Laptop beunruhigte mich. Warum war er noch hier? Für jeden einigermaßen fähigen Kriminaltechniker war er doch wie ein offenes Buch. Das Foto auf dem Bildschirm, die gespeicherten Dateien, die IP-Adresse, all das würde doch zum Täter führen. Und noch etwas anderes ging mir nach: der Tod Leonhardts.

Für mich war er ein Schock. Cattie und Franziska wussten es schon länger und hatten lernen müssen, auf ihre Weise damit umzugehen.

Außerdem: Wenn ihr Opfer tot war, wer übte dann so eine grausame Rache? Und wer war Melanie, das Mädchen, dessen Geburtstag wir hier feiern sollten? Das spielende Kind am Strand...

»Wie lange brauchst du?«, fragte Cattie.

Franziska verschwand wieder in der Küche. »Zehn Minuten!«

»Das reicht.« Cattie sah mich auffordernd an. »Lass uns runtergehen und nachsehen.«

30

Dieses Mal waren wir besser vorbereitet. Außerdem hatten wir den Mistkerl ausgesperrt. Wahrscheinlich würde er Mittel und Wege finden, in die Mühle einzudringen, aber die blieben bei unseren Sicherheitsvorkehrungen nicht unbemerkt. Schusswaffen schien er nicht zu besitzen, sonst hätte er sie bestimmt bei irgendeiner Gelegenheit eingesetzt. Aber Dynamit oder TNT ...

»War es eine Explosion?«, fragte ich.

Cattie, die sich mit Kerzen und Streichhölzern ausgerüstet hatte, nickte. Sie wusste, was ich meinte. »Der Erdrutsch wurde direkt durch diesen Knall ausgelöst. Da bröckelte nichts, da hat es auch nicht gerieselt. Puff – und das Zeug kam runter. Ich lege meine Hand dafür ins Feuer, dass es so war.«

»Also hat jemand den Felsen präpariert. Wie kommt man denn an Sprengstoff?« Ich kroch als Erste in den Kamin.

Cattie ging in die Knie und beobachtete misstrauisch, wie ich auf allen vieren über die Esse kroch. »Bauarbeiter brauchen das, für Straßen oder Tunnel. Mehr fällt mir auch nicht ein. – Da soll ich runter?«

»Ja«, sagte ich knapp. Ich hatte die andere Seite erreicht und konnte wieder aufrecht stehen. »Warte, ich zeig es dir. So hat er es gemacht.«

Die Eisenplatte ließ sich ohne Mühe bewegen. Es knirschte ein wenig, und das charakteristische Quietschen kam auch wieder, als ich sie schloss.

»Eine Geheimtür im Kamin, alle Achtung.« Catties Stimme klang dumpf. Ich zog die »Tür« wieder zurück. »Dann muss er auch sehr beweglich sein.«

»Pass auf, dass dir hier nichts reinfällt.« Ich deutete auf die Führungsschiene, die in die Fugen eingelassen war. »Der Mechanismus ist ziemlich leicht zu blockieren.«

»Okay.«

Ich griff nach ihrer Hand. Das Duschtuch, das Cattie sich als Rockersatz um die Hüften gewickelt hatte, verfing sich irgendwo. Endlich konnte ich sie durchziehen – mit dem Ergebnis, dass sie halb im Freien stand, weil sie mit dem Multitasking aus Kerze, Streichhölzern und Pseudo-Rock überfordert war. Sie schnappte sich den Lappen, der durch den Ruß ziemlich gelitten hatte, und knotete ihn wieder zusammen. Es war düster, denn durch den geschwärzten Kamin drang kaum Licht aus dem Wohnzimmer.

»Franziska hat gesagt, oben liegt nur eine Matratze.«

»Ja.« Ich tastete mich die Stufen hinunter. Cattie ratschte ein Streichholz über die Reibefläche und zündete eine Kerze an.

»Er hat also nicht damit gerechnet, dass wir überleben.«

»Sieht so aus.«

Unsere Schatten tanzten über die groben Wände. Eine

Hand fasste mich an der Schulter. Erschrocken fuhr ich zusammen. Es war Catties.

»He! Mach das nicht nochmal!«

»Sorry. Aber beantworte mir eine Frage: Warum hat er dich dann mit in die Lawine geschickt?«

»Kollateralschaden?« Ich sagte das so leichthin, aber in meiner Magengrube war ein ziemlich flaues Gefühl. »Ich glaube nicht, dass man bei sieben geplanten Morden auf einen mehr oder weniger achtet. Ein Zeuge weniger, wahrscheinlich.«

»Hm. Dann hat er also gesehen, dass du dich retten konntest und dir in seiner liebreizenden und beschützenden Art gleich noch dein Bettchen gerichtet?«

Darüber hatte ich bisher noch gar nicht nachgedacht.

»Weißt du, was ich denke?« Sie stieg eine Stufe hinunter und stand nun neben mir.

»Nein.«

»Du steckst mit ihm unter einer Decke.«

Das war so absurd, dass ich beinahe angefangen hätte, zu lachen. »Ich? Mit diesem Wahnsinnigen? Glaubst du wirklich, ich hätte irgendwo gesessen und mit einem durchgeknallten Mörder geplant, wie ich jeden Einzelnen von euch um die Ecke bringe? Hätte ich dann Franziska gerettet?«

Sie wandte ihren Blick ab. »Weiß nicht«, murmelte sie. »Man muss alles in Betracht ziehen.«

»Klar.« Wütend ging ich die restlichen Stufen hinunter.

»Vielleicht hast du deine Pläne ja geändert?«

Langsam drehte ich mich zu ihr um. Irgendetwas in ihrer

Stimme warnte mich. Wir waren alle bis an die Grenzen gegangen. Ach was, weit darüber hinaus. Jeder ging anders mit dem Erlebten um. Bis jetzt war Cattie die Starke gewesen. Aber würde das auch so bleiben?

»Welche Pläne?«, fragte ich so arglos wie möglich. Irgendetwas war im Busch. Vielleicht war es ein Fehler gewesen, dass ich vorausgegangen war.

»Es ist so einfach, sich Dinge in der Theorie auszudenken. Aber dann kommt die Praxis. Weißt du was? Ich glaube dir.«

»Was glaubst du mir?« Sie verwirrte mich. Wie sie mit der Kerze auf der Treppe stand, mit diesem misstrauischen, stahlharten Blick. Etwas stimmte nicht. Am liebsten wäre ich sofort wieder die Stufen hinaufgestürmt und zu Franziska in die Küche gegangen. Drehten jetzt alle miteinander durch?

»Die Sache mit Joshua. Dass du ihn im See gesehen hast. Aber wie ist er dahingekommen?«

»Das habe ich doch alles schon erklärt! Wir hatten Nachtwache –«

»Eben«, unterbrach sie mich. »Du hast keine Zeugen.«

»Zeugen wofür?« Ich ging auf sie zu, sie stieg rückwarts zwei Stufen nach oben. Ich blieb stehen – sie blieb stehen. »Du kannst doch nicht ernsthaft glauben, dass ich Joshua umgebracht habe?«

»Vielleicht nicht persönlich.«

Das war zu viel. Ich nahm zwei Stufen auf einmal – sie warf die Kerze nach mir, das Licht verlöschte, ich stolperte und schlug mit dem Knie auf, das ich mir schon am See verletzt hatte. Cattie raste nach oben, während ich fluchend und mit zusammengebissenen Zähnen versuchte, mit den Schmerzen fertigzuwerden. Noch bevor ich wieder auf den Beinen war, hörte ich es knirschen und quietschen.

»Cattie!«, schrie ich. »Lass das! Bist du irre?«

Ich tastete mich in völliger Dunkelheit nach oben. Zwischendurch rutschte ich auf dem Handtuch aus, das sie verloren hatte. Als ich an der Eisenplatte ankam, ließ sie sich nicht mehr bewegen. Ein metallisches Geräusch verriet, dass sie die Schiene mit irgendetwas, wahrscheinlich dem Schürhaken, blockiert hatte.

»Cattie!«, schrie ich. »Mach auf!«

»Nicht, bis du die Wahrheit sagst!«, hörte ich sie auf der anderen Seite.

»Das *ist* die Wahrheit!«

»Oh nein. Nein! Wir haben es geahnt, vom ersten Moment an! Du bist Johnnys Spionin. Das alles ist sein Plan.«

»Bist du verrückt? Er ist euer Freund! Er würde so etwas niemals tun!«

»Oh!«, kam es höhnisch zurück. »Auf einmal kennst du ihn ja doch! Merkst du nicht, wie du dich in Widersprüche verwickelst? – Lass das!«

Ich hörte Franziskas Stimme. »Cattie, was soll das? Du kannst doch nicht Lana da unten einsperren?«

»Und ob ich das kann! So lange, bis sie mit der Wahrheit herausrückt. Sie steckt dahinter. Sie und Johnny ...«

»Cattie!«

Ich hörte ein Geräusch, als ob ein Stuhl verrückt würde oder etwas umgefallen wäre.

»Franziska?«, rief ich und schlug gegen das Eisen. Es machte einen mörderischen Krach. »Franziska! Hol mich hier raus!«

»Ich kann nicht«, wimmert sie.

Cattie ging dazwischen. »Hört auf, euch zu verbrüdern! Franziska wird dir nicht helfen. Nicht wahr, Süße?«

Wieder ein Wimmern.

»Was hat sie getan? Hat sie dich geschlagen?«, schrie ich.

»Nein, das habe ich nicht. Aber wenn Franziska näher als zwei Meter an den Kamin kommt, kriegt sie dieses Stück Holz über den Schädel. Mit dem ich jetzt übrigens Feuer machen werde. Also überlege es dir gut. Entweder du gibst zu, dass es von Anfang an dein Plan war, uns um die Ecke zu bringen, oder du verreckst da unten!«

»Cattie«, stöhnte ich. »Bitte! Lass uns reden! Selbst wenn ich irgendetwas gestehen würde – was dann? Willst du mich killen?«

»Ich bring dich um und hänge dich an den Mühlenflügeln auf!«, schrie sie. Dann hörte ich ein Scharren und Kratzen. »Also? Hier entsteht gleich ein hübsches kleines Feuer. Rück raus mit der Sprache!«

Meine Gedanken zuckten durcheinander wie winzige Fische. Nicht zu fassen, schlüpften sie mir immer wieder aus dem Sinn und ergaben nur ein einziges, wimmelndes Chaos.

»Cattie …«, bettelte ich. War sie verrückt geworden? Wenn die beiden morgen aufbrachen und keine von ihnen daran dachte, den Schürhaken zu entfernen, wäre ich in ein paar Tagen erledigt. Falls ich nicht vorher noch meinen

Mörder zu Gesicht bekommen würde, aber das kam ja auf das Gleiche hinaus.

»Ich schwöre dir, bei allem was mir heilig ist, ich habe nichts mit all dem zu tun. Bitte glaube mir!«

Keine Antwort.

»Cattie? Franziska?«

Ich lauschte. Von der anderen Seite der eisernen Geheimtür drang ein zischelndes Knacken an mein Ohr. Durch die Ritzen schwebte der Geruch von verbranntem Papier und – Holz. Ein schmaler Spalt, vielleicht zwei Zentimeter breit. Ich lugte hindurch. Flammen tänzelten vor meinen Augen. Dahinter erkannte ich einen Teil des Sessels, auf dem ich noch vor Kurzem gesessen hatte.

Ich musste husten. Offenbar drang der Rauch auch in den Keller und wurde nicht ganz vom Kamin abgezogen. Ich hämmerte mit aller Kraft an die Tür – nichts. Dafür wurde es wärmer. Ich wusste, was Kohlenmonoxyd anrichten konnte. Ich musste weg, hinunter in den Keller. Dort war ich in Sicherheit, zumindest so lange, bis der Rauch hier oben sich verzogen hatte. Dort würde ich aber nicht mitbekommen, wenn sie wieder zurückkamen …

Ich glaube, in diesem Moment war mir der Ernst der Lage noch nicht ganz bewusst. Ich dachte, Cattie würde sich wieder einkriegen und spätestens nach einer fetten Schüssel Spaghetti Carbonara einsehen, was für einen Mist sie gebaut hatte. Ich vertraute auf Franziska, der ich das Leben gerettet hatte und die Catties Verdacht bestimmt nicht teilen würde. Es gab immer noch das trügerische Gefühl, alles würde irgendwann gut werden.

Mit einem Knäuel weiß glühender Wut im Bauch schleppte ich mich nach unten. Wo war diese verdammte Schreibtischlampe? Schmeiß sie jetzt bloß nicht runter! Wenn die Birne kaputtgeht, wenn du keine Steckdose findest... Auf allen dreien – denn auf meinem verletzten Knie konnte ich mich nicht abstützen – kroch ich über den dreckigen Boden.

Orientiere dich. Jetzt hast du die Treppe im Rücken. Der Raum vor dir ist groß und quadratisch. Vermutlich ähnlich geschnitten wie das Wohnzimmer über dir. In der Mitte steht der Tisch. Auf ihm befinden sich der Laptop, die Lampe und drei Monitore. Du musst nur eine Taste auf dem Board berühren und schon wird der Bildschirmschoner aufleuchten. Dann wird es leichter.

Als meine Fingerspitzen etwas Unerwartetes berührten, zuckte ich zusammen. Es war eines der Tischbeine. Vorsichtig tastete ich mich weiter, fand die Kante des Tischs, und ich zog mich hoch. Etwas Kaltes, Metallisches. Der Laptop. Meine Finger fanden die Tastatur von alleine. Mit einem leisen, melodischen Klang erwachte der Bildschirm und tauchte die Umgebung in sein kühles Licht. Ich musste die Augen schließen, weil es blendete. Auf meine Netzhaut brannte sich das Bild des Mädchens am Strand ein. Als ich die Tastatur berührte, erschien ein kleines Fenster mit der Aufforderung, das Passwort einzugeben.

Super. WTH?

Aber die Monitore waren über ein USB-Kabel mit dem Laptop verbunden und gingen nun ebenfalls an. Auf allen dreien war nichts zu sehen. Nacht. Immerhin, ich hatte Strom. Und die Lampe – sie funktionierte. Der Schein der

Glühbirne hatte etwas Tröstliches. Ein Hauch von Zivilisation. Ich folgte dem Stromkabel des Laptops. Erst um den Tisch herum, dann über den Boden bis zu einer Ecke zwei Meter neben dem alten Öltank. Dort verschwand es in einer Steckdose. Einer Dreier-Steckdose, um genau zu sein. Alle drei Plätze waren belegt. Vom mittleren Stecker führte ein weiteres Kabel in die dunkle Ecke, die ganz rechts war. Der Anschluss für ... ein Modem!

Ein Modem! Ich hatte Internet! Wahnsinn! Am liebsten hätte ich vor Freude laut aufgejubelt, bis mir einfiel, dass es nichts gab in diesem Raum, mit dem ich mich hätte einloggen können. Neben der Steckdose befand sich die Buchse für die Verbindungskabel. Jetzt wusste ich auch, wie es passieren konnte, dass wir ab und zu für kurze Zeit Empfang gehabt hatten. Offenbar hatte unser Gastgeber sich immer nur mit dem Netz verbunden, wenn wir schliefen. Oder wenn er wusste, dass keiner von uns sein Handy eingeschaltet hatte. Mittlerweile dürfte niemand von uns mehr über ein geladenes Gerät verfügen. Er musste also keine Rücksicht mehr darauf nehmen.

Das waren gute und gleichzeitig schlechte Neuigkeiten. Wir mussten nur noch ein Handy finden, das ein oder zwei Prozent hatte, und es wäre möglich, mit der Außenwelt in Kontakt zu treten. Ich dachte nicht an Verschlüsselungen und Passwörter, ich war einfach nur hingerissen von dieser neuen, ungeheuerlichen Möglichkeit. Hatte Franziska nicht noch ein Handy? Am liebsten wäre ich die Treppe hinaufgerannt und hätte diese Neuigkeit hinaustrompetet. Und dann? Würde Cattie mich freilassen? Wahrscheinlich nicht, so wie sie sich verhielt. Ich konnte nur hoffen, dass sie sich gerade mit den letzten Alkoholvorräten zudröhnte und so schnell wie möglich in einen Betäubungsschlaf fiel. Dann wäre es vielleicht möglich, mit Franziska zu verhandeln.

Also warten. Ich folgte dem letzten Kabel in die Ecke. Aber dort lag nur ein kleiner Funkwecker, der zudem auch noch die falsche Zeit anzeigte. Ratlos stellte ich ihn wieder auf den Boden.

Der Laptop würde vermutlich noch eine Weile ohne direkte Stromzufuhr auskommen. Es war nicht wirklich eisig kalt, aber ungemütlich. Ich begann zu frieren. Wie spät mochte es sein? Als ich das nächste Mal die Treppe hinaufging, schien der größte Teil des Rauchs abgezogen zu sein. Es war wärmer als unten, das Feuer hatte sich zur Glut gebettet. Ich wollte gerade kräftig gegen das Eisenblech treten, als ich Stimmen hörte.

Franziska: »Wir brauchen sie! Ohne Lana schaffen wir das nicht!«

»Blödsinn. Soll sie da unten verrecken!« Unnötig zu sagen, wer ihr da geantwortet hatte.

»Ich verdanke ihr was.«

»Ja! Den Tod von Joshua! Und wahrscheinlich auch den von Siri und Stephan! Und Tom! Hast du Tom vergessen?«

»Nein! Natürlich nicht! Aber ich will wissen, was du vorhast. Wir können sie nicht da unten lassen.«

Ein Duft nach gebratenem Schinken und Käse wehte durch den Spalt. Ich konnte Franziskas Locken erkennen, weil sie mit dem Rücken zu mir im Sessel saß. Mein Magen knurrte so laut wie ein Schäferhund, dem man den Knochen wegnehmen will. Aber die beiden auf der anderen Seite des Kamins hörten es nicht.

»Ich will weg hier, Franzi, und das so schnell und sicher wie möglich. Sobald wir ins Karlsbad sind, gehe ich zur Polizei. Die werden sich um sie kümmern.«

»Ich weiß nicht ...«

Ich trat so laut gegen das Eisen, dass ihnen hoffentlich der Teller aus der Hand fiel. »Ihr lasst mich nicht hier alleine! Macht sofort auf!«

Aber Cattie antwortete nur: »Wenn du nicht willst, dass ich den Keller flute, dann halte gefälligst den Mund.«

»Ich will auch was zu essen!«

»Ich bring dir –«, wollte Franziska sagen, aber Cattie fiel ihr ins Wort.

»Nichts. Nichts kriegst du. Bevor du nicht die Wahrheit sagst.«

»Okay!«, brüllte ich. »Ich bin eine geisteskranke Killerin und habe euch gestalkt seit meinem ersten Tag in L. Reicht das?«

»Sie lügt, wenn sie den Mund aufmacht. Merkst du das nicht, Franziska? Ich wusste es, als ich sie gesehen habe. Da kommt nichts Gutes. Schon in Karlsbad war mir das klar. Ich habe Joshua während der Nachtwache noch eine SMS geschickt, dass er sich in Acht nehmen soll vor ihr! Aber da war es ja schon zu spät!«

»Dann warst du das?«, rief ich. »Hast du ihn auch runter zum See gelockt?«

»Bist du irre?«

»Lasst mich raus!«

»*Never ever, stupid.* Erst sagst du, mit wem du das alles hier ausgeheckt hast. Und dann denke ich mir noch eine nette kleine Belohnung für dich aus.«

»Cattie …«, begann Franziska. Aber ihr wurde brutal das Wort abgeschnitten.

»Und du glaub ja nicht, dass ich nicht merke, wenn du mir in den Rücken fällst. Heute Nacht schlafe ich hier. Du bleibst oben.«

»Nein! Ich gehe da nicht wieder rauf!«

»Du tust, was ich sage!«

»Cattie, ich kann das nicht. Ich sterbe, wenn ich da nochmal rauf muss!«

Es entspann sich ein wirrer Dialog, in dem Franziska immer mehr die Fassung verlor und Cattie von Minute zu Minute wütender wurde.

»Es reicht!«, brüllte sie. Ich hörte Schreie, Wimmern, Heulen und Flehen, dazwischen Catties zornige Befehle, und dann entfernten sich die Stimmen.

»Hallo?«

Ich rüttelte an dem Blech.

»Lass sie in Ruhe! Du drehst ja durch!«

Von weit her kam Catties schrille Antwort. »Immerhin bin ich nicht so pervers wie ihr! – Rauf jetzt! Oder soll ich wirklich Gewalt anwenden?«

Dann war es still. Mein Herz galoppierte, mir war schwindelig. Wahrscheinlich zog immer noch tödlicher Rauch durch die Ritzen. Auf dem Weg nach unten wäre ich beinahe zusammengebrochen.

Der Laptop hatte sich in den Stand-by-Modus geschaltet.

Über den Bildschirm huschten Fotos. Das Mädchen mit der Schultüte. Dann zusammen mit seinen Eltern in einem Garten. Es wurde größer, trug eine Zahnspange. Die Konfirmation. Halt. Stopp!

Ich sprang an die Tastatur und gab irgendeinen Befehl. Das Ergebnis war, dass wieder der Sperrbildschirm mit dem Strandfoto auftauchte und ich nach dem Passwort gefragt wurde. Irgendetwas an dem Konfirmationsfoto hatte mich irritiert. War es das Mädchen, oder die Kerze, oder die strahlende Familie im Hintergrund? Ich würde warten müssen, bis das Gerät sich wieder schlafen legte. In der Zwischenzeit sollte ich einen Plan machen, wie ich hier wieder hinauskäme.

Bestechung.

Gute Idee. Aber woher die Martinis nehmen, mit denen ich Cattie besänftigen konnte?

Überredung.

Ganz schlecht. Wir hatten ja gesehen, wohin logische Argumentation führte: Mir wurde das Wort im Mund herumgedreht.

Die Wahrheit.

Ja, die Wahrheit ...

Keine Ahnung, ob ihr schon mal in so einer Situation wart. Ich meine nicht, von einer durchgeknallten Alkoholikerin mit Wahnvorstellungen in einen Keller eingesperrt zu werden. Bis jetzt ist in eurem Leben bestimmt alles gutgegangen. Vielleicht gab es mal Stress, Liebeskummer, ihr wurdet gedisst oder hattet Depressionen. Das Leben kann übel sein. In Dubai hatten wir ein Mädchen in der Klasse, das sich zu Tode hungern wollte. Mir hat es fast das Herz herausgerissen. Und wenn es mir schon so ging, wie dann den Eltern, den Geschwistern, den Freunden? Leben kann Horror sein. Nicht nur für uns selbst, auch für die, die uns lieben und denen wir entsetzliche Schmerzen zufügen.

Aber das meine ich nicht. Ich suche nach einem anderen Vergleich. Ihr seid im Fahrstuhl, es gibt einen Ruck, und er fällt nach unten. Vielleicht fängt er sich nochmal. Ganz bestimmt tut er das. Aber ihr hängt in der verkanteten Kabine, und das Leben, in dem ihr bis jetzt mit fast traumwandlerischer Sicherheit herumspaziert seid, zeigt euch plötzlich den Mittelfinger. Es kann schiefgehen. Ihr wisst es noch nicht. Aber die Möglichkeit ist da. Und die Angst.

In dieser Vorstufe zur Panik verliert ihr die Fähigkeit, klar zu denken, und tut völlig widersinnige Dinge. Rufen, wenn einen keiner hört. Flehen, wenn es niemanden gibt, mit dem man in Verhandlungen treten kann. Manche schließen einen Pakt mit Gott ohne zu wissen, dass das ein Vertrag sein muss, den beide Seiten unterschreiben. Und Gott hat eben manchmal auch andere Pläne …

Kurz: Mir fiel nichts ein. Außer ruhig und langsam zu atmen und nicht die Kontrolle zu verlieren. Ich drehte den Laptop so, dass ich ihn von der anderen Seite des Tisches aus sehen konnte, und setzte mich an die Wand.

Ich erinnerte mich daran, wie es einmal gewesen war. Wir alle zusammen, noch unbeschwert und aufgekratzt von dem Abenteuer, das hinter dieser geheimnisvollen Einladung steckte. Wahrheit oder Wahrheit … Wie nah waren wir ihr gekommen und trotzdem hatte jeder jeden angelogen.

Wenn es jemanden gab, der Leonhardt rächte, dann musste ihm dieses Spiel wie Hohn und Spott erschienen sein. Sie hatten nichts gelernt in all den Jahren. Sie täuschten sich gegenseitig mit ihren Rollenspielen und hofften, dass ihnen keiner auf die Schliche käme. Dass es vergessen wäre. Einfach vergessen. Man kann ja nicht ewig mit Dreck am Schuh herumlaufen. Irgendwann muss man ihn abstreifen. Wahrscheinlich hatten sie sich eingeredet, dass ihr einziger Fehler der Meineid gewesen war. Zwei Jahre auf Bewährung, mehr nicht. Wahrscheinlich waren sie noch nicht einmal strafmündig gewesen. Der Einzige, der ihnen einen Strich durch die Rechnung gemacht hatte, war Johnny. Ich fragte mich, was genau seine Rolle gewesen war. Ob er die Wahrheit hatte sagen wollen? Wurde er dafür geächtet? Das Rudel biss einen der seinen weg. Von diesem Rauswurf in die Einsamkeit schien er sich bis heute nicht erholt zu haben. Da war es auch egal, dass das Rudel sich wenig später selbst aufgelöst hatte.

Ob meine Nachricht bei ihm angekommen war? Ob er alles stehen und liegen ließ und käme? Ob er überhaupt gesundheitlich schon dazu in der Lage wäre? Und wenn, würde er noch rechtzeitig kommen? Und wenn ja, was fände er vor? Eine rasende Cattie, eine zusammengebrochene Franziska. Eine halb wahnsinnige, im Keller eingesperrte Lana. Statt zusammenzuhalten, zerfleischten wir uns gegenseitig. Vielleicht würde er den beiden da oben geradezu ins offene Messer laufen – Cattie war zu allem fähig. Oder noch schlimmer ... Johnny kommt in die Mühle. Die Vögel sind ausgeflogen. Er ruft, sucht alles ab, aber er hört nicht die schwachen Schreie aus dem Keller, denn ich schaffe es nicht mehr, die Treppe hochzukriechen ... Er geht! Die Tür zieht er hinter sich zu. Ich bleibe gefangen im Grab eines Mörders, und das letzte Licht wird das der Glühbirne sein, die vermutlich noch brennen wird, wenn eines Tages Waldarbeiter meine Mumie finden werden ...

Nur ein Tipp: So sollte man es nicht tun, denn solche Gedanken sind, gelinde gesagt, kontraproduktiv. Sie bieten sich natürlich an. Sie sind wie weiche Kissen, auf die man sein müdes Haupt bettet, um sich wohlig in die Arme der Verzweiflung sinken zu lassen. Es ist nichts dagegen zu sagen, ihnen ein paar Minuten freien Lauf zu gönnen. Aber dann ist auch das erledigt und man sollte eher an der Hoffnung arbeiten.

Zack! Das Bild sprang um. Ich wartete die Reihenfolge ab, bis endlich das Konfirmationsfoto wieder erschien. Je öfter ich das Mädchen sah, desto vertrauter wurde es mir. Natürlich konnte das täuschen, aber ich wurde das Gefühl nicht los, sie zu kennen. Das nächste Bild tauchte auf: eine Schultheatergruppe in der Aula. Das Stück war offenbar *Romeo und Julia*. Zumindest hatten sie eine Art Balkon aufgebaut, und das Mädchen stand dort oben, bildhübsch, mit langen blonden Haaren, zu Zöpfen geflochten, Zöpfe ... und lächelte zu einem Jungen hinunter. Der Junge war Johnny. Und die Aula war die unserer Schule in L.

Ohne nachzudenken, sprang ich auf, berührte das Touchpad – zong! Der Bildschirmschoner bedankte sich mit Passwortabfrage und Strandidylle. Begleitet von einem wütenden Seufzer kehrte ich zurück zu meinem Platz. Johnny!

Das Mädchen war auf unsere Schule gegangen. Wann war

das gewesen? Lange vor meiner Zeit. Johnny sah aus wie fünfzehn oder sechzehn. Sein Blick hinauf zu Julia war so voller Liebe und Zärtlichkeit gewesen, dass er mir ins Herz schnitt. Ich verbot mir zu heulen. Weinen streng verboten ... Es gibt eine Stelle in einem Kinderbuch, bei dem ich jedes Mal Rotz und Wasser geflennt hatte. Kennt ihr »Das fliegende Klassenzimmer« von Erich Kästner? Als Martin den Brief seiner Mutter bekommt, die ihm schreibt, dass sie das Geld nicht haben, um ihn zu Weihnachten nach Hause zu holen? Lest es. Kästner ist klasse. Es ist ein Buch, in dem es um echte Freundschaft geht. Vielleicht kommt daher meine Sehnsucht nach Verlässlichkeit. Vertrauen. Gemeinschaft. Ich kannte sie nur aus Büchern.

Der *Court* war ein Abziehbild, eine Inszenierung. Cliquen wie die rund um Johnny benutzen unsere Sehnsucht für ihr eigenes Ego, um sich von uns abzugrenzen. Du bist es nicht wert, eine von uns zu sein. Wir wollen dich nicht in unserer Nähe haben. Wir sind etwas Besseres als du. Vielleicht haben sie es nie so offen gesagt, aber das Gefühl, das sie vermittelten, war so. Ich glaube, Kästner hat seine Bücher für Kinder geschrieben, die so waren wie ich. Und es vielleicht immer noch sind. Man kann sie auch lesen, wenn man kein Kind mehr ist.

Johnny ... Was hatte er mit dem Mädchen auf dem Laptop zu tun? Franziska und Cattie könnten mir vielleicht helfen, diese Frage zu beantworten. Dann müsste ich mein Geheimnis preisgeben, aber dafür würde auch die Eisentür geöffnet werden ... Egal. Das Risiko musste ich eingehen. Vielleicht sprang ein Teller Carbonara für mich heraus.

Ich klappte den Laptop zu, zog den Stecker heraus und nahm das Gerät mit nach oben.

Es war still. Nur der Geruch von gebratenem Speck und Holzfeuer hing noch irgendwo in der Luft. Gerade wollte ich wieder an das Blech klopfen, als etwas meine Bewegung stoppte.

An dem schmalen Spalt glitt ein Schatten vorbei.

31

Ich wurde eins mit der Dunkelheit. Ich verschmolz mit ihr. Mein Körper löste sich auf im lichtlosen Nichts. Die kalte, schartige Wand, an die ich mich presste, wurde ein Teil von mir. Mauer und Stein, werde zu Mauer und Stein, hör auf zu atmen, hör einfach auf zu existieren ... Trotzdem gab es mich, und ich war sicher, der Schatten auf der anderen Seite des Kamins witterte, das etwas Lebendes in seiner Nähe war.

Das wenige Licht, das durch den Spalt hindurchdrang, verdunkelte sich. Er blieb vor dem Kamin stehen. Ein leises Scharren, das mir das Blut in den Adern gefrieren ließ. Er zog an dem Blech, wollte es öffnen, aber es gelang ihm nicht. Ich war keinen Meter von ihm entfernt. Er musste spüren, dass er nicht allein war. Vielleicht roch er meine Angst. Vielleicht war es auch nur meine Körperwärme, die irgendetwas im Raum veränderte. Ich biss mir in den Handknöchel, um nicht laut aufzuschreien. Ein ohrenbetäubender Schlag. Das Blech zitterte. Wütendes Schnauben, nur mühsam unterdrückt.

Und dann geschah das Wunder: Er ließ von der Geheimtür ab und zog sich zurück. Es war nur eine Frist, er würde wiederkommen. Trotzdem strömte die Erleichterung wie Tauwetter in meine vereisten Adern.

Ich stellte den Laptop, so leise es ging, ab, und verrenkte mich wie eine Tempeltänzerin, um durch die Ritze zu sehen. Der Bauernschrank vor dem Fenster stand immer noch da. Die Haustür schien geschlossen zu sein. Wo war er? Was hatte er vor?

Und da hörte ich es. Leiser, gedämpft durch dicke Mauern und ein arretiertes Eisenblech, aber es war ganz deutlich das Knarren der Treppe hinauf auf den Mahlboden.

Das Herz schlug mir bis zum Hals. Was um Himmels willen war da los? Es konnte eine ganz einfache Erklärung geben: Cattie war schon im Bett und Franziska wollte sie nicht stören und bewegte sich deshalb so vorsichtig. Sie hatte versucht, mich zu befreien, aber es war ihr nicht gelungen, sodass sie unverrichteter Dinge wieder abgezogen war.

Aber meine Nerven waren schon zu lange in Aufruhr. Ich hatte Dinge gesehen und erlebt, die ich nie vergessen würde. Ich fühlte, ach was, ich wusste, dass da draußen unser Mörder herumschlich. Keiner von uns, definitiv nicht. Ich hatte das Böse gespürt.

So leise es ging, nahm ich den Laptop und wollte die Treppe wieder hinunterschleichen. Zwischen zweiter und dritter Stufe kam der Schrei.

Laut, voller Angst. Franziska. So hatte sie schon einmal geschrien. Er fräste sich in meine Ohren, hinter meine Schläfen, direkt in den Kopf. Ich rutschte aus und hätte mir wahrscheinlich beim Fall auch noch das Genick gebrochen, wenn ich den Laptop nicht losgelassen und nach dem Geländer gegriffen hätte. Das Teil knallte auf den Stein, rutschte weiter, überschlug sich, und prallte scheppernd unten im Keller auf, schlitterte ein paar Meter weiter und kam nach ein paar Drehungen zur Ruhe.

Ich stand auf halber Treppe da wie eine Salzsäule. Der Schrei brach ab. Unmöglich! Das konnte man oben nicht hören! Die Wände waren viel zu dick! Aber warum war es dann so verdächtig ruhig?

Ich wagte nicht, mich zu rühren. Was sollte ich tun, wenn er kam? Ihn gleich oben in Empfang nehmen und mich wie ein Lamm zur Schlachtbank führen lassen? Mich unten irgendwo verstecken? Aber wo? Wo denn?

Instinktiv versucht man wider jede Vernunft einfach so viel Raum wie möglich zwischen sich und den Verfolger zu bringen. Geräuschlos wie ein Schatten glitt ich die Treppe hinunter. Unten hob ich den Laptop auf und sah mich nach etwas um, das ich als Waffe gebrauchen konnte. Die Lampe. Eindeutig zu hell. Es musste dunkel sein, wenn er kam. Dann hätte ich vielleicht den Überraschungsmoment auf meiner Seite.

Welchen Überraschungsmoment? Huhu? Würde ihn das so erschrecken, dass ich Zeit genug hatte, die Treppe raufzurennen, durch die Esse zu kriechen und die Eisentür hinter mir zu verriegeln? Lächerlich.

Die Lampe.

Strom.

Schock.

Vorsichtig legte ich den Laptop auf dem Schreibtisch ab. Dann kümmerte ich mich darum, wie man den Lampenschirm abschrauben konnte, ohne sich an der alten Glühbirne die Finger zu verbrennen. Ein Glück, dass alles in diesem Haus von vorgestern war. Keine Ahnung, ob der Trick auch mit einer Halogenlampe funktioniert hätte. Als ich es endlich geschafft hatte und sie mir dabei zweimal fast aus den zitternden Händen gefallen war, schlug ich die Lampe an die Wand. Mit einem leisen Klirren zerbarst das Glas. Schlagartig war es dunkel. Nun stand sie unter Strom, aber sie brannte nicht mehr.

Ich setzte mich auf den kalten Boden und wartete. Meine Nerven waren zum Zerreißen gespannt. Ich weiß nicht mehr, wie viel Zeit verstrich. Ein Mal narrte mich meine Vorstellungskraft. Ich hörte ein leises Kratzen, dann mal wieder ein Poltern, als ob jemand einen schweren Sack Mehl die Dachstuhltreppe hinunterzog.

Ich verbot mir das Denken, denn dann hätte ich Schlüsse von dem Geräusch auf die Tat ziehen müssen. Ein schwerer Sack Mehl und ein menschlicher Körper liegen akustisch nicht sehr weit auseinander. Ich schloss die Augen. Meine Hand umklammerte den Lampenfuß so fest, dass ich nach einigen Minuten einen Krampf bekam. Als nichts geschah und ich ihn wegen der Schmerzen loslassen musste, wurde mir übel. Ich konzentrierte mich aufs Atmen und auf meinen Magen. Irgendwann hatte ich beides unter Kontrolle.

Eine Stunde vielleicht? Die ganze Nacht? Ich verlor jegliches Zeitgefühl. Zwischendurch sprang mich der Jammer an wie ein ausgehungertes Raubtier, dem man nicht genug zu fressen gegeben hat. Mit unsäglicher Mühe hielt ich es in Schach. Später, war mein Mantra. Später. Jetzt hast du zu funktionieren. Deine einzige Aufgabe ist es, diesen Horror zu überleben.

Wie würde es sein, zu sterben? In Panik und der Gewissheit, dass man keinen Ausweg mehr hat? Wenn es mich erwischte, wäre ich tapfer? Ruhig? Oder würde ich mir in die Hosen machen? Wahrscheinlich Letzteres. Ich hoffte darauf, dass es schnell gehen würde. Keine langen Erklärungen. Kein Hinhalten, keine falschen Hoffnungen. Einfach zack, aus. Vielleicht noch das Licht, von dem alle reden. Dieser blendend helle Schein am Ende des Tunnels. Empfangen werden von den Menschen, die man liebt.

Shit. Ich liebte niemanden.

Ein stockdunkler Keller, ein Mörder im Haus, das sind nicht gerade die besten Bedingungen, um sich über so existenzielle Dinge Gedanken zu machen. Aber ich liebte niemanden. Immer wieder ploppte dieser Gedanke in mir auf. Warum nicht, zum Teufel? Meine Eltern? Ja, klar. Schon irgendwie. Aber sie waren nicht gerade die Wunschkandidaten, die ich auf der anderen Seite als Erste sehen wollte. Ich kannte viele Leute, aber niemanden, den ich liebte.

Das war der Moment, in dem ich wirklich fast die Fassung verlor. Kein Freund. Keine Freundin. Keine kleine Schwester, kein ritterlicher großer Bruder. Kein Sehnen, kein Halt. Ich dachte an die Leute, an die ich mein Herz verschenkt hatte, aber Liebe … Liebe war es nicht gewesen. Mein erster Kuss, mit einem Jungen, der am nächsten Tag mit hochrotem Kopf ohne ein Wort an mir vorbeigegangen war. Mein erstes

Mal, hektisch, verstohlen, voller Angst, ertappt zu werden, danach eine verzückte Schwärmerei, um mir diesen Jungen und seine täppische Art schön zu wünschen. Hat nicht geklappt. Dann Pit, ein Niederländer. Auf derselben internationalen Schule in Dubai. Drei Monate große Gefühle, dann war er fort. Ich bekam noch nicht einmal einen Abschiedsbrief. Nur eine SMS. *Sorry*.

Sorry. Wenn Pit auf der anderen Seite stünde, bekäme er als Erstes einen Kinnhaken. Es müsste jemand sein, der einen auffängt, mit weit ausgebreiteten Armen. In die man sich fallen lassen kann, in denen nichts anderes mehr existiert als der einzige Gedanke: Jetzt wird alles gut.

Man kann ziemlich lange mit solchen Gedanken verbringen. Sie zermürben so schön. Irgendwann kommt man an den Punkt, an dem man diesem Leben eigentlich gar nichts mehr abgewinnen kann. Für was? Für wen? Wer würde an meinem Grab stehen und um mich weinen? Es würde wahrscheinlich eine ziemlich stille Party mit wenigen Gästen sein. Vater, Mutter, Punkt. Vielleicht noch jemand aus dem Studentenwohnheim, vielleicht der Pfarrer aus meiner Gemeinde in L., in der ich getauft worden bin. Sie würden mich nicht in Berlin begraben, da war ich mir sicher ...

Und so verging die Zeit. Eigentlich bin ich ja ein optimistischer Mensch. Von der Veranlagung her vielleicht etwas introvertierter als die anderen, aber sicher niemand, der sich das Leben schlecht redet. Doch sitzt mal in so einer Situation Stunde um Stunde in einem stockdunklen Keller und achtet auch noch darauf, euch nicht selbst einen elektrischen Schlag zu versetzen. Erst tut das Herz weh, dann der ganze

Körper. Irgendwann kannst du nicht mehr. Du willst nur noch, dass es aufhört.

Es muss so etwas wie umgekehrte Panik sein, wenn man dann auch noch beschließt, die Treppe hochzuschleichen und nachzusehen, ob sich hinter dem Spalt etwas tat. Nachdem ich es mir im Keller und in meinem Selbstmitleid gerade richtig gemütlich gemacht hatte, war das so ziemlich das Kontraproduktivste, das mir einfallen konnte. Aber viel mehr Wahlmöglichkeiten hatte ich nicht. Unten verrecken oder oben verrecken. Vielleicht half es, zu wissen, was auf mich zukam.

Als ich den kleinen Absatz vor der Eisenplatte erreicht hatte, ging ich in die Hocke und blinzelte durch den Spalt. Im Wohnzimmer war es genauso dunkel wie im Keller. Der Mistkerl hatte das Licht ausgemacht. Das Feuer schien heruntergebrannt zu sein. Als ich mit den Fingern die Platte berührte, war sie noch etwas warm. Der Rauch lag in der Luft, aber es war nur ein Geruch und nicht die tödliche Konzentration von Kohlenmonoxyd. Vorsichtig umklammerten meine Hände den Griff. Ich zog – und mit dem charakteristischen Quietschen setzte sie sich in Bewegung.

Freeze.

Was zum Teufel war das? Wer hatte mich befreit? Wahrscheinlich lauerte er mit einem Beil in der Dunkelheit und wartete darauf, dass ich den Kopf herausstreckte ...

Langsam und so leise wie möglich zog ich mich zurück und setzte mich mit angezogenen Knien auf den Boden. Den Kopf in die Arme vergraben, lauschte ich hinaus auf das Atmen des Hauses. Von weit her klang ein dumpfes Rauschen. Ob es nur der Wind war oder die gewaltigen Flügel, die ihn einfingen, konnte ich nicht unterscheiden. Es knackte und ich fuhr zusammen. Aber es war nur das Holz, das arbeitete und sich dehnte oder zusammenzog. Ein Brummen. Gedämpft durch die dicken Mauern, dauerte es ewig, bis ich dahinterkam, dass in der Küche gerade der Kühlschrank angesprungen war.

Was sollte ich tun? Hinausgehen? Oder mich weiter in der trügerischen Sicherheit des Kellers verbergen? Ich wusste nicht, wie Cattie die Eisenplatte von außen verriegelt hatte. Noch weniger, ob der Psychopath mich hatte befreien wollen oder ob er einfach nur schnell einen griffbereiten Schürhaken gesucht hatte. War es also Zufall oder Kalkül, dass sich ausgerechnet jetzt die Chance zur Flucht bot?

Der Laptop ... Leise wie ein Fuchs auf Beutezug stieg ich die Treppe hinab. Es war schwierig, sich durch den Raum bis zum Schreibtisch zu tasten und dabei überhaupt kein Geräusch zu machen. Hier unten war es vermutlich egal, aber all meine Instinkte waren auf unsichtbar gepolt. Er darf mich nicht bemerken. Er hat mich durch Zufall befreit. Er glaubt vielleicht, ich bin irgendwo da draußen. Dann sucht er mich ...

Hat er deshalb seinen Laptop zurückgelassen? Was bezweckt er damit? Fühlt er sich so sicher und glaubt, ihm kann keiner was? Sieben Verschwundene. Man würde uns suchen, es war nur eine Frage der Zeit. Die Spur würde zu dieser Mühle führen. Man würde herausfinden, wo unsere Handys sich zum letzten Mal eingeloggt hatten. Es war doch schon vorbei. Sie würden ihn kriegen. Warum fühlte der Mörder sich dann so sicher?

All diese Gedanken wirbelten in meinem Kopf herum und machten den Rückweg nicht gerade leichter. Oben angekommen, lehnte ich das Gerät an die Wand. Ich hatte beschlossen, es doch nicht mit auf die andere Seite zu nehmen, dort würde es mich nur behindern. Als ich das nächste Mal das Blech in der Hand hatte, holte ich tief Luft und zog.

Die Tür glitt zur Seite. Ich lauschte, aber es blieb still. Keine Diele knarrte, kein Sessel wurde beim Aufstehen verrückt. Ich legte die Handflächen auf die Esse – die war heiß. Vielleicht befand sich auch noch Glut unter der Asche. Cattie hatte zwei Holzscheite verbrannt, die Reste davon schob ich vorsichtig zusammen, damit ich Platz zum Durchklettern hatte. Noch einmal tief Luft holen, los.

Ich schoss aus dem Kamin und landete auf dem Flickenteppich. Dabei warf ich fast den Couchtisch um. Zusammengerollt, um so wenig Angriffsfläche wie möglich zu bieten, blieb ich liegen. Aus der Dunkelheit lösten sich die Umrisse der Möbel. Die Badezimmertür stand halb offen. Von dort drang schwaches Mondlicht durchs geöffnete Fenster.

Das Bad. Er war durchs Bad gekommen... Daran hatten wir nicht gedacht. Das Fenster besaß einen ganz einfachen Mechanismus. Zwei verzogene Holzflügel, zusammengehalten mit einem Haken. Ein Schlag und das Ding stand offen wie ein Scheunentor.

Ich richtete mich halb auf und sah mich um. Die Eingangstür war zugezogen, aber der Riegel lag nicht mehr vor. Einer der Sessel war umgestürzt. Der Teppich warf Falten, genau auf dem Weg zur Haustür. Dann wandte sich mein Blick zur Treppe. Ich musste hinauf auf den Mahlboden und nachsehen, was dort geschehen war. Vielleicht hatten sich Cattie und Franziska versteckt und trauten sich nicht mehr heraus.

»Hallo?«, rief ich leise.

Er war weg. Möglicherweise werden ja in solchen Situationen animalische Instinkte geweckt und man wittert, ob sich ein Gegner im gleichen Raum befindet oder nicht. Das Tier in mir entspannte sich etwas. Ich stand auf und tastete nach den Streichhölzern auf dem Kamin. Dort lag auch noch eine verstaubte Kerze, die Cattie dort deponiert hatte. Als ich sie angezündet hatte und sich ihr tröstlicher Schein verbreitete, fühlte ich mich zum ersten Mal etwas zuversichtlicher.

Das Gefühl verschwand mit jeder Stufe, die ich weiter nach oben ging.

»Cattie?«, flüsterte ich. »Franziska? Ich bin es, Lana!«

Natürlich würde ich den Täter warnen, wenn er noch dort war. Kein gutes Gefühl, mit diesem Wissen den Kopf durch die Luke zu stecken und sich umzusehen.

Das große Mahlrad stand still. Die letzte Matratze war verschwunden. Von Cattie und Franziska keine Spur. Es roch nach frisch aufgewirbeltem Staub, ein ganz kleines bisschen nach Catties Duschgel, und nach … Blut.

Kennt ihr den Geruch von Blut? Er hat etwas Metallisches, Bitteres. Etwas Unverwechselbares …

»Cattie?« Noch eine Stufe. »Franziska?«

Der Mahlboden war leer.

Ich rannte auf den Trichter zu. Heißes Wachs tropfte auf meinen Handrücken, aber ich merkte es kaum. Der Schemel stand noch da. Ich zog ihn heran, stieg hinauf und leuchtete in das schwarze Loch.

Nichts.

»Cattie! Wo seid ihr?«

Die beiden waren verschwunden. Es gab kein Versteck, in das sie sich hätten verkriechen können. Der einzige Hinweis war ein großer, feuchter Fleck vor der Luke zur Treppe.

Ich ging auf die Knie und strich sacht mit den Fingerspitzen über das nasse Holz. Es war Blut. Eindeutig.

Langsam stand ich wieder auf und begann den Abstieg. Ab jetzt würde ich alles ausblenden. Alles. Keine Gefühle. Meine einzige Aufgabe war, heil aus der Schlinge zu kommen, die der Mörder auch um meinen Hals legte und immer fester zuzog.

Unten angekommen, traute ich mich nicht, Licht zu machen. Stattdessen pappte ich die Kerze mit ein paar Tropfen heißem Wachs auf dem Kamin fest und checkte die Haustür. Sie war wirklich nicht verriegelt. Vermutlich hatte er so das Weite gesucht. Allein?

Auf den Dielen waren Schleifspuren zu erkennen. Er hatte seine Opfer durch dieses Zimmer nach draußen gezerrt. Das musste in der Zeit gewesen sein, als ich starr vor Entsetzen unten im Keller gewesen war. Das Poltern, die Schritte... Nicht daran denken. Weitergehen. Ins Bad. Das Fenster schließen. Überlegen, wie man das Haus zu einer Burg machen konnte. Oder fliehen. Jetzt.

Das war die einzige Lösung. Ich musste hier raus und

mich in Richtung versteinerter Hochzeitszug durchschlagen. Von dort aus runter nach Karlsbad. Mit etwas Glück würde ich es bis zum Morgengrauen schaffen.

In der Küche suchte ich nach Essbarem. Es war noch genug da, aber ich hatte keine Möglichkeit, es zu transportieren. Was sollte ich mit einer Flasche Wein und einem halben Laib Brot? In einer Schüssel trockneten die Reste der Spaghetti Carbonara, daneben standen zwei benutzte Teller. Der Anblick trieb mir um ein Haar die Tränen in die Augen. Aber ich durfte keine Minute verlieren. Das war meine Chance. Er war beschäftigt. Vielleicht lebten Cattie und Franziska noch und machten ihm die Sache zusätzlich schwer. Hoffentlich. Ich sandte ein Stoßgebet zum Himmel. Bitte bitte lieber Gott, lass sie entkommen, lass nicht zu, dass ihnen etwas Böses widerfährt.

Ein kurzer Blick aus dem Fenster in die Nacht. Draußen schien es so, als ob alles ruhig wäre. Bis auf den Wind, der sich etwas gelegt hatte. Das Boot.

Das Boot! Hatte Cattie nicht von einem Boot gesprochen? Es sollte eigentlich noch am Ufer liegen. Wenn sie es geschafft hatte, den See in unsere Richtung zu durchqueren, dann müsste es mir in die andere Richtung auch gelingen. Ich verschwendete keinen Gedanken an den Wasserfall und daran, dass Cattie großes Glück gehabt hatte. Wenn sie in der Lage gewesen war, das tückische Wasser zu überqueren, dann müsste ich das doch auch können! Mit fieberhafter Hast packte ich ein, was mir in die Hände fiel: Brotscheiben, Käse, Trauben. Ich hatte keinen Hunger, aber ich wusste, dass ich Energie brauchte, um den Rückweg zu schaffen. Ich wickelte alles in ein Geschirrtuch und verknotete es so, dass ich es tragen konnte, ohne dass etwas an den Seiten herausfiel.

Ein Blick auf die Küchenuhr: halb fünf. In einer Stunde würde die Sonne aufgehen. Noch eine Stunde ... Ich legte meinen Kopf auf die Tischplatte, weil mich auf einmal eine furchtbare Müdigkeit packte. Aber ich durfte nicht einschlafen. Wenn er mich fand, war das mein Ende.

Und trotzdem dämmerte ich weg.

32

Ich träumte von L. Ich lief hinunter zu den Tannen und stoppte meine Schritte, als ich sie dort zusammen sah. Durch die dünnen Äste fiel das Licht eines goldenen Herbstnachmittages und ihr Lachen klang heiter und unbeschwert. Ich war noch nicht lange in der Schule. Ich wusste nicht, dass sie gemieden wurden. Dass sie gefallene Götter waren, verstrickt in Schuld und Schweigen. In meinen Augen waren sie umgeben von einer Aura der Unantastbarkeit, die sich auf etwas Besonderes, etwas Außerordentliches gründete. Etwas, das nur ihresgleichen richtig deuten kann: das Kainsmal. Ich blieb stehen, um sie zu beobachten. Ich wünschte mir, dass ein Schimmer ihres Glanzes auch an mir haften bliebe. So wie der Perlmutt von Schmetterlingsflügeln, wenn man eines dieser flatternden Tierchen gefangen hatte und staunend in der hohlen Hand hielt.

Und ihr Glanz war beträchtlich. Sie trugen goldbestickte Roben, die Männer hatten edelsteinbesetzte Schwerter umgebunden. Sie standen auf einem Marktplatz, um sie herum die reichen Bürgerhäuser einer italienischen Barockstadt. Einer von ihnen, sein Gesicht konnte ich nicht richtig erkennen, weil er mit dem Rücken zu mir stand, faszinierte mich besonders. Er unterschied sich von allen, weil sein Glanz dunkler war, geheimnisvoller. Nicht so blendend wie der der anderen. Wenn er redete, dann unterstrich er seine Worte mit weit ausholenden Gesten. Sie hörten ihm zu, auf ihre flatterhafte, unkonzentrierte Art, die nichts ernst nahm und jeden Satz mit einem Einwurf, einem Witz kommentierten. Er kam aus dem Konzept, fuhr sich durch die Haare und drehte sich um, sah zu einem Balkon, auf dem ein Mädchen stand.

Es war zart und blond und es schien nur Augen für den dunklen Ritter zu haben. Wie geblendet von ihrer Schönheit trat er auf sie zu, und ich, die ich nicht mehr auf dem Schulhof von L. war – oder doch? Zeit, Raum und Ort veränderten sich fließend –, ich saß im dunklen Zuschauerraum und beobachtete das Schauspiel in einer Art versteinerter Trauer. Ich wollte rufen, ihn warnen, eingreifen, das Spiel beenden, doch ich war wie gelähmt. Das Mädchen hatte eine Schere in der Hand und schnitt sich die Zöpfe ab. Dann raffte sie die Röcke, schwang die Beine über die Balkonbrüstung ... und sprang.

Ein dumpfer Aufprall. Sturz ins Bodenlose. Maßloses Erschrecken. Ich fuhr hoch. Jemand öffnete gerade die Haustür. Noch bevor ich richtig wach war, funktionierten die Instinkte einwandfrei. Ich sprang auf, schlug die Küchentür zu und schob den Tisch davor. Die Klinke arretierte ich in fliegender Hast mit übereinander gestapelten Schneidbrettchen. Schritte näherten sich. Jemand klopfte, dann trat er gegen das Holz. Es war der wütende Versuch, einzudringen. Wie lange würde das Schloss standhalten?

Keuchend vor Angst stand ich da und wartete. Jede Hoffnung, dass Cattie oder Franziska zurückgekehrt sein könnten, wurde von den dumpfen Schlägen zermalmt. Dann war Stille. Schritte entfernten sich. Wenn er ums Haus kam und mich durchs Fenster erwischte? Es war geschlossen, aber ein Steinwurf würde dieses Hindernis im Handstreich erledigen. Die Schritte kehrten zurück. Oh Gott, dachte ich. Was soll ich tun? Es gab keine Messer mehr, nur die kleinen Dinger zum Kartoffelschälen. Nichts, was ich als ernsthafte Waffe hätte einsetzen können. Ich starrte auf die Tür und wartete, was als Nächstes kam.

Die Axt schlug mit so einer Wucht ins Holz, dass ich aufschrie. Keine zwanzig Zentimeter von meinem Kopf war sie ins Türblatt getrieben worden. Der nächste Schlag spaltete die Bretter. Ich wich zurück, in einem Zustand absoluter, abgrundtiefer Furcht. Eine Faust fuhr durch den Spalt. Dünne Finger tasteten nach der Klinke. Hexenmeisterfinger. Spinnenhand. Wie ein böses, kleines Tier an der Leine seines Herrn. Die Hand tastete weiter … Gleich würden die schlanken, suchenden Finger die Brettchen entdecken und eines nach dem anderen entfernen. Dann würde er kommen. Dann wäre ich tot.

Das Leben schnellte zurück in meinen schockgefrorenen Körper. Ich riss die Schublade des Küchentischs auf und nahm das letzte kleine Messer. Tu es. Tu es! Aber ich war unfähig.

Die Hand zog das erste Brettchen aus dem Stapel und schleuderte es in den Raum. Es traf mich unvorbereitet in den Bauch. Die Klinke hatte jetzt einen Zentimeter Spielraum. Aber es war noch nicht genug. Tu es! Tu es!

Das zweite Brettchen flog durch die Luft und landete krachend an der Wand. Ich war immer noch wie gelähmt. Das Messer glühte in meiner Hand, alles in mir schrie: Worauf wartest du noch? Als die Hand nach dem dritten tastete, stach ich zu, so fest wie ich konnte. Von der anderen Seite der Tür drang ein irrer Schrei. Hoch, panisch, voller grausamer Wut. Das Messer steckte in der Hand, hatte sie durchbohrt und auf das Brettchen geheftet. Der Hexenmeister war gefangen. Er konnte die Hand nicht zurückziehen, dazu war der Spalt zu schmal. Das gab mir vielleicht eine Minute.

Flucht. Sofort.

Ich raste zum Fenster und riss es auf. In einer Sportlichkeit, die sich bisher verdammt gut in mir verborgen gehalten hatte, schwang ich das eine Bein ins Spülbecken und stieß mich ab. Hinter meinem Rücken ging ein Gepolter los, als ob der Freak die ganze Tür aus der Verankerung reißen wollte. Ein Blick – er hatte die Hand befreit! Ich kam mit den Knien auf dem schmalen Fensterbrett auf und glaubte, meine Knochen brechen zu hören. Zumindest war der Schmerz so groß, dass mir fast schwarz vor den Augen wurde.

Ich hangelte mich hoch und sprang. Die Tür zersplitterte. Ich schenkte mir die Zehntelsekunde, die ein zweiter Blick zurück geraubt hätte, und sprintete los. Hinter mir hörte ich noch, wie der Küchentisch mit einem hässlichen Geräusch über den Boden schrammte. Mein Verfolger hielt sich gar nicht mehr damit auf, die Haustür zu nehmen. Er nahm einfach denselben Weg wie ich.

Die fahle Morgendämmerung war nach der Dunkelheit des Hauses hell genug, um den schmalen Pfad hinunter zum

See zu erkennen. Es war, als ob die Ginsterbüsche sich mir in den Weg stellten. Als ob Schlingpflanzen und Efeu nach meinen Chucks schnappten. Ich rutschte aus auf Steinen, die glitschig waren vom Tau, und konnte mich gerade noch fangen. Mein Mörder hatte Zeit. Er wusste, dass er mich spätestens im Wasser erwischen würde. Vielleicht rechnete er damit, dass ich in Panik versuchen würde, wegzuschwimmen. Dann brauchte er nur noch am Ufer zu stehen und zuzusehen, wie ich in Richtung Wasserfall getrieben wurde.

Wo war das Boot? WO WAR DAS BOOT????

Hatte Cattie gelogen? Ich rannte nach rechts zu der Stelle, an der Joshua sein Handy verloren hatte. Dort wucherte das Gebüsch bis ins Wasser und konnte durchaus ein kleines Wasserfahrzeug verbergen. Aber da war nichts. Ich watete weiter. Um die Ecke vielleicht? Auch nicht… Verzweifelt drehte ich mich um und da sah ich ihn.

Ein Schatten, der durch die Sträucher glitt. Glatte, zurückgekämmte Haare. Schwarz gekleidet. War er der Gleiche, den ich oben auf dem Felsen gesehen hatte? Das Gesicht konnte ich nicht erkennen, aber etwas an ihm irritierte mich. Vielleicht die Art, wie er die Axt von der einen in die andere Hand nahm: Erst zögernd, als ob er noch zweifeln würde, was er mit ihr anstellen könnte, und dann entschlossen. Jetzt ist es aus, dachte ich. Jetzt kannst du nur noch freiwillig ins Wasser gehen.

Der Hexenmeister wandte sich ab und suchte ein paar Schritte in der entgegengesetzten Richtung. Es war nicht hell genug, um mehr zu erkennen. Aber als er sich wieder umwandte und noch einmal in meine Richtung sah, als sich seine Schultern strafften und er erst die mörderische Waffe mit der Rechten und dann, mit weit gespreizten Fingern, die verletzte Linke anhob, wusste ich, er hatte mich gesehen.

Es ist aus. Er kriegt dich.

Ich dachte nicht mehr ans Weglaufen. Ich war zu leer. Wie weit wäre ich auch gekommen? Der Weg zur Mühle war abgeschnitten. Mein Bein schmerzte so höllisch, dass ich fast zusammengebrochen wäre. Ich könnte versuchen, ein Stück weiter hinauf auf den Uferweg zu klettern. Aber ich würde es nicht schaffen, die Böschung war zu steil.

Er kam auf mich zu.

Vergiss dein Knie. Oder vergiss, dass du nicht sterben wolltest.

Ich drehte mich um und raste auf die Böschung zu. Wieder und wieder versuchte ich, die Steigung zu erklimmen. Immer wieder rutschte nach dem Anlauf die Erde nach und ich glitt doch wieder nach unten. Wurzeln und kleine Sträucher zerrissen mir die Hände. In meinen Ohren rauschte das Blut. Ich wollte schreien, aber selbst dazu fehlte mir die Kraft. Nicht aufgeben, hämmerte ich mir ein. Du schaffst es nicht, kam die wimmernde Antwort.

Und dann spürte ich etwas, das so unglaublich war! Ich sah jemanden, mit dem ich im Leben nicht gerechnet hatte.

Er packte meinen Arm. Es war Johnny. Das konnte nicht sein, das war außerhalb meiner Vorstellungskraft. Obwohl ich ihn so oft am liebsten mit Voodoo hergezaubert hätte, war sein Auftauchen gerade jetzt so unwahrscheinlich, so … außerirdisch! Ich musste ihn angesehen haben, als ob ich gerade eine Halluzination hätte. Seltsamerweise passte er in die Situation: sein gehetzter, sorgenvoller Blick, die Hast, mit der er versuchte, meine Hand zu erwischen. Er riss mich mit fast übermenschlicher Kraft heraus aus Schlamm, Geröll und Todesangst.

»Halt dich fest!«, schrie er.

Meine Stimme blieb weg. Die Gestalt hatte sich im Schatten der Böschung auf zehn Meter genähert und war nun überrascht stehen geblieben.

»Helfen Sie ihr!«, schrie Johnny. »Na los, was stehen Sie da so herum?«

Ich konnte nur panisch den Kopf schütteln.

»Du schaffst es«, sagte er zu mir. Meine Hand in seiner war glitschig von der feuchten Erde. Ich drohte, abzurutschen.

»Er will mich töten!«, keuchte ich.

»Was?«

»Er will mich töten! Johnny! Zieh mich hoch!«

Mit der Kraft eines Löwen, die ich ihm niemals zugetraut hätte, riss er mich endgültig aus dem Abgrund. Die Gestalt setzte sich in Bewegung. Die Axt war jetzt deutlich zu sehen, aber das Gesicht blieb immer noch im Zwielicht der Morgendämmerung.

Ich kam mit dem Bauch über die Kante und fühlte mich, als ich bäuchlings so dalag, als ob alle Kraft und aller Lebenswillen aus mir entwichen wären. Johnny. Ich konnte es nicht fassen.

Er zerrte mich hoch. »Jetzt beruhige dich erstmal. Wo sind denn die anderen?«

»Wo ... zum Teufel ... bist du gewesen?«, schrie ich ihn an und kam taumelnd auf die Beine. Mein Verfolger machte gerade kehrt und eilte zurück zu der flachen Stelle am Ufer. Nicht etwa, um sich zurückzuziehen, oh nein. Ich wusste, was er vorhatte. Vom Seeufer aus hätte er dieselben Probleme wie ich, auf den höher gelegenen Uferweg zu klettern. Er musste einfach nur dorthin zurückkehren, wo sich der eine Pfad zur Mühle, der andere auf den Wanderweg oberhalb des Sees kreuzten. Wenn wir nicht sofort verschwanden, würde das alles in einem sehr gemütlichen Massaker enden.

»Er will mich umbringen! Hast du die Axt nicht gesehen?«

Verständnislos blickte Johnny mich an. Er sah abgerissen aus. Der Mantel feucht und dreckig, die Haare wirr in der Stirn. Aber das war mir egal. Er war vielleicht mein Retter, aber in mir brach sich nach all der Verzweiflung und der Todesangst etwas äußerst Lebendiges seine Bahn: eine maßlose Wut.

»Wo sind…«

»Tot! Alle tot! Verstehst du? Tot!« Ich trat auf ihn zu. Am liebsten hätte ich ihm in dieses Gesicht geschlagen, das völlige Ratlosigkeit spiegelte. »Ich habe Joshuas Leiche gesehen. Ich habe vor meinen Augen miterlebt, wie Tom gestorben ist!« Es sprudelte nur so aus mir heraus. Worte waren zu langsam, sie konnten nicht erklären, was ich gerade empfand. »Er hat sie umgebracht! Alle! Keiner ist mehr übrig!«

»Tom… ist tot?«

»Ja!«, brüllte ich. »Und das sind wir auch, wenn wir nicht sofort verschwinden!«

»Lana, ganz ruhig.« Er hob die Hände, was wohl eine

besänftigende Wirkung erzielen sollte. Tatsächlich bewirkte sie genau das Gegenteil.

Ich wollte loslaufen, planlos und zum Äußersten getrieben, brach aber einfach zusammen. Der Schmerz hatte mir die Beine taub gemacht. Johnny beugte sich über mich und wollte mir aufhelfen.

Wütend stieß ich ihn von mir. »Hau ab! Hörst du nicht? Du sollst verschwinden!«

»Ich kann dich unmöglich in diesem Zustand allein lassen.«

Ein absurdes Lachen brach aus meiner Kehle. »Das fällt dir aber früh ein. Mich direkt in die Höhle des Löwen zu schicken. Du hast es gewusst!«

Wieder wollte er mich anfassen, wieder schlug ich ihn weg. »Lass das! Geh! Geh einfach!«

Aber er ging nicht. Er legte einfach seine Arme um mich. Ich wollte ihn schlagen, nach ihm treten, aber er war wie eine Schraubzwinge. Ich hasste ihn so sehr. Oh Himmel, wie ich ihn hasste.

»Schschsch. Alles wird gut.«

Ich zwang mich zur Ruhe. Wahrscheinlich war das ein neuer Trick: einem beim Umarmen die Luft abdrehen.

Endlich lockerte sich sein Griff. »Ist alles okay? Komm, ich helfe dir auf.«

»Johnny.« Es war immer noch nicht hell, aber irgendwo hinter den Bergen musste die Sonne aufgehen. Der Himmel, verhangen wie die Bühne zum letzten Akt eines Trauerspiels, saugte das Licht auf und gab es in diffuser Mattigkeit an uns weiter. Ich sah Johnnys schmales Gesicht und seine dunklen Augen, die mich besorgt musterten. Ich suchte nach etwas. Hatte er mich verraten? Wusste er, was hier oben geschehen war? Aber er hielt meinem forschenden Blick stand. Ich begriff mit erschreckender Klarheit, was zu tun war.

»Wir müssen weg. Ich kann nicht mehr. Aber du. Lauf. Lauf, so schnell du kannst.«

Er schüttelte den Kopf, sah sich aber zumindest ein wenig besorgt um in Richtung Mühle. »Wer war das?«

»Sag du es mir.«

»Woher soll ich ...« Aha. Der Groschen fiel. Er presste die Lippen aufeinander, holte tief Luft, wollte etwas sagen, ließ es dann aber bleiben.

Ich flüsterte: »Jemand will uns töten. Uns alle. Er hat eine Axt. Die letzten beiden waren Cattie und Franziska.«

»Was ist mit ihnen –«

»Das werde ich herausfinden. So wahr mir Gott helfe. Aber nur, wenn ich diesen Tag überlebe. Er ist gleich hier. Johnny. Bitte. Versteck mich irgendwo und hole Hilfe!«

Er stand auf und reichte mir die Hand. Mit einem Schmerzenslaut kam ich hoch. Nichts gebrochen. Obwohl sich meine Kniescheibe anfühlte, als hätte sie jemand in tausend Einzelteile zerlegt.

Er zog mich in die Richtung, die ich schon einmal gegangen war: aufwärts, Richtung Flusszulauf.

»Nein. Nicht dort entlang. Wir müssen zum versteinerten Hochzeitszug. Wir müssen die Mühle weiträumig umgehen, am besten im Schutz des Waldes.«

»Aber das ist viel länger. Durch den Fluss hinüber auf die andere Seite ...«

»Ich diskutiere nicht mit dir!«, rief ich und sah mich hastig um. Wir hatten nicht mehr viel Zeit. »Wir brauchen ein Versteck!«

»Okay.«

Woher wusste er, dass die Strecke mit der kaputten Hängebrücke die längere war? Vermutlich gab es dafür eine ganz einfache Erklärung. Aber dann hätte ich das Foto nicht sehen dürfen. *Romeo und Julia* auf dem Laptop dieses Wahnsinnigen. Es verfolgte mich sogar in meine Albträume. Die beiden hatten eine Verbindung zueinander. Wenn ich einigermaßen beisammen gewesen wäre, hätte ich sofort das Weite gesucht. Aber ich war auf ihn angewiesen. Ob er mich jetzt in die Rettung führte oder ins Verderben.

Er zog mich mit sich und stützte mich dabei, so gut es ging. Diese Fragen hatten Zeit. Erst einmal mussten wir unseren Verfolger abschütteln.

Im Dickicht machten wir halt und warfen uns auf den Boden. Mir war es nicht weit genug entfernt, aber ich wusste auch, dass eine schnelle Flucht im Moment nicht möglich war. Jeden Augenblick konnte der Mörder die Stelle erreichen, an der wir eben noch gestanden hatten. Wie würde er sich entscheiden? Weiter hinauf, zum Fluss, weil er glaubte, wir hätten diesen Weg genommen? Oder war er vielleicht ein Crack im Spurenlesen, der sich anhand von abgebrochenen Zweigen und Fußabdrücken zu uns durchschlagen würde? Ich verfluchte zum ersten Mal in meinem Leben den Sonnenaufgang. Was wir jetzt brauchten, war Nacht.

Die kleine Kuhle, in der wir, eng aneinandergepresst, lagen, bot nicht wirklich Schutz. Aber Johnny zog mit der

Linken einen Zweig von einem niedrigen Gebüsch heran, das war schon besser. Ich spürte seinen Atem an meinem Ohr. Er hatte den rechten Arm über mich gelegt. Als ob mich das vor einem Axthieb schützen würde ...

»Pst. Da ist er.«

Mein Pulsschlag, sowieso schon nervös wie ein Rennpferd, setzte wieder zum Galopp an. Im immer heller werdenden Licht konnte ich den Mann mit der Axt entdecken. Er schlich leise, als ob er ahnen würde, dass wir nicht weit entfernt waren, am Ufer auf und ab. Ging in die Knie, begutachtete den kleinen Erdrutsch, den ich ausgelöst hatte, wandte den Kopf ins Profil und schien die Nase in die Luft zu halten, als ob er uns wittern würde.

Dieser Anblick traf mich mitten ins Herz. Ich kannte dieses Gesicht. Ich kannte unseren Mörder. Ich hatte diese Gestalt nicht nur ein Mal gesehen, sondern sehr oft. Sie war mir vertraut gewesen. Sie hatte mich angelächelt. Sie war es gewesen, die mir in meinen schwersten Stunden gesagt hatte: Du schaffst es.

Dieser Mann am Ufer, der es sich in den Kopf gesetzt hatte, uns alle zu töten – war eine Frau.

33

Ich konnte nicht mehr Luft holen, um aufzuschreien.
Johnnys Hand fuhr vor und legte sich auf meinen Mund. Ein Blick nach links in sein Gesicht bestätigte, dass er die Frau ebenfalls erkannt hatte. Die Kiefer hatte er so sehr aufeinandergepresst, dass ich die Wangenmuskeln arbeiten sah. Sein Atem ging flach, kaum hörbar. Dafür hatte ich das Gefühl, zu schnaufen wie ein Walross. Langsam und vorsichtig lockerte er seinen Griff und nickte mir beruhigend zu.

Die Frau stand auf. Sie sah sich um. Jetzt wusste ich, was mich bei ihrem ersten Anblick so irritiert hatte. Es war nicht die Axt gewesen, sondern der Gang. Er hatte etwas Feminines, auch wenn ihre Verletzung und die fürchterliche Mission, in der sie unterwegs war, jeder Weiblichkeit Hohn sprachen. Die blonden Haare, die sie früher zu einem schicken Kurzhaarschnitt frisiert hatte, waren länger geworden und am Hinterkopf zu einem straffen Knoten gebunden. Wie sie sich umsah, hatte sie etwas Katzenhaftes. Ein Raubtier auf der Pirsch. Ganz anders als die korrekte, fröhliche, fast burschikose Frau, die ich kennengelernt hatte. Sie musste extrem an Gewicht verloren haben. Trotzdem war etwas in ihr geblieben, das ich wiedererkannte. Der Schock, jemanden zu sehen, den man so anders in Erinnerung hatte, war das eine. Die Gewissheit, dass diese Frau Siri und Tom, Cattie, Stephan und Joshua auf dem Gewissen hatte, war das andere. Ich begriff es nicht. Ich brachte es nicht zusammen. Fieberhaft suchte ich in meiner Erinnerung nach einer Begebenheit oder einem Hinweis, dass es eine Verbindung gab zwischen ihr und den Untaten, die sie begangen hatte. Aber ich fand nichts.

Langsam, als ob sie ihrer eigenen Entscheidung nicht trauen würde, setzte sie sich in Bewegung und kam auf uns zu. Die Axt erhoben, die verletzte Hand in Schonhaltung vor der Brust. Johnny zog mich noch enger an sich. Wir hatten nichts, womit wir uns verteidigen konnten. Wenn ich wenigstens den Mut gehabt hätte, das Küchenmesser wieder aus dieser Hand herauszuziehen... Man macht sich eine Menge Vorwürfe in solchen Situationen. Allesamt haltlos, übrigens. Denn um nichts in der Welt hätte ich mich nach diesem einen Stich, zu dem ich all meinen Mut hatte zusammennehmen müssen, noch einmal meinem Mörder genähert. Meiner Mörderin...

Johnny legte jetzt auch noch sein Bein über mich und drückte mich noch tiefer in die nassen Blätter und den kalten Boden. Er wollte mich beschützen – oder am Weglaufen hindern. Ich war hin- und hergerissen. Aber solange mein Knie nicht mitspielte, blieb mir keine Wahl. Ich duckte mich wie das Häschen in der Grube. Der Jäger kam auf uns zu. Blieb stehen, sah sich um.

Geh vorbei, schrie alles in mir. Geh vorbei!

Die Frau hob die Axt. Ihre Augen scannten das Dickicht. Gleich würde sie uns entdecken. Gleich ... Ich presste mich noch tiefer in die Kuhle, wollte mit ihr verschmelzen, in ihr verschwinden ... Leider ist es nur im Film so, dass Verfolgte sich so gut tarnen, dass der Jäger fast auf sie drauftritt. Mein T-Shirt, obwohl in gedecktem Blau, schien wie das Nordlicht zu leuchten. Obwohl ich versuchte, gar nicht zu atmen, musste mein Gekeuche meilenweit zu hören sein. Es knackte leise, als Johnny das Gewicht verlagerte.

Ihr Kopf ruckte herum. Ich biss mir auf die Lippen, um nicht laut aufzuschreien. Johnny hielt den Zweig immer noch fest. Wenn er ihn losließ, wären wir ungeschützt. Sie würde uns entdecken. Ein, zwei Hiebe ...

Ihr Blick glitt weiter, über das Gebüsch, zurück in die Richtung, in der die Mühle lag. Ein kleines Wunder war geschehen. Sie hatte uns nicht entdeckt, obwohl wir fast auf dem Präsentierteller lagen. Noch einmal schien sie tief die Luft einzuziehen. Dann ging sie weiter. Zögernd, irgendwie hin- und hergerissen zwischen den verschiedenen Möglichkeiten der Verfolgung. Ihre Schritte wurden schneller. Sie wandte sich in Richtung Fluss.

Es war vielleicht eine Minute, die wir noch wie versteinert dalagen und uns nicht zu rühren wagten. Dann spürte ich, wie Johnny erst sein Bein zurückzog und dann den Arm, den er um meine Schulter gelegt hatte. Augenblicklich begann ich zu frieren. Seine Körperwärme war wie eine schützende Decke gewesen. Er hatte mich nicht verraten. Er stand auf meiner Seite. Das Glück dieser Erkenntnis tropfte in meine vereisten Adern.

»Johnny«, flüsterte ich.

Er schüttelte den Kopf. Ich sollte den Mund halten. Auch gut. Wir lagen noch eine Weile da, bis wir sicher sein konnten, dass sie wirklich verschwunden war.

»Komm jetzt«, sagte er und stand auf.

Er half mir bei den nächsten Schritten, die die Hölle waren. Dann ging es besser. Langsam liefen wir los, auf den Uferweg zurück zur Mühle, um dann gleich weiter über die Wiese in den Wald zu fliehen. Unser Ziel war der Wanderweg hinunter zum Hochzeitszug. Eine Weile schwiegen wir. Zu schrecklich war das Wissen, das wir teilten.

»Johnny«, begann ich wieder.

Die Antwort war: »Nicht jetzt.«

Als die Mühle auftauchte, war ihr Anblick wie ein Schock. Ich wollte nicht noch einmal dorthin zurück. Auf der anderen Seite war es wichtig, Johnny zu zeigen, was sich abgespielt hatte. Ich wollte reden. Alles aus mir herauslassen.

»Ich muss nochmal rein.«

»Nein.«

»Ich muss aber. Da drin ist noch ein Laptop. Wir müssen ihn holen.«

»Warum?«

»Es sind Fotos darauf.«

Er blieb stehen und sah sich um. Erst über meinen Kopf hinweg auf den Teil des Uferweges, den wir gekommen waren, dann zu mir.

»Welche Fotos?«

»Fotos von ihr. Und einem Kind. Einem Mädchen.«

»Melanie?«, fragte er.

Ein Schlag in die Magengrube. Also hatte das Foto nicht gelogen! Es gab eine Verbindung zwischen Johnny, dem Mädchen, der Frau und den Morden. Ich konnte nur vorsichtig nicken.

Er sagte: »Ich glaube, wir sollten so schnell wie möglich irgendwohin, wo wir Hilfe holen können. Gibt es Internet in der Mühle?«

»Nein. Gab es wohl mal. Vielleicht hat sie das Modem zerstört, weil sie es nicht mehr braucht. Hast du kein Handy?«

»Doch. Aber hier oben gibt es keinen Empfang.«

»Ich will den Laptop. Es ist wichtig.«

»Warum?«

»Weil wir vielleicht den Grund für alles erfahren. Wenn du ihn nicht schon längst weißt.«

Jetzt war es heraus. Er fuhr mit den Händen in seine Hosentaschen und hob die Schultern. »Was soll ich wissen?«

»Warum das alles passiert ist.«

»Du überforderst mich.«

»Nein!« Ich hob die Stimme. Das war gefährlich und ich sollte es so nah am Wasser nicht tun, denn es konnte den Schall bis ans andere Ufer tragen und die Frau wieder auf unsere Fährte bringen. »Hör auf mit deiner Ironie! Hier sind Menschen gestorben! Deine Freunde! Und ich glaube, du weißt verdammt noch mal genau, warum!«

Er wandte sich ab. Ich lief um ihn herum und stellte mich ihm in den Weg. »Warum?«, schrie ich.

Er packte mich an den Schultern. Sein Blick bekam wieder diese glühende Intensität, von der ich nicht wusste, ob ich mich vor ihr fürchten oder oder ob ich ihr restlos verfallen sollte. »Wir haben nicht die Zeit. Wir müssen fort. Wenn es stimmt, was du erzählst ...«

Ich riss mich los und taumelte ein paar Schritte zurück. Johnny begriff. »Okay, sorry. Da es stimmt, was du erzählst, müssen wir verschwinden. Ich habe ein Handy. Wir können Hilfe rufen, sobald wir wieder an diesen seltsamen Felsen sind. Dort hatte ich zum letzten Mal ein Netz.«

»Du meinst den Hochzeitszug«, murmelte ich.

»Das ist es, was wichtig ist. Kein Laptop, nicht nochmal ins Haus. Wir müssen weg. Sie wird spätestens auf der anderen Seite merken, dass sie auf der falschen Fährte ist.«

»Warum?«

»Weil man von dort aus den Überblick hat.«

Er ging weiter, den Pfad hinauf Richtung Mühle. Ich folgte ihm in großem Abstand. Ein Gedanke formte sich zu einem Verdacht. Als wir das Haus erreicht hatten, war aus dem Verdacht Gewissheit geworden.

Es war Johnny gewesen, den ich am Felsen gesehen hatte. Kurz vor der Explosion, die Tom in den Tod gerissen hatte. Woher sonst hätte er wissen sollen, dass man von da oben alles im Blick hatte?

»Wer ist sie?«, fragte ich.

Wir passierten die Seite mit dem Badezimmerfenster. Er war schon fast um die Ecke.

»Wer ist sie?«

»Das weißt du doch. Du hast sie genauso erkannt wie ich.«

»In welchem Verhältnis steht ihr zueinander?«

Er beantwortete die vermeintliche Unterstellung mit

einem spöttischen Kopfschütteln. »Verhältnis, wie das klingt ...«

»Was war mit dir und Melanie? Warum hat sie ein Foto von euch auf *ihrem* Laptop?«

Er antwortete nicht.

»Was hat das alles zu bedeuten? Ich habe ein verdammtes Recht darauf, die Wahrheit zu wissen! Die ganze Wahrheit!«

»Wahrheit oder Wahrheit?«

Ich ließ ihn los, als hätte ich mich verbrannt. Er gehört zu ihr, schoss es durch meinen Kopf. Er ist Teil dieses ganzen verfluchten Spiels.

»Lana ...«

Fiel ihm gerade auf, dass er sich verraten hatte? Johnny wusste mehr, als er zugeben wollte. Das Misstrauen stürzte sich auf mich wie ein Schwarm Krähen. Ich konnte nicht mehr klar denken und rannte los, um die Ecke, zur Haustür. Ich wollte sie öffnen – aber sie war zu. Alles Rütteln half nichts. Eine Welle der Verzweiflung schwappte in mir hoch, als Johnny langsam und gemächlich näher kam und im gebührenden Abstand von drei Schritten stehen blieb, um meine hilflosen Bemühungen zu verfolgen.

Schließlich gab ich auf und drehte mich zu ihm um. »Du Verräter«, zischte ich. »Du mieser kleiner Verräter. Was habe ich mit euren Spielchen zu tun?«

»Ich schätze, hier wird weniger differenziert. Es geht wohl eher ums Prinzip mitgegangen, mitgehangen.«

»Und wer hat sich das ausgedacht? Du? Sie? Melanie?«

»Lana, wenn wir Zeit haben, erkläre ich dir alles.«

»Erklär es der Polizei.« Ich lief an ihm vorbei, nah genug, um ihn eher symbolisch ein wenig zur Seite zu schubsen.

Er rief: »Was soll das? Ich denke, wir müssen weg! So schnell wie möglich!«

Was er dachte, interessierte mich nicht mehr. Ich wollte den Laptop holen. Das einzige Beweismittel, das wir hatten. Diese Fotos waren kein Zufall. Sie verrieten etwas über Beziehungen, die sich auf so fatale Weise ineinander verflochten hatten, dass offenbar nur noch der Tod sie lösen konnte. Mitgegangen, mitgehangen... Es war kein sehr erhebendes Gefühl, als eine Art Beifang oder Kollateralschaden zu gelten. Dies war einer der gefühlten hunderttausend Augenblicke, in denen ich es verwünschte, auf Johnny am Fuß der Unitreppe nicht auch noch draufgetreten zu sein.

Er folgte mir. Ich lief zurück, umrundete zwei Ecken und erreichte die Seeseite der Mühle. Das Küchenfenster stand sperrangelweit offen. Ich wollte mich hochziehen, aber irgendetwas schien mit meinem Körper passiert zu sein. Ich schaffte es nicht. Hilflos scharrten meine Chucks über die Fassadenbretter, bis Johnny zu mir trat und eine Räuberleiter anbot.

»Das ist Wahnsinn«, sagte er.

»Erzähl du mir nicht, was Wahnsinn ist.«

Ich trat so fest auf seine zusammengefalteten Hände, dass er zusammenzuckte. Mit diesem billigen Triumph hatte ich genug Schwung, um aufs Fensterbrett zu gelangen und von dort aus in die Küche zu springen. Johnny gelang dasselbe, allerdings ohne Anlauf und mit der Eleganz eines durchtrainierten Sportlers, die ich ihm im Leben nicht zugetraut hatte.

Er kam neben mir auf und klopfte sich die Hände an seiner verdreckten schwarzen Jeans ab. Wir sahen aus wie die Erdferkel und stanken wahrscheinlich auch so. Mir war trotz seiner Hilfe nicht wohl bei dem Gedanken, ihn ab jetzt an meiner Seite zu haben. Es herrschte ein eklatanter Mangel an Vertrauen zwischen uns.

Ich wollte mich gerade abwenden und die Küche verlassen, da veränderte sich sein Gesicht. Und zwar in so einer erschreckenden Weise, dass ich mitten in der Bewegung einfror.

Er duckte sich. Ich duckte mich auch. Er spähte durchs Fenster. Ich tat das Gleiche. Die Frau schlenderte, als ob sie alle Zeit der Welt hätte, den Uferpfad hoch. Die Axt trug sie lässig geschultert. Es war mittlerweile Tag geworden, wenn man diesen grauen dunstigen Morgen so bezeichnen wollte. Sie trug ein eng anliegendes dunkelgraues Neoprenshirt und Leggins, dazu Turnschuhe. Ihre Drahtigkeit war beunruhigend. Ich vermutete, dass sie die letzten Jahre, in denen wir uns aus den Augen verloren hatten, jede freie Minute Gewichte gestemmt hatte. War das Teil ihrer Vorbereitung gewesen? Hatte sie nicht nur einen mörderischen Plan ausgeheckt, sondern auch gewusst, dass es auf körperliche Kraft ankam?

Johnny und ich sahen uns an. Kein Muskel in seinem Gesicht zuckte. Für einen schrecklichen Augenblick fürchtete ich, dass er wie in der Schule den Arm heben und mich melden würde.

»Los.«

Wir sprinteten durch die Küche ins Wohnzimmer und

warfen die Tür hinter uns zu. Neben dem Kamin lag der Schürhaken, den Cattie benutzt haben musste, um den geheimen Zugang zum Keller zu blockieren. Er passte genau unter die Klinke. Während Johnny ihn arretierte, rannte ich ins Bad, schloss das Fenster und zog dann in fliegender Hast die Tür zu, wobei mir der Schlüssel mehrfach aus der Hand fiel. Endlich hatte ich sie von außen verschlossen. All das würde kein großes Hindernis sein. Aber sie würde Zeit brauchen, um sich zu uns durchzuschlagen. Die konnten wir nutzen, um aus unserer Falle zu fliehen. Die Kerze brannte noch auf dem Kamin. Weil wir den Sonnenaufgang draußen fast völlig ausgesperrt hatten, verbreitete ihr ruhiger, sanfter Schein eine seltsame Stimmung. Die Nacht hing noch in den Ecken herum wie ein hartnäckiger Gast, der sich nicht zum Gehen entschließen kann.

»Sie hat zwar die Axt«, flüsterte ich. Das Loch in dem zersplitterten Holz war auch von dieser Seite aus groß genug, um mit der Hand durchzukommen. »Aber ihre Linke ist verletzt. Sie wird es mit der Rechten versuchen.«

Johnny nickte und sah sich im Wohnzimmer auf der Suche nach einer geeigneten Waffe um. Auf dem Couchtisch standen noch Catties und Franziskas Gläser. Er holte eines, zerbrach es mit einem schnellen Schlag an der Wand und behielt den Boden mit seinem zackigen, scharfen Rand zurück.

Dann setzten wir uns wieder nebeneinander und lauschten. Und warteten. Und lauschten.

Es war zermürbend. Jedes Mal, wenn ein Sparren knackte, fuhren wir zusammen. Und es gibt verdammt viel verzogenenes Holz in einem alten Haus. Als nach zwei Minuten nichts geschah, richtete Johnny sich vorsichtig auf und spähte durch das Axtloch.

»Was ist?«, flüsterte ich.

»Nichts.«

Er setzte sich wieder neben mich. Einige weitere, angstvolle Minuten verstrichen.

»Gibt es einen zweiten Eingang?«, fragte er und wies auf den Schrank, der immer noch vor der Haustür stand.

»Nicht dass ich wüsste. Aber eine Geheimtür im Kamin. Sie führt zur Kellertreppe.«

»Da vielleicht?«

»Im Keller? Ich war unten. Da gibt es nichts. Nur den Anschluss für den Laptop und die Überwachungsmonitore. Und einen leeren Öltank.«

»Wo ein geheimer Eingang ist, muss es auch einen Ausgang geben.«

Das waren keine beruhigenden Überlegungen. »Aber ich habe nichts gesehen!«

»Vielleicht hast du nicht gründlich genug nachgeschaut?«

Ich stieß ein wütendes Schnauben aus. »Ich hatte andere Sorgen. Siri war weg. Franziska habe ich, mit den Händen an einem Flaschenzug aufgehängt, über dem Mahltrichter gefunden. Ich musste die Mühle anhalten, mit einem Bremsklotz! Und dann ...«

Ich brach ab. Johnny sah mich an, als hätte ich den Verstand verloren.

»Und dann kam Cattie wieder. Sie hat mich da unten eingesperrt.«

»Lana … das klingt alles so ….«

»Es ist aber wahr! Alles!«

»Warum? Warum sollte Cattie dich denn da unten einsperren?«

»Weil sie durchgedreht ist! Sie hat gedacht, ich wäre schuld an allem.«

»An was?«, fragte er verständnislos.

»An den Morden. Sie sind tot, Johnny. Alle deine Freunde sind tot. Kapierst du das? Sie wurden umgebracht. Einer nach dem anderen.«

»Lana, ich kann es verstehen. Wirklich. Ganz allein in so einem Haus und dann taucht auch noch eine Verrückte auf …«

»Nein!«, schrie ich und brach ab. Wir mussten leiser sein. Er verstand nicht, was hier passiert war. Wie auch? Er hatte es nicht miterlebt.

Ich sollte dieses enttäuschende Gefühl noch einige Male empfinden. Die Leute kapieren nicht. Sie sind nicht dabei gewesen. Sie können nicht verstehen, was einem zugestoßen ist. Man kann es ihnen auch nicht vermitteln. Ja, sie glauben dir. Ja, sie sind entsetzt. Ja, sie fühlen tiefes Mitleid. Aber nein, sie verstehen nicht, was so eine mörderische Katastrophe aus einem macht. Als hätte man dir den Boden unter den Füßen weggezogen. Du glaubst, du wirst nie wieder jemandem vertrauen. Du wirst bei jedem Geräusch, das du nicht sofort einordnen kannst, zusammenzucken. Du wirst in jedem Menschen den Feind vermuten. Du kommst irgendwann an den Punkt, dass das Leben für dich nur noch pure, Furcht einflößende Existenz ist. Du verzweifelst daran, denn du willst, dass alles wieder gut wird. Sie sagen dir, das wird es. Sie versprechen es dir. Aber das Misstrauen frisst dich auf und du glaubst ihnen nicht. Eines Tages hältst du es nicht mehr aus und du kommst an den Punkt, an dem ich jetzt gerade bin: Du willst nicht mehr. Du möchtest gehen. Irgendwohin, wo die Angst aufhört.

»Du verstehst gar nichts«, fuhr ich leiser fort. »Stephan starb als Erster. Unten, am Hochzeitszug, muss es passiert sein. Da haben wir seine Brille gefunden. Ich vermute, sie hat ihn über die Felsenklippe gestoßen.«

Er sah mich an, Unglauben und Zweifel im Blick.

»Stephan?«

»Der Nächste war Joshua. Wir hatten die Nachtwache, er und ich. Ich bin kurz ins Haus gegangen, und als ich zurückkam, war er verschwunden. Sein Handy lag am Ufer des Sees. Und er ...« Ich schluckte. Das Bild stand wieder vor meinen Augen, unauslöschlich, für immer eingebrannt. »Er ist ertrunken. Ich nehme an, es hat einen Kampf gegeben.«

»Joshua war Leichtathlet ...«

»Hast du sie nicht gesehen?« Es war grausam, aber er musste endlich verstehen, was hier passiert war. »Wenn Joshua Leichtathlet war, dann ist sie *iron woman*! Sie kann es mit jedem aufnehmen! Dann haben wir einen großen Fehler gemacht. Wir haben uns getrennt. Cattie, Tom und ich wollten um den See, um Hilfe zu holen. Siri und Franziska blieben in der Mühle. Wir hätten es auch fast geschafft. Nur ein paar Meter. Ein paar Meter!«

Ich wandte mich ab, weil ich nicht wollte, dass er den Schmerz in meinem Gesicht sah. Ich konnte spüren, dass er wie versteinert neben mir saß und versuchte, das Unfassbare zu begreifen.

»Dann ging die Lawine ab. Und weißt du, was seltsam ist?«

»Was«, fragte er mit einer Stimme, die so rau war wie trockenes Schilf.

»Ich habe dich gesehen. Oben, auf dem Felsen. Unmittelbar vor der Explosion. Als ob du nur auf den geeigneten Moment gewartet hättest.«

»Wann war das?«

»Gestern. Gestern Mittag irgendwann.«

Er räusperte sich, um die Kehle freizubekommen. »Da war ich noch in Berlin und habe deine SMS bekommen.«

»Vielleicht«, flüsterte ich. »Vielleicht auch nicht.«

Wir warteten und nichts geschah. Das Schweigen trennte uns wie eine Wand. Johnny verarbeitete, was ich ihm erzählt hatte. Er prüfte es auf seinen Wahrheitsgehalt. Direkt über seinem Kopf befand sich das zersplitterte Loch. Der Schrank vor der Tür, das zugenagelte Fenster, der umgeworfene Sessel, die schrecklichen Schleifspuren und nicht zuletzt die Frau, die da draußen herumschlich, gaben mir recht.

Ich wollte aufstehen, weil ich das Herumsitzen nicht mehr aushielt, aber Johnny hielt mich zurück. Er hatte einen Entschluss gefasst.

»Wir werden die Mühle verlassen. Uns bleibt nichts anderes übrig. Ich gehe in den Keller.«

»Nein!«

»Doch. Du bleibst hier oben und bewachst den Eingang. Wenn sie versuchen sollte, einzudringen, dann schreist du.«

»Nein!« Ich wollte nicht mehr runter in den Keller. Ich wollte aber auch nicht alleine bleiben. Ich begann, am ganzen Körper zu zittern. »Du ... Du kannst nicht gehen.«

Er nahm mich in die Arme und zog mich an sich. Es sollte helfen, aber es war nur ein schwacher Trost. Was hilft eine Umarmung, wenn man sich irgendwann wieder aus ihr lösen muss?

»Ich suche den zweiten Ausgang. Es wird ihn geben.«

»Wenn sie ihn kennt, hilft uns das auch nichts!«

»Doch. Sie kann ja nicht an zwei Stellen gleichzeitig sein.«

Ich kapierte nicht. An zwei Stellen gleichzeitig? »Was meinst du?«

»Ich lenke sie ab. Du verschwindest.«

»Das geht nicht. Das ... Das lasse ich nicht zu. Ich bin verletzt. Ich schaffe das nicht alleine!«

Er nahm mein Gesicht in beide Hände und zwang mich, ihn anzusehen. »Doch. Hab Vertrauen.«

Ich schüttelte den Kopf.

»Hab Vertrauen!«

Vielleicht gibt es Menschen, die das auf Befehl können. Ich gehöre nicht zu ihnen. Mein Vertrauen gründet sich auf andere Dinge als Befehle. Es ist eher ein Bauchgefühl, das da ist oder nicht. *Du schaffst das ...* Dieses Mantra war zerstört. Von derselben Frau, die es mir einst gegeben hatte.

Trotzdem nickte ich. Schon allein, um ihn wieder auf Abstand zu haben. Seine Nähe verwirrte mich. Die Art, wie er mit mir umging. Er schien jemand zu sein, auf den man sich in alltäglicheren Situationen verlassen konnte. Aber wenn es auf Leben und Tod ging? Würde er dann auch noch an meiner Seite sein?

»Okay.« Er stand auf. Es war, als ob mit ihm mein Schild, mein Schutz, meine Wehr abgezogen würden. Ich griff nach seiner Hand. Er befreite sich sanft. »Komm.«

Mühsam erhob ich mich. Wir gingen zum Kamin und ich zeigte Johnny, wie man die Eisenplatte zur Seite schob. Der gut versteckte Mechanismus entlockte ihm einen anerkennenden Pfiff.

»Was soll ich machen?«, fragte ich und brach die Kerze aus ihrer provisorischen Verankerung. Sie war zur Hälfte heruntergebrannt.

»Du bleibst hier oben, und sobald du etwas Ungewöhnliches bemerkst, rufst du.«

»O-okay.«

Er kroch in das schwarze Loch. Als er die andere Seite erreicht hatte, reichte ich ihm die brennende Kerze. Er nickte mir noch zu, ein aufmunterndes, optimistisches Nicken.

Der flackernde Schein verschwand. Ich setzte mich auf den Boden vor den Kamin und wartete.

Wo war sie? Was trieb sie gerade? Welchen teuflischen Plan heckte sie aus? Ihre Absicht war deutlich: Sie nahm offenbar jeden, der ihr entgegentrat. Keine Gnade. Nicht für Johnny, nicht für mich. Was hatte aus dieser Frau eine Mörderin gemacht? Wie erklärte sich diese Veränderung?

Ihr ehrliches Lächeln. Das Verständnis in ihren Augen. Die tiefe Überzeugung, die aus ihr sprach. Ich hatte ihr geglaubt. Damals konnte ich das noch, Vertrauen haben. Ihre Zuversicht war ansteckend gewesen und half mir über die ersten, schwierigen Wochen in L. hinweg. Sie schaffte das, was meiner hilflosen Mutter, selbst von der Situation überfordert, nicht gelungen war. Aus dem Schutthaufen, der mein Selbstbewusstsein gewesen war, einen Stein nach dem anderen herauszuziehen. Und sie wieder aufeinanderzusetzen, um ein neues Fundament zu bauen.

Hatte mich der Verrat meines Vaters wirklich so erschüttert? Oder war er nur die letzte schwarze Perle in der Kette von Verhängnissen gewesen? Jeder Abschied, jeder Neuanfang hatte mich mehr zermürbt. Zum Schluss war ich komplett unfähig gewesen, Bindungen einzugehen oder zuzulassen. Wozu, wenn nichts Bestand hat? Wenn du so leicht ersetzbar bist wie eine Eissorte, die mal einen Tag nicht im Angebot ist? Mit einer seltenen Klarheit erkannte ich, dass ich die Menschen brauchte. Aber sie mich nicht.

Seltsam, dass ich ausgerechnet jetzt auf solche Gedanken kam. Es scheint uns doch nichts im Leben so nahezugehen wie der Verlust. Wir werden auf das zurückgeworfen, was wir sind. In meinem Fall war das wohl ein ziemlich entwurzeltes Schulkind gewesen, das seine Fähigkeit zur Freundschaft verloren hatte. Lange Zeit war mir das nicht aufgefallen. Immer neue Städte, immer neue Schulen, immer neue Gesichter ... Adieu zu sagen, war irgendwann zur Gewohnheit geworden. Vielleicht hatte es einmal wehgetan, bestimmt hatte es das, aber das musste in diesen Jahren gewesen sein, an die wir uns nicht mehr erinnern können. Jeder hat doch so ein paar weiße Flecken auf der inneren Landkarte. Mein Leben war zu turbulent gewesen, um sich darüber Gedanken zu machen. Dann zieht jemand die Notbremse. Und der Zug, der so schnell an wechselnden Landschaften vorüberzufliegen scheint, stoppt abrupt und wirbelt alles durcheinander. Stellwerkschaden. Weichenbruch. Außerfahrplanmäßiger Halt in L.

»Lana?«

Ich fuhr zusammen. Der leise Ruf kam aus dem Keller.

»Lana!«

Brauchte Johnny Hilfe? War das eine Falle? Ich kroch halb in die Esse und rief: »Johnny?«

Keine Antwort.

»Was ist?«

Nichts. Ratlos setzte ich mich in die Asche. Wollte er, dass ich zu ihm kam? Vor meinem geistigen Auge zogen Bilder auf, die ich am liebsten zerschossen hätte: Johnny, gemeinsam mit meiner Mörderin, die mich in fröhlicher Eintracht erwarten. Oder Johnny, tot, und aus der Dunkelheit tritt sie heraus, mit einer Schlinge in der Hand ...

»Johnny!«

Ich würde nicht hinuntergehen. Er hatte gesagt, dass ich oben Wache schieben sollte. Meine Hand tastete nach dem Laptop – er war fort.

Das begriff ich nicht. Ich hatte ihn doch dort an der Wand abgestellt! Die einzige Möglichkeit war, dass Johnny ihn an sich genommen hatte.

Trotzig krabbelte ich zurück ins Wohnzimmer und klopfte mir Dreck und Ruß aus den Klamotten. Mittendrin hielt ich inne. Ein Geräusch. Es klang wie ein leises Glockenspiel und es ließ das Blut in meinen Adern gefrieren. Die Gläser auf dem Schrank! Sie zitterten und stießen mit den Rändern aneinander. Klingelingeling. Stille. Klingelingeling ... Jemand versuchte, durch das Fenster einzudringen. Klingelingeling ... So lieblich wie eine kleine Spieldose auf dem Nachttisch eines schlafenden Kindes. Klingelingeling ... So leise wie der Tod, wenn er dich überraschen will.

34

Die Couch musste aus Beton gewesen sein, so schwer ließ sie sich verschieben. Ich hatte sie kaum von der Stelle bewegt, als mit einem lauten Klirren die ersten Gläser vom Schrank fielen und auf dem Boden zerschellten. Jemand versuchte von der anderen Seite aus, sich Einlass zu verschaffen. Und ich hatte keine Zweifel, wer es war. Die Sohlen meiner Chucks rutschten auf dem glatten Holzboden weg. Ich hob und zerrte und schob und fluchte. Der Teppich lag im Weg. Ich zog ihn weg. Währenddessen begann der Schrank zu schwanken. Die restlichen Gläser glitten zur Kante und stürzten hinunter. Die Holzfüße der Couch scharrten über die Dielen. Noch zwei Meter, eineinhalb – das Haar fiel mir ins Gesicht, ich schwitzte und schob, aber es half nichts. Ich war zu langsam. Entsetzt richtete ich mich auf und sah, wie der Schrank langsam nach vorne kippte und mit einem gewaltigen Schlag auf den Boden knallte. Im Fenster erschien Johnnys Gesicht.

»Lana! Mach auf, verdammt noch mal!«

Was? Wer war da draußen?

»Lana!«

Ungläubig kam ich hinter der Couch hervor. Die Glasscherben knirschten unter meinen Sohlen.

»Mach die verdammte Tür auf!«

»Wie kommst du ...«

»Mach auf!«, brüllte er und erinnerte mich daran, dass für Fragen später noch Zeit war.

»Ja. Klar. Warte.«

Ich versuchte, den Schrank zur Seite zu schieben, Johnny drückte von außen gegen die Tür, und gemeinsam schafften wir es, sie so weit zu öffnen, dass er hineinschlüpfen konnte.

»Komm!«, sagte er hastig. »Ich glaube, die Luft ist rein. Lass uns abhauen.«

Ich deutete auf den Kamin. »Der Laptop!«

»Da ist keiner.«

»Natürlich ist er da! Warum hast du ihn nicht mitgebracht?«

»Weil ich ihn nicht gesehen habe!«

Ich schrie: »Das ist doch *bullshit*! Du hast ihn verschwinden lassen! Wo ist er?«

Johnny wollte nach mir greifen, aber ich wich ihm aus. Er ging einen Schritt auf mich zu, ich trat einen zurück. Er erkannte, dass er mich auf diese Weise nicht so schnell kriegen würde, und blieb stehen.

»Da war nichts«, wiederholte er. »Monitore, aber nichts, was wie ein Computer oder ein Laptop aussah. Aber es gibt einen Durchgang vom Keller nach draußen. Hinter dem Öltank. Habt ihr die Treppe da nicht gesehen? Sie führt auf der anderen Seite nach draußen, hinter dem Brennholz.«

»Nein.« Aber wir hatten ja auch nie hinter den Stapel geblickt.

»Komm jetzt. Das ist unsere Chance. Keine Ahnung, wo sie gerade ist. Lass uns verschwinden.«

»Ich will aber –«

»Du willst hier weg. Ich auch. Und zwar so schnell wie möglich. Was nützt dir ein Laptop? Willst du damit begraben werden?«

Hilflos sah ich mich in dem mittlerweile völlig verwüsteten Wohnzimmer um. Er hatte recht. Wir mussten die schwarze Mühle so schnell wie möglich verlassen.

Ich nickte.

Er zwängte sich als Erster zurück durch den Spalt. Ich war etwas dicker als er, weiß der Teufel warum, und hatte ein wenig Mühe, durchzukommen. Er zog und zerrte, und schließlich hatten wir es geschafft. Ich wollte irgendetwas Sinnvolles sagen wie »Danke« oder »Wir brauchen noch etwas zu essen«, als die Gestalt hinter ihm auftauchte und mir die Worte im Hals stecken blieben. Johnny merkte das. Langsam drehte er sich um.

Sie stand dort, wo das Lagerfeuer gewesen war, zwischen den beiden abgesägten Baumstämmen, auf denen Joshua und ich gesessen hatten. Sie hielt die Axt in der Hand. Ihr Gesicht war freundlich, aber der Blick, mit dem sie schon eine ganze Weile unsere Bemühungen beobachtet haben musste, flackerte.

Ich fand als Erste die Sprache wieder. »Guten Tag, Frau Breitenbach.« Vorsichtig sah ich von ihr zu Johnny. Keine Regung in seinem Gesicht.

»Guten Tag, Lana«, erwiderte sie. Ihre Stimme hatte etwas von einem Roboter, als ob jede menschliche Regung daraus gelöscht worden wäre. »Hallo, Johnny. Es ist Zeit.«

Ich berührte Johnnys Arm. Er starrte unsere ehemalige Chemielehrerin an, als sähe er sie zum ersten Mal.

Und es war wirklich ein Schock. Wie hatte sie sich verändert! Ihr Gang, ihre Statur – das war mir vorher schon aufgefallen. Aber das Gesicht ... Es war das mühsam beherrschte Gesicht einer Wahnsinnigen.

»Ja, es ist Zeit«, sagte ich ruhig. Seltsam. Diese Stille in mir. Da war ich die letzten Tage und Nächte kurz vorm Durchdrehen gewesen, und jetzt breitete sich eine kühle, gläserne Klarheit in mir aus. »Wir müssen gehen. Lassen Sie uns durch.«

Johnny erwachte. Er stellte sich einen Schritt vor mich. Sie hob die Axt.

»Ihr geht nirgendwohin. Ihr seid schuld, genau wie die anderen. Es gibt keine Ausnahme.«

»Schuld woran?«, fragte ich. Johnny hob die Hand und wollte mich so am Weitersprechen hindern. Aber meine Angst war wie weggeblasen. Ich sah ihr ins Gesicht. Dieser verrückten Frau, die einen nach dem anderen getötet hatte und das mit *Schuld* erklärte.

»Das soll er dir erklären.« Ihre linke Hand war blutverkrustet und geschwollen. Die Wunde sah nicht gut aus. Sie musste furchtbare Schmerzen haben, aber vielleicht spürte sie sie gar nicht. Die Axt in der Rechten, deutete sie auf Johnny. »Na los, sag es ihr.«

»Was soll ich ihr sagen?«

»Den Grund, Johnny. Jeder soll den Grund erfahren, warum er sterben muss. Das habe ich bei allen so gemacht. Bevor sie gefallen oder ertrunken oder erstickt sind.«

Ich glaube, das war der Moment, in dem Johnny richtig realisierte, was passiert war. Vielleicht hatte er mein Gestammel bisher nicht ernst genommen, es beiseite gewischt als Gefasel einer Irren. Ich spürte, wie sich etwas in ihm veränderte. Nicht zum Guten. Er wurde unsicher, und das war das Letzte, was wir gebrauchen konnten.

»Was hast du getan? Birgit? Sag, dass das nicht wahr ist. Das ist ein Scherz, oder?« Er wandte sich an mich. »Das ist ein Spiel. Ihr verarscht mich.«

Ich schüttelte langsam den Kopf. Birgit Breitenbach, Lehrerin für Sport und Chemie in L., aber in den letzten Jahren mutiert zu einer Kampfmaschine mit dem einzigen Ziel, zu töten, ließ uns nicht aus den Augen.

»Eure Zeit läuft ab. Sag es Lana. Sie hat ein Recht, es zu wissen.«

»Verdammt noch mal, worauf willst du hinaus?«

Die Axt wog schwer in ihrer Hand. »Sag, was du meiner Tochter angetan hast.«

Johnny holte tief Luft. »Es tut mir leid, Birgit, was mit Melanie passiert ist. Das weißt du. Ich habe immer wieder versucht, es dir zu erklären...«

»Du hast sie im Stich gelassen.« Frau Breitenbach, oder *Birgit*, wie Johnny sie nannte, ließ die Axt etwas sinken. Die Klinge war scharf. Was hatte sie vor? Uns auf den Holzklötzen zu enthaupten? »Als sie dich gebraucht hat, hast du sie im Stich gelassen.«

»Das ist nicht wahr. Ich habe dir gesagt, dass sie Hilfe braucht. Dass ich nichts für sie tun kann. Alles andere wäre ein Fake gewesen. Das hat Melanie gewusst. Es war ihre Entscheidung.«

Welche Entscheidung? Wovon redeten die beiden? Ich wollte an Johnny vorbei, aber er streckte den Arm aus und hinderte mich daran. Diese Geste war instinktiv gekommen und sie schien der Frau aufzufallen.

»Sie war ein wunderbares Mädchen. Und es bricht mir jedes Mal das Herz, wenn ich an sie denke. Ich habe versucht –«

»Gar nichts hast du!« Birgit hob die tödliche Waffe. Ich fuhr zusammen, Johnny stolperte ein, zwei Schritte zurück und hob abwehrend die Arme. »Ihr alle habt uns ruiniert. Ihr alle! Und du, Johnny, bist der Schlimmste.« Sie wandte sich an mich. Unter dem Blick ihrer eisgrauen Augen fröstelte ich. »Was hat er dir erzählt? Was?«

»Ga-gar nichts«, stammelte ich, während ich innerlich abwog, ob wenigstens einer von uns beiden es schaffen könnte, wenn wir links und rechts an ihr vorbeisprinteten. »Wir hatten noch nicht die Gelegenheit.«

»Wie? Was willst du mir erzählen?«

Sie holte aus, wir wichen nach hinten weg und standen nun mit dem Rücken an der Haustür. Der Spalt war zu eng, sie würde uns erwischen, noch bevor wir es schafften, ins Innere der Mühle zu fliehen.

»Du bist hier!«, rief sie. Ihre Stimme kippte eine Oktave höher. »Du gehörst zu ihnen!«

Ich wollte Nein! schreien. Das war der Moment, mich

ganz und gar von diesen Leuten zu distanzieren, die ich einmal so bewundert hatte. Die schuld an einer Katastrophe waren, die Leonhardt, Frau Breitenbach und Melanie in den Abgrund getrieben hatte. Aber ich konnte es nicht. Verfluchte Loyalität. Keiner von ihnen hatte dieses Ende verdient, keiner. Sie hatten etwas Schreckliches getan, aber das war kein Grund, sie so zu richten. Birgit Breitenbach war wahnsinnig. Schlicht und ergreifend irre. Aber in allem Wahnsinn liegt ein Funken Wahrheit. Und der hatte mit einer weiteren Sauerei zu tun, die weit über den Rufmord an Leonhardt hinausging.

»Das tut sie nicht«, sagte Johnny stattdessen. Seine Stimme klang ruhig, aber ich spürte seine Anspannung. »Ich habe sie hierhergeschickt. Bestrafe mich, aber lass Lana gehen.«

Irgendwo hatte ich einmal gehört, dass man Verrückte zum Reden bringen sollte. Ich fragte: »Kann mir jemand von euch beiden erklären, was los ist?«

Birgit ließ die Axt wieder sinken. Immerhin. Sie wollte sich mit der verletzten Hand einige Haarsträhnen zurückstreichen, die ihr ins Gesicht fielen, und stöhnte leise auf. Also war sie gegen Schmerz nicht ganz immun. Müde deutete sie auf Johnny. »Er und seine Freunde haben Markus fertiggemacht. Mit einer perfiden, abgefeimten Lüge.«

»Markus, war das Herr Leonhardt?«

Sie nickte. Johnny tastete nach meiner Hand und drückte sie. Das musste irgendetwas bedeuten, aber ich wusste nicht, was.

»Wir waren zusammen«, fuhr sie fort. Die Erinnerung

wärmte ihre Stimme, sie klang nicht mehr ganz so kalt. »Markus und ich. Zwei Jahre lang. Nicht offiziell, aber wir wollten heiraten, in diesem Sommer damals. Aber dann kam alles anders. Siris Lüge allein wäre schon schlimm genug gewesen. So ein Vorwurf bleibt haften, niemand kann den Dreck ganz wieder abwaschen. Markus hat sich gewehrt. Es stand Aussage gegen Aussage. Der Staatsanwalt glaubte ihm. Er stand kurz davor, die Anklage fallenzulassen. Aber dann hätte Siri ja als Lügnerin dagestanden. Das konnte sie nicht auf sich sitzen lassen. So hat sie ihre Freunde dazu gebracht, einen Meineid abzulegen. In dieser Zeit, die so schwer war für uns alle, hat Johnny sich auch noch von meiner Tochter abgewandt.«

»Das stimmt nicht.« Er ließ meine Hand los. »Wir waren nie richtig zusammen. Melanie hat sich etwas vorgemacht.«

»Du lügst!«, zischte Birgit. Sie wandte sich wieder an mich. »Wusstest du, dass Markus sich aufgehängt hat, als die Klage zugelassen wurde? Er hatte seinen Job verloren. Sein Ansehen. Seine Würde. Seinen Respekt. Man hat die Straßenseite in L. gewechselt, wenn wir auftauchten. Das Getuschel hinter unserem Rücken. Freunde wandten sich ab von uns. Meine eigene Schwester fragte mich, wie ich mit einem Mann zusammenbleiben konnte, der sich an jungen Mädchen vergreift. Wie ich meine Tochter vor Markus schützen würde. Verstehst du das? Verstehst du?«

»Ja!«, rief ich. Ich wollte sie stoppen, aber mir fiel nichts ein, was ich hätte sagen können. Sie durfte sich nicht weiter in Rage reden. Ich hatte mit meinen naiven Fragen die Büchse der Pandora geöffnet, und jetzt sprudelte alles aus ihr heraus und war eine einzige, monströse Rechtfertigung ihrer Rache.

»Melanie hat ihn gefunden. Hier, auf dem Dachboden. Da war ihr Leben schon ein einziges Spießrutenlaufen geworden. Sie hätte Hilfe gebraucht. Deine Hilfe. Wo warst du, Johnny? Wo warst du?«

Er räusperte sich, aber seine Stimme klang immer noch belegt. »In Berlin. Da war ich schon in Berlin.«

Mit ihrem Nicken bestätigte Birgit ihr gesamtes Feindbild. »Genau. Du warst nicht da. Du hast sie im Stich gelassen.«

»Was ist passiert?«, fragte ich, um ihren Fokus wieder auf uns beide zu legen.

»Sie starb an Magersucht. Sie hat ihren achtzehnten Geburtstag nicht mehr erlebt.«

Jetzt verstand ich. Die Torte. Die Einladung. Wahrheit oder Wahrheit.

»Das Spiel ...«, begann ich und brach ab.

»Ja?«, fragte sie lauernd.

»Es hätte nichts geändert, oder? Wenn auch nur einer die Wahrheit gesagt hätte, es hätte nichts geändert.«

»Nein«, antwortete sie. »Ihr wart tot von dem Moment an, in dem ihr nach Karlsbad kamt. Komm her.« Sie deutete mit der Axt auf mich. »Ich mache es kurz. Genau wie bei den anderen. Ihr habt mich leiden lassen. Ihr habt zwei Menschen in den Tod getrieben. Ihr wart grausam, ohne jede Barmherzigkeit. Ich bin anders. Keiner musste lange leiden. Nur gestehen. Ein Mal gestehen, das mussten alle, bevor sie vor ihren Schöpfer traten.«

Johnny schaltete sich wieder ein. »Was soll Lana denn

zugeben? Sie war damals nicht dabei. Mach mit mir, was du willst. Aber lass sie gehen.«

Sie lächelte. Es war, als ob auf diesem mageren, abgehärmten Gesicht noch einmal eine Erinnerung an die Frau durchkam, die sie einmal gewesen war.

»Du magst sie.«

»Ja.«

Mein Herz stolperte.

»Du willst sie beschützen, wenn es sein muss, mit deinem Leben.«

»Ja.«

Blitzschnell verwandelte sich ihre Miene in eine wütende Fratze. Sie hob die Axt und schrie: »Und warum hast du das nicht für Melanie getan?«

Johnny schubste mich so heftig von sich, dass ich beinahe gestürzt wäre. »Renn!«, schrie er. »Renn!«

Ich wandte mich nach links, er nach rechts. Aus den Augenwinkeln sah ich noch ein kurzes Blitzen, dann sprintete ich so schnell los, dass der Erdboden unter meinen Chucks aufspritzte. Ein wütender, unmenschlicher Schrei.

»Bleibt stehen! Johnny! Lana!«

Ich lief auf den Waldrand zu. Zwanzig Meter von mir entfernt rannte Johnny um sein Leben. Ich sah noch, wie er mir das Gesicht zuwandte, wie die Angst um uns darin geschrieben stand, da spürte ich einen Schlag an meinem Oberschenkel, stürzte, überschlug mich und blieb mit einem Schrei liegen.

Die Axt hatte mich gestreift. Ich krümmte mich zusammen. Blut sickerte aus der Wunde, meine Jeans war eine ganze Handbreit aufgeschlitzt. Wie es darunter aussah, wollte ich gar nicht wissen. Ich versuchte, auf die Beine zu kommen, aber ich knickte immer wieder weg. Als Birgit auftauchte, kroch ich auf allen vieren weiter, aber ich wusste, dass es sinnlos war.

Sie schien mich gar nicht zu beachten. Ich schaffte bestimmt drei oder vier Meter, bis ich begriff, dass sie die verdammte Axt suchte. Als sie sie gefunden hatte und damit auf mich zukam, war es das Ende. Ich konnte nicht mehr. Ich sank ins nasse Gras, hörte meinen keuchenden Atem, sah hinauf in den grauen Himmel und fragte mich, wo Gott war.

Sie stand über mir.

»Bitte«, flüsterte ich. »Bitte nicht.«

Sie hob die Axt. »Ich wünschte, es täte mir leid.«

Ich schloss die Augen. Das Nächste, was passierte, war dass sie auf mich fiel und der Holzstiel der Axt meine Nase traf. Mit einem Schrei fuhr ich hoch. Dort, wo sie gestanden hatte, stand jetzt Johnny. Wie aus dem Erdboden geschossen. In der Hand einen Stein.

»Hilfe!«, kreischte ich. »Nimm sie weg! Nimm sie weg!«

Er zerrte Birgits leblosen Körper von mir herunter.

»Ist sie tot? Sag es mir! Johnny! Ist sie tot?«

Entsetzt kroch ich ein paar Meter weiter. Blut sickerte aus meiner Hose. Das Bein war taub, aber ich wusste, dass der Schmerz bald kommen würde.

Birgit Breitenbach lag auf dem Bauch, als ob sie schlafen würde. Johnny beugte sich über sie, nahm die Axt, die neben ihr auf dem Boden lag, und schleuderte sie ein paar Meter weit weg. Glücklicherweise nicht in meine Richtung.

»Hoffentlich nicht. Ich habe sie an der Schläfe erwischt.«
Er kam langsam auf mich zu. »Sie wird so schnell nicht wieder zu sich kommen. Wie geht es dir? Was ist los?«

Ich konnte nicht aufstehen. »Die Axt, hier …«

»Lass mal sehen.«

Ich drehte mich leicht zur Seite. Johnny zog scharf die Luft ein. »Das müssen wir sofort verarzten.«

»Nein. Wir müssen weg, bevor sie aufwacht.«

»Das wird sie so schnell nicht tun.«

»Bist du sicher?«

Ein schneller Blick hinüber zu dem Körper, der so schlaff und reglos im Gras lag. Ich brannte darauf, mich zu überzeugen, ob Johnny sie tatsächlich ausgeknockt hatte. Gleichzeitig wollte ich nur noch eines: weg. Aber das ging offenbar nicht. Als ich mit seiner Hilfe endlich wieder stehen konnte, gelang das nur mit einem Bein. Das andere schien es gar nicht zu geben. Glücklicherweise hatte sie mich dort getroffen, wo mein Knie sowieso schon verrückt spielte. Johnny stützte mich, aber mir war klar, dass ich so nicht weit kommen würde.

»Lass es mich ansehen.«

»Nein! Bring mich in den Wald und versteck mich da irgendwo. Und dann hol Hilfe!«

Ein Blick in sein entschlossenes Gesicht reichte, um zu wissen, dass ich genauso gut gegen eine Wand hätte sprechen können.

»Ich lasse dich nicht allein.«

Ich sagte: »Spiel jetzt nicht den Helden.«

»Ach. Und was war das?« Er wies mit dem Kopf in Birgits

Richtung. Ein winziges Lächeln kroch in seine Mundwinkel. Und genau dieses Lächeln war es, das die eisernen Ringe um meine Brust sprengte. Es war, als ob alle Luft aus mir entweichen würde. Ich konnte mich nicht mehr halten und rutschte einfach in seine Arme.

»Moment mal. Nicht schlapp machen!« Er versuchte, mich irgendwie hochzuhieven, aber es ging nichts mehr. Ich wollte ja! Aber selbst mein gesundes Bein trug mich einfach nicht mehr. Ich hatte alle Kraft fürs Überleben verbraucht.

»Johnny«, stöhnte ich. »Einer muss Hilfe holen!«

Das Lächeln verschwand. »Kommt nicht infrage. Ich lasse dich nicht im Stich.«

Und bevor ich wusste, wie mir geschah, hatte er mich hochgehoben. Ich schlang meine Arme um seinen Hals, um es ihm nicht noch schwerer zu machen, und schloss die Augen. Seine Schritte, die Körperwärme, die Kraft, die ich spürte, als er mich trug und loslief, all das löste etwas in mir, und ich wollte mich nur noch fallen lassen.

Ich erinnere mich so gut... Ich weiß noch, wie er roch: nach Wald, Holz und Rauch. Bis heute ist es so, dass ich immer, wenn irgendwo ein Lagerfeuer brennt oder Holz in einem Kamin, an Johnny denke. Nicht an das Inferno, nicht an eine Hölle aus Feuer und Glut, und das ist ein Wunder. Das wirkliche Wunder, das mir sagt, dass ich eines Tages wieder gesund werden kann. Ich verdanke es Johnny und diesen paar Minuten, in denen ich spürte, dass ich immer schwerer wurde und seine Schritte sich verlangsamten, aber dass er mich nie, niemals fallen lassen würde.

So muss es sein, wenn man eine Tür aufschließt und nach Hause kommt. Natürlich war mir klar, dass dieser Moment vorübergehen würde und wir uns dem stellen mussten, was geschehen – und noch lange nicht vorüber war. Aber es fühlte sich an wie ein Atemholen vor dem Endspurt. Wie eine Rast an einem Brunnen, bevor die Wüste beginnt. Wie Waffenstillstand in einem grausamen Krieg, wenn Zeit ist, die Verletzten und die Toten zu bergen und sich vorzubereiten auf die letzte, alles entscheidende Schlacht. Er gab mir Kraft. Er hat mich gerettet.

Als wir die Mühle erreichten, öffnete ich nur widerwillig die Augen. Johnny setzte mich sanft auf dem Boden ab. Er schob die Tür noch eine Winzigkeit weiter auf, dann zwängten wir uns nacheinander ins Innere.

Es war, als hätte mir jemand ein schwarzes Tuch über den Kopf geworfen. Ich musste nach Luft schnappen. Mein Puls begann zu rasen. Eine Warnlampe begann in einer hinteren Region meines Hirns panisch aufzuleuchten: Hier ist es passiert. Schau, die kaputten Gläser. Sieh hin – der umgeworfene Couchtisch. Die Couch, verkeilt in den Bauernschrank. Und über dir, auf dem Mahlboden ...

»Geht es?«

Johnny packte mich gerade noch rechtzeitig, bevor ich einknickte. Er schleppte mich zur Couch, richtete sie auf und bettete mich dann vorsichtig in die Polster.

»Gibt es irgendwo einen Verbandskasten?«

»Ich habe keinen gesehen«, stöhnte ich. »Vielleicht in der Küche?«

»Ich seh mal nach. Nicht weglaufen!«

»Sehr witzig.« Ich blutete gerade still und stetig vor mich hin. Der Schmerz kam. Erst leise und puckernd, dann immer heftiger. »Beeil dich!«

Er war schon verschwunden. In der Küche zog er Schubladen auf und öffnete Schränke. Es schepperte, als wäre ein ganzer Besteckkasten auf den Boden gekracht.

»Johnny?«

»Ich finde nichts!«, hörte ich seine Stimme und war beruhigt. Schließlich kam er mit mehreren Servietten, Handtüchern und einem Strick wieder – und einer Flasche Rum.

»Was ist?«

»Nichts.« Irgendwann einmal würde ich ihm erzählen, was passiert war. Aber nicht jetzt. Jetzt musste ich dagegen ankämpfen, nicht an Cattie zu denken ... wie sie zusammen mit uns an diesem Couchtisch gesessen hatte, so ladylike, so selbstsicher, so bewundernswürdig cool, und sich den Rum eingeschenkt hatte ... Ich wusste, wenn ich noch eine Sekunde länger in der Vergangenheit bliebe, würde ich zusammenbrechen. Ich trank direkt aus der Flasche.

Der Rum brannte sich seinen Weg in meinen Magen.

»Oh nein!«, japste ich. »Willst du mich von innen desinfizieren?«

»Auf welchem Weg auch immer. Ich stille erst einmal die Blutung.«

Was nun folgt, ist kein Ruhmesblatt in puncto Tapferkeit. Der Schnitt war glücklicherweise nicht tief. Trotzdem jaulte ich vor Schmerz laut auf, als die mit Rum getränkte Serviette mit der Wunde zusammenkam. Es war höllisch. Ich will die Details nicht weiter beschreiben, aber stellt euch einfach vor, ihr habt eine Wurzelbehandlung ohne Betäubung. Das dürfte ungefähr hinkommen.

Anschließend bastelte Johnny aus den übrig gebliebenen Servietten einen Verband. Er versuchte, vorsichtig zu sein.

»Das wird schon wieder.«

»Ja ja«, keuchte ich. »Mach hin.«

Argwöhnisch beobachtete ich seine Bemühungen und kommentierte sie, wenn es gar zu arg wurde, mit lautem Stöhnen.

»Das kann ja heiter werden«, sagte er nur.

»Was?«

»Wenn du mal Kinder kriegst.«

Er war fertig und strich sanft über mein Schienbein. Erstaunlicherweise tat das nicht weh, es kribbelte sogar angenehm. Sehr angenehm. Natürlich wusste ich, dass man in Extremsituationen auch Extreme empfindet. Aber seine Berührung tat einfach nur unendlich gut. Erschöpft ließ ich mich nach hinten sinken. Er stand auf und setzte sich neben mich.

»Nur unter Vollnarkose.«

»Das Kriegen oder das Machen?«

Ich musste kichern. War das möglich? Flirtete er mit mir? Wenn er lächelte, verwandelte sich sein Gesicht auf unglaubliche Weise. Der intensive Blick wurde weicher, und etwas in seinen Zügen erinnerte mich an das Leuchten, mit dem er mich in L. so beeindruckt hatte. Nach all den zermürbenden Erfahrungen der letzten Tage breitete sich eine Schwäche aus, eine Wehrlosigkeit gegen diesen Blick, mit dem er mich ansah.

»Warum?«, flüsterte ich.

Das Lächeln verschwand. Er beugte sich nach vorne und legte die Arme auf den Knien ab. Den Mantel musste er irgendwann in der Küche ausgezogen haben. Er trug nur ein T-Shirt – entschieden zu wenig für diese Witterung (ich Scherzkeks hatte ja selbst kaum mehr an, denn das, was in Fetzen von meinen Beinen hing, konnte man nicht mehr wirklich als Hose bezeichnen), und schwarze Jeans. Schlamm und Dreck trockneten gerade. Ich sehnte mich nach einer heißen Dusche. Aber noch mehr nach einer Antwort.

»Warum?«

Ein kurzer Seitenblick auf mich. Er verschränkte seine Hände. Es waren schöne Hände. Nach dem Gesicht fällt mein Blick irgendwie immer gleich auf die Hände eines Mannes, die meiner Meinung nach viel aussagen können.

»Ich dachte, es würde dir gefallen.«

»Oh ja.« Meine Zustimmung triefte vor Sarkasmus. »Ein schöner Abenteuerurlaub. Kommen Sie in den Kaiserwald! Böhmen sehen und sterben!«

Die Haare fielen ihm in die Stirn, aber er merkte es nicht. Sein scharf gezeichnetes Profil erinnerte mich daran, wie sehr er sich verändert hatte.

»Ich wollte dir eine Freude machen. Du hast so von uns geschwärmt. Dieses Wochenende sah ja wirklich nach ein paar schönen Tagen aus.«

»Hat dich die anonyme Einladung nicht misstrauisch gemacht?«

»Genauso wenig wie dich. Wir sind doch beide davon ausgegangen, dass einer von uns sich das ausgedacht hat.«

Er wandte sich mir zu. Mir wurde bewusst, dass wir sehr nahe beieinander saßen und unsere Beine sich berührten. Ich zog meines weg. Er bemerkte das, und mir war es peinlich, dass er es bemerkte und irgendwelche absurden Schlüsse daraus zog. »Eine verrückte Idee, dachte ich. Typisch. Wir waren mal berüchtigt für unsere Einfälle.«

»Ach ja? Auch für Siris Abistreich? Oder wie habt ihr es genannt, als ihr Leonhardt habt ins Messer laufen lassen?«

»Ich habe es eine Sauerei genannt. Als ich meinen Irrtum erkannt habe, wollte ich ihn richtigstellen. Aber ... da war es zu spät.« Er senkte den Kopf. »Leonhardt war tot. Es war kurz nach dem Abitur. Ich bin zur Polizei und habe eine Aussage gemacht. Aber der Fall war mit seinem Selbstmord abgeschlossen.«

»Abgeschlossen«, wiederholte ich. »Wahrscheinlich war das euer größter Irrtum.«

Sein Nicken kam zögernd. »Ich habe versucht, die anderen ebenfalls dazu zu bringen, Leonhardts Ruf wieder herzustellen. Wenigstens posthum. Es kam zu einem Eklat. Siri wurde hysterisch. Tom und Stephan, die beide schon auf irgendwelchen renommierten *Business Schools* waren, stellten sich quer. Cattie hatte bei einer Eventagentur angefangen. Ich glaube, die Einzige, die ein schlechtes Gewissen hatte, war Franziska. Aber sie stand immer noch so unter Siris Einfluss, dass sie sich nicht getraut hat, sich offen gegen sie zu stellen. Ich war allein.«

Er stand auf, ohne mich anzusehen, und ging ein paar Schritte auf und ab.

Ich verlagerte vorsichtig mein Gewicht, weil mein Bein zu

puckern anfing. Hoffentlich entzündete sich die Wunde nicht. Alles war möglich, von Tetanus bis Blutvergiftung.

»Und was genau war mit Melanie?«, fragte ich.

»Melanie und ich haben in einer Schüleraufführung mitgemacht. Sie war süß und ich war verliebt. Mein erstes Mädchen, mein erster Kuss. So etwas vergisst man nicht.«

Okay, ich sah das in meinem Fall anders, aber das war nicht der Moment, um es ihm auf die Nase zu binden. Zudem ich ein merkwürdiges Ziehen im Bauch spürte. So eine Art Ja und gleichzeitig Nein. Ja, ich wollte, ich musste mehr erfahren. Nein, ich mochte es eigentlich nicht hören. Verwirrende Empfindungen.

»Aber süß reicht nicht. Mir jedenfalls nicht. Nach ein paar Wochen habe ich Schluss gemacht. Wobei es das eigentlich nicht trifft, es war ja so gut wie nichts zwischen uns gelaufen. Sie hat es sehr schwer genommen.« Er blieb stehen und sah mich prüfend an. »Vielleicht hätte man ihr damals schon helfen müssen?«

Ich hob hilflos die Schultern. »Warum hast du es nicht getan?«

»Ich war sechzehn. Da will man doch nicht heiraten und ewig zusammenbleiben! Sich ständig kontrollieren lassen, mit niemand anderem mehr reden. Sie war unglaublich besitzergreifend. Es hat nicht gepasst mit uns. Es war eine kleine, romantische Schwärmerei, die vorüberging.«

»Aber nicht für sie.«

Er kam näher und ging vor mir in die Hocke. »Ich weiß. Ich fühle mich schuldig. Ich denke jeden Tag an sie. Manchmal glaube ich, das war ihr Fluch.«

»Ihr Fluch?«, fragte ich entsetzt.

»Sie konnte mich im Leben nicht besitzen, also wählte sie den Tod. Sie wusste, dass ich sie so niemals vergessen würde. Ihr Plan ist aufgegangen. Ich trage sie mit mir, in meiner Seele, in … in einem Koffer aus Blei. Aber nicht in meinem Herzen.«

Meine Hand, meine dumme Hand, hob sich und strich ihm über die schmale Wange. Eine Sekunde lang schmiegte er sich hinein. Dann zog ich sie mit aller Macht zurück.

Ich sagte: »Es ist furchtbar, aber an ihrem Tod hast du keine Schuld.«

»Aber an dem, was vorher geschehen ist.«

»Du hast versucht, es geradezubiegen.«

»Ich bin damit gescheitert.«

Er stand auf und ging zur Tür.

»Wo willst du hin?«

»Ich muss die Axt holen. Und irgendwie müssen wir Birgit ja unschädlich machen.« Dafür also der Strick.

»Okay«, murmelte ich.

Er zog die Tür nicht ganz zu und ließ mich allein mit seinem Geständnis. Es erklärte so vieles. Seine Verwandlung, die Abkehr von den Freunden und den Verzicht auf das gemeinsame Wochenende. Und plötzlich ist Lana da, die von allem nichts weiß und in ihrer naiven Schwärmerei die ideale Kandidatin ist, um seinen Platz einzunehmen. Er hatte mir eine Freude machen wollen.

Schöne Freude.

Ich war wütend auf ihn, weil er mir dieses Märtyrium eingebrockt hatte. Aber gleichzeitig fühlte ich eine tiefe

Trauer. Er trug die Schuld wie seinen schwarzen Mantel. Der Versuch einer Wiedergutmachung war gescheitert. Es gab kein Verzeihen, nur Verdammnis. Wie naiv er war, wenn er glaubte, mit Birgit reden zu können. Sie war für Worte nicht mehr erreichbar.

Plötzlich bekam ich Angst um ihn.

Mit zusammengebissenen Zähnen stand ich auf und lief ein paar Schritte. Es ging. In welchem grausamen Märchen musste eine Prinzessin barfuß über Klingen tanzen? In Andersens Meerjungfrau? Ich stützte mich auf dem Sessel ab und stöhnte leise vor mich hin. Wir hatten Birgit unschädlich gemacht. Kein Grund zur Sorge. Plane jetzt besser, wie es weitergeht. Schritt für Schritt. In Gedanken war ich mit Johnny auf dem Weg zum Wald. Der Wanderweg machte mir Sorgen, ich wusste nicht, ob ich ihn schaffen würde. Glücklicherweise ging es bergab, das erhöhte die Chancen. Vorsichtig ließ ich den Sessel los und zog vor Schmerz scharf die Luft ein.

»Ist es so schlimm?«

Schock. Explodierender Schock. Der Teppich tanzte vor meinen Augen. Mit aller Kraft schaffte ich es, mich umzudrehen. Im Türrahmen stand Birgit.

35

Wenn ich mich zurückerinnere an diese Begegnung, die doch eigentlich bis kurz vor ihrem grausamen Ende die ruhigste von allen war, eine Verschnaufpause vor dem Untergang, eine Stille vor dem Sturm, zittern mir immer noch die Hände und ich kann nicht mehr schreiben. Ich muss den Stift zur Seite legen. Ihr fragt euch wahrscheinlich, warum ich keinen Computer benutze. Der Grund ist, dass ich nur noch dem traue, was ich selbst schwarz auf weiß aufs Papier gebracht habe. Dateien können verändert oder gelöscht werden. Dann ist alles umsonst gewesen, das ganze Erinnern und Einordnen, das Zurückgehen in die tiefste Finsternis, wo jedes Mal, wenn ich glaubte, es ginge jetzt endlich wieder aufwärts, der nächste Schlag kam.

Man sieht meiner Schrift an, wo ich einigermaßen klarkam mit der Situation und wo es selbst heute noch über meine Kräfte geht. Die Stelle, an der Birgit in der Mühle auftaucht und mich eiskalt erwischt, ist kaum leserlich. Winzig klein, mit Buchstaben, die vor meinen Augen verschwimmen und mich wahrscheinlich dafür verfluchen, dass ich sie geschrieben habe. Falls Buchstaben zu so etwas fähig sind. Ich bin ja fest von ihrer Magie überzeugt. Aus Strichen, Kringeln und Punkten entstehen Wörter und aus denen steigt wie ein Djinn aus der Flasche das luftige Gebilde einer Geschichte. So viele Djinns, so viele Geschichten! Schöne, traurige, witzige, gruselige ... Ähnlich muss es mit Zahlen sein, aber zu denen habe ich nicht ein so enges Verhältnis. Ich bin mir aber sicher, dass Mathematiker und Astrophysikerinnen, Chemiker und Cracks für fraktionale Infinitesimalrechnung genauso empfinden, wenn aus einer zusammenhanglosen Reihe von Zeichen eine Formel entsteht, die die Welt verändert hat.

Was ich schreibe, gehört mir. Und nicht einem Mr Big Data. Ich entscheide, wer es lesen darf, nicht Herr Facebook oder Frau Google. Mir macht dieser unbeschränkte Zugriff auf unsere Gedanken und Handlungen Angst. Das muss nichts heißen. Mir macht alles Angst im Moment, aber es scheint, als ob die vielen, vielen Seiten, die ich bis jetzt beschrieben habe, noch etwas anderes sind als meine Geschichte. Ich glaube, sie sind Zeugen, unbestechliche Zeugen dafür, dass ich überlebt habe und jetzt verzweifelt nach einem Weg suche, damit klarzukommen. Es ist, als ob sie mir Mut machen. Manchmal gehe ich zurück in meiner Geschichte, blättere den Stapel durch, der von Tag zu Tag wächst. Die ersten Blätter ... Johnny, wie er plötzlich mitten im Weg lag und diesen Zufall auslöste – war es ein Zufall? –, mit dem alles begann. Die Reise nach Karlsbad und das Wiedersehen mit den Menschen, die mich einmal so beeindruckt hatten. An manchen Stellen muss ich lachen, an anderen wiederum ist die Tinte verwischt, weil ich nicht mehr weiterschreiben konnte, ein paar Blätter sind zerknittert. Das sind die, die ich zusammengeknüllt und wütend weggeworfen habe. Und dann doch wieder hervorgeholt, geglättet, zu den anderen gelegt... Eine Geschichte ist wie das Leben: Beides muss man ganz annehmen. Einzelne Kapitel ausklammern und so tun, als hätte es sie nicht gegeben, funktioniert nicht. Das ist mir beim Schreiben klar geworden.

Und so sehr ich mir wünsche, diesen Teil, der jetzt noch kommt, zu überspringen: Ich muss ihn aufschreiben. Er gehört dazu. Er ist der schwerste Teil von allen, weil er von Verlust handelt und mir gleichzeitig etwas unendlich Kostbares geschenkt hat: eine verzweifelte, sehnende, schmerzende Liebe zum Leben. Und weil ich mit ihm noch lange nicht abgeschlossen habe.

36

Ab jetzt ist alles wie in einem Film, den man nicht anhalten kann. Bei dem man nicht aufstehen kann und rausgehen wie im Kino. Ich bin in dieser Mühle und sehe Birgit, ihre blutverkrusteten, wirren Haare, ihre linke Hand, die sich violett-bläulich verfärbt hat, und sie sieht mich an mit demselben Blick wie damals in L. Beinahe liebevoll. Aufmunternd. Besorgt.

»Ja«, sage ich zögernd. »Verdammt schlimm.«

»Du darfst dich nicht so viel bewegen. Setz dich.«

Sie kommt langsam näher. Ihre Bewegungen sind die eines Zombies. Ich kann sie zum ersten Mal in Ruhe betrachten. Die Sportkleidung ist etwas zu weit für den schmalen Körper. Ihre früher blonden Haare sind mit grauen Strähnen durchzogen. Im Gesicht klebt Dreck, Blut und Erde. Vor Jahren trug es die Züge einer netten, normalen, mittelalterlichen Frau. Weiche, runde Wangen, ein winziges Doppelkinn, leichte Stupsnase. Jetzt ist ihr Gesicht eingefallen. Tiefe Falten haben sich hineingegraben. Die blauen Augen sind stumpf. Das Leid hat ihr zugesetzt, ihren Körper und ihre Seele leergebrannt. Aber irgendwo in ihr glimmt das Böse.

»Setz dich«, fordert sie mich noch einmal auf.

Ich tue, was sie mir sagt. Ich will sie nicht wütend machen. Die Frage nach Johnny liegt mir auf der Zunge, aber ich stelle sie nicht. Ich werde früh genug erfahren, was mit ihm passiert ist. Entweder hat sie ihn draußen abgepasst oder sie vermutet ihn im Haus. Ihr Blick flattert an mir vorbei, von der Treppe hinter meinem Rücken zum Kamin, dann zur ramponierten Küchentür, die Johnny offen stehen gelassen hat, schließlich zum Bad. Das ist noch verschlossen.

»Was ist das? Rum?«

Sie setzt sich in den Sessel mir gegenüber. Nur auf die Kante, was alles andere als entspannt aussieht. Eine Frau auf dem Sprung. Bereit, noch einmal zu morden.

Ich reiche ihr die Flasche, sie greift fast daneben. Es ist noch ein Drittel Rum darin. Ich hoffe, dass sie sie in einem Zug leert und anschließend in einen komatösen Rausch fällt, aber diesen Gefallen tut sie mir nicht. Ein winziger Schluck, mehr nicht. Ihr Blick fällt auf den Kamin.

»Das Wetter ist schnell umgeschlagen. Warum heizt ihr nicht?«

Ihr. Geht sie davon aus, dass Johnny noch in der Mühle ist?

»Mir ist warm genug. Ich glaube, ich kriege Fieber.«

Sie steht auf und kommt auf mich zu. Ich kann gar nicht so schnell reagieren, wie ihre gesunde Hand vorfährt und sich auf meine Stirn legt.

»Erhöhte Temperatur«, sagt sie. Die Hand ist kühl. Ich friere unter dieser Berührung. »Du zitterst ja!«

Ich reiße mich zusammen. »Geht schon.«

Langsam kehrt sie zum Sessel zurück. Aber bevor sie sich setzt, entscheidet sie sich anders. Zwei Holzscheite aus dem Korb neben dem Kamin, ein bisschen Anmachholz – so geschickt, wie es einhändig möglich ist, baut sie die Konstruktion eines netten Kaminfeuers. Sie kennt sich aus, sie muss das oft gemacht haben. Mit schlafwandlerischer Sicherheit schichtet sie alles aufeinander.

Ich protestiere. »Mir ist nicht kalt!«

»Keine Widerrede.« Sie hat Schwierigkeiten, das Streichholz anzuzünden. Schließlich gelingt es ihr, indem sie die Schachtel unter der Sohle ihrer Turnschuhe einklemmt. Zwei Versuche misslingen, ein Mal brennt das Streichholz ab bis an ihre Fingerkuppen. Sie hält die kleine Flamme an den Reisig. Knisternd springt sie über. Der Geruch von brennendem Holz breitet sich aus. Noch bevor sie sich wieder gesetzt hat, stehen die trockenen Scheite in Flammen. Damit wäre ein Rettungsweg abgeschnitten. Vorerst zumindest.

Sie setzt sich wieder mir gegenüber und lehnt sich zurück. Langsam und mit Umsicht, als ob sie selbst dem Sessel nicht trauen würde, und sieht ins Feuer.

»Hier haben wir oft gesessen.«

Ich muss nicht fragen, wen sie mit *wir* meint. Sie erwartet das auch gar nicht. Die Regeln dieses Spiels sehen vor, dass nur einer Takt und Ton angibt. Und das ist sie. Ich versuche, mit dem Zittern aufzuhören und die Möglichkeit zu kalkulieren, an ihr vorbei zur Haustür zu kommen. Miese Rechnung. Sie geht nicht auf, weil wir unterschiedliche Geschwindigkeitsfaktoren haben. Sie ist zäh wie Leder und flink wie ein Wiesel. Ich bin mittlerweile dermaßen gehandicapt, dass ich wahrscheinlich für den Rest meines Lebens einen Rollator brauche. Und sogar dafür sieht es im Moment relativ düster aus.

»Das war unser Ferienhaus. Oben, auf dem Mahlboden, haben wir geschlafen. Manchmal kamen Freunde vorbei. Für die haben wir dann die Matratzen aus dem Bootshaus geholt. Das waren schöne Zeiten.« Sie streicht sich über die Stirn, vielleicht will sie auch nur ihre Augen vor dem Schein des Feuers schützen. »Als wir noch Freunde hatten«, setzt sie hinzu. »Aber du weißt ja, wie das mit Freundschaften ist.«

Soll ich antworten? Erwartet sie, dass ich stumm zuhöre und zu einem verständnisvollen Zeugen ihrer Beichte werde? Oder will sie, dass ich mich wehre? Dass mein Widerstand ihre erloschenen Lebensgeister wieder weckt und sie anstachelt, den nächsten Mord zu begehen? Ich würde mein Leben so teuer wie möglich verkaufen. Aber ich habe nichts, gar nichts, mit dem ich mich wehren kann.

»Sie kommen und gehen. Schönwetterfreundschaften. Heiter und fröhlich, solange die Sonne scheint. Aber bei der ersten Gewitterwolke, beim ersten auffrischenden Wind, stieben sie auseinander wie ein Schwarm Sommermücken, wenn die Stare auftauchen.«

Ihre gesunde Hand sinkt herab. Wo ist die Axt? Wo ist ihre Waffe? Wie hat sie vor, mich zu überwältigen? Durch reine Körperkraft, mit einer derart verletzten, durchbohrten Hand?

»Ich...« Meine Stimme klingt heiser. »Ich könnte Sie verbinden.«

Eine Serviette ist noch da. Doch sie lehnt mit einem leichten Kopfschütteln ab.

»Das ist nicht nötig. Es dauert nicht mehr lang.«

»Was?«, krächze ich.

»Ach Kind. Du weißt es doch.« Sie verlagert ihr Gewicht etwas, offenbar hat sie doch Schmerzen. Der Blick aus ihren Augen ist müde. Aber die kalte Glut glimmt in ihnen und verrät, dass sie noch lange nicht am Ende ist. Sie wird selbst mit abgeschlagenem Kopf wie Störtebeker weitergehen und ihr tödliches Werk vollbringen.

Ich muss sie hinhalten. Irgendwann wird dieser drahtige und trotzdem ausgelaugte Körper sein Recht fordern. Eine Schwäche zeigen. Das ist mein Moment.

Vielleicht könnte das Reden, das Rechtfertigen, sie ermüden. »Ich verstehe viel von Ihrem Kummer, Frau Breitenbach, aber nicht, wieso Sie mich dafür mit verantwortlich machen.«

»Das tue ich auch gar nicht. Es ist einfach nur schön, noch einmal hier zu sitzen und ins Feuer zu sehen.«

Schön? Mit den Blutspuren auf den Dielen? Dem Ruß und Dreck vor dem Kamin? Der Gewissheit, dass hier Menschen gestorben waren? Schön?

Ein leiser Seufzer. Sie streckt die Beine aus. Dünne lange Beine. Unter der Haut ihrer Arme zeichnen sich die Muskeln ab, dennoch wirkt sie ... ausgemergelt.

»Wir wollten heiraten.« Das hat sie bereits erzählt, aber ihr scheint die Wiederholung nicht aufzufallen. Offenbar springt sie immer wieder in diese Zeit zurück. Ihr Blick bekommt etwas Versonnenes, als ob die Erinnerung sie milder stimmen würde. »Aber dann kam das große Unheil. Ich weiß nicht, warum. Ich habe immer versucht, eine gute Lehrerin zu sein. Ich mochte euch. So jung, so neugierig auf die Welt. Ich wollte euch etwas mitgeben, das bleibt. An eurer Seite sein, wenn ihr nicht wisst, an wen ihr euch wenden sollt. Ich habe immer geglaubt, ich hätte meine Sache gut gemacht.«

»Das ... Das haben Sie, Frau Breitenbach.«

»Und Markus ... Ich war schon so lange allein. Sechs Jahre. Mein Mann ist gestorben. Wusstest du das?«

Ich verneine mit einer matten Geste. Irgendetwas benebelt meinen Kopf. Der Rum? Es riecht seltsam, wahrscheinlich ist das Holz, mit dem sie das Feuer angemacht hat, mit einer Lasur behandelt.

»Ein Motorradunfall. Nachts, auf vereister Fahrbahn. Ich wollte stark sein für mein Mädchen. Sie sollte nicht auch noch den Glauben an ihre Mutter verlieren. Aber es war schwer, so ganz allein. Wie froh ich war, als Melanie sich zum ersten Mal verliebte. Und dann auch noch in Johannes. So ein wunderbarer Junge war er. Aber ... Es lief wohl nicht so gut zwischen den beiden.«

Vielleicht, weil gar nichts Ernstes zwischen den beiden gewesen war und Melanie sich das alles nur eingebildet hatte? Ein Schülertheater. *Romeo und Julia*. Die ganz große Liebe. Aber alles nur ein Spiel ... Oh, ich kann es mir vorstellen, welchen Eindruck Johnny als Romeo gemacht hat. Wer keinen *crush* auf diesen Jungen gehabt hatte, musste eine Heilige gewesen sein.

»Das hat ihr schwer zugesetzt. Sie kam in eine Klinik und

ich lernte Markus kennen. Für ein paar kurze Jahre schien es so, als ob das Glück sich doch noch nicht ganz abgewandt hätte von uns.«

Wieder blickt sie ins Feuer, als ob dort die Bilder ihrer Vergangenheit aufflackerten. Was sie wohl sieht? Einen glücklichen Teenager? Sich selbst, angekuschelt an den Mann, den sie liebt? Mit einem leisen Schmerzenslaut richtet sie sich auf, tastet nach dem Brennholz und wirft weitere Scheite ins Feuer.

»Aber dann begann ein Albtraum. Alles, alles zerbrach. Er hat es hier getan, oben auf dem Mahlboden. Er wollte nicht, dass wir ihn finden. Aber wir haben ihn gesucht, und wohin kehrt wohl ein Mensch zurück, dem man alles genommen hat? An den Ort, an dem er einmal glücklich gewesen ist.«

Ich sage: »Es tut mir sehr leid. Aber genauso leid tun mir Tom und Stephan und Siri und Cattie. Franziska. Warum mussten sie ihren Fehler, diesen unverzeihlichen Fehler, so schrecklich büßen? Das sind Sie doch nicht, Frau Breitenbach. Ich habe Sie anders kennengelernt, und etwas von dieser anderen Person ist doch immer noch in Ihnen.«

Ich höre mir selbst zu und weiß, wie hölzern das klingt. Sie hat den Rubikon längst überschritten. Ich bin ihre letzte Zeugin. Der Mensch, der ihr die Beichte abnehmen und ihr am besten auch noch irgendeine Absolution erteilen soll. Aber das kann ich nicht. Ausgeschlossen.

»Du hast keine Kinder. Du bist viel zu jung. Du kannst das nicht verstehen.« Langsam wendet sie den Kopf wieder zu mir. »Melanie hat es nicht verkraftet. Der Tod ihres

Vaters. Dann wurde sie von Johnny verlassen. Und schließlich fand sie auch noch den Mann, der wie ein zweiter Vater zu ihr gewesen war, erhängt auf dem Mahlboden. Sie wurde immer weniger. All das Hoffen, die guten Tage, wenn sie ein paar Gramm zugenommen hatte. Aber sie wurden seltener. Die grausamen Tage, wenn ich erkannte, dass es nur ein kurzes Innehalten gewesen war, sie häuften sich. Sie starb vor meinen Augen, unter meinen Händen. Ich konnte nichts dagegen tun. Es hat nicht gereicht. Meine Liebe hat einfach nicht gereicht. Es hätte mehr gebraucht. Aber Johnny ...«

»Hat sie denn keine Therapie gemacht?«

»Ach, Mädchen. Natürlich hat sie das. Aber Therapien helfen nur, wenn man sich helfen lassen will.«

»Und das ist jetzt Ihre Rache?« Ich weise auf das zerstörte, blutbefleckte Zuhause. »Sie waren doch fast noch Kinder!«

Ihr Oberkörper schnellt hoch, in meine Richtung. Ich fahre zusammen. Sie ist hellwach. Dieses fast entspannte Ins-Feuer-Gegucke ist reiner Fake.

»Kinder! Ja? Kinder! Sie wussten, was sie taten! Sie haben sich gegenseitig gedeckt und ihre Aussagen abgesprochen! Sie haben zwei Menschen in den Tod getrieben, nur weil eine von ihnen nicht in der Lage war, eine Lüge zuzugeben!«

»Das gibt Ihnen nicht das Recht, Herrin über Leben und Tod zu sein!«

»Oh doch.« Noch zwei Holzscheite. Will sie uns rösten? Es stinkt. Ich muss nach Luft ringen. Mit einem fast selbstzufriedenen Lächeln lässt sie sich wieder zurücksinken.

Spielt die Entspannte. Die Ich-habe-alles im-Griff-Chefin. »Ich bin längst über das Stadium von gut- und bösartig hinaus.«

Gutartig, bösartig... Und jetzt verstehe ich. Was ich erlebe, was sechs andere nicht überlebt haben, ist die Rache einer Todgeweihten.

»Was ist es?«

»Ein Gehirntumor. Ich bin fast blind. Ist dir das noch nicht aufgefallen?«

Dieser seltsame, verwaschene Blick... Natürlich! Ihr Wittern, der unsichere Gang, und dass ihr Wurf mich verfehlt hat... Unser Versteck in der Kuhle, das ein Blinder hätte sehen müssen... Der Fehlgriff nach der Flasche...

»Ich erkenne dich an den Umrissen. Und dieses Haus ist mir vertraut. Jede Ecke, jede Stufe. Versuch also nicht, mich hinters Licht zu führen.«

Dann hat sie vielleicht gar nicht mitbekommen, wie schwer verletzt ich bin? Sie offenbart ihre Schwäche. Aber statt mich darüber zu freuen, frage ich mich, was sie damit bezweckt.

»Wo ist er?« Ihr müder Blick wandert herum.

»Wer?«

»Johannes Paul Maximilian von Curtius. Oder Johnny, wie ihr ihn nennt.«

»Er hat sich oben hingelegt«, lüge ich und hoffe, dass sie es nicht merkt. Man sagt ja, dass Blinde ihre anderen Sinne schärfen. Aber sie ist nicht blind.

»Wecke ihn nicht. Bleib einfach noch ein bisschen bei mir.«

Warum, zum Teufel? Ich schätze wieder die Entfernung zur Tür. Ich könnte es schaffen. Vorsichtig versuche ich, aufzustehen.

»Lass das.«

»Ich will nur etwas Wasser holen.«

»Ich habe es abgestellt. Bleib sitzen. Lass Johnny schlafen. Es ist bald vorbei.«

Irrtum. Ich stehe auf. Sie will nach mir greifen, aber ich habe ihre Reaktion vorausgesehen und einen Haken geschlagen. Was mit meinem Bein ist, interessiert mich nicht mehr. Es fühlt sich zwar an, als ob ein glühendes Messer in ihm steckt, aber es hat zu gehorchen. Ich erreiche die Tür. Der Riegel ist zurückgeschoben, sie muss sich öffnen lassen. Doch als ich an der Klinke rüttele, geht sie nicht auf.

»Ich habe abgeschlossen, Kleines.« Die Stimme aus dem Sessel klingt leise tadelnd, als hätte sie mich gerade mit der Hand im Bonbonglas erwischt. Wieder wirft sie Scheite ins Feuer. Es lodert und prasselt, der Eisenrost glüht.

»Wo ist der Schlüssel?«, schreie ich. Das Sicherheitsschloss, modern, stabil ... Warum war uns das nicht aufgefallen? Und wir Idioten hatten immer den alten Riegel benutzt ...

Etwas steigt in meine Nase. Ein stechender, Übelkeit erregender Geruch. Da stimmt etwas nicht.

»Er lag immer über dem Türsturz. Ich dachte, ihr hättet ihn schon längst gefunden.«

»Und jetzt? Wo ist er jetzt?«

Unter der Tür quillt Rauch hervor. Beißender, ätzender Rauch. Ich stürze zum Fenster, reiße es auf, klirrend fallen einige Scherben der zerstörten Scheibe zu Boden. Mir schlägt eine Flammenwand ins Gesicht. Lodernd, gefräßig, leckt sie sich am verharzten Holz der Außenwand empor.

»Es brennt!«, schreie ich. »Wir müssen raus! Sofort!«

»Setz dich.«

»Was?« Fassungslos sehe ich sie an.

»Setz dich. Es geht ganz schnell. Bevor die Flammen uns erreichen, sind wir schon längst bewusstlos.«

Ich renne auf den Kamin zu. Aber schon einen Meter davor pralle ich zurück. Die Hitze ist zu groß. Er war der letzte Ausweg. Ich hätte niemals zulassen dürfen, dass sie Feuer macht, ich dumme Kuh. Es war alles geplant, alles.

»Frau Breitenbach, öffnen Sie die Tür! Geben Sie mir den Schlüssel!«

Sie lehnt den Kopf zurück und lacht. Lacht! Ich will mich auf sie stürzen, aber ich vergesse, dass sie Bewegungen noch sehr gut erkennen kann. Von irgendwoher taucht der Schürhaken auf. Sie schlägt mir damit auf die Hand, dass ich glaube, jeden Knochen einzeln brechen zu hören.

Mit einem Schmerzensschrei breche ich zusammen. Durch das Fenster und die Türritzen dringt fetter schwarzer Rauch. Die Flammen züngeln begehrlich nach den Gardinen.

»Setz dich!«, befiehlt sie.

Aber ich krieche stattdessen in die entgegengesetzte Richtung, zur Treppe. Sie erwischt mich am Bein und zieht mich zurück. Nahe ans Kaminfeuer, in dem man mittlerweile einen Ochsen rösten könnte. Mit einem Fauchen fängt die Gardine an zu brennen. Einzelne Stofffetzen lösen sich und segeln wie kleine, brennende Luftschiffe zu Boden.

»Nein!«, schreie ich. »Johnny! Hilfe!«

Sie schlägt mir ins Gesicht, und das ist ein Hieb von der Sorte, nach dem man gar nichts anderes mehr kann als den Mund zu halten.

Mit Bärenkräften zerrt sie mich aufs Sofa. Ich trete nach ihr und wehre mich, aber ich bin ihr körperlich weit unterlegen. Sie greift nach dem Schürhaken, holt aus.

»Ist es gut jetzt?«

»Ich will nicht!«

»Danach hat dich keiner gefragt.«

»Lassen Sie mich gehen! Bitte!«

Der Rauch wird immer dichter. Die Hitze steigert sich fast ins Unerträgliche. Aber keiner schlägt die Türe ein und rettet mich. Ich überlege nicht mehr, ich handele nur noch. Ich trete nach ihr, rolle zur Seite, und um Haaresbreite, bevor der Schürhaken die Stelle trifft, auf der ich eben noch gelegen habe, lande ich auf dem Boden. Wütend holt sie wieder aus. Der Hieb zischt an meinem Ohr vorbei und erinnert auf fatale Weise an ein Spiel aus meiner Kindheit: Topfschlagen. Wie ein Wiesel krabbele ich hinters Sofa. Meine Augen tränen, der Rauch beißt sich in die Kehle.

»Wo bist du?«, schreit sie.

Sie sieht mich nicht. Ich wage es, durch den Spalt zwischen den Kissen der Lehne hindurchzulugen. Sie dreht sich um die eigene Achse, suchend, taumelnd. Ich muss am Boden bleiben. Hat man uns das nicht immer eingeschärft für den Fall, dass es brennt?

»Komm raus!«, kreischt sie. »Dann sage ich dir, was ich mit ihm gemacht habe!«

Sie lässt den Schürhaken sinken und tastet sich mit unsicheren kleinen Schritten an der Kante des Couchtischs entlang. Gleich wird sie die Sitzecke verlassen haben. Wenn sie es schafft, um die Ecke zu kommen ... Ich springe auf und rase auf die Treppe zu. Sie sieht meine Bewegung, will hinter mir her, stürzt über die Falte des Teppichs. Der schwere Eisenstab fällt klirrend auf den Boden. Sie kommt hoch, stützt sich auf den Armen ab, ihre Hände suchen verzweifelt. Ich achte nicht auf sie. Ich renne die Stufen hoch, so schnell mich meine Beine tragen, erreiche den Mahlboden, versetze der Klappe einen Stoß, sie fällt hinunter. Mit zitternden Händen schiebe ich den Riegel zu.

Geschafft.

Keuchend, nach Atem ringend, gehe ich zu Boden. Es ist, als ob der Rauch durch alle Ritzen käme. Ich renne zu der Dachluke in der Ecke, dorthin, wo einmal meine Matratze gelegen hat, und öffne sie. Frische Luft. Heiße Luft. Ätzend stinkende Luft. Entsetzt muss ich sehen, dass die Flammen das ganze Haus erfasst haben.

Ein dumpfes Klopfen.

Es kommt von der Luke. Ich bin in Sicherheit, aber lange wird sie nicht mehr währen. Die beiden unteren Flügel der Mühle haben bereits Feuer gefangen.

Wieder dieses Klopfen. Grauer Nebel schwebt im Raum. Ich halte mir mein T-Shirt vor Mund und Nase, aber es hilft nichts. Ich huste, als müsste ich ersticken.

»Lana.« Ich höre ihre Stimme. Sie klingt leise, gedämpft durch die verschlossene Luke. »Mach es dir doch nicht so schwer.«

Ich kann nicht anders. Ich schleppe mich zurück.

»Was ist mit Johnny?«

»Er wird es überleben. Ein Schlag auf den Kopf, ein bisschen Äther. Er wird durchkommen.«

»Und ich?« Meine Stimme überschlägt sich. »Warum ich nicht?«

Stille.

»Ich will eine Antwort! Wenn ich schon hier oben verrecke, dann will ich wissen, warum!«

»Wir müssen alle... Alle müssen wir... unseren Preis zahlen...«

»Wofür?«, schreie ich.

»Für... Melanie. Sie hat ihm nichts bedeutet. Aber du. Damit wird er leben müssen, so wie ich. Dass man nicht retten konnte, was man...«

»Frau Breitenbach?«

Ein dumpfes Poltern. Es klingt wie das Geräusch, das ich schon einmal gehört hatte. Im Keller, als diese Wahnsinnige die Körper von Franziska und Cattie nach unten transportiert hatte.

Ich zerre den Riegel zurück, halte den Atem an und öffne die Luke.

Birgit Breitenbach liegt am Fuß der Treppe. Sie sieht aus, als ob sie schlafen würde, dabei ist sie wahrscheinlich ohnmächtig geworden. Ihre Züge haben sich entspannt, fast friedlich sieht sie aus, und mit diesem letzten Gedanken muss sie wohl gefallen sein. Dass sie ihr mörderisches Werk vollbracht hat und sie mich, ihre letzte Gegnerin, die ihr der Zufall beschert hat, mit in den Tod reißen wird. Ich bin die Rache an Johnny. Mehr kapiere ich in diesem Moment nicht.

Mir geht die Luft aus, aber ich kann mich von diesem Anblick nicht lösen. Ich verstehe nicht, was sie mit ihren letzten Worten gemeint hat. *Aber du ...*

Ich lasse die Klappe fallen. Das Verriegeln schenke ich mir. Ich stürze zurück ans Dachfenster, denn ich will nicht genauso zusammenklappen wie sie. Ich will hier raus. An eine Rückkehr ins Erdgeschoss ist nicht mehr zu denken, ich würde wahrscheinlich den Fuß der Treppe nicht mehr bei Bewusstsein erreichen.

Aber das Fenster ist zu klein. Ich hole den Hocker, der immer noch neben dem Trichter steht, steige darauf und versuche, mich durch die enge Öffnung zu quetschen. Es ist eine letzte, gewaltige Kraftanstrengung, aber sie bringt nichts. Ich bin fünfzehn Meter über dem Erdboden. Die Mühle steht nun ganz in Flammen. Sie muss das Öl abgepumpt und um das Haus herum verschüttet haben, bevor sie es in Brand gesetzt hat. Die geteerten Bretter brennen wie Zunder. Noch zwei, drei Meter trennen mich vom Inferno, das sich gierig die Fassade hinaufleckt.

Verzweifelt versuche ich, den Flügel zu erreichen, der mir am nächsten ist. Ausgerechnet der abgebrochene. Es sind gut zwei Meter. Wenn sich das verdammte Ding doch nur bewegen würde! Die aufstiebenden Funken wirbeln herum, bevor sie verglühen. Es ist doch Wind da, verdammt!

Noch einmal springe ich hinunter. Das Haus beginnt zu stöhnen, zu wimmern. Es hört sich an, als ob es weinen würde. Die schauerlichen Töne gehen direkt durch Mark und Bein. Der Rauch hat sich verdichtet. Wieder presse ich mir das T-Shirt vors Gesicht und laufe halb blind in den hinteren

Teil. Irgendetwas hat das Zahnrad blockiert. Lieber Gott, lass es nichts sein, vor dem ich schreiend davonlaufen würde!

Die Bremse. Sie hat die Bremse arretiert. Ich hänge mich noch einmal über den Pflock. Ich fluche. Ich flehe alle Mächte an, mir zur Seite zu stehen. Ich steige auf ihn hinauf, zitternd, balancierend wie eine betrunkene Seiltänzerin. Ich stemme mich gegen die Dachsparren, ich kämpfe um mein Leben. Und langsam senkt er sich unter meinem Gewicht. Knirschend und widerwillig setzen sich die Räder in Bewegung. Der Boden zittert unter meinen Füßen. Aus den Augenwinkeln erkenne ich Ölkannen, wie man sie früher zum Befeuern von Öfen benutzt hat. Sie sind bis zum Rand gefüllt. Ich habe keine Zeit, mich um sie zu kümmern. Ich renne zurück zum Fenster. Gerade zieht ein brennender Flügel vorbei, ihm folgt der nächste. Ich habe nur diese eine Chance. Ich winde mich erneut durch das geöffnete Fenster und stehe nun, schwankend, schwindelig, auf dem kaum drei Finger breiten Rahmen. Ich werde stürzen. Ich kann das Gleichgewicht nicht halten. Der nächste Flügel rauscht vorbei, wie die Schwingen eines riesigen Vogels. Der heiße Luftsog zieht mich mit, ich kippe nach vorne, sehe in den flammenden Abgrund – und lasse mich fallen.

Ich knalle auf den Holzrahmen, meine Hände umklammern die Streben, mit denen der Flügel verstärkt wurde. Dann klettere ich nach oben, ans Ende, und kralle mich dort fest. Für einen Augenblick lang ist es ein überirdisches Schweben. Ich werde sanft weggetragen von dem Dachlukenfester. Ich kann den See erkennen und die unendliche Weite der Wälder. Die Berge erheben sich, düster und abweisend, Stein gewordene Zeit, in der die Tragödien der Menschen keine Bedeutung haben. Ich sehe die Wiese, über die einmal fünf junge Menschen gelaufen sind, die glaubten, davongekommen zu sein. Ich sehe dort jemanden liegen, eine schmale, dunkle Gestalt, und das Herz bleibt mir fast stehen. Es ist Johnny und er rührt sich nicht.

Der Flügel senkt sich. Jetzt kommt es auf jede Sekunde an. Springe ich zu früh, breche ich mir die Knochen. Springe ich zu spät, wird mir das Feuer die Kleider vom Leib reißen. Der unversehrte Flügel vor mir ist noch nicht in der Waagrechten, als die Flammen über ihn herfallen. Der brennende Flügel hinter mir löst sich gerade in seine Einzelteile auf. Sie fallen vom Himmel, lodernde schmale Bretter, die beim Aufprall zerbrechen. Die Hitze ist kaum noch zu ertragen. Noch einen Meter. Einen halben. Jetzt.

Ich lasse los. Falle. Sehe noch ein Stück Himmel zwischen dem Feuer im Wind. Die Erde rast auf mich zu, schwarz.

Ich habe das Gefühl, unter einer Tonne Erde begraben zu sein. Aber ich kann meine Arme bewegen, meine Beine. Ich öffne die Augen. Über mir ein Anblick, wie ich ihn niemals vergessen werde: die brennende Mühle mit ihren sich langsam, fast majestätisch drehenden, lodernden Flügeln. Ein Holzstück schlägt direkt neben meinem Kopf auf, die Funken verbrennen meine Haut. Die Hände sind schwarz und voller Ruß, ein Teil meiner Haare ist versengt. Brandlöcher auf T-Shirt und Hose, Blut tränkt die Serviette, die schon lange nicht mehr weiß ist.

Ich brauche mehrere Anläufe, bis ich wieder auf den Beinen bin. Dann setze ich mich in Bewegung. Ich will rennen, aber das geht nicht mehr. Ich bin froh, dass ich einen Fuß vor den anderen setzen kann. Der Atem ist flach, meine Lungen brennen, als ob das Feuer auch in meinem Inneren wüten würde. Weiter, weiter, befehle ich mir. Nicht umfallen. Wenn du umfällst, stehst du nie wieder auf.

Johnny liegt ungefähr hundert Meter entfernt. Er rührt sich nicht. Ich will ihn rufen, aber die Kraft reicht noch nicht einmal für ein Flüstern. Das rechte Bein ziehe ich mittlerweile nach. Jeder Grasbüschel ist eine Herausforderung. Die kurzen Schritte werden schleppend.

Er liegt da wie tot. Sein Anblick mobilisiert noch einmal meine allerletzten Kräfte. Als ich ihn endlich erreiche und neben ihm auf die Knie sinke, schreie ich. Ich zerre ihn hoch, quer über meinen Schoß, schlage in sein blasses Gesicht, drücke ihn an mich. Flüstere unzusammenhängende Worte. Schüttele ihn. Warum wird er nicht wach? Er kann doch nicht einfach schlafen!

Eine schwarze Rauchsäule steht am Himmel. Mit lautem Getöse lösen sich die brennenden Windmühlenflügel, einer nach dem anderen. Ich wiege Johnnys Körper in meinen Armen und starre auf das Schauspiel, den letzten Akt einer Tragödie, von der ich die Augen nicht wenden kann. Eine Explosion reißt das Dach ab. Die Trümmerteile fliegen zwanzig, dreißig Meter weit. Glühende Geschosse, begleitet vom Funkenregen. Das Feuer brüllt, als wäre es ein lebendes Wesen. Ein Monster aus einer Zeit, in der man noch an böse Götter glaubte …

»Es ist vorbei«, flüstere ich. Vielleicht kann er mich hören, dort in diesem Zwischenland, in dem er gerade ist. »Wir sind in Sicherheit. Es ist vorbei.«

Ich lasse ihn nicht im Stich. Ich bleibe bei ihm. Die Mühle fällt in sich zusammen, wie eines dieser kleinen Symbole beim Bleigießen sackt sie immer tiefer, begleitet von Getöse und Funkenflug. Der beißende Qualm weht über die Wiese. Was übrig bleibt, ist Schutt und Asche. Und eine riesige schwarze Rauchsäule, die meilenweit zu sehen sein musste.

Kurz vor Einbruch der Dunkelheit kommen die Hubschrauber. Es sind zwei. Einer von der Feuerwehr, eine Flugambulanz. Zwei Männer rennen geduckt unter den rotierenden Propellern auf uns zu. Sie fragen mich etwas in einer fremden Sprache. Einer will Johnny vorsichtig aus meinem Arm nehmen, aber ich wehre mich dagegen. Der andere redet nun in Englisch auf mich ein. Er will etwas wissen, aber ich höre gar nicht hin. Zu spät spüre ich den Stich. Dann fließt etwas durch meine Adern, das mich willenlos macht, mir aber nicht das Bewusstsein raubt.

Ich werde weggezogen und auf eine Trage geschnallt. Alles ist mit einem Mal in weiche, warme Watte gepackt. Die Verzweiflung verschwindet, eine große Ruhe breitet sich in mir aus. Der Hubschrauber hebt ab und dreht eine Schleife. Ich sehe die rauchenden Trümmer der Mühle. Den braun verfärbten See, die Wunde, die die Lawine in den Felsen geschlagen hat. Die Wiese, Johnnys leblose Gestalt, ein Feuerwehrmann an seiner Seite, und dann fliegen die Wälder unter uns vorbei, und mit einem weit ausholenden Bogen schwingen wir uns in den Himmel.

»Johnny«, flüstere ich. Dann schlafe ich ein.

Ein Jahr später

Sie haben schönes Briefpapier im Pupp.

Es liegt in einer Mappe aus genarbtem Leder auf dem Schreibtisch. Alles ist noch so, wie ich es in Erinnerung habe. Die großformatigen Fotografien in den Gängen, glänzendes Messing, alter Marmor, dicke Teppiche. Der freundliche Portier, oben im Flur die Fenster zum Ballsaal. Ich will es nicht, aber ich muss es tun. Aus dem zweiten Stock hinunterschauen, dorthin, wo alles angefangen hat. Ein Kellner glättet die Tischdecken, tritt einen Schritt zurück, begutachtet sein Werk. Sieht hinauf. Ich trete hastig zurück. Die Erinnerung ist eine schwarze Krähe. Sie kommt so schnell angeflogen, dass du ihr nicht mehr ausweichen kannst, und hackt sich mit spitzem Schnabel in dein Herz. Es blutet. Immer noch. Auch wenn die Wunden zu heilen beginnen.

Eine kleine Zeichnung mit dem Grandhotel unter der Adresse, gefütterte Umschläge. Ich streiche über den Bogen, er fühlt sich glatt an. Kein Bütten.

Es ist ein seltsames Gefühl, nach so langer Zeit wieder Papier und Bleistift in die Hand zu nehmen. Vorsichtig nehme ich am Schreibtisch Platz. Mein kleiner Koffer steht ungeöffnet in der Ecke. Ich werde nicht hier bleiben. Aber im Vorfeld war unklar, wie ich mich entscheiden sollte, und ich habe erst einmal alles eingepackt. Auch die Zahnbürste, auch den Pyjama.

Dieses Mal habe ich ein Zimmer auf der Vorderseite des Hauses, hin zum Rondell und der eleganten Promenade. Ab und zu bricht sich das Echo von Hufschlägen an den Fassaden und das Lachen fröhlicher Menschen dringt an mein Ohr. Sie haben eine Kutschfahrt gebucht. Ich höre. Ich sehe. Ich fühle. Es ist eine Rückkehr, der ich mich stellen muss. Das weiße Papier liegt wie eine Aufforderung vor mir. Bring es zu Ende. Schließe damit ab. – Und wenn es eben nicht abgeschlossen ist?, frage ich mich. *Versuch macht kluch*, antwortet das Papier.

Sie haben mich eingeladen. Sehr höflich, sehr zurückhaltend. Ob ich zum Jahrestag kommen möchte. Ich, die Überlebende. Ob ich es mir zutraue, noch einmal nach Karlsbad zu reisen und hinaufzufahren zum versteinerten Hochzeitszug. Nein, nein!, selbstverständlich nicht bis zur Mühle. Das verlangt niemand. Aber dort, wo einmal eine weiß gedeckte Tafel gestanden hat, an der sich Freunde niederließen, dort wollen sie einen Kranz ablegen und ein paar Worte sprechen. Stilles Gedenken. Ein Ort für die Trauer, die keine Heimat kennt. Ich wusste lange nicht, wie ich reagieren sollte. Um nichts in der Welt wollte ich noch einmal dorthin zurückkehren. Aber dann merkte ich, dass ich meine Ängste wohl doch noch nicht so im Griff hatte. Vielleicht ist es sogar ganz gut, dachte ich mir. Noch einmal den schönen Teil des Weges gehen, wo die Erinnerungen golden sind und warm wie ein träger Nachmittag im Sommer. Vielleicht hilft es.

Das ist allerdings keine so gute Idee, wenn man immer noch an Panikattacken leidet. Ich habe sie mittlerweile so ziemlich im Griff. Trotzdem klopft mein Herz wie ein Vorschlaghammer, als die Wagenkolonne am Plateau gegenüber des versteinerten Hochzeitszuges eintrifft. Ich warte, bis sich alle vor der mittlerweile reparierten Hängebrücke versammelt haben. Es sind Familienangehörige, Freunde, Kollegen. Sie tragen Schwarz. Ein Pfarrer bringt den Kranz hinüber auf die andere Seite. Als er in der Mitte der Brücke angekommen ist, schwingt sie zu sehr, und er verliert kurz die Balance. Ein erschrockenes Seufzen geht durch die kleine Gruppe der Anwesenden. Dann fängt er sich und erreicht wohlbehalten das andere Ende.

Es gibt keine Gedenktafel, keinen Stein. Anders als bei Flugzeugabstürzen oder Karambolagen auf der Autobahn wird hier das Andenken an ein Unglück geehrt, das Ursachen hat. Ich weigere mich bis heute, in Kategorien wie Schuld zu sprechen. Aber als mein Blick über die Gesichter der Angehörigen gleitet, die ein Kind, einen Freund, einen geliebten Menschen verloren haben, kann ich Siris Lüge nicht zur Seite schieben. Sie hat, sicher ungewollt, eine Familie ausgelöscht. Birgits rasender Amoklauf stand am Ende einer fatalen Kette von Ereignissen. Ihr Auslöser war die verletzte Eitelkeit eines verwöhnten Kindes. Die Zurückweisung eines Menschen, der so etwas nicht gewohnt war. Kleinliche Rache, Erpressung, Manipulation und Feigheit. Die anderen haben mitgemacht, weil es sie amüsiert hat. Am Anfang zumindest. Sie hätten das Ruder herumreißen können. Selbst Johnnys Eingreifen war zu spät gekommen. Aber ich behalte diese Gedanken für mich. Wahrscheinlich geistern sie in allen Köpfen herum und eine Entschuldigung für Birgits Untaten sind sie nicht.

Weiter links, flussaufwärts, wo der Wald steil und hoch über den Klippen steht und der Wanderweg diesen gefährlichen Knick macht, dort ist Stephan gestorben. Eine sehr nette Kriminalbeamtin hat mir das in kurzen, aber einfühlsamen Worten erklärt. Die Obduktion seines zerschmetterten Körpers hat Kampfspuren nachgewiesen, er hat sich gewehrt. DNA wurde gefunden, sie stammt von Birgit.

Bei Joshua war es schwerer. Man hat ihn zwei Kilometer weiter unten, nach dem Wasserfall und weit hinter dem versteinerten Hochzeitszug gefunden. Er ist ertrunken. Wir alle nehmen an, dass Birgit ihn an den See gelockt und dort getötet hat. Siri und Cattie fand man zusammen mit den Überresten des zerschmetterten Bootes ebenfalls weiter unten am Fluss. Birgit hatte Äther bei sich. Er ist nicht mehr nachweisbar, aber die Polizei geht davon aus, dass die beiden betäubt wurden. Ihre Mörderin muss sie ins Boot gelegt und dann ebenfalls den Wasserfall hinunter geschickt haben.

Die Suche nach Tom dauerte länger. Die Ursache der Lawine war tatsächlich eine selbst gebastelte Sprengladung. Für eine Chemielehrerin kein Problem. Es war Birgit, die ich für einen kurzen Moment oben auf der Klippe gesehen habe, nicht Johnny. Johnny...

Jedenfalls suchten Taucher den gesamten See ab und konnten Toms Körper schließlich bergen. Seine Todesursache: Er ist im abgehenden Schlamm erstickt. Franziska haben sie hinter dem Brennholz gefunden. Birgit hat sich gar nicht erst bemüht, Spuren zu verwischen. Sie wusste, wie sie alles zu Ende bringen wollte. Nur mit mir hatte sie nicht gerechnet.

Ich wurde zu jeder einzelnen Beisetzung eingeladen. Tom. Franziska. Cattie. Siri. Stephan. Joshua. Ich habe keine besucht. Aber ich war später an den Gräbern und habe in einer stummen Zwiesprache mit den Toten um Verzeihung gebeten. Dafür, dass ich so wenig tun konnte. Und dafür, dass ich sie immer noch mit großer Leidenschaft hasse. Das muss aufhören. Ich will ja nicht den Rest meines Lebens mit dem Messer in der Tasche herumlaufen.

Ein Grab habe ich ausgelassen. Bis jetzt habe ich es nicht übers Herz gebracht, dorthin zu gehen. Aber ich denke, wenn ich das hier überstehe, dann schaffe ich es auch mit diesem einen, letzten Abschied. Deshalb bin ich hier und tue mir das an. Es ist Herbst, die Blätter werden gelb und die Vögel sind schon dick und fett vom Fressen, um den Winter zu überleben. Sie wissen, wie man das macht. Ich nicht. So einen Jahrhundertsommer wie letztes Jahr erleben wir nicht mehr so schnell, obwohl der Klimawandel ja immer rapider voranschreitet. Ein frischer Wind fährt durch die Wipfel der Bäume wie die ungeduldige Hand einer Mutter, die ihr Kind zu Eile antreiben will. Aber alles hat seine Zeit und ich brauche eben noch ein bisschen.

Manche nicken mir zu. Der Pfarrer hat versucht, ein paar Worte mit mir zu wechseln, aber ich bin nicht sehr kommunikativ. Vor allem, wenn es um diese Sache geht. Ich habe alles gesagt, alles niedergeschrieben. Fast alles, wenigstens. Das muss ihnen reichen. Habe ich schon erzählt, dass ich nicht mehr in Berlin studiere? Es ging nicht mehr. Ich konnte keinen Fuß auf diese Treppe setzen. Ich war sogar außerstande, in mein kleines Apartment zurückzukehren und meine Sachen zu packen. Meine Mom hat das erledigt. Sie war da, genau wie mein Dad und seine flatterhafte, kichernde Gattin. Sie haben geholfen, so gut es ging. Ich schätze diese Überreste von Familie mittlerweile. Das mit dem Lieben wird noch dauern.

Ich bin jetzt in Tübingen. Philosophie. Der Wechsel kam aus einem Gefühl heraus, tiefer gehen zu müssen. Tiefer als die menschliche Seele. Es hilft mir nicht, sie verstehen zu wollen. Das ist ein Ding der Unmöglichkeit, aber ich will wissen, wie man das Böse – wenn man es schon nicht aus dieser Welt tilgen kann – einsortiert ins Universum menschlicher Handlungen. Ich lese Heidegger, Kant, Schopenhauer und Safranski. Und E.T.A. Hoffmann, der ähnlich wie ich zwischen den Welten herumgesprungen ist: Zum einen das Böse als das erkennen, was es ist und es dementsprechend zu verurteilen. Zum anderen einen Weg suchen, es zu verstehen. Verstehen heißt nicht verzeihen. Aber es schützt vor schwerwiegenden Verletzungen der eigenen Seele, wenn man nicht einfach nur verdammt.

Es ist eine kurze Feier. Jemand spielt auf der Trompete. Die Töne werden von den Felswänden zurückgeworfen, ein erhabenes Echo von Einsamkeit und Trauer. Der Pfarrer legt den Kranz ab und spricht ein Gebet. Dann kehrt er zurück. Ich spüre die verstohlenen Blicke. Die Ausweichmanöver auf dem Weg zurück zu den Autos, um mir nicht zu nahe zu kommen. Ich spüre sogar die Fragen, die sie an mich haben und nicht zu stellen wagen. Wahrscheinlich ist die Glaswand von der anderen Seite aus betrachtet genauso undurchdringlich. Ich sitze hinten mit Siris Bruder, einem hübschen Kerl mit dem Tiefgang einer Regenrinne, der mit mir nichts anfangen kann und mich spüren lässt, dass er mir eine Menge übel nimmt. Ich kann es ihm nicht verdenken.

Die Fahrt zurück nach Karlsbad zieht sich elendig. Ich möchte nur noch schnell in mein Zimmer und meine Sachen holen.

An der Rezeption verabschieden wir uns kurz. Ich habe seinen Namen schneller vergessen, als sich die Türen des Fahrstuhls hinter ihm schließen. Der Pfarrer gibt mir seine Karte, falls ich reden will. Ich bedanke mich höflich. Die anderen ziehen vorbei, mit gesenktem Blick, oder sie tun so, als wäre ich nicht da. Ich schlendere zur Bar, um dort abzuwarten, bis sich der Pulk der Trauernden verzogen hat. Vielleicht nehme ich auch die Treppe.

Der große Saal ist leer. Der Chef steht hinter dem Tresen, ein älterer Mann im Kellnersmoking, der das Bein leicht nachzieht und in mir ein Gefühl der Rührung hervorruft. Er nickt mir höflich zu, als ich den großen Raum durchquere und einen Blick ins Restaurant werfe. Dort hinten, an diesem runden Tisch, haben wir gesessen. Und hier, an der Tür, bin ich Birgit zum ersten Mal begegnet.

Fast wäre ich in eine Frau hineingerannt, die wie aus dem Nichts vor mir aufgetaucht war. Sie hatte gerade das Restaurant verlassen und suchte in ihrer Handtasche nach der Zimmerkarte. Deshalb hatte sie mich wohl auch nicht gesehen. Ein Hotelangestellter führte sie am Arm. Ihr Gang war unsicher. Vielleicht hatte sie zu viel getrunken. Das sollte in Tschechien, dem Land, in dem Becherovka und Pils flossen, durchaus vorkommen.

Ein Schauder rieselt mir den Rücken hinunter. Es ist, als ob sich Wolken vor die Sonne schieben und es kühler wird im Raum. Als ob ein Schatten an mir vorübergleitet…

Nein, Birgit Breitenbach hatte nicht zu viel getrunken. Sie war dem Grand Hotel bekannt, weil sie die Zimmer für uns gebucht und dies als Überraschungsfeier deklariert hatte. Daher wusste sie auch, dass es einen Wechsel gegeben hatte: Lana statt Johnny. Sie war die ganze Zeit in unserer Nähe, sogar hier im Hotel.

Zwei Kellner decken jetzt die Tische ein. Das Besteck klirrt leise. Wenn ich die Augen schließe, sind sie alle wieder da. Joshua, der sich mit Tom ständig in den Haaren liegt. Franziska, die an Stephans Lippen hängt, der aber nur Augen für Siri hat. Cattie, den Martini als ständigen Begleiter, die scharfzüngige Beobachterin dieser Wiedervereinigung. Nicht ich habe mich fremd gefühlt. Alle mussten wieder ihre Rolle finden. Den einen gelang es auf Anhieb. Den anderen nicht.

Wahrscheinlich hat Birgit dem Kellner gerade den Brief gegeben, mit dem wir auf den Ausflug zum versteinerten Hochzeitszug eingeladen wurden. Bis heute ist es eine erstaunliche Leistung, wie sie in diesem Gesundheitszustand alles arrangieren konnte. Es gibt, das weiß ich mittlerweile, sogar eine Zufahrt zum Plateau. Gut versteckt hinter den

Felsen. Wir waren so nah dran ... In ihrem Auto fand man Vergrößerungsgläser, die sie sich zu einer monströsen Brille zurechtgebastelt hat. Damit ist es ihr gelungen, das Seil der Hängebrücke zu manipulieren und die Tafel aufzubauen. Dann ist sie weitergefahren, zur Straße nach Loket. Loket ist eine kleine Stadt am oberen Ende des Kaiserwaldes. Dort fließt die Eger vorbei an einer gewaltigen Burg, bevor sie zehn Kilometer weiter unten das Gebirge bei Karlsbad verlässt. Es gibt eine Straße, drei Kilometer von der Mühle entfernt. Von ihr führt ein gesperrter Waldweg hin zum See. Wir haben ihn nie entdeckt. Die grobe GPS-Karte zeigt ihn nicht an. Dieser Weg ist nur für Forstfahrzeuge gedacht, Birgit, Markus und Melanie haben ihn aber auch als Zufahrt zur Mühle genutzt. Nur drei Kilometer und wir hätten Hilfe holen können ...

Glaubt mir, das sind die Gedanken, die mich eine Menge schlaflose Nächte gekostet haben. Hätte, könnte, würde ... Wir hatten nicht, wir konnten nicht, wir waren nicht. Ich stehe in dem leeren Restaurant. Von irgendwoher dringt das gedämpfte Klappern von Kochtöpfen an meine Ohren. Leise Klaviermusik perlt durch die Räume. Ein Kellner tritt zurück und kontrolliert mit schief gelegtem Kopf den Abstand zwischen Besteck und Platzteller. Er trägt weiße Handschuhe. Vorsichtig korrigiert er um ein paar Millimeter. Dann sieht er sich um, blickt in meine Richtung. Jemand betritt den Raum.

Noch bevor sich seine Hand auf meine Schulter legt, weiß ich, wer es ist. Seit damals haben wir eine Symbiose, die auf manche Menschen vielleicht unheimlich wirkt.

»Was machst du hier?«, frage ich, ohne den Kopf zu wenden.

Er nimmt mich in den Arm. »Ich wollte dich nicht allein lassen.«

»Aber ich habe dir doch gesagt, dass ich das –«

Er küsst mich. Wiegt mich sachte hin und her. Er ist mein Halt geworden, meine Heimat, meine Erde. Klingt pathetisch, aber Gefühle sind eben manchmal so. Seine Augen sind ruhiger geworden und haben den gehetzten Ausdruck verloren. Ab und zu trägt er sogar mal ein graues T-Shirt – nach all den schwarzen Klamotten betrachte ich das als ein gutes Zeichen. Heute hat er einen Anzug an. Und er sieht gut aus. So gut, dass mein Herz schmerzt bei seinem Anblick und ich gar nicht weiß, wohin mit meiner Freude.

Und das ist ein gutes Zeichen. Sie kommt nämlich wieder. Auch wenn man glaubt, dass nichts in der Welt das Lachen und die Sonne zurückbringen kann – diese Dinge sind da. Sie verschwinden nicht einfach, sie schlafen nur in dir. Jeder muss für sich selbst herausfinden, wie sie geweckt werden können. Bei mir fing es wohl damit an, dass ich dem ins Gesicht gesehen habe, was ich bin: jemand, der so sein wollte wie die anderen und dabei sich selbst aus den Augen verloren hat. Den ganzen Albtraum danach konnte ich wohl nur deshalb überstehen, weil ich das nach und nach erkannt und irgendwann zu mir zurückgefunden habe.

Ich bin Lana. Ich weiß, dass selbst die dunkelsten Stunden irgendwann einmal wieder vorbei sind.

»Bist du bereit?«

Ich nicke. Johnny nimmt meine Hand und begleitet mich

noch kurz aufs Zimmer, um den Koffer zu holen. Dann verlassen wir das Hotel. Ich weiß, dass im Restaurant ein Tisch eingedeckt wird, an dem der Platz mit meinem Namen auf dem Kärtchen frei bleiben wird. Ich gehe mal davon aus, dass sie mich nicht vermissen werden.

Wir fahren mit Johnnys Auto die Straße nach Loket hinauf. Noch einmal winden sich die Serpentinen und ich erhasche den atemberaubenden Anblick einer Stadt, die aus Puppenhäusern zu bestehen scheint. Kulisse. Alles Kulisse. Dann umfängt uns der Wald.

Wir müssen nicht lange fahren. Es ist ein kleiner Friedhof. Die Kapelle ist winzig. Ihr ganzer Stolz ist ein kleines Zwiebeltürmchen. Die Gräber sind alt, ich lese viele deutsche Namen auf den verwitterten Steinen. Unter dichten Bäumen und durch raschelndes Laub hindurch kommen wir zum neuen Teil des Areals. Dort ist ein Urnengrab, angelegt für eine Familie. Hier wollten sie begraben werden.

»Alles okay?«

Johnny zieht mich an sich, ich nicke. Für ihn ist dieser Gang genauso schwer wie für mich. Wir beide müssen mit etwas abschließen, das wir nicht zu Ende bringen können: mit der Schuld. Meine Schritte werden langsamer, schließlich muss Johnny mich fast ziehen. Ich habe Angst, denn dieser Besuch ist doch nur ein Symbol. Können Symbole etwas ändern?

Auf dem Grab steht eine runde Stele aus Marmor. Drei Namen sind hineingemeißelt: Markus Leonhardt, Birgit und Melanie Breitenbach. Darunter ein Satz: Nur die Liebe bleibt.

»Nur die Liebe bleibt ...«, flüstere ich.

Johnny lässt mich los und versenkt die Hände tief in den Taschen seiner Hose. Eine Weile stehen wir schweigend nebeneinander.

»Wie kann ...« Meine Stimme bricht. »Wie kann sie so etwas auf ihr Grab schreiben?«

»Ich glaube, das ist vor ihrem Tod passiert. Und vor dem, was sie uns angetan hat.«

»Dann ist das alles im Namen der Liebe geschehen? Meinst du das?«

Ich merke, dass ich wütend werde. Wie immer, wenn ich nicht weiter weiß und Johnny der Einzige ist, der das verstehen kann.

»Sie war verrückt«, sagt er leise.

»Das ist keine Entschuldigung.«

»Nein. Aber vielleicht eine Erklärung. Sie hat ihren Mann und ihr Kind gerächt.«

»Das war Hass.«

»Hass ist die dunkle Seite der Liebe.«

»Machst du es dir damit nicht sehr leicht?«

»Nein«, sagt er. »Ganz bestimmt nicht. Aber ich will leben. Und das kann ich so nicht. Ich muss verzeihen lernen. Ihr und mir.«

Er geht in die Knie und pflückt ein paar Blätter von dem Grab, das mit Efeu überwachsen ist. Ich lege meine Hand auf seine Schulter. Eine Krähe kommt herangehüpft, leichtfüßig, scheu, bereit, bei der ersten hastigen Bewegung aufzuflattern.

»Schaffen wir das?«, frage ich.

Er hält in der Bewegung inne. Ich spüre, wie nahe ihm dieser Moment geht. Melanie... eine heiße, innige Zuneigung für dieses Mädchen schießt durch mein Herz. Ich hätte ihr so gewünscht, zu leben.

Er steht wieder auf, die Krähe fliegt davon. »Nur, wenn du es auch willst. Willst du?«

Johnny nimmt mein Gesicht in seine Hände und sieht mich an mit einem Blick von dieser Sorte, auf die man am besten gar nichts sagt. Man könnte sonst Dinge versprechen, die man nicht halten kann.

»Willst du?«, fragte er wieder. Und erst jetzt bekomme ich mit, dass eine ganze Menge mehr hinter dieser Frage steckt. Nur die Liebe bleibt. Ist das Zynismus? Oder ist die Liebe das, was als Einziges noch da ist, wenn alles andere vergangen ist? Ich merke, dass meine Augen feucht werden. Ich kann es kaum glauben, aber plötzlich kommen mir die Tränen. Ich will mich abwenden, aber Johnny hält mich fest. Ich weine, als ob ich nie wieder aufhören könnte. Es ist, als ob mit diesen Tränen so viel Böses aus mir herausgespült wird. Als ob es das gewesen ist, was mich in diesem einen Jahr auf den Beinen gehalten hat. Der Hass. Die Verzweiflung. Wut. Ohnmacht. Bis nichts mehr bleibt.

»Lana...«

»Ich will«, schluchze ich. »Ich will es so sehr.«

Er nickt. »Dann schaffen wir das.«

Wir bleiben auf dem Friedhof, bis die kühle Sonne untergeht und der Wind sein seltsames Spiel mit den Blättern wieder aufnimmt. Sie tanzen über den Gehweg, wirbeln umeinander, steigen hoch und fallen ein paar Meter weiter zu Boden, als hätte ein unsichtbares Kind die Lust an diesem Spiel verloren.

Meine Hände sind eiskalt. Wir gehen zurück zum Auto und Johnny dreht die Heizung auf. Aus den Boxen kommt ein Lied von AnnenMayKantereit. *Du bist zu Hause für immer und mich*. Ich fühle mich seltsam leer und leicht. Johnny muss es genauso gehen. Seine Augen leuchten, sein Lächeln ist beinahe fröhlich. Wir haben etwas zurückgelassen auf diesem Friedhof. Zwei Koffer aus Blei ...

Im Rückspiegel verschwindet die Kapelle, die Straße durch den Wald wird breit und gerade. Als wir an Loket vorbeikommen, ist die Burg hell angestrahlt und thront wie ein Bild aus einem vergessenen Märchen hoch über dem Fluss.

Märchen können so grausam sein.

Aber eins ist allen gemeinsam: Sie enden fast immer mit dem Satz: Und wenn sie nicht gestorben sind ... Ein letzter Blick zurück. Gestorben bin ich nicht. Ich kann wieder weinen. Und lieben, glaube ich, kann ich auch. Es sieht wenigstens verdammt danach aus.

Elisabeth Herrmann
Schattengrund

ca. 416 Seiten
ISBN 978-3-570-30917-9

Als die 17-jährige Nicola das Haus ihrer verstorbenen Tante erbt, ahnt sie nicht, wie bedeutsam dieser Name für sie wird. Es ist ein einsames Haus in einem abgelegenen Dorf, in dem sie als Kind oft zu Besuch war. Und kaum hat sie die Schwelle übertreten, da scheint eine lange verdrängte Wahrheit nach ihr zu greifen. Wie konnte sie das alles vergessen? Die knarrenden Treppen, den staubigen Dachboden – und Fili, ihre allerbeste Freundin. Ihre Seelenschwester. Ihre tote Freundin. Ein grauenhaftes Verbrechen hat die Mädchen damals auseinander gerissen. Und der Täter ist noch immer im Dorf.

www.cbt-buecher.de

Elisabeth Herrmann
Seefeuer

ca. 416 Seiten, ISBN 978-3-570-31063-2

Marie kann nicht fassen, welchen Freund sich ihre Mutter nach dem Tod ihres Vaters zugelegt hat! Kein Stück traut sie Magnus, der ihre Mutter auch noch heiraten will! Marie haut ab, um endlich ihre Träume zu verwirklichen, an die Nordsee, wo sie mit einem begehrten Praktikum ihrem Wunsch, Meeresbiologin zu werden, ein bisschen näher kommt. Dort lernt sie auch den attraktiven Vince kennen, der sich als Schatzsucher für das Schiffswrack der Trinity interessiert, das vor der Küste aufgetaucht ist. Mit der Trinity, die in den 50er Jahren in einem schrecklichen Unglück gesunken ist, heben sich dunkle Geheimnisse, die viel mehr mit Marie zu tun haben, als sie sich je hätte vorstellen können ...

www.cbt-buecher.de

Elisabeth Herrmann
Lilienblut

448 Seiten, ISBN 978-3-570-30762-5

Sabrina und ihre beste Freundin Amelie können stundenlang am Rhein sitzen, voller Fernweh und Hunger auf das, was Amelie »das Leben« nennt. Aber während Amelie vom Abhauen und der großen Freiheit träumt, scheint Sabrinas Zukunft festgelegt zu sein – soll sie doch den Weinberg ihrer Mutter übernehmen. Alles in Sabrina wehrt sich gegen dieses vorbestimmte Leben ... Und dann lernen die beiden Mädchen einen Jungen kennen, der so ganz anders ist. Von dem 19-jährigen Kilian, der mit seinem Schiff einsam am geheimnisvollen »toten Fluss« ankert, geht eine verstörende Anziehungskraft aus. Amelie verfällt ihm sofort – und will über Nacht mit ihm abhauen. Am nächsten Morgen findet man ihre Leiche. Und Kilians Schiff ist verschwunden ... Nur Sabrina weiß, dass Kilian Amelies Mörder sein könnte.

www.cbt-buecher.de

Elisabeth Herrmann
Seifenblasen küsst man nicht

320 Seiten, ISBN 978-3-570-30867-7

Coralie weiß genau, wohin sie will: auf die Bühne! Aber um sich diesen Traum zu verwirklichen, braucht sie Geld, und das ist bei ihr zu Hause Mangelware. Deshalb trägt Coralie stapelweise Zeitungen aus – und das ausgerechnet im reichsten Viertel der Stadt. Und ausgerechnet bei David, dem Sohn eines ehemaligen berühmten Formel 1-Fahrers. David ist selbst begeisterter Rennfahrer, dazu ziemlich gutaussehend – und hochnäsig. Findet Coralie. Aber dann passiert es: Aus einem Missverständnis wird mangels Widerspruch eine Lüge – und ruckzuck glaubt David, auch Coralie gehöre zur Welt der Reichen und Schönen. Wie war das noch mit Cinderella? Coralie wird zu einer glamourösen Party im Hause der Rennfahrer-Berühmtheiten eingeladen, muss aber feststellen, dass ein Missverständnis verflixt leicht das nächste nach sich zieht ...

www.cbt-buecher.de